Esperando noticias

Kate Atkinson

Esperando noticias

Traducido del inglés por Patricia Antón

Título original: *When Will There Be Good News?*

Primera edición en TuBolsillo: enero de 2026

Diseño de colección: REGA
Diseño de cubierta: Elsa Suárez Girard / www.elsasuarez.com
Imagen: Freepik

PAPEL DE FIBRA
CERTIFICADA

Copyright © 2008, Kate Atkinson
© de la traducción: Patricia Antón
© de esta edición: TuBolsillo (Grupo Anaya, S. A.), 2026
Valentín Beato, 21
28037 Madrid

ISBN: 979-13-87739-12-6
Depósito legal: M-18983-2025
Printed in Spain

Para Dave y Maureen:
gracias por todos los buenos momentos;
los mejores aún están por llegar

Nunca sabemos, al irnos, que nos vamos,
bromeamos y cerramos la puerta;
el destino, que nos sigue de cerca, echa el cerrojo,
y ya no volvemos.

EMILY DICKINSON

PRIMERA PARTE
En el pasado

La siega

El calor que desprendía el asfalto parecía quedar atrapado entre los densos setos que descollaban sobre sus cabezas como almenas.

—Es agobiante —comentó la madre. También ellos se sentían atrapados—. Como el laberinto de Hampton Court, ¿os acordáis?

—Sí —contestó Jessica.

—No —respondió Joanna.

—Tú eras solo un bebé —dijo la madre—. Como Joseph ahora. Jessica tenía ocho años, y Joanna, seis.

La estrecha carretera (siempre la llamaban «la vereda») serpenteaba de un lado a otro, de forma que no se veía qué había más allá. Tenían que llevar al perro de la correa y permanecer cerca de los setos por si un coche «salía de la nada». Jessica era la mayor, de modo que era quien siempre sujetaba la correa del perro. Pasaba mucho tiempo adiestrándolo: «¡Aquí!», «¡Siéntate!», «¡Ven!». Mamá decía que ojalá Jessica fuera tan obediente como el perro. Jessica era la que siempre estaba al mando. La madre le decía a Joanna: «Es bueno tener una opinión propia. Deberías hacerte valer, pensar por ti misma», pero Joanna no quería pensar por sí misma.

El autobús los dejó en la carretera principal y continuó su ruta. Bajar del autobús fue «un número». Mamá cogió a Joseph bajo el brazo, como un paquete, y con la otra mano forcejeó para abrir la moderna sillita de paseo. Jessica y Joanna compartieron la tarea de bajar la compra del autobús. El perro se ocupó de sí mismo. «Nadie echa nunca una mano –decía la madre–. ¿Os habéis fijado?». Sí, se habían fijado.

–La jodida idílica visión del campo de vuestro padre –añadió cuando el autobús se alejó en medio de una bruma azul de humo y calor, y luego soltó de manera automática–: Vosotros no digáis tacos. La única que tiene permitido decir tacos soy yo.

Ahora ya no tenían coche. Su padre («el muy cabrón») se había largado en él. Papá escribía libros, «novelas». Había cogido una de la estantería para mostrársela a Joanna; señaló su fotografía en la contraportada y dijo: «Este soy yo», pero a ella no le estaba permitido leerla, pese a que ya leía bien. («Todavía no, algún día. Escribo para adultos, me temo –rio–. Hay cosas ahí dentro que..., bueno...»).

Su padre se llamaba Howard Mason y la madre, Gabrielle. A veces la gente se entusiasmaba y decía con una sonrisa «¿De verdad es usted Howard Mason?». (Otras veces, sin sonreír, «Conque es usted Howard Mason», que no era lo mismo, aunque Joanna no sabía muy bien por qué).

Mamá decía que su padre los había arrancado de raíz para plantarlos «en medio de la nada». «O en Devon, como lo suelen llamar», añadía papá. Él había dicho que necesitaba «espacio para escribir» y que sería bueno para todos estar «en contacto con la naturaleza». «¡Sin televisión!», añadió, como si eso fuese a gustarles.

Joanna aún echaba de menos el colegio y a sus amigas, a *Wonder Woman* y una casa en una calle desde la que podías ir andando a una tienda a comprar cómics de *Beano* y regaliz y elegir entre tres clases distintas de manzanas, en lugar de tener que recorrer una vereda y una carretera y coger dos autobuses y luego volver a hacer todo eso al revés.

Lo primero que hizo papá cuando se mudaron a Devon fue comprar seis gallinas rojas y una colmena llena de abejas. Se pasó todo el otoño cavando en el huerto de delante para que estuviese «listo para la primavera». Cuando llovía, el huerto se convertía en barro, y el barro acababa invadiendo la casa, lo encontraban hasta en las sábanas. Cuando llegó el invierno, un zorro se comió las gallinas sin que hubiesen puesto un solo huevo y las abejas murieron congeladas, algo insólito según su padre, que dijo que iba a poner todas esas cosas en el libro («la novela») que estaba escribiendo. «Bueno, eso lo arregla todo», comentó mamá.

Su padre escribía en la mesa de la cocina porque era la única habitación de la casa que estaba remotamente caliente, gracias a la enorme y temperamental caldera Aga, que, según su madre, iba a llevarla «a la tumba». «No tendré esa suerte», musitaba su padre. (El libro no marchaba bien.) Todos andaban pululando siempre a su alrededor, incluida mamá.

–Hueles a hollín –le dijo papá a mamá–. Y a repollo y a leche.

–Y tú hueles a fracaso –contestó ella.

Mamá solía oler a toda clase de cosas interesantes: a pintura y aguarrás y tabaco y al perfume Je Reviens, que papá llevaba comprándole desde que tenía diecisiete años y era una «colegiala católica», y que significaba «volveré» y era un mensaje para ella. Según papá, mamá era «una belleza», pero ella decía que era «una pintora», aunque no había pintado nada desde que se mudaron a Devon.

«En un matrimonio no hay sitio para dos talentos creativos», decía mamá con aquella forma tan suya de arquear las cejas mientras inhalaba el humo de los pequeños cigarrillos marrones que fumaba. Lo pronunciaba marcando mucho la «c» y la «r», como una extranjera. De niña había estado en sitios muy lejanos, y algún día los llevaría a esos lugares. Era de sangre caliente, decía, no un reptil como su padre. Mamá era lista, divertida y sorprendente, y no se parecía en nada a las madres de sus amigos. «Exótica», opinaba papá.

La discusión sobre quién olía a qué por lo visto no había acabado, porque mamá cogió una jarra de rayas azules y blancas del aparador y se la arrojó a papá, que estaba sentado a la mesa, mirando la máquina de escribir como si las palabras fueran a escribirse por sí solas si tenía la suficiente paciencia. La jarra le dio de lleno en la sien y él soltó un alarido de sorpresa y dolor. A una velocidad que Joanna no pudo más que admirar, Jessica arrancó a Joseph de la trona, le dijo «Ven» a ella, y se fueron al piso de arriba, donde le hicieron cosquillas a Joseph en la cama de matrimonio que ambas compartían. En aquel dormitorio no había calefacción y sobre la cama se amontonaban edredones y viejos abrigos de su madre. Al final, los tres se quedaron dormidos, acurrucados en una mezcolanza de olores a humedad, naftalina y Je Reviens.

Al despertar, Joanna vio a Jessica recostada sobre las almohadas, con guantes, unas orejeras y uno de los abrigos de la cama cubriéndola como una tienda de campaña. Estaba leyendo un libro a la luz de una linterna.

–Se ha ido la luz –dijo, sin apartar la vista del libro.

Del otro lado de la pared les llegaban los horribles ruidos de animal que significaban que sus padres volvían a ser amigos. En silencio, Jessica le ofreció a Joanna las orejeras para que no los oyera.

Cuando por fin llegó la primavera, en lugar de plantar un huerto, su padre regresó a Londres a vivir con «su otra mujer», lo que supuso una gran sorpresa para Joanna y Jessica, pero no para su madre, por lo visto. La otra mujer de papá se llamaba Martina, «la poeta»; mamá escupía esa palabra como si fuera un insulto. A veces se refería a esa otra mujer (la poeta) con unas palabrotas tan horribles que cuando se atrevían a decírselas en susurros bajo las sábanas (zorra-hijadeputa-fulana-poeta) flotaban como veneno en el aire.

Aunque ahora, que el matrimonio estaba formado por una sola persona, su madre seguía sin pintar.

Avanzaron en fila de a uno vereda arriba, en «fila india», como decía mamá. Las bolsas de plástico de la compra colgaban de las asas de la sillita que, de haberla soltado su madre, habría caído hacia atrás y se habría volcado.

–Debemos de parecer refugiados –comentó, y añadió con tono alegre–, pero no hay que desanimarse. –Iban a mudarse de nuevo a la ciudad a finales del verano, «a tiempo para el colegio».

–Gracias a Dios –exclamó Jessica, con el mismo tono con que lo decía siempre su madre.

Joseph estaba dormido en la sillita, con la boca abierta y un leve estertor en el pecho, porque no conseguía quitarse de encima un resfriado de verano. Estaba tan acalorado que mamá lo dejó desnudo, solo con el pañal, y Jessica le sopló en las pequeñas costillas para refrescar su cuerpecito, hasta que mamá le advirtió:

–No lo despiertes.

El aire trajo un intenso olor a estiércol y a hierba mojada y perifollo, que se le metió a Joanna en la nariz y la hizo estornudar.

–Mala suerte –dijo su madre–, has heredado mis alergias.

El cabello oscuro y la piel clara de mamá habían ido a parar a su «precioso» Joseph; los ojos verdes y las «manos de pintora», a Jessica. A ella le tocaron las alergias. Mala suerte. Además, Joseph y su madre cumplían años el mismo día, aunque Joseph aún no había cumplido ninguno. Su primer cumpleaños sería al cabo de una semana. «Ese es un cumpleaños especial», dijo mamá. Joanna pensaba que todos los cumpleaños eran especiales.

Su madre llevaba el vestido favorito de Joanna, azul con un estampado de fresas rojas. Mamá decía que ya era viejo y que el verano siguiente, si Joanna quería, lo cortaría para hacerle algo a ella. Joanna veía moverse los músculos de las bronceadas piernas de su madre al empujar la sillita. Era una mujer fuerte. Su padre decía que era «feroz». A Joanna le gustaba esa palabra. Jessica también era feroz. Joseph no era nada todavía. Solo un bebé, gordo y feliz. Le gustaban la avena y el plátano machacado, y el móvil de pajaritos de papel que su madre le había hecho y que colgaba sobre su cuna. Le gustaba que sus hermanas le hiciesen cosquillas. Le gustaban sus hermanas.

Joanna sentía el sudor correrle por la espalda. El raído vestido de algodón se le pegaba a la piel. Era un vestido heredado de Jessica. «Pobres pero honradas», bromeaba su madre. Su boca grande se torcía hacia abajo cuando reía, de modo que nunca parecía contenta, ni siquiera cuando lo estaba. Todo lo que Joanna tenía era heredado de Jessica. Daba la sensación de que, sin Jessica, Joanna no existiría. Joanna llenaba los espacios que Jessica iba dejando atrás al crecer.

Al otro lado del seto, invisible, una vaca soltó un mugido que la sobresaltó.

–Es solo una vaca –dijo mamá.

–Es una red devon –añadió Jessica, aunque no la veía.

¿Cómo lo sabía? Sabía los nombres de todas las cosas, visibles e invisibles.

Joanna se preguntó si algún día llegaría a saber tantas cosas como Jessica.

Al cabo de un rato de caminar por la vereda llegaron a una cerca de madera con un escalón a cada lado de un portón. No podían pasar el cochecito por encima de ella, de manera que tenían que abrir el portón. Jessica le quitó la correa al perro, que se encaramó al escalón para saltar la valla, como ella le había enseñado. Había un letrero en el que se leía: «POR FAVOR, CIERRE LA PUERTA AL PASAR». Jessica siempre se adelantaba a la carrera y descorría el pasador, entonces Joanna y ella empujaban el portón y se encaramaban a él mientras se abría. Mamá tenía que llevar la sillita entre tirones y empujones porque todo el barro del invierno se había secado y formaba profundos surcos en los que se trababan las ruedas. Volvían a encaramarse al portón para cerrarlo. Jessica corría el pasador. A veces se colgaban cabeza abajo del portón y el cabello les arrastraba por el suelo como escobas barriendo el polvo. Su madre decía: «No hagáis eso».

El sendero discurría junto a un campo.

–Trigo –dijo Jessica.

El trigo estaba muy alto, aunque no tanto como los setos de la vereda.

–Pronto lo segarán –comentó mamá, y añadió para que Joanna lo entendiera–: lo cortarán. Entonces tú y yo empezaremos a estornudar y a resollar.

Joanna ya resollaba, oía cómo el aire silbaba en su pecho.

El perro corrió hacia el campo y desapareció. Al cabo de unos instantes, volvió a emerger del trigo. La semana anterior, Joanna se había internado en aquel campo siguiendo al perro y se había perdido; durante mucho rato no la encontró nadie. Oía cómo la llamaban mientras se alejaban más y más. Nadie la oía cuando ella contestaba. La encontró el perro.

Se detuvieron a medio camino y se sentaron en la hierba, a un lado del sendero, a la sombra de los árboles. La madre cogió las bolsas de plástico de las asas de la sillita y de una de ellas sacó pequeños cartones de zumo de naranja y una caja de palitos de chocolate. El zumo estaba caliente y los palitos se habían fundido y pegado entre sí. Le dieron unos cuantos al perro. Mamá rio torciendo la boca hacia abajo.

—Dios, qué desastre —dijo, y hurgó en la bolsa del bebé en busca de toallitas húmedas para limpiarles las manos y la boca, llenas de chocolate.

Cuando vivían en Londres iban de pícnic como es debido, cargando en el maletero una gran cesta de mimbre que había pertenecido a la madre de mamá, que era rica pero estaba muerta (y menos mal, por lo visto, porque eso significaba que no había tenido que ver a su única hija casada con un vago egoísta y fornicador). Si su abuela era rica, ¿cómo era que no tenían dinero?

—Me fugué —explicó mamá—. Me largué para casarme con vuestro padre. Fue muy romántico, en su momento. No teníamos nada.

—Teníais la cesta de pícnic —le recordó Jessica. Su madre rio y dijo:

—A veces eres muy divertida, ¿sabes?

—Sí, lo sé —respondió Jessica.

Joseph se despertó y mamá se desabrochó el vestido de fresas para darle el pecho.

Volvió a quedarse dormido mientras mamaba.

—Pobrecito —dijo mamá—. No consigue sacarse de encima ese resfriado. — Volvió a dejarlo en la sillita y añadió—: Bueno, vayámonos a casa. Podemos sacar la manguera para que os refresquéis un poco.

El hombre pareció salir de la nada. Advirtieron su presencia porque el perro gruñó, produciendo un sonido extraño y burbujeante que le salió de la garganta y que Joanna nunca le había oído.

Caminaba deprisa hacia ellos, volviéndose más y más grande cada vez. Soltaba extraños jadeos y resoplidos. Esperaban que pasara de largo y que dijera «Buenas tardes» u «Hola», porque era lo que siempre decía la gente cuando se cruzaban en la vereda o el sendero, pero él no dijo nada. Su madre solía decir «Un día precioso» o «Qué calor hace, ¿verdad?», cuando se cruzaba con alguien, pero a aquel hombre no le dijo nada. Lo que hizo fue apretar el paso, empujando con fuerza la sillita. Dejó las bolsas de la compra sobre la hierba, y Joanna se dispuso a coger una, pero mamá dijo:

–Déjala.

Hubo algo en su voz, en su cara, que asustó a Joanna. Jessica la cogió de la mano.

–Date prisa, Joanna –la apremió con tono severo, como una adulta.

Joanna se acordó de la vez en que mamá le arrojó la jarra de rayas azules y blancas a su padre.

El hombre caminaba ahora en la misma dirección que ellas, al otro lado de su madre. Mamá avanzaba muy deprisa.

–Vamos, rápido, no os quedéis atrás –dijo. Parecía estar sin aliento.

El perro corrió entonces por delante del hombre y empezó a ladrar y a dar saltos como si tratara de bloquearle el paso. Sin previo aviso, él le asestó una patada, tan fuerte que el animal salió volando y aterrizó en el trigo. Ya no lo veían, pero oyeron sus terribles gemidos. Jessica se plantó delante del hombre y le gritó algo blandiendo un dedo y tragando grandes bocanadas de aire, como si no pudiese respirar. Entonces echó a correr hacia el campo, detrás del perro.

Aquello pintaba fatal. No cabía duda.

Joanna miraba fijamente el trigo, tratando de ver dónde estaban Jessica y el perro, y tardó unos instantes en advertir que su

21

madre estaba luchando con el hombre, golpeándolo con los puños. Pero el hombre tenía un cuchillo que no paraba de blandir en el aire; el ardiente sol de la tarde le arrancaba destellos plateados. Su madre empezó a gritar. Tenía sangre en la cara, en las manos, en las musculosas piernas, en el vestido de fresas. Entonces Joanna se dio cuenta de que mamá no le gritaba al hombre: la estaba gritando a ella.

La vida de su madre quedó segada allí mismo; el gran cuchillo plateado le atravesó el corazón como si trinchara carne. Tenía treinta y seis años.

El hombre debió de asestarle también una cuchillada a Jessica antes de que esta echara a correr, porque había un reguero de sangre, un rastro que los condujo hasta donde estaba, aunque no de inmediato, porque el campo de trigo se había cerrado en torno a la niña y la cubría como una manta dorada. Yacía abrazada al cuerpo del perro; la sangre de los dos se había mezclado para empapar la tierra agostada y regar el grano, como un sacrificio a la cosecha. Joseph murió donde estaba, atado a la sillita. A Joanna le gustaba pensar que ni siquiera se había despertado, pero no lo sabía.

Y Joanna. Joanna obedeció a su madre cuando la oyó gritar.

—Corre, Joanna, corre —chilló, y Joanna echó a correr hacia el campo y se perdió en el trigo.

Más tarde, cuando ya era de noche, llegaron otros perros y la encontraron. Un extraño la cogió en brazos y se la llevó.

—No tiene un solo arañazo —oyó que decía una voz.

Las estrellas y la luna brillaban en el cielo frío y negro sobre su cabeza.

Debería haberse llevado consigo a Joseph, debió haberlo arrancado de la sillita, o haber corrido con la sillita (Jessica lo habría hecho). No importaba que solo tuviese seis años, que fuera imposible que pudiese huir corriendo con la sillita y que el hombre no habría tardado más de unos segundos en alcanzarla; esa no era la cuestión. Habría sido mejor tratar de salvar al bebé y morir que no intentarlo y seguir viva. Habría sido mejor morir con Jessica y su madre que quedarse atrás sin ellas. Pero no se le ocurrió pensar en nada de eso; solo hizo lo que le decían.

«Corre, Joanna, corre», ordenó su madre. De modo que eso hizo.

Era curioso, pero ahora, treinta años después, lo que la sacaba de quicio era que no conseguía recordar cómo se llamaba el perro. Y no quedaba nadie a quien preguntárselo.

SEGUNDA PARTE
Hoy

De su propia sangre

El parque municipal se extendía a lo largo del pueblo y estaba dividido en dos por una estrecha carretera. La escuela primaria daba a esa explanada de césped. La explanada no era cuadrada como él había imaginado en principio, y tampoco tenía un estanque con patos, otra cosa que también había supuesto. Oriundo como era de Yorkshire, cabía pensar que aquel paisaje le resultaría familiar, pero aquellos cereales le eran extraños. Su conocimiento de los Dales era de segunda mano, sacado de la televisión y de las películas, de un ocasional vistazo a la serie *Emmerdale*, de una noche amodorrado en el sofá viendo *Las chicas del calendario* en una cadena por cable.

Ese día, una mañana de miércoles a primeros de diciembre, estaba todo muy tranquilo. En el parque habían plantado un árbol de Navidad, pero seguía en su estado natural, sin adornos ni luces.

La última vez (la primera vez) que había estado allí para echar un vistazo fue una tarde de domingo, en plena temporada de verano, y el pueblo estaba a rebosar de turistas que hacían pícnic en la hierba, de niños correteando, y de ancianos sentados en los bancos; todo el mundo comía helados. Había una especie de cajón de arena en un extremo en el que la gente –lugareños, no turistas– jugaba a lo que pensó que debía de ser el herrón, y que consistía en lanzar grandes argollas de hierro tan pesadas como herraduras. No sabía que la gente hiciera aún esas cosas. Era raro. Era medieval. Todavía había cepos de tortura junto a la cruz de término y, según la guía que había comprado, una «plaza de toros». Pensó en el centro comercial de Birmingham que llevaba ese nombre, hasta que siguió leyendo y descubrió que, en efecto, servía para corridas. Supuso que los cepos y la plaza de toros eran vestigios del pasado, conservados para los turistas, y que no se seguían utilizando (eso esperaba). El pueblo era un lugar al que la gente llegaba en coche para entonces apearse de él y pasear. Él nunca lo hacía así. Si caminaba, partía desde donde estuviese.

Se ocultó tras un ejemplar del *Darlington and Stockton Times* y estudió los pequeños anuncios de funerarias, decoradores y coches de segunda mano. Le pareció que resultaría menos sospechoso que leer un periódico nacional, aunque lo había comprado en Hawes y no en la tienda del pueblo, donde habría llamado demasiado la atención. Aquella gente tenía un radar muy fino para los forasteros raros. Probablemente quemaban un hombre de mimbre todos los veranos.

La última vez conducía un coche ostentoso; ahora pasaba más inadvertido, al volante de un Discovery de alquiler manchado de barro, ataviado con botas de montaña y una chaqueta North Face forrada de borreguito, con una guía de la zona en una funda de plástico colgada al cuello, que había comprado asimismo en Hawes. De haber podido conseguirlo, se habría llevado también un perro, para así parecer un clon de cualquier otro visitante. Debería ser posible alquilar perros. Eso sí que era un vacío en el mercado.

Había llegado en el coche de alquiler desde la estación. Tenía previsto conducir todo el camino (el coche ostentoso), pero cuando se sentó al volante y le dio al contacto se encontró con que el coche estaba completamente muerto. Algo misterioso, supuso, que tendría que ver con la electrónica. Ahora el coche estaba en un taller de Walthamstow, al cuidado de un tipo polaco llamado Emil que tenía acceso (bonito eufemismo) a piezas originales BMW a la mitad de precio que un proveedor oficial.

Miró el reloj, un Breitling de oro, un regalo caro. Tiempo de calidad. Le gustaba la parafernalia de macho –coches, navajas, chismes, relojes–, pero no estaba seguro de que él hubiese gastado tanto dinero en un reloj. «A caballo regalado, no le mires el diente», había dicho ella con una sonrisa al dárselo.

–Oh, date prisa, joder –musitó, y dio un cabezazo contra el volante, aunque no muy fuerte, no fuera a llamar la atención de algún transeúnte.

Pese al disfraz, sabía que el tiempo que uno podía permanecer en un sitio pequeño como aquel sin que alguien empezase a hacer preguntas era limitado. Suspiró y miró el reloj. Le daría otros diez minutos.

Al cabo de nueve minutos y treinta segundos (los estaba contando, ¿qué otra cosa se podía hacer mientras uno montaba guardia?), una vanguardia compuesta por dos niños y dos niñas salió corriendo de la escuela. Llevaban sendas porterías de fútbol y, con una experta maniobra, las plantaron en el césped de la explanada. El parque municipal parecía hacer las veces de patio del colegio. No conseguía imaginar cómo sería asistir a una escuela así. Él había cursado la primaria en una cloaca superpoblada y carente de fondos en la que se aplicaba el darwinismo social a la menor ocasión. Supervivencia de los más rápidos. Y esa fue la parte buena de su educación. Su formación propiamente dicha, el tiempo empleado de verdad en sentarse en un aula y aprender algo, se la había proporcionado el ejército.

Un torrente de niños vestidos con chándal brotó del colegio para desparramarse por el césped como un delta. Los siguieron dos maestras, que empezaron a sacar pelotas de una cesta. Contó a los niños a medida que salían, a los veintisiete. Los más pequeños salieron los últimos.

Por fin llegaron los que estaba esperando: los párvulos. Se reunían todas las tardes de miércoles y viernes en la pequeña explanada de hierba de detrás del colegio. Nathan era uno de los más pequeños, y caminaba tambaleándose de la mano de una niña mucho mayor. Nat. Pequeño como un ratoncito. Iba embutido en una especie de pelele acolchado. Tenía unos ojos oscuros y rizos negros que sin la menor duda había heredado de su madre. Una naricita de piñón. No corría riesgo alguno, la madre de Nathan no estaba allí: había ido a visitar a su hermana, que tenía cáncer de mama. Nadie lo conocía. Un forastero en tierra extraña. No había ni rastro del señor Artista de Pacotilla. El falso padre.

Bajó del coche, estiró las piernas, consultó el mapa. Miró alrededor como si acabara de llegar. Le llegaba el retumbar de la catarata. Desde el pueblo no se veía, pero se oía. Según la guía, Turner había hecho un bosquejo de ella. Cruzó tranquilamente una esquina de la explanada, como si se dirigiera a uno de los muchos senderos que partían del pueblo. Se detuvo, fingió volver a consultar el mapa, se acercó un poco más a los niños.

Los más mayores estaban haciendo ejercicios de calentamiento, pasándose la pelota unos a otros. Unos cuantos practicaban remates de cabeza. Nathan jugaba a pasarse una pelota con una niña de primero o segundo de primaria. Tropezó con sus propios pies. Tenía dos años y tres meses y arrugaba la carita, de pura concentración. Qué vulnerable. Podría haberlo cogido con una mano, correr de vuelta al Discovery, arrojarlo en el asiento de atrás y salir de allí antes de que alguien tuviese tiempo de hacer nada. ¿Cuánto tardaría la policía en reaccionar? Una eternidad, esa era la respuesta.

La pelota rodó hacia él. La cogió y sonrió a Nathan de oreja a oreja.

—¿Es tuya esta pelota, hijo?

Nathan asintió con timidez y él le tendió la pelota, atrayéndolo hacia sí. En cuanto lo tuvo a su alcance, le devolvió la pelota con una mano mientras con la otra le tocaba la cabeza, fingiendo revolverle el cabello. El crío saltó hacia atrás como si se hubiese quemado. La niña de primaria cogió la pelota y se llevó a Nathan a rastras, mirando furibunda por encima del hombro. Varias mujeres, madres y profesoras, se volvieron para mirarlo, pero él estaba estudiando el mapa, fingiendo indiferencia ante lo que ocurría a su alrededor.

Una de las madres se le acercó con una sonrisa radiante y educada en el rostro, y le preguntó:

—¿Puedo ayudarlo? —Cuando en realidad lo que quería decir era «Si pretende hacerle daño a alguno de estos niños, lo haré papilla con mis propias manos».

—Disculpe —respondió él, desplegando todo su encanto. A veces, ese encanto lo sorprendía incluso a él mismo—. Me he perdido.

A las mujeres les parecía increíble que un tipo admitiera que se había perdido, y de inmediato derrochaban simpatía. («Hacen falta veinticinco millones de espermatozoides para fertilizar un óvulo —solía decir su esposa— porque solo uno de ellos se detendrá a preguntar el camino»).

Se encogió de hombros, desamparado.

—Estoy buscando la catarata.

—Es por ahí —contestó la mujer, señalando detrás de él.

—Ah —repuso—, creo que he estado mirando el mapa al revés. Bueno, gracias —añadió, y se alejó a buen paso sendero abajo, hacia la catarata, antes de que la mujer pudiese decir nada más.

Tendría que quedarse por allí unos diez minutos. Sería demasiado sospechoso que volviera directamente al Discovery.

La cascada era bonita, con la piedra caliza y el musgo. Los árboles, negros y esqueléticos, y las aguas, marrones y turbias, parecían crecidas, pero a lo mejor siempre estaban así. Por allí decían de la catarata que era una «fuerza» de la naturaleza, una buena forma de designarla. Una fuerza incontenible. El agua siempre encontraba un camino, acababa por vencer sobre lo que fuera. Piedra, papel, tijera, agua. Que la fuerza te acompañe. Volvió a consultar su caro reloj. Si no lo hubiera dejado, se habría fumado un cigarrillo. No le importaría tomarse una copa. Quedarte plantado ante una catarata durante diez minutos sin fumar ni beber, sin nada que hacer, puede desestabilizarte bastante, porque te quedas a solas con tus pensamientos. Rebuscó en su bolsillo hasta dar con la bolsita de plástico que había llevado consigo. Con cuidado, dejó caer el pelo en ella, la cerró con un clip de plástico y se la guardó en el bolsillo de la chaqueta. Hasta ese momento, había estado aferrando entre los dedos el fino filamento negro que había arrancado de la cabeza del niño. Asunto concluido.

Ya habían pasado los diez minutos. Caminó deprisa de regreso al Discovery, cubierto de barro. Si no surgían problemas, al cabo de una hora estaría en Northallerton, donde cogería el tren de vuelta a Londres. Se deshizo del mapa dejándolo en un banco, un obsequio inesperado para alguien que prefiriera desplazarse andando. Jackson Brodie volvió a subir entonces a su vehículo y puso en marcha el motor. Solo había un sitio donde deseara estar. En casa. Se largaba de allí.

Vida y aventuras de Reggie Chase, con una crónica veraz de las fortunas y desventuras, florecimientos y caídas, y de la historia completa de la familia Chase

Reggie metió una cucharada de alguna clase de puré de verduras en la boca del bebé. Menos mal que estaba atado a la trona, porque, de vez en cuando, estiraba brazos y piernas y trataba de lanzarse al vacío como una estrella de mar suicida. «No puede controlar la alegría –le había dicho a Reggie la doctora Hunter, riendo–. La comida lo pone muy contento». El bebé no tenía manías, y eso que el puré («de boniato y aguacate») olía a calcetines sucios y tenía aspecto de diarrea de perro. Toda la comida del bebé era orgánica y casera: la propia doctora Hunter la preparaba para luego triturarla y congelarla en pequeñas tarrinas de plástico, de modo que Reggie solo tenía que descongelarla y calentarla en el microondas. El bebé tenía un año y la doctora todavía le daba de mamar cuando volvía del trabajo. «Proporciona muchos beneficios para la salud a largo plazo –decía, para añadir cuando Reggie apartaba la vista avergonzada–: Para eso sirven los pechos». El bebé se llamaba Gabriel. «Mi ángel», según la doctora.

Reggie llevaba seis meses como «aya» del hijo de la doctora Hunter. Se habían puesto de acuerdo en utilizar ese anticuado término en una entrevista de trabajo, por llamarla de algún modo, pues a ninguna de las dos le gustaba el de «niñera».

–Me suena a vieja gruñona –comentó Reggie.

–Yo tuve una niñera una vez –reveló la doctora–. Era un absoluto espanto.

Reggie tenía dieciséis años y aparentaba doce. Si se le olvidaba la tarjeta del autobús, aún podía viajar pagando la tarifa infantil. Nadie preguntaba, nadie comprobaba nada, nadie reparaba siquiera en ella. A veces se preguntaba si sería invisible. Era muy fácil colarse por las rendijas, en especial si eras menuda.

Cuando le caducó la tarjeta del autobús, Billy le ofreció hacerle otra. Le había hecho ya un carnet de identidad. «Para que puedas entrar en los bares de copas», le dijo. Pero Reggie nunca iba a bares de copas, para empezar, porque no tenía con quién ir; además, con su aspecto, el carnet falso no habría engañado a nadie. La semana anterior, sin ir más lejos, cuando hacía el turno del domingo por la mañana en la tienda del señor Hussain, una mujer le dijo que era demasiado pequeña para llevar maquillaje. A Reggie le habría gustado contestar: «Pues usted es demasiado vieja para llevarlo», pero, al parecer a diferencia del resto del mundo, guardaba sus opiniones para sí.

Reggie se pasaba la vida diciendo «Tengo dieciséis años» a gente que no la creía. Lo absurdo era que, en el fondo, tenía cien. Además, no quería ir a un bar de copas; no veía sentido al alcohol ni a las drogas. La gente ya ejercía demasiado poco control sobre sus vidas, no le hacía falta perderlo aún más. Pensaba en mamá y en el Hombre-que-vino-antes-de-Gary empinando el codo con vino blanco barato del Lidl y «poniéndose alegre», como le gustaba decir al Hombre-que-vino-antes-de-Gary. Gary tenía dos grandes ventajas sobre el Hombre-que-vino-antes-de-Gary: una, no estaba casado, y dos, no le lanzaba miradas lascivas a Reggie cada vez que la veía. Si mamá no hubiese conocido a Gary, en ese preciso momento –Reggie miró el reloj– estaría pasando códigos de barras por el escáner y deseando que llegara su hora de descanso de la tarde («Té, una barrita Twix y un pitillo, cariño»).

«¿Quieres un teléfono?», le preguntaba siempre Billy, sacándose dos o tres del bolsillo. «¿Wadjyerwan, Nokia, Samsung?» ¿Para qué? Los teléfonos de Billy nunca funcionaban más de una semana. Parecía más seguro, en todos los sentidos, conservar su móvil prepago de Virgin. A Reggie le gustaba la forma en que Richard Branson había convertido Virgin en una gigantesca marca global, como habían hecho los católicos con la madre de Jesús. Era agradable ver esa palabra por ahí. Reggie estaría muy contenta de morir virgen. La reina virgen, *Virgo Regina*. Una vestal. La señorita MacDonald decía que a las vestales que «perdían su inocencia sexual» las enterraban vivas. Dejar que se consumieran los fuegos vestales era indicio de impureza, lo que le parecía un poco cruel. ¿En qué clase de neurótica te convertía eso? En especial en una época anterior a las pastillas para encender fuego.

Juntas, habían hecho una rápida traducción de algunas cartas de Plinio. «Plinio el Joven», puntualizaba siempre la señorita MacDonald, como si fuera de crucial importancia no equivocarse de Plinio, cuando, en realidad, no debía de quedar prácticamente nadie sobre la Tierra a quien le importara un rábano quién era el viejo y quién el joven. A quien le importara un rábano cualquiera de los dos, y punto.

Aun así, era agradable pensar que Billy estaba dispuesto a hacer cosas por ella, aunque casi siempre fueran cosas ilegales. Había aceptado el carnet de identidad porque era práctico tenerlo a mano cuando nadie se creía que tenía dieciséis años, pero nunca había aceptado el ofrecimiento de la tarjeta de autobús. Nunca se sabía. Podía convertirse en el primer paso en una resbaladiza pendiente que acabara en algo más grande. Billy había empezado birlando caramelos de la tienda del señor Hussain, y no había más que verlo ahora, prácticamente un delincuente profesional.

–¿Tienes mucha experiencia con niños, Reggie? –le preguntó la doctora Hunter en la entrevista por llamarla de algún modo.

–Oh, sí, muchísima. Montones y montones de experiencia –respondió sonriendo y asintiendo con la cabeza para animar a la doctora, a la que no parecía dársele muy bien entrevistar a la gente–. Tengo mucha experiencia, se lo juro.

Reggie no se habría contratado a sí misma. Tenía dieciséis años y ninguna experiencia con niños, aunque sí contaba con estupendas referencias del señor Hussain y de la señorita MacDonald, así como con una carta de Trish, una amiga de mamá, en la que decía que era muy buena con los niños, basándose en el hecho de que, a cambio de la merienda, había pasado un año entero quedándose las tardes de los lunes con Grant, el hijo mayor de Trish y un verdadero tontorrón, tratando de ayudarlo a aprobar las matemáticas de los últimos cursos de secundaria (un caso perdido como no había otro).

En realidad, hasta entonces, Reggie nunca había visto de cerca a un niño de un año, ni a ningún otro niño pequeño, de hecho. Pero ¿qué había que saber? Eran pequeños, estaban desamparados y confusos, y ella podía identificarse fácilmente con esas cosas. Y no hacía tanto que Reggie misma era una cría aunque tuviera un «alma vieja», como le había dicho una vidente. Cuerpo de niña y mente de anciana. Vieja antes de tiempo. No era que creyera en videntes. La mujer que le dijo lo del alma vieja vivía en una casa nueva de ladrillo con vistas a los montes Pentland y se llamaba Sandra. La había conocido en una despedida de soltera de una amiga de mamá que estaba a punto de embarcarse en otro matrimonio desastroso, y, como de costumbre, Reggie había acompañado a su madre como una mascota. Eso pasa cuando no se tienen amigos propios, la vida social consiste en expediciones para consultar videntes, a salas de bingo, a conciertos de Daniel O'Donnell («Dile a Reggie que se apunte a nuestra juerguecita»). No era de extrañar que tuviese un alma vieja. Incluso ahora que mamá no estaba, sus amigas seguían llamándola para decirle: «Nos vamos de compras a Glasgow, Reggie, ¿te vienes con nosotras?» o «¿Te apetece ver *Hermanos de sangre* en el Playhouse?». No y no. Se acabaron nuestras juerguecitas. Ja.

La vidente, Sandra, no era muy sobrenatural que digamos. Secretaria en un bufete, rolliza y cincuentona, llevaba un cárdigan rosa con el cuello de chal sujeto por un camafeo de coral. En su cuarto de baño, todos los artículos de tocador eran de la línea Gardenia de Crabtree & Evelyn y estaban alineados a dos centímetros justos del borde de los estantes, como si aún estuviesen en la tienda.

–Tu vida está a punto de cambiar –le dijo Sandra a su madre. No se equivocaba.

Aun ahora, a Reggie le parecía captar a veces el aroma empalagoso de las gardenias.

La doctora Hunter era inglesa, pero había estudiado medicina en Edimburgo y nunca volvió a cruzar la frontera sur de Escocia. Era médico de cabecera en un consultorio de Liberton, donde pasaba visita a partir de las ocho y media de la mañana, de modo que el señor Hunter hacía «el primer turno» con el bebé. Reggie se ocupaba de él a partir de las diez y esperaba a que la doctora llegase a casa a las dos (aunque solía ser cerca de las tres, «media jornada, pero da la sensación de que es jornada completa», se lamentaba con un suspiro), y entonces se quedaba hasta las cinco, que era la parte del día que más le gustaba, porque estaba con la doctora Hunter.

Los Hunter tenían un televisor de cuarenta pulgadas en el que Reggie veía los DVD de *Balamory* con el bebé, aunque él siempre se quedaba dormido en cuanto empezaba la música del programa, acurrucado en su regazo en el sofá, como un monito. Le sorprendía que la doctora Hunter dejara que el bebé viera tanta televisión, pero ella decía «Oh, cielos, ¿por qué no? ¿Qué daño puede hacerle, de vez en cuando?». Reggie pensaba que no había nada más agradable que tener a un bebé dormido encima, excepto, quizá, tener a un perrito o un gatito. Había tenido un perrito una vez, pero su hermano lo tiró por la ventana. «No creo que lo haya hecho a propósito», dijo mamá, pero nadie hace esa clase de cosas sin querer y mamá lo sabía. Y Reggie sabía que su madre lo sabía. Mamá solía decir: «Billy puede ser problemático, pero es nuestro problema. La sangre es más espesa que el agua». Y también es muy pegajosa. El día en que el perrito salió volando por la ventana fue el segundo peor día de la vida de Reggie hasta el momento. El día en que se enteró de lo de mamá fue el peor de todos. Obviamente.

La doctora y el señor Hunter vivían en la parte más bonita de Edimburgo, con vistas a Blackford Hill, a mucha distancia en todos los sentidos de la caja de zapatos en una tercera planta en Gorgie, donde Reggie vivía sola ahora que su madre ya no estaba. En realidad, quedaba a dos trayectos de autobús, pero no le importaba. Siempre se sentaba en el piso de arriba y observaba el interior de las casas mientras se preguntaba cómo sería vivir en ellas. Ahora contaba con la ventaja añadida de ver los primeros árboles de Navidad en las ventanas. (La doctora Hunter siempre decía que los placeres simples eran los mejores, y tenía razón). Además, podía adelantar un montón los deberes. Ya no iba a la escuela, pero estaba siguiendo el currículo escolar. Literatura inglesa, griego clásico, historia de la Antigüedad, latín. Cualquier cosa muerta, en realidad. A veces, se imaginaba a mamá hablando latín *(Salve, Regina)*, algo como poco improbable, siendo benevolente.

Por supuesto, no tener ordenador significaba pasarse mucho tiempo en la biblioteca municipal y en cibercafés, pero a Reggie le gustaba, pues en un cibercafé nadie iba a decirle «Regina rima con vagina», como le pasaba en la espantosa escuela pija a la que iba antes. Hasta que el trasto exhaló su último aliento, la señorita MacDonald tenía un Hewlett-Packard antediluviano que le permitía utilizar. Lo había comprado en la prehistoria, con Windows 98 y módem de AOL, lo que significaba que para entrar en internet había que armarse de paciencia.

La propia Reggie estuvo en posesión, por poco tiempo, de un MacBook con el que Billy apareció la Navidad anterior. No había entrado en una tienda a comprarlo, ni mucho menos; el concepto de venta al por menor era ajeno a Billy. Le había propuesto pasar la Navidad con ella juntos («nuestras primeras navidades sin mamá»). Incluso preparó un pavo, y hasta flambeó el pudin con brandy, pero Billy no llegó más que al discurso de la reina y dijo que tenía que «hacer algo».

–¿Qué? –quiso saber Reggie–. ¿Qué puedes tener que hacer el día de Navidad?

Billy se encogió de hombros y respondió:

–Esto y aquello.

Reggie pasó el resto del día con el señor Hussain y su familia, que celebraban una Navidad sorprendentemente victoriana. Un mes después, Billy entró en casa cuando ella no estaba y se llevó el MacBook porque, obviamente, tampoco entendía el concepto de regalo.

Y había que reconocer que las bibliotecas y los cibercafés eran mejores que el piso vacío. «Ah, un lugar limpio y bien iluminado», comentó la señorita MacDonald. Ese era el título de un relato de Hemingway que le había hecho leer («Un texto fundamental», insistió), aunque no estuviera en el plan de estudios del bachillerato superior, de modo que Reggie protestó: «¿No sería mejor que leyera algo que sí lo estuviera?, ssssssñorita MacDonald?». Alargaba siempre la «s», como si fuera una avispa furiosa (que, por otra parte, era una descripción bastante buena de su carácter).

La señorita MacDonald insistía en que había que leer también sobre «el contexto de las lecturas obligatorias» («¿Quieres ser una chica culta o no?»). De hecho, casi siempre parecía más volcada en ese contexto que en las lecturas en sí. La idea de la señorita MacDonald de documentarse sobre el contexto de una lectura era comparable a coger un avión y comprobar hasta qué punto podías alejarte de ella. La vida es demasiado corta, habría protestado Reggie, solo que probablemente no era un buen argumento para esgrimir ante una mujer moribunda. Había elegido *Grandes esperanzas* y *La señora Dalloway* como lecturas obligatorias, y le parecía suficiente con documentarse sobre Dickens y Virginia Woolf (esto es, con leer toda su *œuvre*, como insistía en llamarla la señorita MacDonald), incluidas sus cartas, diarios y biografías, sin desviarse por la carretera secundaria de los relatos de Hemingway. Pero cualquier resistencia era inútil.

La señorita MacDonald le había prestado casi todas las novelas de Dickens y las demás las compró en tiendas de beneficencia. Le gustaba Dickens; sus libros estaban llenos de valientes huérfanos abandonados que luchaban por abrirse camino en el mundo. Ella conocía demasiado bien esa senda. También estaba leyendo *Noche de Reyes*. Reggie y Viola, huérfanas de la tormenta.

La señorita MacDonald había sido profesora de literatura clásica; de hecho, había sido la profesora de clásicas de Reggie en la espantosa escuela pija a la que iba antes, y ahora le daba clases para que pudiera sacarse el bachillerato superior. La capacitación académica de la señorita MacDonald para darle clases de literatura inglesa se basaba en su afirmación de que había leído todos los libros que se habían escrito. Reggie no lo ponía en duda, pues las pruebas estaban por todas partes en la casa vergonzosamente desordenada de la señorita MacDonald. Podría haber abierto una sucursal de una biblioteca (o provocado un incendio doméstico espectacular) con la cantidad de libros que tenía amontonados por doquier. Poseía asimismo todos y cada uno de los clásicos de la colección Loeb que se habían publicado, en rojo los latinos y en verde los griegos, centenares de ellos apretujándose en sus estanterías. Odas y epodas, églogas y epigramas. Todo.

Se preguntaba qué sería de todos aquellos preciosos clásicos de Loeb cuando la señorita MacDonald muriese. Suponía que no sería muy educado pedírselos.

Las clases no eran exactamente gratis porque, a cambio, Reggie siempre andaba haciendo recados para la señorita MacDonald, como recogerle recetas y comprarle medias en los British Home Stores, crema de manos en Boots y «esos pastelillos de cerdo que tienen en Marks and Spencer». Era muy específica con respecto a las tiendas en que una debía comprar. A Reggie le parecía que a una persona a las puertas de la muerte en realidad no debería preocuparle tanto de dónde salían los pastelillos de cerdo. Probablemente, con un poco de esfuerzo, la propia señorita MacDonald podría haberse agenciado esas cosas por sí misma, puesto que aún tenía su coche, un Saxo azul que conducía como lo habría hecho un chimpancé excitable y miope, acelerando cuando debía frenar, frenando cuando debía acelerar, transitando despacio por una vía rápida, y rápido por un carril lento; más como si estuviera en el simulador de una sala recreativa que en una calle real.

Reggie ya no acudía a la espantosa escuela pija porque hacía que se sintiera como un ratón en una casa de gatos. «Extraescolares, vacaciones y alimentación incomparables». Había obtenido una beca a los doce años, pero no era la clase de escuela a la que una persona llegaba desde otro planeta sin otra cosa que su cerebro para recomendarla. Una persona que nunca parecía llevar los complementos del uniforme que debía, que nunca contaba con el equipo de deporte adecuado (que, en cualquier caso, era un desastre absoluto en deportes, con equipo adecuado o sin él), que nunca comprendía el lenguaje secreto de las jerarquías del colegio. Por no mencionar una persona que tenía un hermano mayor que a veces deambulaba ante las puertas de la escuela comiéndose con los ojos a las chicas de buena familia, con sus impecables cortes de pelo. Reggie sabía que Billy tenía tratos con algunos chicos (de buena familia, con cortes de pelo impecables, etcétera), chicos que, pese a estar destinados a seguir el código genético enroscado en sus venas y convertirse en abogados de los tribunales de Edimburgo, andaban consiguiendo drogas recreativas a través del hermano de Reggie Chase. Billy tenía la misma edad que ellos, pero era distinto en todos los demás sentidos.

Con lo que costaba la matrícula podría haberse comprado dos coches de lujo por curso; la beca de Reggie solo cubría una cuarta parte, y el ejército pagaba el resto. «Culpabilidad con retraso», decía su madre. Por desgracia, no había nadie para cubrir los extras, esos complementos del uniforme que ella nunca tenía, los libros, los viajes escolares, los impecables cortes de pelo. Su padre era soldado en el Regimiento Real escocés, pero Reggie no llegó a conocerlo. Su madre estaba embarazada de seis meses de ella cuando lo mataron en la guerra del Golfo, abatido por «fuego amigo». La mayoría de la gente ya estaba fuera del seno materno cuando se topaba por primera vez con la ironía, le dijo un día a la señorita MacDonald.

–Relegada a la historia –respondió la maestra.

–Bueno, todos lo estamos, señorita Mac.

Tanto su madre como ella tenían siempre varios trabajos a la vez. Aparte de su empleo en el supermercado, mamá planchaba para un par de pensiones y Reggie trabajaba en la tienda del señor Hussain los domingos por la mañana. Incluso antes de dejar la escuela, siempre había trabajado, repartiendo periódicos, en turnos de sábado y cosas por el estilo. Ponía a buen recaudo el dinero en su cuenta de ahorros, después de descontar hasta el último penique del pago del alquiler y las facturas, el móvil prepago y la tarjeta Topshop.

–Tus intentos de llevar la contabilidad doméstica son encomiables –decía la señorita MacDonald–. Una mujer debe saber cómo administrar el dinero.

Su madre era de Blairgowrie, y, al dejar la escuela, su primer empleo había sido en una fábrica de pollos, controlando una cadena de rosáceos bichos desplumados mientras eran sumergidos en agua hirviendo. Con eso había establecido un listón, porque, a partir de entonces, hiciera lo que hiciese, decía: «No es tan malo como la fábrica de pollos». Reggie suponía que la fábrica de pollos habría sido terrible, porque su madre había tenido algunos empleos de porquería en su vida. Le encantaba la carne –sándwiches de beicon, estofados, salchichas con patatas–, pero Reggie nunca la había visto comer pollo,

43

ni siquiera cuando el Hombre-que-vino-antes-de-Gary traía un cubo de esos del Kentucky Fried Chicken, y eso que el Hombre-que-vino-antes-de-Gary conseguía que mamá hiciera casi cualquier cosa. Pero comer pollo, no.

Pese a los aspectos académicos –diez calificaciones máximas en los exámenes del bachillerato elemental–, para Reggie supuso un verdadero alivio cuando falsificó una carta de su madre en la que decía que se mudaban a Australia y que la niña no volvería a la espantosa escuela pija tras las vacaciones de verano.

Mamá se había sentido muy orgullosa cuando obtuvo la beca («¡Tengo un genio de hija! ¡Yo!»), pero una vez que ella ya no estaba, no tenía mucho sentido. Y ya era bastante malo irse al colegio por las mañanas sin nadie a quien decirle «Adiós», pero volver a una casa vacía sin nadie a quien decirle «Hola» era incluso peor. Jamás habría creído que dos palabras tan simples pudieran ser tan importantes. *Ave atque vale.*

La señorita MacDonald ya no iba a la espantosa escuela pija porque tenía un tumor en el cerebro creciéndole como un champiñón.

Reggie no pretendía ser egoísta ni nada parecido, pero confiaba en que la señorita MacDonald pudiese prepararla para los exámenes de bachillerato superior antes de que el tumor acabara de devorarle el cerebro. «Nada nuestra que estás en la Nada», solía decir la señorita MacDonald. En realidad, estaba bastante amargada. De una persona moribunda cabía esperar que se sintiera algo resentida, pero la señorita MacDonald siempre había sido así; la enfermedad no la había vuelto una persona más agradable; incluso ahora que tenía la religión, no rebosaba precisamente de caridad cristiana. Podía mostrarse bondadosa en los pormenores, pero no en general. Mamá había sido buena con todo el mundo, eso era lo que la salvaba; incluso cuando era una estúpida –con el Hombre-que-vino-antes-de-Gary o hasta con el propio Gary–, nunca perdía de vista ser buena. Sin embargo, la señorita MacDonald también tenía cosas que la salvaban: era buena con ella y adoraba a su perrita, y esas dos cosas contaban mucho en opinión de Reggie.

A ella le parecía que la señorita MacDonald tenía suerte al haber dispuesto de mucho tiempo para hacerse a la idea de que se estaba muriendo. A Reggie no le gustaba pensar que podías andar por ahí más contenta que unas pascuas y al instante siguiente simplemente haber dejado de existir. Al salir de una habitación, al subirte a un taxi. Zambullirte en las aguas frescas y azules de una piscina y no volver a salir jamás. «Nada y, después, nada.»

–¿Entrevistó a muchas chicas para este trabajo? –le preguntó a la doctora Hunter.

–Sí, a montones –respondió la doctora.

–Miente fatal, doctora Hunter. La doctora se ruborizó y rio.

–Es verdad, ya lo sé. Ni siquiera puedo jugar al mentiroso –y añadió–, pero contigo tuve un buen presentimiento.

–Bueno, siempre hay que hacer caso a los presentimientos, doctora Hunter –concluyó Reggie.

Aunque en realidad no lo creía, porque su madre había hecho caso a sus presentimientos cuando se fue de vacaciones con Gary y mira qué había ocurrido. Y los presentimientos de Billy rara vez lo llevaban a buen puerto. Podía ser un retaco, pero era un retaco violento.

–Puedes tutearme y llamarme Jo –dijo la doctora.

La doctora Hunter decía que le había costado mucho volver al trabajo y que si de ella dependiera se habría quedado en casa.

Reggie le preguntó por qué no dependía de ella. Pues porque el negocio de Neil pasaba por «un gran bache», explicó la doctora. (Se había llevado «un chasco» y ciertas cosas habían quedado «en nada»). Siempre que hablaba del negocio del señor Hunter, la doctora entrecerraba los ojos como si tratara de distinguir los detalles de algo que se encontraba muy lejos.

Cuando estaba en la consulta, la doctora Hunter llamaba a casa constantemente para asegurarse de que el bebé estuviera bien. Le gustaba hablar con él y mantenía largas conversaciones unilaterales mientras, al otro lado de la línea, el bebé trataba de comerse el teléfono. Reggie oía decir a la doctora: «Hola, garbancito mío, ¿lo estás pasando bien?» y «Mami no tardará en llegar a casa, pórtate bien con Reggie». O muchas veces le recitaba trozos de poemas y cancioncillas infantiles; parecía conocer centenares y siempre andaba soltando estrofas de repente: «Cinco lobitos tiene la loba» o «Estaba el señor don Gato». Muchas de las que sabía eran típicamente inglesas y a Reggie le resultaban extrañas, pues se había criado con canciones tradicionales escocesas.

Si el bebé estaba dormido cuando llamaba, la doctora le pedía que le pasara a la perra.

–He olvidado mencionarte algo –comentó la doctora al final de la entrevista, por llamarla de algún modo, y Reggie pensó: «Uy, el bebé tiene dos cabezas; la casa está al borde de un precipicio; su marido es un psicópata chiflado», pero lo que dijo fue–: tenemos una perra. ¿Te gustan los perros?

–Me chiflan. Los adoro. De verdad, se lo juro.

Aunque la perra no pudiese hablar, parecía comprender el contenido de las conversaciones telefónicas («Hola, cachorrita mía, ¿cómo está hoy mi preciosa?») mejor que el bebé, y escuchaba atentamente la voz de la doctora mientras ella sostenía el auricular contra su oreja.

La primera vez que vio a Sadie, Reggie se había alarmado; era un enorme pastor alemán hembra, con pinta de estar vigilando un solar en construcción.

–A Neil le preocupaba cómo reaccionaría la perra cuando llegase el bebé –comentó la doctora–. Pero pondría mi vida en sus manos, y la del bebé también. Hace más tiempo que conozco a Sadie que a cualquiera –con excepción de Neil–. De niña tuve un perro, pero murió, y entonces mi padre no me dejó tener otro. Ahora él también está muerto, de modo que eso lo demuestra todo.

Reggie no supo muy bien qué demostraba exactamente.

–Lamento su pérdida –dijo, como decían en las series policíacas de televisión.

Lo había dicho por el perro, pero la doctora Hunter entendió que se refería a su padre.

–No tienes por qué –contestó–. Vivió mucho más de lo que le tocaba. Y llámame Jo.

Sin lugar a dudas, la doctora Hunter sentía verdadera pasión por los perros.

–Laika –prosiguió–, el primer perro que mandaron al espacio, murió de calor y estrés al cabo de unas cuantas horas. La habían rescatado de una perrera. Debió de pensar que iría a parar a una casa, a una familia, y en cambio la mandaron a la muerte más solitaria del mundo. ¡Qué triste!

El padre de la doctora Hunter seguía viviendo a medias en sus libros –había sido escritor– y ella decía que hubo un tiempo en que estaba muy de moda («Fue famoso en su época», añadió riendo), pero que sus novelas no habían «aguantado la prueba del tiempo».

–Esto es cuanto queda de él ahora –comentó, hojeando un libro mohoso con el título de *El tendero,* y añadió–: de mi madre no queda nada. A veces pienso que sería agradable tener un cepillo o un peine, un objeto que ella tocara todos los días, que formara parte de su vida. Pero todo ha desaparecido. No des nada por sentado, Reggie.

–Descuide, doctora H.

–Miras hacia otro lado y, de pronto, ya no está.

–Sé de qué habla, créame.

La doctora Hunter había relegado un inestable montón de novelas de su padre al pequeño desván sin ventanas de la casa. En realidad, era un gran armario, «ni siquiera llega a ser una habitación», decía la doctora, aunque, de hecho, era más grande que el dormitorio de Reggie en Gorgie. La doctora Hunter lo llamaba «el depósito de basura», y estaba lleno de toda clase de cosas con las que nadie sabía qué hacer: un esquí sin pareja, un palo de hockey, una impresora rota, un televisor portátil que no funcionaba (Reggie lo había probado) y un gran número de objetos de adorno que habían sido regalos de Navidad o de boda.

–*Quelle horreur!* –exclamaba la doctora las veces en que asomaba la cabeza, y le decía a Reggie–: Algunas de estas cosas son realmente espantosas.

Espantosas o no, se resistía a tirarlas porque eran regalos y siempre había que aceptar los regalos.

–Excepto si son caballos de Troya –puntualizó Reggie.

–Pero, por otro lado, a caballo regalado no le mires el diente –respondió la doctora Hunter.

–Quizá a veces habría que mirárselo –opinó Reggie.

–*Timeo Danaos et dona ferentes* –dijo la doctora.

–Totalmente de acuerdo.

Pero los regalos no se aceptaban para siempre, había advertido Reggie, pues cada vez que echaban al buzón una bolsa de plástico para la beneficencia, la doctora Hunter la llenaba con objetos del depósito de basura, y la dejaba, sintiéndose un poco culpable, ante la puerta de la casa.

–No importa de cuántas cosas me libre: nunca hay menos –se quejó la doctora con un suspiro.

–Son las leyes de la física –repuso Reggie.

El resto de la casa estaba muy ordenado, y decorado con buen gusto con alfombras, lámparas y distintos adornos. Eran objetos decorativos diferentes de las colecciones de dedales y teteras en miniatura de su madre, que pese al tamaño ocupaban un espacio valioso en el piso de Gorgie.

La casa de los Hunter era victoriana y, aunque disponía de todas las comodidades modernas, aún conservaba las chimeneas, puertas y cornisas originales; un milagro, según la doctora. La puerta principal tenía vidrieras de colores, estrellas en rojo, copos de nieve en azul y rosetones en amarillo, que proyectaban prismas de color cuando el sol incidía en ellos. Había incluso un juego completo de campanillas para el servicio y una escalera trasera que permitía a los criados corretear de aquí para allá sin ser vistos.

–Qué tiempos aquellos –comentó riendo el señor Hunter, pues pensaba que, de haber vivido cuando se construyó la casa, él se habría dedicado a encender la lumbre y lustrar las botas–. Y probablemente tú también, Reggie, mientras que Joanna andaría pavoneándose y dándose aires de grandeza por el piso de arriba, porque su familia era gente de dinero.

–De eso ya no queda nada –explicó la doctora cuando Reggie le dirigió una mirada inquisitiva.

–Por desgracia –añadió el señor Hunter.

–Malas inversiones, facturas de casas de beneficencia, despilfarro en tonterías –enumeró la doctora, como si el hecho de tener dinero y gastarlo no significara nada–. Por lo visto, mi abuelo era rico, pero derrochador.

–Y nosotros somos pobres, pero honrados –concluyó el señor Hunter.

–Aparentemente –apostilló la doctora.

En realidad, como la doctora admitió un día, sí había quedado algo de dinero, que utilizó para comprar aquella casa «muy, muy cara». «Una inversión» para el señor Hunter y «un hogar» según su esposa.

La cocina era la habitación favorita de Reggie. Su piso entero habría cabido en ella y aún quedaría espacio para unos cuantos elefantes columpiándose, si te apetecía ponerlos. Por sorprendente que fuera, al señor Hunter le gustaba cocinar y siempre andaba liado en la cocina.

—Es mi lado creativo —decía.

—Las mujeres cocinan porque la gente necesita comer —comentaba la doctora—. Los hombres lo hacen para lucirse.

Había incluso una despensa, una habitación pequeña y fría, con suelo y estantes de piedra, y una puerta de madera con grabados en forma de corazón en los paneles. La doctora Hunter guardaba allí el queso, los huevos y el beicon, así como las latas de conserva.

—Debería hacer mermelada —decía en verano, con tono de culpa—. Una despensa como esta pide a gritos mermelada casera.

Y ahora que se acercaba la Navidad, comentó:

—Me siento mal por no haber hecho picadillo de frutos secos. O un pastel de Navidad. O un pudin. En una despensa como esta debería haber un pudin envuelto en un trapo y lleno de monedas de seis peniques y amuletos.

Reggie le preguntó a la doctora si estaba pensando en las navidades de cuando era niña, pero ella se apresuró a contestar:

—No, Dios santo, qué va.

Reggie pensaba que a la despensa no le faltaba nada, salvo quizá un poco de orden. El señor Hunter siempre estaba revolviendo por allí, buscando ingredientes y desordenando las alineadas filas de latas y botes de la doctora Hunter.

La doctora Hunter («Llámame Jo»), que no creía en la religión, que no creía en «ninguna clase de trascendencia que no fuera la del espíritu humano», creía a pies juntillas en el orden y el buen gusto.

–Morris dice que uno no debe tener nada en casa a lo que no le encuentre utilidad o no le parezca hermoso –le dijo a Reggie mientras llenaban un bonito jarrón («Worcester») de flores cogidas del jardín.

Reggie pensó que se refería a alguien llamado Maurice, un amigo probablemente gay, hasta que advirtió una biografía de William Morris en la estantería y se dijo que era una tonta porque, desde luego, sabía quién era.

Dos veces por semana acudía a la casa una asistenta llamada Liz que se quejaba de todo el trabajo que tenía que hacer, pero Reggie pensaba que lo tenía bastante fácil porque los Hunter lo tenían todo bajo control; no eran nazis de las tareas domésticas, ni nada parecido, pero conocían la diferencia entre la comodidad y el caos, al contrario que la señorita MacDonald, cuya casa entera era un «depósito de basura», con trastos viejos por todas partes, recibos y bolígrafos, relojes sin llave, llaves sin cerradura, ropa apilada sobre las cómodas, montañas de periódicos viejos, media bicicleta en el vestíbulo, que apareció allí un buen día, por no mencionar la cantidad de libros digna de un bosque. La señorita MacDonald utilizaba como excusa la inminencia del rapto y del segundo advenimiento («¿Qué sentido tiene ya?»), pero en realidad era simplemente una persona poco ordenada.

La señorita MacDonald había «llegado» a la religión (solo Dios sabía cómo) poco después de que le diagnosticaran el tumor. Las dos cosas guardaban cierta relación. Reggie se decía que si a ella la estuviera devorando viva el cáncer, era posible que empezara a creer en Dios, porque sería agradable pensar que ahí fuera había alguien dispuesto a cuidar de ti. Aunque el dios de la señorita MacDonald no parecía en realidad de los que andaban cuidando de nadie, sino más bien todo lo contrario, alguien indiferente al sufrimiento humano y obsesionado por la destrucción implacable.

La doctora Hunter tenía un gran tablón en la cocina, lleno de toda clase de cosas que le hacían a uno comprender mejor su vida, como un diploma de atletismo que mostraba que antaño había sido campeona del condado, otro que atestiguaba que había cursado hasta octavo curso de piano y una fotografía suya («de cuando era estudiante») sosteniendo en alto un trofeo, rodeada de gente que aplaudía.

–Era buena en todo –comentó riendo.

–Aún lo es, doctora H –respondió Reggie.

En el tablón había fotografías que reflejaban la evolución de la vida de la doctora, otras de Sadie a lo largo de los años, montones del bebé, por supuesto, así como una de los señores Hunter juntos, riendo bajo algún sol extranjero. El resto del tablón era un popurrí de listas de la compra y recetas («Brownie de chocolate de Sheila») y también recordatorios que la doctora se dejaba a sí misma («No olvides decirle a Reggie que la clase de música para preescolares de este lunes se ha cancelado o que la reunión en la consulta se ha cambiado al viernes por la tarde»). También tenía clavadas todas las citas pendientes: con el dentista, la peluquería, la óptica. La doctora Hunter llevaba gafas para conducir, y la hacían parecer más lista incluso de lo que ya era. Se suponía que Reggie también debía llevar gafas, pero en ella tenían el efecto contrario: la hacían parecer una absoluta imbécil, de modo que solía ponérselas solo cuando no había nadie a la vista. El bebé y la doctora no contaban, porque en su presencia podía ser tal cual era, hasta con las gafas.

También había clavadas un par de tarjetas de visita dejadas por el señor Hunter a la vuelta de sus «almuerzos de trabajo», pero en realidad era el tablón de anuncios de la doctora.

La tarde anterior, una mujer había ido a ver a la doctora Hunter. Había llamado al timbre dos minutos después de que esta entrara en casa y Reggie se preguntó si habría estado merodeando por allí cerca, esperando a que llegara.

Reggie, con el bebé encajado en la cadera, la hizo pasar a la cocina y fue a avisar a la doctora Hunter, que había subido a cambiarse el traje de chaqueta negro que siempre llevaba para trabajar. Cuando Reggie volvió a bajar, la mujer estaba mirando el tablón de anuncios de una forma que le pareció demasiado impertinente en una extraña. La mujer se parecía un poco a la doctora: tenía el mismo cabello oscuro por encima de los hombros, la misma complexión delgada, quizá era un poco más alta. Y también vestía un traje de chaqueta negro. No era una vendedora de Avon, eso seguro. Reggie se preguntó si alguna vez en su vida tendría que llevar un traje de chaqueta negro.

La doctora Hunter entró en la cocina. La mujer sacó una tarjeta del bolso y, tendiéndosela, preguntó:

–¿Podemos hablar un momento?

La doctora se volvió hacia Reggie.

–¿Puedes ocuparte del bebé unos minutos, Reggie?

El bebé estaba haciendo lo de la estrella de mar suicida, tendiendo sus bracitos regordetes hacia la doctora, como si le pidiera que lo rescatara de un barco que se hundía, pero ella se limitó a sonreírle, conducir a la mujer a la salita y cerrar la puerta tras ellas. La doctora Hunter nunca ignoraba al bebé, y nunca llevaba a nadie a la salita; siempre sentaba a la gente a la gran mesa de la acogedora cocina. Durante unos instantes, Reggie temió que aquella mujer tuviera algo que ver con Billy. Le revelaría a la doctora que ella era la hermana de Billy, el chico malo, y la echarían a la calle. Nunca había mencionado a la doctora Hunter que tenía un hermano. No es que hubiera mentido, se había limitado a dejarlo fuera de la historia de su vida, que, después de todo, era lo mismo que Billy le hacía a ella.

La perra había tratado de seguirla, pero la doctora le cerró la puerta en las narices sin decirle una palabra, algo inaudito en ella; la desterrada Sadie se sentó ante la puerta y esperó pacientemente. Habría fruncido el entrecejo si un perro hubiera podido hacerlo.

Cuando la mujer se marchó, la doctora Hunter tenía una expresión rara y tensa en la cara, como si tratara de fingir que todo era normal cuando no lo era.

Ahora había una nueva tarjeta en el tablón de anuncios. En ella se leía, grabado en relieve, «Policía de Lothian y Borders», un número de teléfono y un nombre, «inspectora jefa, detective Louise Monroe».

Reggie le dio un yogur al bebé, no uno normal, sino algún tipo de yogur orgánico especial, sin aditivos ni azúcar ni nada artificial. Cuando el niño hubo perdido interés, se lo acabó ella.

Fuera hacía frío y llovía, pero en la cocina se estaba calentito y a salvo. Todavía no había adornos navideños, solo el calendario de Adviento que habían comprado el día del cumpleaños del bebé, pero Reggie podía imaginar los aromas a pino y mandarina y fuego de leña con los que, sin duda, la doctora llenaría la casa en cualquier momento. Sería su primera Navidad con la doctora Hunter y el bebé y se preguntaba si encontraría algún modo de insinuar pasarla con ellos en vez de sola o con los Hussain. No era que tuviese nada en contra de los Hussain, pero ellos no eran su familia. En cambio, la doctora Hunter y el bebé sí lo eran.

Sadie esperaba pacientemente junto a la trona. Cada vez que el bebé dejaba caer un poco de comida, lo lamía del suelo. A veces se las apañaba para pillarla al vuelo. Se la veía muy digna para ser una perra que andaba en busca de migajas. («Empieza a hacerse vieja», decía con tristeza la doctora Hunter.)

Reggie le dio al bebé un bastoncito de cereal tostado para que lo mordisqueara mientras lavaba sus cuencos; a mano, porque no se fiaba de meterlos en el lavavajillas. La vajilla del bebé era de porcelana auténtica y con dibujos tradicionales. Sus juguetes eran de buen gusto y madera, nada de cosas chabacanas o ruidosas, y llevaba siempre ropita cara y nueva, nada heredado o comprado en tiendas de segunda mano. Muchas prendas eran francesas. Ese día llevaba un pelele precioso de rayas azul marino y blancas («su atuendo de marinero», lo llamaba la doctora) que a Reggie le recordaba un traje de baño victoriano. El bebé tenía una alfombra de arca de Noé en su habitación y una lámpara con forma de gran seta roja con topos blancos de cuento de hadas. Sus sábanas estaban bordadas con barquitos de vela y sobre la cama había un cuadrito enmarcado con la fecha de nacimiento y el nombre, «Gabriel Joseph Hunter», bordados en punto de cadeneta azul.

El bebé no le tenía miedo a nada, con excepción de los ruidos fuertes e inesperados (a Reggie tampoco la entusiasmaban) y aplaudía cuando le decías «Haz palmitas», y si le preguntabas «¿Dónde está tu pelota roja?» gateaba hasta la caja de juguetes y la encontraba. El día anterior había dado sus primeros pasitos, temblorosos pero sin ayuda. («Un pequeño paso para la humanidad es una zancada de gigante para un bebé», decía la doctora). Sabía decir la palabra «perro» y también «pelota» y «matita», que era como él llamaba a su posesión más preciada, una manta que, antes de nacer, le había comprado la hermana del señor Hunter, de un verde pálido («musgo», según la doctora), para que sirviera para ambos sexos. La doctora Hunter le contó a Reggie que «en realidad» ella sabía el sexo del bebé, pero que no se lo había dicho a nadie, ni siquiera al señor Hunter, porque quería «tenerlo

55

para ella sola el máximo tiempo posible». Ahora habían recortado la manta verde a la que el bebé tenía un cariño obsesivo para hacerla más manejable. «Es su objeto transicional winnicottiano –comentó la doctora con cierto misterio–. O quizá se trate de su talismán».

La semana anterior había sido el cumpleaños del bebé y, para celebrarlo, fueron los tres (sin el señor Hunter, que estaba «muy liado» y dijo que, de todas formas, «Gabriel ni siquiera se entera de que es su cumpleaños, Jo») en el coche a tomar el té a un hotel cerca de Peebles, y la camarera se había deshecho en halagos sobre lo guapísimo que era el bebé y lo bien que se portaba. A él le pusieron un platito de helado de color rosa.

–¡Es el primero de su vida! –exclamó la doctora Hunter–. Imagínate comer helado por primera vez, Reggie.

Al bebé casi se le salieron los ojos de las órbitas de pura sorpresa cuando probó el helado rosa.

–Ah, ¡qué mono! –dijo Reggie.

Reggie y la doctora se tomaron entre las dos una bandeja entera de pastelitos.

–Creo que en mi interior tengo una persona gorda que trata de salir –exclamó Reggie.

La doctora Hunter se rio y a punto estuvo de ahogarse con un *éclair* de café en miniatura, aunque probablemente no le habría pasado nada porque Reggie le había pedido que le enseñara la maniobra de Heimlich precisamente por si ocurría algo así.

–Soy muy feliz –declaró la doctora cuando se hubo recobrado, y Reggie dijo:

–Yo también.

Y lo estupendo fue que lo eran de verdad, porque resultaba sorprendente la frecuencia con que la gente decía que era feliz cuando no lo era. Como mamá con el Hombre-que-vino-antes-de-Gary.

Eso pasó el primer día de Adviento, y la doctora Hunter dijo que era un bonito día para cumplir años, aunque ella no fuera religiosa. Compraron el calendario de Adviento en Peebles. El pueblo estaba lleno de la clase de tiendas que gusta a los viejos. A Reggie también le gustaron, y supuso que tenía algo que ver con su alma vieja.

El calendario de Adviento tenía chocolatinas detrás de cada puerta, y la doctora Hunter dijo:

–Pongámoslo en la cocina. Puedes abrir una puerta cada día y comerte una chocolatina.

Y eso fue lo que hizo Reggie, y lo que estaba haciendo en ese momento, reteniendo la chocolatina medio fundida con forma de Papá Noel en el carrillo para que durase más, mientras ponía los platos de Bunnikins del bebé en el fregadero y vertía jabón líquido Ecover en el agua caliente. La doctora Hunter no utilizaba ningún producto que no fuera ecológico, ni detergente en polvo ni jabón para suelos ni nada.

–Más vale no usar productos químicos dañinos en el entorno de un bebé –le decía a Reggie.

El bebé era un bien muy preciado, tan valioso como el objeto más valioso.

–Bueno, tuve que meterme en un montón de líos para conseguirlo –comentó la doctora riendo–. No fue fácil.

La doctora tenía que andarse con cuidado porque tenía asma («Médico, cúrate a ti mismo», decía), que había heredado de su madre. Además, siempre se resfriaba, según ella porque la consulta de un médico era «el sitio menos saludable de la tierra para trabajar, lleno de gente enferma». A veces, si Reggie estaba muy cerca de la doctora, oía un resuello en su pecho. El aliento vital, le decía la doctora. El bebé no parecía haber heredado los problemas pulmonares de su madre. («Dickens tenía asma», dijo la señorita MacDonald. «Ya lo sé –contestó Reggie–. Me he documentado sobre el contexto»).

No había evidencia alguna del gran «bache» del señor Hunter. Tenían una casa preciosa, dos coches, una nevera llena de comida cara, y al bebé no le faltaba nada.

Algunas mañanas, cuando Reggie llegaba, el señor Hunter se comportaba como un participante en una carrera de relevos: le tendía al bebé con tanta rapidez que el crío abría mucho la boca y los ojos de puro asombro ante la velocidad del intercambio. Entonces, ella y Sadie oían el fascinante bramido del enorme Range Rover al alejarse de la casa entre el crujir de la gravilla, como si el señor Hunter fuera un conductor fugitivo.

–Por las mañanas, a veces parece un oso –comentaba la doctora entre risas.

Vivir con un oso no parecía inquietarla. La traía sin cuidado.

El señor Hunter y Sadie no tenían demasiada relación. Lo máximo que él le decía era: «Apártate, Sadie» o «Baja del sofá, Sadie». La perra «formaba parte del lote», le contó a Reggie. «Sin Sadie no hay Jo.»

–Quien me quiera a mí, querrá a mi perra –decía la doctora–. El mejor amigo de la mujer.

Timmy, Milú, Jumble, Lassie, Bobby de Greyfriars. El mejor amigo de todo el mundo. Excepto la pobre Laika, la perra astronauta, que no era amiga de nadie.

Otras mañanas, el señor Hunter se quedaba en casa y hacía interminables llamadas telefónicas. A veces, salía al jardín para poder fumar mientras hablaba. Se suponía que no debía fumar, ni dentro ni fuera de la casa, pero las llamadas telefónicas parecían inclinarlo a hacerlo. «No digas nada», le decía a Reggie guiñándole un ojo, como si la doctora no fuera a oler el tabaco en su ropa o a advertir las colillas entre la gravilla.

Reggie no podía evitar oír al señor Hunter, porque siempre hablaba a voz en grito a la gente invisible del otro lado de la línea. Estaba «explorando nuevas vías», les decía. Tenía «perspectivas muy interesantes en el horizonte» y «oportunidades que se abrían». Parecía muy desenvuelto, pero en realidad estaba suplicando. «Por Dios, Mark, me estáis sangrando, joder».

El señor Hunter era guapo, y la suya era una belleza tosca y algo maltrecha, lo que aún lo hacía más interesante que si hubiese tenido un atractivo convencional. La doctora lo había conocido cuando era jefa de admisiones en el antiguo hospital Royal Infirmary, aunque él no era de Edimburgo. El señor Hunter la había cortejado mucho tiempo antes de que «cediera» y se casara con él. Se dedicaba a «algo de la industria del ocio», si bien Reggie no acababa de entender a qué exactamente.

La doctora y el señor Hunter parecían llevarse bastante bien, aunque en realidad Reggie no tenía con qué comparar su relación salvo con la de su madre y Gary (aburrida) y la de su madre y el Hombre-que-vino-antes-de-Gary (espantosa). La doctora se reía de los defectos del señor Hunter, que nunca parecía irritarla por nada. «Jo es demasiado fácil de complacer para su propio bien», opinaba él. El señor Hunter, por su parte, irrumpía en la casa con un precioso ramo de flores y una botella de vino y saludaba a la doctora con un «Hola, muñeca», como un cómico de Glasgow. Luego le daba un gran beso y a ella le guiñaba un ojo diciéndole: «Detrás de toda gran mujer, hay algún tipo de mierda, Reggie, no lo olvides».

La mayor parte del tiempo, el señor Hunter se comportaba como si ni siquiera la viera, aunque a veces la sorprendía porque estaba muy simpático. En esas ocasiones, le decía que se sentara a la mesa de la cocina mientras él preparaba café y mantenía con ella una conversación algo torpe («Bueno, y ¿cuál es la historia de tu vida, Reggie?»), aunque a menudo antes de que ella empezara a contarle su (nada despreciable) historia, a él le sonaba el teléfono y se levantaba de un salto para caminar arriba y abajo mientras hablaba («Eh, Phil, ¿cómo te va? Me preguntaba si podríamos vernos, tengo una propuesta que me gustaría hacerte»).

El señor Hunter llamaba al bebé «el peque» y lo lanzaba mucho por los aires, haciéndolo chillar de emoción. Decía que estaba deseando que «el peque» pudiese hablar y correr por ahí e ir con él a los partidos de fútbol, y la doctora le contestaba: «Ya habrá tiempo para todo eso. Sácale partido a cada instante, que el tiempo pasa sin que te des cuenta». Si el bebé se hacía daño, el señor Hunter lo cogía en brazos y decía «Vamos, hombrecito, estás bien, no ha sido nada», en tono alentador pero no muy compasivo, mientras que la doctora lo abrazaba, lo besaba y le decía «Pobre bollito mío», que era una frase aprendida de Reggie (quien a su vez la había aprendido de su madre). Cuando le decía palabras y expresiones escocesas, la doctora lo hacía con un acento escocés bastante bueno, de modo que casi parecía bilingüe.

Al bebé le gustaba bastante el señor Hunter, pero adoraba a la doctora. Cuando ella lo tenía en brazos, no apartaba los ojitos de su cara, como si absorbiera cada detalle para un examen que debiera pasar después.

–Ahora soy como una diosa para él –admitía ella riendo–, pero algún día seré esa vieja pesada que quiere que la lleven al supermercado.

–Qué va, doctora H. Creo que para él va a ser siempre divina.

–¿No deberías haber seguido en la escuela, Reggie? –preguntó la doctora Hunter con un leve ceño en sus bonitas facciones.

Reggie supuso que debía de ser así con sus pacientes. («Debería perder un poco de peso, señora MacTavish»).

–Sí, debería –contestó.

–Vamos, solete –le dijo Reggie al bebé, sacándolo de la trona para dejarlo en el suelo.

Tenía que vigilarlo en todo momento, porque en un instante estaba sentado tranquilamente tratando de averiguar cómo comerse uno de sus regordetes pies, y al siguiente gateaba en plan comando hacia el peligro más cercano. Su mayor deseo era meterse cosas en la boca y, si había un objeto lo bastante pequeño para ahogarse con él, sin duda iría directo en su busca, y ella tenía que andar siempre vigilando que no hubiese botones y monedas o uvas, que le gustaban especialmente. Había que partirle las uvas en dos, lo que era un verdadero engorro, pero la doctora le había contado el caso de una paciente cuyo bebé había muerto al atascársele una uva en la tráquea, «y nadie había podido ayudarlo», añadió, como si eso fuera peor que el hecho de la muerte en sí. Fue entonces cuando Reggie le pidió a la doctora que le enseñara no solo la maniobra de Heimlich, sino también cómo hacer el boca a boca, cómo detener una hemorragia y cómo actuar en caso de una quemadura. Y ante una electrocución y un envenenamiento accidental. (Y ante un ahogamiento, por supuesto.)

–Podrías asistir a un curso de primeros auxilios –dijo la doctora–, pero se pasan un montón de tiempo enseñándote a hacer vendajes innecesarios. Podemos practicar vendajes para muñecas y brazos, e incluso alguno básico para la cabeza, pero no necesitas nada más complicado. En realidad, solo te hace falta saber cómo salvar una vida. –Se llevó a casa un muñeco para prácticas cardiorrespiratorias que tenía en la consulta–. Lo llamamos Eliot, pero nadie recuerda por qué.

Cuando Reggie pensaba en el bebé que se había ahogado con una uva, lo imaginaba taponado como aquella anticuada botella de limonada con una canica en el gollete que había visto en el museo. Le gustaban los museos. Eran lugares limpios y bien iluminados.

El señor Hunter era muy tranquilo con respecto al bebé. Decía que los bebés eran «prácticamente indestructibles» y que la doctora se preocupaba demasiado, «pero, claro, conociendo su historia, no se podía esperar otra cosa». Ella no sabía nada de la vida de la doctora Hunter (se imaginaba preguntándole «¿Cuál es la historia de su vida, doctora H.?» y no le parecía adecuado). En realidad, lo único que sabía era que tenía a William Morris en la estantería del salón, mientras que a su propio padre lo había declarado oficialmente basura y vivía en la vieja tienda de curiosidades del desván. Por su parte, Reggie pensaba que los bebés eran destructibles en extremo, y tras la historia de la uva la había vuelto especialmente paranoica la posibilidad de que el pequeño no pudiese respirar. Pero ¿qué otra cosa podía esperar ella, dada su historia? («La respiración –decía la doctora–. La respiración lo es todo»).

A veces, tendida en la cama por las noches, Reggie contenía el aliento hasta que pensaba que los pulmones le iban a estallar, para saber qué se sentía, imaginando a su madre bajo el agua, anclada por el cabello, como alguna nueva y misteriosa clase de alga marina.

–¿Cuánto tiempo se tarda en morir ahogado? –le preguntó a la doctora Hunter.

–Bueno, hay una serie de variables, como la temperatura del agua y cosas por el estilo, pero más o menos entre cinco y diez minutos. No mucho.

Más que suficiente.

Reggie dejó los platos del bebé en el escurridero. El fregadero estaba ante una ventana que daba a un campo al pie de Blackford Hill. A veces había caballos en el campo, y a veces no. No tenía ni idea de adónde iban cuando no estaban allí. Ahora que era invierno llevaban encima unas mantas de un verde oscuro y mate, como el de las chaquetas Barbour.

En ocasiones, cuando la doctora Hunter llegaba temprano a casa, antes de que oscureciera, sacaban al bebé y a la perra al campo, y el bebé gateaba sobre la áspera hierba mientras ella perseguía a Sadie, porque a esta le encantaba que fingieras que le dabas caza, y la doctora reía y le decía al bebé «¡Vamos, corre, corre como el viento!» y el bebé se quedaba mirándola, porque, por supuesto, no tenía ni idea de qué era correr. Si los caballos estaban en el campo, permanecían alejados, como si estuvieran huyendo en secreto, lo que sin duda hacían.

Los caballos eran unas bestias grandes y nerviosas y a Reggie no le gustaba la manera en que sus labios se curvaban hacia atrás sobre los enormes dientes amarillos; se los imaginaba confundiendo el excitado puño del bebé con una manzana y arrancándole el brazo de un mordisco.

–A mí también me inquietan los caballos –dijo la doctora Hunter–. Siempre se los ve muy tristes, ¿no te parece? Aunque no tan tristes como los perros.

A Reggie los perros le parecían animales bastante felices, pero la doctora veía potencial para la tristeza en todas partes. «Qué triste», decía al ver caer las hojas de los árboles. «Qué triste», decía al oír una canción en la radio (Beth Nielsen Chapman). «Qué triste», decía cuando Sadie gemía por lo bajo al ver que ella se disponía a salir de casa. Incluso después del cumpleaños del bebé, cuando habían estado tan contentos, comiendo pasteles y helado rosa, en el coche, de vuelta a casa, la doctora dijo: «Su primer cumpleaños; qué triste, nunca más volverá a ser un bebé. Para su cumpleaños, Reggie le había regalado al bebé un osito de peluche y un babero bordado en azul con patitos y las palabras «Primer cumpleaños del bebé». Las primeras cosas siempre eran agradables, las últimas no tanto.

Muchas veces, tras uno de sus arranques de tristeza, la doctora Hunter movía levemente la cabeza como si tratara de sacudirse de encima algún pensamiento, sonreía y decía:

–Pero no hay que desanimarse, ¿verdad, Reggie? Y ella contestaba:

–No, pues claro que no, doctora H.

–Llámame Jo –decía la doctora Hunter, y añadía dirigiéndose al bebé–: Cinco lobitos tiene la loba, cinco lobitos detrás de la escoba.

Reggie nunca le había dicho a la doctora Hunter que su madre estaba muerta, pues el peso de esa tristeza podría haber sido excesivo para la doctora, incluso sin contarle la forma innecesaria y trágica en que se había ido. Y porque entonces, cada vez que la mirase, la doctora Hunter tendría su expresión triste y eso también sería insoportable. Reggie prefirió inventarse una madre. Se llamaba Jackie y trabajaba de cajera en un supermercado de un centro comercial al que la doctora Hunter nunca iba. De joven había sido campeona de danza folclórica escocesa (aunque nadie lo diría). Sus mejores amigas se llamaban Mary, Trish y Jean. Siempre andaba planeando la siguiente dieta, tenía el cabello largo (un cabello precioso, lástima que ella no lo hubiese heredado) y decía que iba a tener que empezar a recogérselo porque se estaba haciendo demasiado mayor para llevarlo suelto. Ese año cumpliría treinta y seis, la misma edad que la doctora Hunter. Tenía dieciséis cuando se comprometió con su padre, diecisiete cuando tuvo a Billy y ya era viuda a los veinte. Reggie suponía que estaba bien que lo hubiese hecho todo pronto.

Quedaba fatal en las fotos, y aún más con la cara de mema que ponía siempre que una cámara la enfocaba. Uno de sus dichos favoritos era «¡Qué mundo este!», dicho con afecto, como si el mundo fuera un crío travieso. Le gustaba leer a Danielle Steel; su flor favorita era el narciso, y hacía un pastel de carne muy bueno. De hecho, todas esas cosas eran ciertas. Lo único inventado era el pequeño detalle de que estaba viva.

Cuando limpiaba la encimera, con el rabillo del ojo Reggie vio moverse algo al fondo del campo. El sol apenas había asomado ese día y a esa distancia se hacía difícil distinguir algo más que formas borrosas. No era un caballo, no hacía día para caballos; estarían llevando su misteriosa vida en algún otro sitio. Fuera quien fuese, o lo que fuese, parecía corretear a lo largo del seto, un manchón negro. Le echó un vistazo a la perra para comprobar si su instinto canino la alertaba de algo, pero Sadie permanecía sentada estoicamente en el suelo junto al bebé, mientras este trataba de meterse su cola en la boca.

–Me parece que no, señorito –le dijo ella soltándole los deditos de un puñado de pelo y cogiéndolo en brazos.

Fue con el bebé hasta la ventana, pero ya no había nada que ver. El bebé le aferró un mechón de pelo; sus tirones eran terroríficos. «Instinto atávico, supongo –decía la doctora Hunter–. De los tiempos en que yo habría estado saltando de árbol en árbol y la vida de él habría dependido de lo fuerte que se aferrase a mi pelaje». A Reggie le parecía muy cómico pensar en la doctora, siempre tan pulcra con el traje de chaqueta negro que se ponía para trabajar, como una primitiva moradora de los árboles. Tuvo que buscar «atávico». Aún no había tenido ocasión de utilizar el término. Estaba dedicándose a la letra «a» del diccionario, de modo que buscar la palabra le iría bien para su empeño de mejorar su vocabulario.

Últimamente, Reggie se quedaba cada vez más rato en casa de los Hunter, mientras que la doctora parecía pasar cada vez más tiempo fuera de casa. «Está montando algo, un nuevo proyecto», le contó alegremente el señor Hunter. La doctora parecía contenta de que ella estuviera allí. De pronto, miraba por la ventana y exclamaba: «Dios santo, Reggie, ya ha oscurecido, deberías marcharte a casa –pero entonces añadía–: Detesto este tiempo tan espantoso... ¿Nos tomamos otra taza de té?».

O «Quédate y cena algo, Reggie, luego te acompaño a casa». Ella confiaba en que la doctora no tardara en decirle algún día: «¿Para qué vas a irte a casa, Reggie? ¿Por qué no te mudas a vivir aquí?», y entonces serían una familia de verdad: la doctora Hunter, Reggie, el bebé y la perra. («Neil» en realidad no figuraba en sus ensoñaciones sobre la vida familiar).

En una de esas veladas, a propósito de nada («a propósito de» era otra nueva expresión), cuando estaban bañando al bebé, la doctora se volvió hacia Reggie y dijo:

–En realidad no hay normas.

–¿En serio? –respondió ella, pues le parecía que había un montón, como cortar las uvas en dos o llevar gorro cuando ibas a nadar, por no mencionar separar la basura para los cubos de reciclaje. A diferencia de la señorita MacDonald, la doctora ponía mucho entusiasmo en reciclar.

–No, no me refiero a esa clase de cosas, sino a la forma en que vivimos nuestras vidas. No hay una plantilla, una pauta que se suponga que debemos seguir. No hay nadie observando si lo hacemos bien, no hay una manera correcta de hacerlo, tan solo vamos improvisando sobre la marcha.

Reggie no estuvo segura de entender del todo de qué hablaba la doctora. El bebé la estaba distrayendo con sus chillidos y chapoteos, como una criatura marina enloquecida.

–Lo que tienes que recordar, Reggie, es que lo único importante es el amor. ¿Me comprendes?

Eso le sonó muy bien a Reggie, un poco a lo Richard Curtis, pero muy bien.

–Alto y claro, doctora H. –contestó, cogiendo una toalla del radiador donde se estaba calentando.

La doctora sacó al bebé del agua, escurridizo como una anguila, y ella lo envolvió en la toalla.

–«Sabemos que cuando la luz se extingue, el brillo del amor permanece» –recitó la doctora Hunter–. ¿A que es bonito? Elizabeth Barrett Browning lo escribió para su perro.

—Para Flush —precisó Reggie—. Virginia Woolf escribió un libro sobre él. Me he documentado sobre el tema.

—Cuando todo lo demás se ha ido, el amor siempre permanece —concluyó la doctora Hunter.

—Totalmente de acuerdo —respondió Reggie. Pero ¿de qué le servía eso a una?

De nada en absoluto.

«Ad augusta per angusta»

Así pues iba a ser la ruta panorámica. Había tomado el camino más largo. Jackson se quitó un metafórico sombrero ante las Dixie Chicks.

Por razones que solo el propio trasto conocía, el GPS había dejado de funcionar seis o siete kilómetros después de salir del pueblo. Era obvio que en algún punto habían cogido un desvío equivocado, porque se encontró en una carretera de un solo carril que ascendía describiendo pausadas curvas por un valle desierto. No tenía cobertura en el móvil y la radio llevaba algún tiempo sin emitir más que chisporroteos y siseos. El reproductor de discos compactos contenía uno olvidado por el anterior conductor del coche de alquiler, y Jackson se preguntó en qué circunstancias estaría tan desesperado por oír otra voz como para escuchar la de Enya.

Debería haberse traído el iPod, así podría haber oído canciones sobre la pena y la salvación y la rectitud presbiteriana. Y estaba claro que había sido muy mala idea dejar aquel mapa, aunque no estaba convencido de que las carreteras de por allí se ajustaran en realidad a ninguno. De no haber sido por el letrero de un kilómetro y medio atrás, que lo tranquilizó asegurándole que se dirigía al destino correcto, a esas alturas ya habría dado la vuelta. (Aunque ¿debía tener tanta fe en los letreros?).

Con su belleza inhóspita, el paisaje empezaba a sacar a la superficie aquella vena lastimera suya que más le valía mantener a raya. Hola, oscuridad, mi vieja amiga, como dirían Simon y Garfunkel. La vida resultaba más fácil si eras un pragmático sin imaginación, un idiota feliz. «Bueno, la parte idiota sí la tienes», oyó decir en su cabeza a su exesposa Josie.

La carretera seguía las curvas del terreno y, aparte de una cuesta abajo ocasional, no paraban de ascender. Aunque Jackson se habría referido a sí mismo en singular de haber ido (Dios no lo permitiera) a pie, cuando estaba en un coche se convertía en pronombre plural. Ellos, nosotros. El coche y yo, una fusión biomecánica de hombre y vehículo. Peregrinos en la autopista de Dios.

Estaban solos. No había un solo coche más a la vista. Ni tractores ni Land Rovers, ni nadie dando tumbos por las altas llanuras, ni un solo compañero de viaje. Tampoco había granjas o corrales para ovejas, solo hierba y yerma piedra caliza y un mortecino cielo de diciembre. Estaba en la carretera rumbo a ninguna parte.

Seguía habiendo, sin embargo, un montón de resistentes ovejas vagando por allí, ajenas al peligro que representaba para ellas un jodido Discovery grande como ellas. Sin duda, parirían más adelante allí arriba, en aquellas cumbres borrascosas. Jackson se preguntó si ya estarían preñadas de los corderitos del año siguiente. Nunca se había parado a pensar en el período de gestación de una oveja; era sorprendente el efecto que una carretera solitaria podía tener en uno. Su hija había anunciado recientemente su conversión a la causa vegetariana. En una prueba de asociación de ideas, la respuesta automática de Jackson a la palabra «cordero» sería «salsa de menta»; la de Marlee sería «inocente». La matanza de los. La estaban criando como una atea, pero hablaba la lengua de los mártires. Quizá el catolicismo fuera genético, se llevara en la sangre.

–Volverse vegetariana parece ser un rito de paso de las adolescentes de hoy en día –dijo Josie durante la última visita que él hizo a Cambridge a finales de verano–. Todas sus amigas han dejado de comer carne.

Se acabó la vinculación afectiva padre-hija ante una buena hamburguesa, pues.

–Ya lo sé, ya lo sé, la carne es la muerte –dijo Jackson cuando estaban sentados a la mesa de un café elegido por Marlee y que se llamaba Semillas o Raíces o algo así. («Malas hierbas», lo llamó él para irritación de su hija).

Lo que le apetecía era un sándwich de carne con mostaza, pero se decidió por un correoso rollo integral con un relleno de aspecto anémico que supuso sería huevo pero que resultó ser –horror de los horrores– «revuelto de tofu».

–Ñam –soltó.

–No seas tan cínico, papá –respondió Marlee–. Es demasiado previsible.

¿Cuándo había empezado su hija a hablar como una mujer? Hacía apenas un año, correteaba a su lado como una cría de tres años por el sendero que bordeaba el río hasta Grantchester (donde, si la memoria no le fallaba, ella se había tomado una ensalada de jamón en el salón de té de Orchard, sin sentir la menor culpa por comerse al cerdito Babe). Ahora, por lo visto, aquella niña lo había adelantado corriendo hasta desaparecer de la vista. Volvías la espalda un solo instante y ya no estaban.

Cuando se tenían hijos, los años se contaban por los de ellos. Uno no decía «tengo cuarenta y nueve años», sino «tengo una hija de doce años». Josie tenía ahora otro hijo, otra niña, de dos años, la misma edad que Nathan. Dos niños unidos por la cadena común de ADN que compartían con su hermanastra, Marlee. Que Nathan no se pareciera a él no significaba que no fuera hijo suyo. Después de todo, Marlee tampoco se le parecía. Julia aseguraba que Nathan no era hijo suyo, pero ¿cuándo se había creído alguien lo que dijera su exnovia? Julia era una mentirosa nata. Además de actriz, por supuesto. De modo que cuando lo miró a los ojos y le dijo: «No, Jackson, el bebé no es tuyo, te estoy diciendo la verdad, ¿por qué iba a mentirte?», la reacción instintiva de él fue preguntar: «¿Por qué cambiar ahora la costumbre de toda una vida?». En lugar de discutir («En general, solo discuto con la gente que me gusta», le dijo ella una vez), Julia lo había mirado con cara de lástima.

Jackson quería un hijo varón. Un hijo al que pudiera enseñarle todas las cosas que sabía, y cómo aprender todas las que no sabía. A su hija no podía enseñarle nada, ya sabía más que él. Y además quería un hijo porque era un hombre. Así de simple. De pronto recordó la oleada de emoción que sintió al tocar la cabeza de Nathan. Esa clase de cosas volvían débil para la vida a un hombre fuerte.

Además, le había dicho a Josie:

–¿Desde cuándo a los doce se es adolescente? Pensaba que trece marcaban el comienzo. Marlee solo tiene doce.

–La segunda década ya cuenta –contestó Josie sin darle importancia–. Hoy en día empiezan pronto.

–¿Empiezan qué?

Jackson había pasado toda la adolescencia sin ser consciente de ella. A los doce era un niño, y a los dieciséis se había alistado en el ejército y se convirtió en un hombre. Entre ambas edades había recorrido el valle de las sombras de la muerte, sin ningún consuelo a su alcance.

Confiaba en que su hija hubiera vivido alegremente esos años. Llevaba una arrugada postal suya en el bolsillo, de cuando estuvo en Brujas, en viaje escolar de final de trimestre. En la postal se veía una pintoresca vista de un canal y unas antiguas casas de ladrillo rojo. Él nunca había sentido la necesidad de ir a Bélgica. Había trasladado la postal de su vieja chaqueta de cuero a la North Face –su disfraz– sin saber muy bien el motivo, solo porque un mensaje de su hija, por banal y cumplidor que fuera («Querido papá. Brujas es muy interesante, tiene un montón de edificios bonitos. Está lloviendo. He comido un montón de patatas y chocolate. ¡Te echo de menos! ¡Te quiero! Marlee XXX»), no le parecía algo que se pudiese tirar sin más. ¿De verdad lo echaba de menos? Sospechaba que la vida de su hija estaba demasiado llena para advertir su ausencia.

Una oveja de aspecto ajado, más vieja que matusalén, estaba plantada firmemente en medio de la carretera, como un pistolero que aguardara el mediodía. Jackson aminoró la marcha hasta detenerse y esperó un rato. La oveja no se apartó. Tocó el claxon, pero el animal ni siquiera movió una oreja y continuó mascando hierba lacónicamente, como un viejo temporero en una plantación de tabaco. Se preguntó si estaría sorda. Bajó del coche y le dirigió una mirada amenazadora.

–¿Vas a sacar de una vez esas pistolas o a quedarte ahí como un pasmarote?

La oveja lo miró con un destello de interés y luego siguió mascando tranquilamente.

Trató de empujarla. El bicho se resistió, apoyando su estúpido peso contra él. ¿No debería tenerle miedo? Si él fuera oveja se lo tendría.

Trató entonces de desplazarla cogiéndola por los cuartos traseros, agarrarla y ejercer torsión, pero fue imposible; era como si la hubiesen pegado con cemento a la carretera. Una llave de cabeza tampoco tuvo el más mínimo resultado. Se alegró de que no hubiese nadie por allí para presenciar aquel absurdo combate de lucha libre. Se preguntó si sería ético darle un puñetazo. Retrocedió unos pasos para reconsiderar su táctica.

Por fin, intentó empujarle las patas delanteras para hacerla caer, pero acabó por perder el equilibrio y se encontró despatarrado boca arriba sobre el asfalto. En lo alto, en el pálido cielo invernal, flotaba una nubecilla aún más pálida, tan blanca y suave como un corderito. Allí tendido, Jackson la observó avanzar de un extremo al otro del valle. Cuando el frío no solo lo hubo calado hasta los huesos sino que empezó a congelarle el tuétano de su interior, exhaló un suspiro y, poniéndose en pie, le hizo un saludo a su contrincante.

–Tú ganas –le dijo a la oveja.

Volvió a subirse al coche, conectó el reproductor de cedés y puso el disco de Enya. Cuando se despertó ya no había oveja.

Ahora sí que estaba definitivamente fuera del mapa. El cielo se había vuelto plomizo y amenazaba nieve. Ascendían más y más, hacia lo alto de alguna misteriosa cumbre. La ciudad celestial. Era una carretera con portones y resultaba laborioso tener que bajarse del coche una y otra vez para abrirlos y cerrarlos. Supuso que era una forma de tener las ovejas confinadas. ¿Todavía había pastores? Para él, un pastor era un hombre de barba desaliñada, con un jubón de piel de oveja hecho en casa, que permanecía sentado en una verde ladera en una noche estrellada, con un cayado de cuerno de carnero en la mano mientras vigilaba a los lobos que se arrastraban sobre la panza hacia su rebaño. Le sorprendió que su imagen de un pastor fuera tan poéticamente detallada y tan absolutamente inexacta. En la realidad, todo serían tractores, hormonas y desinfectantes químicos. Y hacía mucho que los lobos habían desaparecido, o en cualquier caso, los que se envolvían en pieles de lobo. Jackson era un pastor; no podía descansar hasta haber contado a los miembros del rebaño, y tenerlos a todos a salvo en el redil. Era su vocación y su maldición. Proteger y servir.

En el arcén había postes de tres metros para medir la altura de la nieve. Miró con recelo el cielo; no le gustaría quedarse atrapado allí en medio de una ventisca; nunca lo encontrarían. Tendría que atrincherarse hasta la primavera y esquilar un par de ovejas para abrigarse. Nadie conocía su paradero, pues no le había dicho a nadie que salía de Londres. Si se perdía, si le ocurría algo, no sabrían dónde buscarlo. Si alguien a quien Jackson quería se perdiera, él recorrería el mundo entero en su busca sin descanso, pero no tenía la certeza de que alguien hiciera lo mismo por él. («Te quiero», había dicho su hija, pero no sabía hasta qué punto un sentimiento como ese era firme para ella).

Pasó ante el poste de una valla con un ave de presa, alguna clase de halcón, encaramada encima como un pináculo. No era muy bueno identificando aves. Aunque sí conocía las águilas ratoneras, y había un par de ellas en el cielo, describiendo ociosos círculos en una maniobra de contención sobre los páramos, como siluetas de papel negro. «Cuando de aquí hayas partido, cada noche y todas las noches, a la tierra de las aulagas llegarás por fin. Y que Cristo reciba tu alma». Dios santo, ¿de dónde había salido eso? De la escuela, sin duda. Cuando era niño, aún estaba de moda recitar cosas de memoria. El canto fúnebre «The Lyke Wake Dirge», en su primer curso de enseñanza secundaria, antes de que su vida se descarriara. De pronto se vio allí de pie, ante el fuego de carbón, en su pequeña casa, recitando una noche el poema para un examen que tenía al día siguiente. Su hermana Niamh lo escuchaba y corregía como si lo estuviera catequizando. Olía el carbón, sentía el calor en las piernas, desnudas bajo los pantalones cortos de lana gris del uniforme. De la cocina le llegaban los aromas de la sencilla comida que su madre preparaba para la hora del té. Niamh le golpeaba la pierna con una regla cuando olvidaba las palabras. Al pensar en el pasado, lo dejaba perplejo la despreocupada brutalidad que reinaba en su familia (su hermana la ejercía casi tanto como sus padres), los golpes y bofetones, los tirones de pelo y de orejas, los pellizcos de monja; todo un vocabulario de la violencia. Era lo más cerca que podían llegar en la expresión del amor que se tenían unos a otros. Quizá tuviese algo que ver con la perjudicial mezcla de genes escoceses e irlandeses que sus padres habían aportado a la unión. Tal vez se tratara de la falta de dinero, o de la dura vida de una comunidad minera. O puede que, simplemente, les gustara. Jackson jamás había golpeado a una mujer o a un niño; se limitaba a propinar palizas a los de su propio sexo.

«Si nunca diste calcetines ni zapatos, cada noche y todas las noches, las aulagas te pincharán hasta el hueso, y que Cristo acoja tu alma».

Una aulaga era una espina, de eso se acordaba. Por el amor de Dios, típico de su escuela, hacer que los alumnos de primer curso aprendieran un canto fúnebre. ¿Qué revelaba algo así sobre el carácter de la gente de Yorkshire? Y no solo un canto fúnebre, sino el viaje de un cadáver. Una prueba. Lo que siembres, cosecharás. Haz lo que quisieras que te hicieran a ti. Entrega tus zapatos en esta vida y tendrás calzado para recorrer el páramo lleno de espinos en la siguiente. «Esta misma noche, esta misma noche, esta noche y todas las noches, el fuego y el agua y la llama de la vela, y que Cristo reciba tu alma». Jackson se estremeció y subió la calefacción del coche.

Por lo visto, después de todo, no estaba solo en aquella carretera a ninguna parte. Un poco más adelante, alguien se dirigía hacia él a pie. Fue tan inesperado que, durante un instante, se preguntó si sería alguna clase de espejismo, consecuencia de haber mirado demasiado rato la carretera. Pero no, no era un fantasma; sin duda, era un ser humano, una mujer. Al acercarse a ella redujo la velocidad. No era una excursionista ni una turista; iba vestida con un cárdigan largo, blusa, falda y zapatos tipo mocasín. Su única concesión al clima era una bufanda tejida a mano que le rodeaba el cuello con descuido. Cuarenta y tantos años, calculó, melena corta de un castaño entrecano, y cierto aire de bibliotecaria. ¿Hacían las bibliotecarias honor a su cliché? ¿O bien disfrutaban de sexo sin inhibiciones detrás de cada estantería y cubículo? Hacía varios años que Jackson no pisaba una biblioteca.

La mujer no tenía nada que la distinguiera. Ni tampoco perro. Llevaba las manos metidas en los bolsillos del cárdigan. No caminaba, sino que paseaba. De ningún sitio a ninguna parte. Era todo muy raro. Jackson detuvo el coche y bajó la ventanilla.

La mujer se acercó, le sonrió y saludó con la cabeza.

–¿La llevo a algún sitio? –preguntó él. («Nunca te subas al coche de un extraño, aunque estés perdida en medio de la nada, aunque diga que conoce a tu madre o que lleva un cachorrito en el asiento de atrás, o que es policía»).

La mujer rio con simpatía, sin miedo ni suspicacia, y negó con la cabeza.

–Va usted en la dirección equivocada –contestó. Acento de la zona. Con un ademán indicó la dirección de la que él venía y añadió–: Voy aquí cerca.

–Parece que va a nevar –comentó Jackson.

¿Por qué no llevaba abrigo? ¿Eran acaso de una raza más fuerte allí arriba? La mujer contempló el cielo unos instantes y luego dijo:

–Oh, no, no lo creo. No se preocupe. –Acto seguido, se despidió con un ademán y prosiguió con su intempestivo paseo.

No podía seguirla, ni a pie ni con el coche; lo tomaría por un psicópata. Debía de dirigirse a alguna granja que él había pasado por alto. Quizá estuviera en una hondonada, o tras la cresta de una colina. O fuera invisible.

–Como decimos en esta parte del mundo –le dijo al Discovery–, no hay nada tan raro como la gente.

La luz empezaba a declinar y se preguntó hasta qué punto oscurecería cuando el sol perdiera finalmente la batalla. Sería oscuro como la boca de un lobo, supuso, como solo pasaba en el campo. Encendió las luces.

Por el retrovisor, observó a la mujer volverse más y más pequeña hasta que desapareció en la penumbra cada vez más densa. No miró atrás ni una sola vez. De haber estado él en su pellejo de bibliotecaria, lo habría hecho.

Era un hombre de camino, un hombre que trataba de llegar a casa. Lo que importaba era el destino, no el viaje. Todo el mundo intentaba llegar a casa. Todo el mundo, en todas partes, constantemente.

Ya había oscurecido. Siguió conduciendo, un pobre forastero itinerante. ¿Estaría pasando de este mundo al venidero? «Va usted en la dirección equivocada», había dicho la mujer. Se refería a en la dirección equivocada para ella. ¿O no? ¿Había acaso un mensaje oculto en sus palabras? ¿Una señal? ¿Iba en efecto en dirección equivocada, equivocada con respecto a qué? La carretera tenía que acabar en algún sitio, aunque fuera donde empezaba.

–No hagas eso –se regañó en voz alta–. No te metas en esa mierda existencial. «Aunque recorra el valle tenebroso de la muerte».

Cuando acababa de decidir que el coche y él se habían perdido para siempre en los límites de la realidad, rebasaron la cresta de una colina y Jackson vio brillar muy abajo los faros de los vehículos en la A1, la autopista perdida, la gran arteria gris de la lógica que ayudaba a los coches a llegar de un destino conocido a otro. Aleluya.

Ella misma se encargaría
de las flores

Iría en coche a la ciudad y se acercaría a Maxwell, en Castle Street, donde le pediría a la florista que le confeccionara un ramo, algo elegante. De color azul, para la sala de estar, en una cesta de mimbre para poder colgarla de la chimenea... ¿Le gustarían los delfinios? ¿Habría delfinios todavía? Aunque no importaba cuál fuera la temporada, pues las floristerías no conseguían las flores de jardines, sino de invernaderos en Holanda. Y de Kenia. En Kenia, donde probablemente no había agua suficiente para que la gente que vive allí pueda beber, no digamos ya para regar, cultivaban flores y luego las mandaban en aviones que desprendían toneladas de dióxido de carbono en la atmósfera. Eso no estaba bien, pero ella necesitaba flores.

¿Podía alguien necesitar una flor? Cuando fueron a comprar el anillo de compromiso en la tienda de Alistir Tait, en Rose Street, Patrick le dijo al joyero: «Esta preciosa mujer necesita un gran brillante». Ahora, en retrospectiva, sonaba cursi, pero en su momento resultó encantador. Más o menos. Patrick eligió un diamante antiguo con una montura nueva y Louise se preguntó qué pobre tipo habría cavado tiempo atrás para arrancarlo del corazón de las tinieblas. Ella llevaba sangre en las manos.

Patrick era traumatólogo y estaba habituado a dirigir. «En realidad, la traumatología solo tiene que ver con martillos y cinceles, es una forma superior de carpintería», decía en broma cuando la conoció, pero estaba entre los mejores de su especialidad. Probablemente, podría ganar una fortuna en la medicina privada y, sin embargo, prefería dedicar su tiempo a recomponer con alfileres a pacientes de la Seguridad Social. («A eso te lleva toda una infancia jugando con el Mecano»).

A Louise nunca le habían gustado los médicos; nadie que hubiese estado en la universidad con estudiantes de medicina confiaría jamás en un médico. (¿Era Joanna Hunter la excepción que confirmaba la regla?). ¿Cómo se escogía a los médicos? Seleccionaban a niños de clase media buenos en ciencias, se pasaban seis años enseñándoles más ciencias y luego los soltaban para que practicaran nada menos que con la gente. Pero la gente no era ciencia, la gente era un absoluto desastre. «Bueno, es una forma de verlo», decía Patrick riendo.

Se habían conocido en un accidente, claro, ¿de qué otro modo conoce un policía a la gente? Dos años antes, Louise transitaba por la M8 en dirección a Glasgow, donde iba a asistir a una reunión con la policía de Strathclyde, cuando vio el choque en la calzada opuesta.

Fue la primera en llegar, antes que los servicios de emergencia, pero no pudo hacer nada. Un camión con tráiler se había empotrado contra la parte de atrás de un pequeño turismo de tres puertas con dos sillitas de bebé en el asiento trasero. La madre iba al volante y su hermana adolescente en el asiento del pasajero. El coche estaba parado en una cola ante los semáforos provisionales de unas obras. El conductor del camión no había visto los letreros que advertían de las obras, no había visto la cola de vehículos, solo vislumbró brevemente el pequeño turismo de tres puertas antes de embestir contra él a casi cien kilómetros por hora. El conductor del camión estaba escribiendo un mensaje en el móvil. Un clásico. Louise lo arrestó allí mismo. Le habría gustado matarlo. O, mejor aún, atropellarlo despacio con su propio camión. Empezaba a notar que estaba más sedienta de sangre que antes (y antes ya lo estaba bastante).

El coche y todos sus ocupantes quedaron completamente destrozados. Como era la más menuda y delgada, Louise («¿Puede probar usted, jefa?») había introducido una mano por lo que antes había sido una ventanilla, tratando de palpar pulsos, de contar cuerpos, de encontrar alguna clase de identificación. Ni siquiera sabían que había bebés en el asiento de atrás hasta que sus dedos rozaron una minúscula manita sin vida. Los hombres se echaron a llorar, incluido el poli de tráfico que era el oficial de enlace con la familia, y la buena de Louise, más endurecida que una piedra, lo rodeó con el brazo y le dijo «Dios mío, solo somos humanos», y se ofreció voluntaria para ser una de las que comunicara la noticia a los parientes cercanos, que era sin duda el peor trabajo del mundo. Por lo visto, se había vuelto más pusilánime. Sedienta de sangre pero pusilánime.

Una semana después había asistido al funeral. De los cuatro juntos. Fue insoportable, pero hubo que soportarlo porque eso era lo que la gente hacía, seguían adelante. Un pie después del otro, avanzando con esfuerzo día tras día. Si su hijo muriese, Louise no seguiría adelante; se quitaría de en medio con algo limpio y rápido, sin mucho estropicio, para no darles después mucho trabajo a los servicios de emergencia.

Archie quería clases de conducir como regalo por sus diecisiete años, y Patrick dijo: «Buena idea, Archie. Si apruebas el examen te conseguiremos un coche de segunda mano decente». Mientras, ella trataba de pensar en formas de impedir que Archie jamás se sentara al volante de un vehículo. Se preguntaba si sería posible acceder al ordenador del Departamento de Tráfico y ponerle alguna clase de traba en su permiso de conducir provisional. Era inspectora jefe, no debería ser un problema; después de todo, ser policía no era más que el reverso de ser criminal.

El conductor del coche de delante había resultado también gravemente herido y Patrick se pasó horas en el quirófano tratando de recomponer la pierna de aquel hombre. El chófer del camión, que no tenía ni un arañazo, fue condenado a tres años de prisión, y probablemente ya lo habrían soltado. Louise le habría sacado los órganos sin anestesia para dárselos a gente que los mereciera más que él. O eso le dijo después a Patrick, ante una taza de café asqueroso en la cantina del hospital.

—La vida es puro azar —respondió él—. Lo mejor que se puede hacer es recomponer los pedazos.

Patrick no era policía, pero no fue como casarse con alguien de fuera. Él la comprendía.

Era irlandés, lo que siempre ayudaba. Un hombre con acento irlandés podía parecer sabio, poético e interesante aunque no lo fuera. Pero Patrick además era todas esas cosas. «En este momento estoy entre una esposa y otra», comentó, y ella se había reído. Louise no quería un diamante, grande ni pequeño, pero acabó con uno de todas formas. «Puedes convertirlo en dinero cuando te divorcies de mí», dijo él. A ella le gustaba la forma en que Patrick asumía el mando, con aquella autoridad; no toleraba las tonterías de Louise, y sin embargo se mostraba afable ante ellas, como si su esposa fuera preciosa pero tuviera sus defectos y esos defectos pudieran arreglarse; como no podía ser menos. Patrick era cirujano y, como tal, pensaba que todo tenía arreglo. Sin embargo, los defectos nunca podían arreglarse. Louise era la copa dorada; tarde o temprano se le vería la grieta. ¿Y quién iba a recomponer entonces los pedazos?

Por primera vez en su vida, había renunciado a tener el control. ¿Y qué le hacía eso a una? Le hacía perder por completo el equilibrio, eso le hacía.

O quizá un centro para la mesa del comedor. Algo tirando a pequeño, algo rojo. Para que hiciera juego con la figura roja de la alfombra. Nada de rosas. Las rosas rojas no transmitían lo correcto. No estaba muy segura de qué transmitían, pero fuera lo que fuese, no era lo adecuado.

–No te esfuerces tanto –le dijo Patrick, riéndose.

Pero a ella no se le daban bien aquellas cosas, y si no se esforzaba fracasaría.

–No puedo tener una relación con nadie –anunció la primera mañana en que despertaron juntos en la cama.

–¿No puedes o no quieres? –preguntó él.

La había domado como si fuera un caballo salvaje y muy nervioso. (Pero ¿y si tan solo la había quebrantado?). Paso a paso, muy suavemente, hasta que quedó atrapada. La fierecilla domada. A las fierecillas les pasaba como a las musarañas, que en realidad eran inofensivas y no merecían su mala fama.

Él sabía cómo hacerlo. Había estado felizmente casado durante quince años, antes de que un vehículo lleno de ladronzuelos adolescentes que adelantaba en una zona de un solo carril en la A9 chocara de frente con el Polo de su esposa. De eso hacía diez años. Fuera quien fuese el inventor del volante, tenía mucho de lo que responder. Samantha. Patrick y Samantha. A ella Patrick no había podido arreglarla, ¿verdad?

Louise tenía tiempo de sobra, tiempo para comprar las flores, tiempo para hacer la compra en el Waitrose de Morningside, tiempo para preparar la cena. Lubina sobre un lecho de lentejas de Puy, suflés de roquefort horneados dos veces y tarta de limón para acabar. ¿Por qué hacerlo fácil cuando podías ponértelo lo más difícil posible? Era una mujer, de modo que, técnicamente hablando, podía hacer cualquier cosa. Los suflés de roquefort eran una receta de Delia Smith. Ascenso y caída de la burguesía. Ja, ja. Oh, Dios santo. ¡Qué le estaba pasando!; se estaba convirtiendo en una persona normal.

Estaba mareada de cansancio, eso le pasaba. (¿Por qué? ¿Por qué estaba tan cansada?). En una vida anterior, antes de que su belleza se midiera por el tamaño de un brillante, se habría relajado en el sofá con una copa (muy grande) y pedido pizza, se habría quitado las lentillas, puesto los pies en alto y visto un poco de basura por la tele, pero ahora andaba corriendo por ahí como si llevara un cohete en el culo, preocupada por delfinios y por preparar recetas de Delia. ¿Habría alguna forma de dar marcha atrás a todo aquello?

—Podemos anularlo —le dijo Patrick por teléfono—. No pasa nada, estás cansada.

No pasaría nada para él, pero para Louise sí pasaba. La hermana de Patrick y su marido venían de Bournemouth o Eastbourne o algún sitio así. La diáspora irlandesa. Estaban por todas partes, como los escoceses.

—Estarán encantados con queso y tostadas, o podemos comprar algo hecho —añadió Patrick.

Con qué maldita tranquilidad se lo tomaba todo. ¿Qué iban a pensar si ella no hacía ningún esfuerzo? Se habían perdido la boda; claro que se la había perdido todo el mundo. Era obvio que la hermana (Bridget) estaba molesta por todo el asunto de la boda.

—Nosotros dos solos en una oficina del registro —le dijo Louise a Patrick cuando por fin accedió a darle el sí.

—¿Qué pasa con Archie? —quiso saber Patrick.

—¿Tiene que venir?

—Sí. Es tu hijo, Louise.

Archie se había portado muy bien, ocupándose del anillo y aplaudiendo con discreción y timidez cuando ella dijo:

—Sí, quiero.

El hijo de Patrick, Jamie, no asistió a la boda. Era estudiante de posgrado y estaba en una excavación arqueológica en medio de algún sitio dejado de la mano de Dios. Era uno de esos chicos que disfrutaban de la vida al aire libre, y practicaba esquí, surf, submarinismo; «un auténtico chico», según Patrick, en contraste con el hijo de ella, su pequeño Pinocho.

Pidieron a dos personas de la boda siguiente que actuaran de testigos y, en agradecimiento, les dieron sendas botellas de buen whisky de malta. Louise se había puesto un vestido de seda salvaje, de un color al que el dependiente personal en Harvey Nichols se había referido como «ostra», aunque a ella le parecía simplemente gris. Pero era bonito sin resultar recargado y mostraba sus estupendas piernas. Patrick había encargado flores, pues Louise no se habría molestado en hacerlo: un anticuado ramo de rosas de color rosado para ella y capullos del mismo tono para su ojal y el de Archie.

Un par de años atrás, no mucho después de conocer a Patrick y cuando el comportamiento de Archie estaba en su fase más preocupante, Louise se había sometido a terapia, algo que había jurado que no haría jamás. Nunca digas nunca jamás. Lo hizo por Archie, pensando que los problemas de su hijo debían de ser consecuencia de los suyos, que si conseguía ser una madre mejor la vida de él mejoraría. Y lo hizo también por Patrick, porque él parecía representar para ella una oportunidad de cambiar, de convertirse en una persona como las demás.

Se trataba de terapia cognitiva conductual, que no hurgaba demasiado en las turbias aguas de su psicopatología, gracias a Dios. El principio básico era que debía aprender a evitar todo pensamiento negativo, lo que le permitiría tener una actitud más positiva ante la vida. La terapeuta, Jenny, una mujer con buenas intenciones y algo *hippy* que tenía pinta de haberse tricotado a sí misma, le dijo que imaginara un sitio donde pudiese meter todos sus pensamientos negativos, y Louise había escogido un cofre en el fondo del mar, de esos que les encantaban a los piratas en los cuentos, con tapa convexa y bordes de metal, acolchado y con cerradura para mantener a buen recaudo no un tesoro, sino los pensamientos que no le eran de ayuda.

Cuanto más detallada fuera la imagen, mejor, dijo Jenny, de modo que Louise añadió corales y conchas a la arena gruesa, percebes que colgaban de los costados del cofre, peces y tiburones curiosos que lo husmeaban, langostas y cangrejos correteando por encima, montones de algas que se mecían en la corriente. Se convirtió en una experta en candados y llaves y podía visitar su mundo submarino en un abrir y cerrar de ojos mental. El problema fue que cuando hubo encerrado todos sus pensamientos negativos en el fondo del mar no quedó nada, ni el más mínimo pensamiento positivo.

–Supongo que, sencillamente, no soy una persona positiva –le dijo a Jenny.

Pensó que la terapeuta protestaría, que la atraería a su maternal y tricotado regazo y le diría que solo era cuestión de tiempo (y dinero) que se la pudiese arreglar. Pero Jenny se mostró de acuerdo con ella:

–No, supongo que no.

Dejó de acudir a la consulta y no mucho después aceptó la proposición de Patrick.

Archie estudiaba ahora en Fettes. Dos años antes, a los catorce, había estado a punto de meterse en algo feo; solo habían sido unos cuantos robos de poca importancia, faltas de asistencia al colegio y problemillas con la policía (oh, vaya ironía), pero ella supo, porque lo había visto suficientes veces en otros adolescentes, que si no se cortaba de raíz, no se trataría de una mera fase, sino de una forma de vida. Por suerte él estaba dispuesto a cambiar, o de lo contrario no habría funcionado. Louise utilizó el seguro de vida de su madre para pagar la exorbitante matrícula, «así la vieja bruja borracha habrá servido por fin para algo». La escuela era la clase de sitio en contra del que Louise se había manifestado toda su vida de revolucionaria: privilegios, perpetuación de la hegemonía dominante, bla, bla, bla. Y ahora lo suscribía todo porque el bien común no era un argumento que ella fuera a esgrimir cuando se trataba de su propia sangre.

–¿Qué pasa con tus principios? –le preguntó alguien.

–Archie es mis principios –respondió.

La apuesta había dado sus frutos. En dos años Archie había pasado de gótico a empollón rarito (su verdadera vocación desde el principio) en un único movimiento relativamente fácil, y ahora rondaba con sus colegas empollones y raritos por el club de astronomía, el club de ajedrez, el club de informática y Dios sabe qué otras actividades que a ella le parecían completamente extraterrestres. Louise tenía un posgrado en literatura y estaba segura de que, de haber tenido una hija, habrían mantenido estupendas charlas sobre las Brontë y George Eliot. (¿Mientras qué? ¿Mientras horneaban pasteles y se maquillaban la una a la otra? Pon los pies en el suelo, Louise).

–No es demasiado tarde –dijo Patrick.

–¿Para qué?

–Para un bebé.

Louise sintió que la recorría un escalofrío. Alguien había abierto una puerta en su corazón y había dejado entrar el viento del norte. ¿Quería Patrick un hijo? No podía preguntárselo, no fuera a decir que sí. ¿Iba a seducirla hasta conseguirlo, como la había seducido para que se casara con él? Ella ya tenía un hijo, un hijo que llevaba en el corazón, y no podía recorrer otra vez esa escarpada senda.

Toda su vida había sido una lucha.

–Ha llegado el momento de parar –le dijo Patrick, masajeándole los hombros tras un día de trabajo especialmente agotador–. Entrega las armas y ríndete, tómate las cosas tal como vengan.

–Deberías haber sido un maestro zen –respondió ella.

–Lo soy.

No esperaba llegar a los cuarenta y encontrarse de pronto con una familia con dos coches, viviendo en un piso caro y llevando encima una roca del tamaño de Gibraltar. La mayoría de la gente lo veía como una meta o una mejora, pero Louise se sentía como si se hubiese internado en la carretera equivocada sin darse cuenta. A veces, en sus momentos más paranoicos, se preguntaba si Patrick se las habría apañado de algún modo para hipnotizarla.

Al mudarse, había cambiado su póliza de seguros y una mujer al otro lado de la línea telefónica le hizo todas las preguntas de rigor –antigüedad del edificio, cuántas habitaciones, existe ya un sistema de alarma– antes de preguntar si tenía «joyas, pieles o escopetas en la casa», y por un momento, Louise había sentido una emoción inesperada al imaginar una vida que contuviese esos elementos. (Por algo había empezado, tenía la joya). Era obvio que se había equivocado de camino, compartimentándolo todo con pulcritud, sentando la cabeza, cuando lo que de verdad deseaba era estar en algún sitio por ahí fuera, llevando la vida del proscrito, cubierta de joyas y pieles y empuñando una escopeta. Ni siquiera la idea de las pieles le preocupaba demasiado. Era capaz de dispararle a algo, desollarlo y comérselo; le parecía mejor que la insensible distancia entre el matadero y los paquetes blandos y pálidos de la sección de carnicería de Waitrose.

–No –le dijo a la mujer de la compañía de seguros, recuperando la sensatez–, solo mi anillo de compromiso.

Una alhaja de segunda mano que valía veinte mil libras. Véndela y echa a correr, Louise. Corre, deprisa. Joanna Hunter había sido corredora (¿lo era todavía?), campeona de atletismo en la universidad. Una vez había corrido y eso le salvó la vida. Luego, quizá, había querido asegurarse de que nadie iba a atraparla jamás. Louise había visto el tablón en la cocina de los Hunter, los pequeños trofeos y recuerdos cotidianos de una vida: postales, certificados, fotografías, mensajes. Por supuesto, no había nada sobre el suceso que debía de haber conformado su existencia entera; el asesinato no era algo que uno anduviese clavando en el corcho de la cocina. Alison Needler, en cambio, no corrió. Ella se escondió.

Ahora casi no veía a Archie. Había decidido quedarse interno entre semana porque prefería vivir en una escuela que con su madre. Los fines de semana buscaba la compañía de los mismos chicos con los que estaba de lunes a viernes en la escuela.

–Deja ya de preocuparte –le dijo Patrick–. Tiene dieciséis años, está desplegando las alas.

Louise pensó en Ícaro.

–Y aprendiendo a volar.

Pensó en el pájaro muerto que había encontrado al salir de casa el fin de semana. Un mal presagio. Un pequeño gorrión macho abatido por un niño con arco y flecha.

–Tiene que hacerse mayor.

–No veo por qué.

–Louise –dijo Patrick con suave insistencia–. Archie es feliz.

–¿Feliz?

Feliz no era una palabra que ella hubiese empleado para referirse a Archie desde que era pequeño. Qué maravillosa y alegremente libre de ataduras había sido Archie entonces. Louise pensó que sería así para siempre; no comprendió que la felicidad de la infancia se evapora porque ella nunca conoció la felicidad de niña. De haber sabido que Archie no iba a ser para siempre aquel niño risueño e inocente, habría atesorado cada instante. Ahora podría disfrutarlo de nuevo si quisiera. El viento del norte aulló. Louise cerró la puerta.

Regresaba de una reunión con los policías de Amatista en el centro comercial Gyle. Así fue como conoció a Alison Needler, seis meses antes de los asesinatos. Durante unos meses, a Louise la destinaron a Amatista, a la Unidad de Protección Familiar. David Needler, desobedeciendo la orden de alejamiento, se había apostado en el jardín de la familia, en Trinity, donde amenazaba con prenderse fuego con sus hijos, mientras su exesposa miraba por la ventana del piso de arriba. Cuando Louise llegó, pisándole los talones al vehículo de respuesta inmediata, la hermana de Alison, Debbie, increpaba a su cuñado desde el umbral. («Una descarada, nuestra Deb», según Alison. Y bien que había pagado por ello). Lo estaba provocando, quizá, más que increpando. («Vamos, adelante, cabrón, veamos cómo te prendes fuego»).

Al día siguiente, en los tribunales, David Needler recibió una amonestación y se le dijo que obedeciera la orden y permaneciera alejado de su familia. Y eso hizo, hasta que seis meses después volvió con una escopeta.

Louise entró en el aparcamiento en Howdenhall. Pasaría un momento por la comisaría, recogería su coche y se marcharía en cinco minutos. Tenía tiempo de sobra.

–Ha llegado el informe definitivo del forense, jefa –le dijo su jovencísimo ayudante, el detective Marcus McLellen, tendiéndole una carpeta–. Como suponía, el incendio del salón de juegos recreativos había sido, sin lugar a dudas, fruto de una tendencia pirómana.

A los veintiséis años, Marcus tenía una licenciatura en periodismo por Stirling (¿y quién no?) y una mata de pelo que habría estado a la altura de la de Shirley Temple de habérselo dejado crecer en lugar de cortárselo, con mucha sensatez, a lo astracán. Era jugador de rugby; en una ocasión Louise lo había animado hasta quedarse ronca, temblando de frío un sábado por la mañana (una gran válvula de escape para la agresividad, descubrió), algo que nunca había podido hacer por el enclenque Archie, con su fobia a los deportes.

El bautismo de fuego de Marcus tras dejar el uniforme fue el caso Needler, y lo había llevado mejor de lo que ella esperaba. Era un chico dulce, un verdadero querubín, tan recto como una carretera romana, más duro de lo que parecía y siempre alegre. Como Patrick. ¿De dónde salía toda aquella alegría, la mamaban con la leche de su madre? (Pobre Archie, entonces).

Había acogido a Marcus bajo su tutela, como una gallina clueca. Nunca hasta entonces se había sentido maternal con nadie con quien trabajara, y era una experiencia perturbadora. Debía de ser cosa de la edad, concluyó. Pero ¿Marcus? Era un nombre extrañamente latino para alguien nacido en Sighthill. («Una madre ambiciosa, jefa –explicó él–. Pero mejor que Titus. O Sextus»). Se había mostrado entusiasmado con el caso Needler, pero ella lo había apartado y destinado a otra cosa. «Para que tengas más experiencia», le dijo, aunque en realidad no quería que acabase tan obsesionado con Alison Needler como ella. De forma que Marcus trabajaba ahora en el caso de un salón de juegos recreativos que había ardido misteriosamente hacía un par de semanas.

–¿Por el seguro? –especuló Louise–. ¿O por pura malicia? ¿O solo unos gamberros jugando con cerillas?

«Fruto de una tendencia pirómana» era una barroca forma escocesa de referirse a un incendio provocado, cuyo principal sospechoso, en su opinión, iba a ser siempre el propietario. El dinero del seguro era una perspectiva demasiado tentadora cuando uno necesitaba dinero. Veinte mil por un brillante, ¿cuánto por un salón de juegos recreativos? Un salón cuyo propietario no era otro que el marido de la encantadora doctora Joanna Hunter, Neil. («Y ¿a qué se dedica el señor Hunter?», le había preguntado con despreocupación a Joanna Hunter en su visita del día anterior. «Oh, a esto y aquello —había respondido la doctora sin darle importancia—. Neil siempre anda en busca de la siguiente gran oportunidad; es un empresario nato»). A saber qué hacía la encantadora doctora Hunter casada con alguien con intereses comerciales en el triángulo púbico (así lo llamaban) de Bread Street con sus antros de striptease, pubs de mala muerte y bares con espectáculo. ¿No debería estar casada con alguien más respetable, un traumatólogo, por ejemplo?

Según su mujer, Neil Hunter estaba en «la industria del ocio», una expresión que parecía cubrir un montón de posibilidades. En su caso, se trataba, por lo visto, de dos o tres salas de juegos recreativos, un par de gimnasios (no de especial categoría), una pequeña flota de vehículos privados de alquiler (turismos de cuatro puertas de aspecto deslucido que se hacían pasar por «coches de ejecutivo») y un par de salones de estética, uno en Leith y otro en Sighthill, que no parecían muy recomendables para la salud; estaba casi segura de que Joanna Hunter nunca se había hecho una limpieza de cutis en ninguno de ellos porque, desde luego, no eran el Sheraton One Spa.

—Ponme al corriente sobre nuestro señor Hunter.

—Bueno, cuando llegó a Edimburgo —explicó Marcus—, empezó con una furgoneta de venta de hamburguesas en Bristo

Square. De esa forma, vendía tanto a los estudiantes como a la gente que salía de los pubs.

—Una furgoneta de hamburguesas, ¡qué clase!

—Que ardió hasta el chasis de madrugada, cuando no había nadie dentro.

—Hombre, vaya coincidencia.

—Pasó entonces a un bar especializado en vinos, una cafetería, un servicio de comida preparada, cualquier cosa que le cayera en las manos, en realidad.

—¿Alguno de estos establecimientos acabó ardiendo?

—Sí, el café. Un cortocircuito.

—¿Y el salón recreativo?

—Había un montón de gasolina derramada —explicó Marcus—. No fue una decisión improvisada. La puerta trasera estaba forzada y todas las alarmas se dispararon, pero cuando llegaron los bomberos el sitio ya estaba en llamas.

—¿Y qué se dice recientemente por ahí sobre el señor Hunter?

—Dicen que está limpio —respondió Marcus—. Va un poco a la suya, pero a efectos prácticos es un hombre de negocios legal.

—Así pues, ¿es solo la gente con la que se asocia la que es chunga?

Había visto ya las fotos enviadas por la Comisión de Fraudes, imágenes bien nítidas de Hunter tomando copas a lo largo de las semanas con un tal Michael Anderson, de Glasgow, más toda una serie de parásitos.

—Son su séquito —explicó Marcus—. Mira esos tipos, con caras que solo una madre es capaz de amar.

Se sospechaba que Anderson traficaba con drogas en su ciudad natal, pero estaba tan arriba en la cadena alimentaria en su ático de lujo, que a la policía de Strathclyde le había resultado difícil acusarlo de algo.

–Buenos abogados –dijo Marcus.

–O malos, depende de cómo lo mires.

Los agentes de Fraude pensaban que Anderson se había quedado sin formas de blanquear dinero en Glasgow y que estaba mirando hacia Edimburgo para utilizar un poco del «esto y aquello» de Neil Hunter, tal como lo expresaba su encantadora esposa. La doctora Hunter llevaba mucho mejor que Louise el título de «esposa».

–¿Cómo se conocieron ustedes dos? –le había preguntado el día anterior, fingiéndose la clase de mujer interesada en anécdotas románticas, que escuchaba *Sunday Love Songs* de Steve Wright en la radio mientras le llevaba a su marido el desayuno a la cama, y no una terca arpía que probablemente estaba a punto de enviar un informe sobre su marido al fiscal.

Joanna Hunter rio y contestó:

–Lo atendí en urgencias y me preguntó si quería cenar con él.

–¿Y aceptó? –Louise no fue capaz de ocultar cierta incredulidad en su voz.

–No, eso habría sido muy poco ético –respondió Joanna Hunter riendo de nuevo, como si ese recuerdo formara parte de alguna historia divertida muy preciada (*Cómo conocí a vuestro padre*)–. Insistió, y acabé por ceder.

«Yo también», pensó ella, pero lo que dijo fue:

–Mis padres se conocieron en unas vacaciones.

–¡Ah, un romance de verano! –exclamó Joanna Hunter, y Louise no dijo que, en realidad, había ligado con su madre en un bar de Gran Canaria y luego ella nunca consiguió recordar su nombre. Cosa que no importaba en absoluto, puesto que no era el único aspirante al codiciado papel de padre de Louise totalmente ausente.

–¿Qué hacía el señor Hunter en urgencias? –quiso saber.

–Lo habían atacado unos matones.

Propenso a accidentes y frecuentador de malas compañías; todos los indicios estaban ahí desde el principio. ¿Por qué demonios habría salido la encantadora doctora con alguien así?

–Me gustó su energía –explicó ella sin que se lo preguntara. Louise pensó que los perros tenían energía y sonrió.

–Sí –dijo–, eso mismo decía mi madre sobre mi padre.

No le mencionó a Joanna Hunter el incendio en el salón de juegos recreativos. Le pareció poco educado, dada la naturaleza de la noticia que la había llevado a su hogar.

–Llámeme Jo –dijo la doctora.

–No hay nada concreto que relacione a Hunter con alguno de los tipos de Glasgow –le dijo Louise a Marcus–. Quizá Anderson y Hunter eran amigos en la escuela primaria.

–Bueno, también se dice por ahí que Hunter está al borde de la ruina –explicó Marcus–. Hace algún tiempo que lo está. Meterse en negocios con Anderson puede ser una forma de mantenerse a flote, pero también puede serlo cobrar el seguro por un gran incendio.

–Hablaré con él –dijo Louise cogiendo el informe.

–¿Jefa?

–¿Qué? ¿No me toca a mí, estando él tan alto en el escalafón? Vive en la esquina de mi casa. Me pasaré un momento mañana, de camino al trabajo. –No dijo «Estoy leyendo la obra de su suegro». Ni, desde luego, «Me tiene fascinada Joanna Hunter; es mi reverso, la mujer en la que nunca me convertí: la buena superviviente, la buena esposa, la buena madre»–. Pidámosle una orden judicial al fiscal para hurgar en la documentación sobre Hunter.

–Sí, jefa. –Marcus pareció decepcionado de que le arrancaran el caso de las manos ante sus mismísimas narices.

–Solo voy a hablar con él –lo tranquilizó ella–; luego podrás volver a ocuparte tú. Tengo cierta conexión. Ayer tuve que ir a hablar con su mujer, eso es todo.

–¿Con su mujer?

–Joanna.

La detective Karen Warner entró en el despacho abierto de Louise y dejó caer un montón de carpetas en su escritorio.

–Son tuyos, me parece –dijo, apoyándose en un mueble.

Era un archivador andante, embarazada de ocho meses de su primer hijo y todavía trabajando («Hay que morir luchando, jefa»). Era mayor que Louise («Primigrávida mayor, ¿no te parece que suena espantoso?»). La maternidad iba a suponer un tremendo *shock* para ella, pensaba Louise. Estaba a punto de estrellarse contra la pared a cien kilómetros por hora y preguntarse qué había ocurrido.

Karen estaba aún en el equipo del caso Needler, reducido ahora a la mitad respecto al que había sido seis urgentes meses atrás, y trasladados sus miembros de Saint Leonard a Howdenhall para ocupar un espacio más pequeño. El superintendente de Louise sugirió que había llegado el momento de que ella «se apartara un poco» de ese caso, de que empezara a ocuparse de otros.

–Estás obsesionada con Alison Needler –dijo.

–Ajá –admitió ella alegremente–. Lo estoy. Obsesionarme es mi trabajo.

Karen desenvolvió una barrita Snickers y la mordió, dándose unas palmaditas en el vientre.

–Licencia para comer –le dijo a Louise–. ¿Quieres un poco?

–No, gracias.

Estaba muerta de hambre, pero no había nada que le apeteciera. El matrimonio parecía haber afectado a su apetito, normalmente bueno. Patrick parecía volverse cada vez más sano gracias a él, mientras que ella se desvanecía. En su adolescencia había tonteado brevemente con la bulimia, entre una etapa de infligirse heridas y una temprana afición a las juergas alcohólicas (Bacardí con Coca-Cola, solo de pensarlo ahora le daban ganas de vomitar), pero todas esas cosas le parecieron adicciones de una u otra clase, de modo que las había dejado. En la familia solo había sitio para una adicta y su madre nunca tuvo intenciones de cederle el puesto.

Karen observó el informe sobre el escritorio de Louise.

–¿Es el mismo Hunter? –quiso saber–. ¿Neil Hunter es el esposo de Joanna Hunter? Guau. Eso sí que es una coincidencia.

–¿Debería sonarme el nombre de Joanna Hunter? –le preguntó Marcus a Louise.

–Es la que consiguió escapar –respondió Karen–. ¿Recuerdas a Gabrielle Mason y sus tres hijos? ¿Hace treinta años?

Marcus negó con la cabeza.

–Qué encanto, qué joven eres. Un tipo mató a la madre y a dos de sus hijos en un campo en Devon, Joanna salió corriendo, se escondió y la encontraron más tarde sana y salva. Joanna Hunter, de soltera Mason.

–El hombre al que condenaron por el asesinato se llamaba Andrew Decker – añadió Louise–. Lo declararon capacitado. Si acuchillar a una mujer y sus dos hijos es estar cuerdo, ¿cuál es entonces la definición de demente? Eso hace que una tenga sus dudas, ¿verdad? Y ahora lo van a soltar, ya está fuera, de hecho, y alguien se ha ido de la lengua. La noticia va a estar en todas partes durante al menos…, no sé, unas dos horas. Llenando las fauces vacías de la prensa. Ayer fui a avisar a la doctora Hunter.

Karen arrugó el envoltorio de Snickers y lo arrojó a la papelera.

–¿Y es una víctima, jefa?

–Buena pregunta –respondió Louise.

Ya era demasiado tarde para ir a Maxwell, podía conseguir unas flores en Waitrose. Todavía tenía tiempo. El tiempo justo. Subió a su coche, un BMW serie 3 plateado, mucho más bonito que el megasensato Ford Focus de Patrick. Era sensato hasta en el coche que conducía.

Y entonces le sonó el teléfono. Durante un segundo dudó si contestar o no. Su instinto, su sexto sentido de policía, le dijo –más bien le gritó– que si contestaba no habría lubina ni suflés horneados dos veces.

Contestó al tercer timbrazo.

–¿Hola?

Santuario

Sadie levantó las orejas. La perra siempre oía el coche de la doctora Hunter mucho antes que Reggie. La excitación del animal se expresaba mediante un levísimo movimiento de cola, pero ella sabía que si la tocaba notaría cómo todo su cuerpo estaba electrizado ante la expectativa. Al bebé le pasaba lo mismo. Cuando veía entrar a la doctora en la cocina, Reggie captaba la emoción que recorría el macizo torso justo antes de disponerse a catapultarse en el aire con los bracitos regordetes tendidos hacia su madre.

–Eh, vaquero, tranquilo –le dijo la doctora Hunter entre risas, y lo levantó para abrazarlo.

La doctora había traído consigo una bocanada de aire gélido. Como de costumbre, llevaba el caro bolso de Mulberry («Es de Bayswater, ¿a que es precioso, Reggie?») que el señor Hunter le había regalado en septiembre, por su cumpleaños y, en el brazo, uno de sus trajes de chaqueta negros en una bolsa de la tintorería; tenía tres trajes idénticos que iba alternando: uno puesto, otro en el armario y otro en la tintorería.

–*Quelle horreur!* –exclamó de manera teatral–. Vaya con el crudo invierno.

Ahí fuera hace un frío espantoso.

–Báltico –confirmó Reggie.

–«El viento del norte soplará y tendremos nieve, y ¿qué hará entonces el pobrecito petirrojo?».

–Supongo que el pobrecito se posará en un granero para estar calentito y ocultará la cabeza bajo el ala, doctora H –respondió ella, completando la estrofa de la cancioncilla.

–¿Todo bien por aquí, Reggie?

–Todo perfecto, doctora H.

–¿Cómo está mi tesoro? –preguntó la madre, enterrando la nariz en el cuello del bebé («Está para comérselo, ¿no te parece?»).

Y Reggie sintió que algo le oprimía el corazón, una pequeña convulsión de dolor, y no supo muy bien por qué, pero pensó que era triste (muy triste de hecho) que nadie se acordara de cuando ella era un bebé. Lo que habría dado por volver a ser un bebé de nuevo, acurrucado en los brazos de mamá. O en los brazos de la doctora Hunter, ya puestos. En los brazos de cualquiera, en realidad. En los de Billy no, obviamente.

–Qué triste que no recordemos eso –le dijo a la doctora. (¿Se le estaría contagiando de algún modo la tristeza de la doctora?).

–A veces es bueno olvidar –dijo la doctora Hunter–. He ido a los almacenes Bonner y he visto un cerdo con peluca, te doy mi palabra.

La madre de Reggie había sido proclive a dar abrazos y besos. Antes de Gary, y antes del Hombre-que-vino-antes-de-Gary, se sentaban en el sofá por las noches, acurrucadas, a ver la televisión y a comer patatas fritas o comida para llevar. A Reggie le gustaba rodear con un brazo la cintura de mamá y notar el cómodo michelín que la rodeaba y la blanda barriguita. («Mi panza de gelatina», solía decir ella). Eso era todo: sus recuerdos más tiernos consistían en ver *Urgencias*, comer pollo *chow mein* y palpar el michelín de su madre. Un poco cutre, pensándolo bien. Habría cabido esperar que dos vidas entrelazadas diesen para algo más. Imaginaba que la doctora Hunter y su bebé almacenarían recuerdos maravillosos: descenderían en canoa por el Amazonas y subirían a los Alpes, irían a la ópera en Covent Garden y verían obras de Shakespeare en Stratford, pasarían la primavera en París y el Año Nuevo en Viena y la doctora dejaría atrás un álbum de fotos en el que ya no se parecería a sí misma. Era extraño pensar en que el bebé se convertiría en un niño y luego en un hombre. No era más que un bebé.

—Mi pequeño príncipe —lo arrulló la doctora.

—Todos somos reyes y reinas, doctora H —dijo Reggie.

—¿Está Neil en casa?

—¿El señor Hunter? No.

—Hoy se queda él de canguro, espero que no lo haya olvidado. Voy a Jenners con Sheila, es su velada navideña. Ya sabes: copa de vino gratis, pastel de carne, gente que canta villancicos y esa clase de cosas. ¿Por qué no te vienes, Reggie? Ah, me había olvidado..., hoy es miércoles, ¿no? Tienes que ir a casa de tu amiga.

—En realidad la señorita MacDonald no es amiga mía —respondió—. Dios me libre.

La doctora Hunter siempre despedía a Reggie en el umbral, con el bebé en brazos, y la observaba recorrer el sendero. Trataba de enseñarle al pequeño a decir adiós con la mano y le movía el brazo de un lado a otro como si fuera un muñeco de ventrílocuo, mientras no paraba de decir, dirigiéndose más a él que a Reggie:

—Adiós, Reggie, adiós.

Sadie, sentada junto a la doctora Hunter, se despedía a su modo, golpeando con la cola el suelo de baldosas del porche.

Cuando su madre murió, Reggie se esforzó por recordar los últimos momentos que habían compartido. Entre las dos, sin ayuda del taxista, habían levantado la enorme y fea maleta para meterla en el taxi, una maleta llena de ajustadas camisetas de tirantes, finos pantalones de algodón y un traje de baño vergonzosamente revelador, de licra y de un naranja espantoso; el último atuendo que vestiría, a menos que se contara la mortaja con que la enterraron (porque no había nada en su guardarropa que pareciera apropiado para la eternidad).

No conseguía recordar la expresión del rostro de su madre cuando se fue de vacaciones, aunque suponía que habría sido esperanzada. Tampoco se acordaba de las últimas palabras que le dijo, pero sin duda no habrían incluido «adiós». Su despedida habitual era «Hasta pronto». *Je reviens*. Reggie lo veía como la primera parte de algo que nunca se había completado. Había pensado que la segunda parte concluiría con todo sucediendo igual pero al revés, *vale atque ave,* mamá en el aeropuerto, mamá en el avión, mamá aterrizando en Edimburgo, cogiendo un taxi, llegando a la puerta de casa, bajándose del taxi, morena y probablemente más gordita, y diciendo «Hola». Pero eso nunca había sucedido; «hasta pronto» fue una promesa que no se cumplió. Sus últimas palabras, y fueron mentira.

Recordaba haberle dicho adiós con la mano cuando el taxi se alejaba del bordillo, pero ¿se había vuelto su madre para saludarla a su vez o seguía trajinando con la maleta? El recuerdo era borroso, inventado a medias para llenar los agujeros. La verdad era que cada vez que una persona le decía adiós a otra, ambas deberían prestar atención, no fuera a ser la última vez. Las primeras cosas siempre eran agradables, las últimas, no tanto.

Vio a la doctora Hunter enmarcada en el porche, como un retrato, con el bebé tratando de tirarle del pelo y la perra alzando hacia ella una mirada devota. Llevaba el traje de chaqueta negro y una camiseta blanca, los zapatos de salón negros de siempre, medias finas y un collar de perlas que hacía conjunto con los pendientes. Reggie vio también al bebé, con su pelele de marinero, el pulgar metido en la boca y aferrando la mantita verde con la misma mano con que trataba de agarrarse al pelo de la doctora.

Y entonces la doctora Hunter se volvió y entró en la casa.

Estaba de pie en la parada del autobús, leyendo *Grandes esperanzas,* cuando sintió una mano en la nuca, y antes de que pudiese gritar siquiera algo se le clavó con fuerza en la parte baja de la espalda y una voz le susurró al oído en tono amenazador:

–No hagas el más mínimo ruido, tengo una pistola.

–Sí, vale –musitó Reggie. Tanteó detrás de sí antes de asir por fin «el arma» y preguntar con sarcasmo–: ¿Un tubo de pastillas de menta Trebor? Oh, qué miedo me das.

–Son extrafuertes –le advirtió Billy con una sonrisita cómplice.

–Ja, ja, qué gracia. Joder.

En casa de la doctora Hunter nunca soltaba tacos. Tanto ella como la doctora (que decía que antes «soltaba tacos como un soldado», algo que a Reggie le costaba creer) utilizaban sustitutos inofensivos, tonterías improvisadas –ostras, carámbanos, pamplinas, recórcholis–, pero la aparición de Billy merecía algo más que «por todos los santos». Exhaló un suspiro. De haber tenido mamá la posibilidad de decirle unas últimas palabras, estaba segura de que habrían sido «Cuida de tu hermano». Se acordaba de cuando eran pequeños y Billy aún era su héroe y defensor, alguien a quien admiraba y en quien confiaba, alguien que la protegía. No era capaz de traicionar ese recuerdo aunque el propio Billy lo traicionara todos los días.

Billy tenía diecinueve años, tres más que ella, así que, aunque no se acordase de su padre, al menos tenía fotografías suyas con él para demostrar que ambos habían existido sobre la faz de la tierra al mismo tiempo. En la mayoría de esas fotos, Billy sostenía algo de su arsenal de juguetes: espadas de plástico, armas espaciales, arcos y flechas. Unos años después fueron pistolas de aire comprimido y navajas de bolsillo. Solo Dios sabía con qué andaría ahora, probablemente con lanzamisiles.

Reggie suponía que Billy había heredado de su padre el amor por las armas. Mamá tenía algunas fotografías descoloridas de su marido soldado con sus camaradas en el desierto, todos sosteniendo grandes rifles. Cuando fue de permiso, se llevó un «recuerdo» a casa, una pistola rusa, grande y fea, que su madre había guardado en una caja en el estante de arriba de su armario, con la absurda idea de que allí Billy no la descubriría. No se le ocurrió cómo librarse de ella. «No puedo dejarla en la basura, algún chaval podría encontrarla.» Tampoco podía entregársela a la policía, pues por mucho que respetara la ley mamá les tenía una especie de aversión; no solo porque siempre andaran llamando a la puerta por algo relacionado con Billy, sino también porque era de Blairgowrie, una chica de campo y, al parecer, su padre había sido cazador furtivo.

No fue ninguna coincidencia que Billy y la pistola salieran de casa el mismo día.

—Makarov —exclamó con orgullo, blandiéndola y dándole a Reggie un susto de muerte—. No se lo digas a mamá.

—Dios santo, Billy, no vivimos en el Salvaje Oeste —respondió ella.

—Ya lo creo que sí.

La verdad es que se preguntaba por qué no se alistaría él también en el ejército.

Le darían algo de dinero y tendría todas las armas que quisiera.

Que Billy anduviese tan cerca de la casa de la doctora Hunter hacía que se sintiera incómoda. Había aparecido un par de veces por casa de la señorita MacDonald, en Musselburgh, ofreciéndose a llevarla a casa. (Siempre tenía un coche. Siempre uno distinto). La señorita MacDonald lo invitaba a pasar, pero solo porque quería inculcarle la religión o que le arreglara un desagüe atascado. Desde luego, Billy no era la persona adecuada para pedirle que hiciera bricolaje, aunque muchos de sus utensilios (palabra nueva) lo habrían atraído —martillos, navajas Stanley, taladros—, pero para nada bueno. Era extraño, porque en otra vida, de haber seguido otro camino, habría tenido talento para esa clase de cosas. Era realmente hábil con las manos; de niño, antes de que todo se torciera, se pasaba una eternidad pegando cuidadosamente piececitas de Airfix, y su profesora de trabajos manuales decía que, si quería, tendría futuro como carpintero. Eso fue antes de que taladrara todos los bancos de trabajo y serrara en dos el escritorio de la maestra.

Cualquiera capaz de reformar al Billy de esa época sería un verdadero hacedor de milagros. Para Reggie había resultado violento verlo pavonearse por la recargada casa de la señorita MacDonald, pasando los dedos por encima de los libros cubiertos de polvo, como si él supiera algo de limpieza. No le había gustado la expresión maliciosa del rostro de su hermano; la conocía demasiado bien. De pequeño significaba travesuras; ahora, que era mayor, significaba problemas.

Temía que Billy se presentase un día ante la casa de la doctora Hunter y le ofreciera llevarla a casa, y que ella tuviera que presentárselo a la doctora. Imaginaba muy bien cómo se iluminarían sus facciones de hurón al ver todas las cosas bonitas que había en el hogar de los Hunter. O, peor aún, cómo reaccionaría en presencia de la propia doctora Hunter. Reggie pensaba que tendría que renegar de él («No es mi hermano. No sé quién es»). «Es nuestra propia sangre», oía decir a su madre. Sangre envenenada.

–¿Qué haces aquí, Billy?

–Esto y aquello –contestó él encogiéndose de hombros. (Así era Billy, esto y aquello, algo y nada)–. Este es un país libre, ¿no? La última vez que lo comprobé no hacía falta pasaporte para el sudoeste de Edimburgo.

–No confío en ti, Billy.

–Como quieras.

–*Quidquid*. Ja.

–¿Qué?

Al llegar el autobús, Billy montó todo un número ayudándola a subir como si fuera un lacayo que ayudara a una princesa a subir a un carruaje, para luego quitarse un imaginario sombrero.

–Nos vemos, hermanita, no quisiera estar en tu pellejo –soltó, y se alejó tranquilamente calle arriba.

«¡Guau! ¡Guau!, ladran los perros. Los mendigos están llegando a la ciudad».

Ante el puente del horror llegarás al fin

Jackson se encontró por fin embutido en un tren de última hora que traqueteaba exhausto, en lo que parecía un vagón de ganado para el que hubiesen vendido más billetes de la cuenta. En el bar no servían bebidas calientes y la calefacción se había estropeado, con lo que algunas personas parecían a punto de morir de hipotermia. Bolsas y maletas bloqueaban los pasillos y cualquiera que quisiera moverse por el vagón tendría que llevar a cabo una carrera de obstáculos en cámara lenta. Eso no impedía que varios niños pequeños, asilvestrados por el azúcar y el aburrimiento, anduviesen recorriendo el pasillo de arriba abajo, chillando a pleno pulmón. Parecía un tren que regresara de una guerra, de una que se hubiese perdido, no ganado. De hecho, había un par de soldados rasos hechos polvo, con uniformes de camuflaje, sentados sobre sus petates entre dos vagones. Así había sido él una vez, en una vida anterior.

Cuando dejó el ejército, juró no hacer lo que habían hecho tantos antes que él y convertirse en guardia de seguridad. A la mitad de los soldados que habían servido a su mando podía encontrárselos en el extremo más gruñón de la cadena, temblando en sus abrigos negros ante las puertas de pubs y clubes. De manera que él había entrado en la comisaría de Cambridgeshire; le pareció un movimiento natural, puesto que había sido suboficial de primera en la policía militar. Cuando dejó la policía juró asimismo no hacer lo que habían hecho tantos antes que él y meterse a guardia de seguridad: los seguratas de Marks & Spencer, los guardias del supermercado Tesco; la mitad eran tipos que habían estado en las fuerzas policiales. Él dejó la policía con el rango de inspector, lo que le pareció una buena base para establecerse como agencia de investigación de un solo detective. Y cuando dejó eso ya no le hizo falta jurar nada, gracias a una anciana cliente que le dejó una herencia en su testamento.

Ahora, irónicamente, si la gente le preguntaba a qué se dedicaba, contestaba «seguridad», con un enigmático tono de no-preguntes-más que había aprendido en el ejército y perfeccionado en la policía. En su dilatada experiencia, «seguridad» cubría multitud de pecados, pero en realidad era bastante simple; llevaba una tarjeta en la cartera que ponía «Jackson Brodie, asesor de seguridad» («asesor», esa era una palabra que cubría una multitud incluso mayor de pecados). No le hacía falta el dinero, le hacía falta sentir respeto por sí mismo. Un hombre no podía estar ocioso. Trabajar para Bernie podía no ser una causa justa (en el fondo de su corazón, Jackson era un cruzado, no un peregrino), pero era mejor que estar en casa todo el día tocándose las narices.

Y estar en seguridad era mejor que decir «Vivo del dinero de una anciana», porque, por descontado, él no había merecido en absoluto el dinero que su cliente le había dejado en el testamento, y le pesaba como si llevara un saco a la espalda. Y ahora, por lo visto, poseía un árbol del dinero, pues había invertido la mayor parte de los dos millones de libras y su rendimiento crecía más y más (Era cierto lo que decían, que el dinero llama al dinero).

Y lo que era aún más difícil, se las había apañado más o menos para mantenerse en el lado ético del camino. Pensaba que ya había bastante miseria en el mundo sin que él contribuyera a que hubiese más, aunque había invertido tanto en energías alternativas que cuando se acabara el petróleo iba a beneficiarse del fin del mundo tal como lo conocemos. «Como Midas –decía Julia–. Todo lo que tocas se convierte en oro».

En su vida anterior, cuando la mala suerte le pisaba los talones como un sabueso fiel y todo lo que tocaba se convertía en mierda, a duras penas podía pagar la hipoteca cada mes y su única inversión ocasional era un billete de lotería. Y con toda seguridad, de haber metido dinero en acciones o bonos (improbable hasta lo irrisorio), el mercado global se habría derrumbado al día siguiente. Ahora no podía regalar toda aquella pasta. Bueno, no, eso no era estrictamente cierto, pero aún no estaba del todo dispuesto a volverse zen y despojarse de sus bienes mundanos. («Entonces deja ya de quejarte», decía su exesposa).

Jackson se las había apañado para conseguir un incómodo asiento ante una mesa de cuatro, cerca del final del vagón. A su lado, junto a la ventanilla, había un hombre con un traje raído y la vista fija en su portátil. Jackson había supuesto que la pantalla estaría llena de tablas y estadísticas, pero lo que había en ella era hilera tras hilera de palabras. Apartó la vista; los números eran algo impersonal, pero las palabras de otro tenían cierta intimidad. El hombre se había aflojado la corbata y apestaba un poco a cerveza y a sudor, como si llevara demasiado tiempo lejos de casa. Al otro lado de la mesa iban sentadas dos mujeres: una era vieja, y sostenía una novela de Catherine Cookson, y la otra, que ojeaba con indiferencia una revista del corazón, era una rubia cuarentona, pechugona como un pavo con demasiado relleno. Llevaba lápiz de labios rojo sirena y un top a juego que le iba media talla pequeño y que ardía como un fuego de señales ante los ojos de Jackson. Lo sorprendió que no tuviera «Estoy disponible» tatuado en la frente. La vieja estaba morada de frío pese a llevar gorro, guantes y bufanda y un pesado abrigo de invierno. Jackson se alegró de llevar la chaqueta North Face que había adquirido como parte del disfraz; entonces se sintió culpable y se la ofreció a la anciana. Ella sonrió y negó con la cabeza, como si tiempo atrás alguien la hubiera advertido de que no hablara con extraños en los trenes.

El del traje que iba a su lado tosió, produciendo un ruido poco saludable y lleno de flema, y Jackson se preguntó si debería ofrecerle también a él la chaqueta. Extraños en un tren. Si había una emergencia, ¿se ayudarían unos a otros? (Nunca sobrestimes a la gente). ¿O sería «sálvese quien pueda»? Esa era la forma de sobrevivir en un avión o en un tren, tenías que ignorar todo y a todo el mundo, salir a cualquier precio, morder una pierna o un brazo –el de otra persona de ser necesario–, saltar sobre los asientos, saltar sobre la gente, olvidar todo lo que tu madre te hubiese enseñado sobre modales, porque quienes llegaban a la salida eran, literalmente, quienes vivían para contarlo.

Lo que seguía a un accidente grave de tren se parecía a un campo de batalla. Jackson lo sabía bien, había atendido uno en los inicios de su carrera como policía civil y había sido peor que cualquier cosa que hubiese visto en el ejército. Un niño pequeño había quedado atrapado entre los restos y lo oían llamar a su madre, pero no podían ni soñar con llegar hasta él bajo las toneladas de hierro.

Al cabo de un rato, los gritos cesaron, pero continuaron en los sueños de Jackson durante meses. El niño finalmente fue rescatado, aunque por extraño que parezca eso no aplacó el espanto de recordar sus sollozos («Mami, mami»). Por supuesto, eso sucedió poco después de que se convirtiera en el padre de Marlee, una condición que lo había dejado desgarrado y en carne viva, y que no concordaba lo más mínimo con sus preocupaciones prenatales, que habían girado, sobre todo, en torno a la elección de un cochecito, con la clase de atención masculina a los detalles que habría dedicado a un coche de verdad (¿Ruedas delanteras giratorias y con bloqueo? ¿Altura de las asas ajustable? ¿Asiento con múltiples posiciones?). La mecánica de la paternidad resultó infinitamente más primitiva. Metió la mano en el bolsillo para tocar la bolsita de plástico. Un embarazo distinto, un hijo distinto. El suyo. Recordó la oleada de emoción que había sentido unas horas antes, al tocar la cabecita de Nathan. Amor. El amor no era dulce y ligero, era visceral y abrumador. El amor no era paciente, el amor no era amable. El amor era feroz, el amor sabía jugar sucio.

No había visto a Julia en la última fase del embarazo. Bajita y sexy, imaginaba que preñada habría estado turgente y voluptuosa, aunque ella le dijo que tenía hemorroides y venas varicosas y que estaba «casi esférica». Habían mantenido una comunicación bastante pobre; él la llamaba y ella le decía que se fuera al carajo, pero a veces hablaban como si no hubiese pasado nada. Y, sin embargo, Julia sostenía que el bebé no era hijo suyo.

La había visitado después, en el hospital. Al entrar en uno de los cubículos de la sala de maternidad, le había dado un vuelco el corazón al verla con el bebé acurrucado en sus brazos. Estaba apoyada en unas almohadas, con el cabello ensortijado cayéndole sobre los hombros, con todo el aspecto de una *madonna;* la visión solo quedó estropeada por el señor Artista de Pacotilla, tendido a su lado en la cama y mirando al bebé con adoración.

–Vaya, qué tenemos aquí, la nada sagrada familia –soltó Jackson (porque no pudo contenerse: era la historia de su vida, emprenderla verbalmente con sus mujeres).

–Lárgate, Jackson –dijo una plácida Julia–. Ya sabes que esto no es buena idea.

El señor Artista de Pacotilla, un poco más activo, soltó:

–Sal de aquí o te pego una hostia.

–Lo tienes difícil, maricón –respondió Jackson (porque no pudo contenerse).

El tipo era un malcriado y no estaba en forma, y a él le gustaba pensar que lo habría dejado fuera de combate de un solo puñetazo.

–La prudencia es la mejor parte del valor, Jackson –advirtió Julia, ahora con cierta calidez en la voz.

Solo Julia era capaz de soltar una cita literaria en un momento como ese. Metió el dedo meñique en la boca del bebé y le sonrió. Un mundo aparte. Jackson nunca la había visto tan feliz, y, en deferencia a la recién descubierta redención de Julia, podría haberse dado la vuelta y haberse ido, pero el señor Artista de Pacotilla (en realidad se llamaba Jonathan Carr) dijo:

–Aquí no hay nada para ti, Brodie –como si fuera el propietario de aquella natividad.

Y él se sintió tan fuera de sí que le habría dado una soberana paliza allí mismo, en el suelo de la sala, con madres que daban de mamar y recién nacidos como público, de no haberse echado a llorar el bebé de Julia (su bebé), haciéndolo avergonzarse y batirse en retirada. Tenía la delicadeza de sentirse mortificado por ese recuerdo.

Y ahora ellos dos, sureños hasta la médula, estaban viviendo en la tierra natal de Jackson, en su centro vital, mientras que él se alejaba cada día un paso más. Que Julia viviera en el campo, como una esposa campesina, le resultaba increíble. Estaba más dispuesto a creer en millones de ángeles bailando sobre la cabeza de un alfiler que en Julia preparando la comida en una cocina económica. Sí, de acuerdo, la zona de los valles de Yorkshire no formaba parte de la herencia de mugre y deterioro industrial de Jackson, pero estaban dentro de los límites del condado del mismísimo Dios, que era también el propio condado de él, y fluía por sus venas y conformaba la caliza de sus huesos, aunque sus padres no hubiesen nacido allí. ¿Estaría en el ADN de su hijo, que ahora llevaba en el bolsillo? El cianotipo de su hijo. Una cadena de moléculas, una cadena de pruebas. En ese único pelo habría trazas de su hermana. Niamh, muerta hacía tanto tiempo que existía más como historia que como persona, como un relato que contar. «Mi hermana fue asesinada cuando tenía dieciocho años».

Sacó la BlackBerry y la dejó en la mesa ante sí. Esperaba a medias ver un mensaje de texto. «He llegado bien». Como no había ninguno, escribió: «Te echo de menos, Jx». En eso empleó uno o dos minutos. No volvió a guardar el teléfono por si recibía una respuesta.

La anciana que estaba frente a él exhaló un suspiro y cerró los ojos, como si el libro que estaba leyendo la hubiese agotado. La mujer de rojo –ni dama ni bibliotecaria, sino más bien con pinta de fulana de la vieja escuela (más o menos como Julia)– debía de tener la misma edad que la mujer paseante. ¿Dónde estaría ahora? ¿Todavía ascendiendo colinas y descendiendo valles? El del traje sacó una bolsa de aspecto maltrecho de patatas con sabor a queso y cebolla y, en un acto de camaradería algo desganado, las ofreció en silencio a su alrededor.

Las mujeres dijeron que no, pero Jackson cogió un puñado. Estaba muerto de hambre y sus posibilidades de llegar al coche restaurante eran mínimas, dado el apretujamiento en los pasillos. «Si alguna vez diste carne o bebida, el fuego nunca te devorará. Si no diste carne ni bebida, el fuego te abrasará hasta los huesos». Aquel maldito canto fúnebre. ¿Habría comprado el del traje su pasaje al cielo con una bolsa de patatas con sabor a queso y cebolla? Debería haber insistido en que la anciana aceptara su chaqueta North Face, pues ahora él bien podía encontrarse en un futuro temblando de frío entre los fuegos del infierno.

Las patatas tenían un sabor artificial y le dieron sed. Notaba un dolor punzante detrás de los ojos. Qué ganas tenía de estar en casa.

Fuera estaba oscuro, como la boca de un lobo, sin un solo punto de luz en ninguna casa, y la lluvia azotaba sin cesar el cristal. ¡Qué inhóspito parecía aquel lugar! ¿Dónde estaban? Supuso que en algún tramo de la tierra de nadie entre York y Doncaster. Más cerca de su tierra natal. Sus derechos de nacimiento se habían esfumado, vendidos en los ochenta junto a la plata de la familia por culpa de la Dama de Hierro.

¿Habían parado ya en York? Si era así, no lo había advertido. Tenía la sensación de haberse dormido un rato.

Se encontró pensando en Louise. En realidad no habían mantenido contacto; solo de vez en cuando ella le había mandado un mensaje de texto, cuando suponía que debía de estar borracha. Nunca hubo nada entre ellos, al menos nada explícito. Su relación en Edimburgo, dos años atrás, podría describirse como profesional si uno no andaba mirando el término en el diccionario. Nunca se habían besado, o tocado, aunque estaba seguro de que Louise había pensado en hacerlo. Él, desde luego, lo había pensado. Muchas veces.

Entonces, hacía un par de meses, ella había anunciado que iba a casarse, algo que a él le pareció tan improbable (si no absurdo) que creyó que lo decía en broma. En algún momento, Jackson había pensado que podía formar parte del futuro de Louise, y de pronto se encontraba con que ella lo había rele-

114

gado a su pasado de una patada. Eran dos personas que no habían coincidido, que habían navegado en la noche para arribar a puertos distintos. La que se fue, como en la canción. Lo lamentaba. Le deseaba lo mejor. O algo así.

Qué ironía que tanto Julia como Louise, las dos mujeres a las que más unido se había sentido en un pasado reciente, se hubiesen casado de forma inesperada, y ninguna de las dos con él.

Pasaron por una estación a toda velocidad y Jackson trató de leer el nombre sin conseguirlo.

–¿Qué sitio era ese? –le preguntó a la mujer de rojo.

–No lo he visto, lo siento –sacó un espejo del bolso y volvió a pintarse los labios, abriendo la boca; luego se miró los dientes para comprobar que no se hubiese manchado.

Su vecino del traje se puso tenso e hizo una pausa en su incesante teclear, mirando sin ver la pantalla del portátil, sin atreverse a mirar a la mujer y a la vez incapaz de mantener la vista apartada de ella. Algún instinto animal parpadeó brevemente en el interior del traje, pero debió de extinguirse, porque se relajó un poco y volvió a su tap-tap-tap en el teclado.

La mujer de rojo se lamió los labios y sonrió a Jackson. Él se preguntó si iba a darle alguna indicación clara, un gesto con la cabeza hacia los lavabos, esperando que él la siguiera abriéndose paso entre los soldados de mirada inexpresiva, para poseerla con urgentes arremetidas contra el pequeño lavabo manchado de jabón y mugre, con los pantalones bajados a toda prisa, hechos un vergonzoso guiñapo en torno a los tobillos. «Porque soy apasionado y lascivo y no puedo vivir sin mujer». Un recuerdo de Julia, interpretando a Helen en *Doctor Fausto,* en una producción con pocos medios en un pub londinense lleno de humo. Jackson se preguntó qué lo empujaría, si es que algo lo hacía, a vender su alma al diablo, o, ya puestos, a cualquiera. Salvar una vida, suponía. La de su hija.

(Sus hijos). ¿Seguiría a la mujer de rojo si le hacía alguna señal? Buena pregunta. Nunca había sido lo que se dice «promiscuo» (y ni una sola vez había sido infiel, lo que lo convertía casi en un santo), pero era un hombre, y había aprovechado las ocasiones que se le habían presentado. ¡Oh, hombre, tu nombre es locura!

Cuando echó un vistazo al reflejo de la mujer en el oscuro cristal de la ventanilla, la vio leyendo inocentemente su revista barata. Quizá, después de todo, no le había dado ninguna indicación; quizá el ambiente cargado del vagón exacerbaba su imaginación. Se sintió aliviado por no tener que pasar por esa prueba.

Julia lo había hecho en lavabos de tren con absolutos desconocidos, y una vez en un avión, aunque tenía que reconocer que en esa ocasión había sido con él, no con un desconocido (en aquel momento al menos; ahora era distinto). Julia bebía la vida a grandes tragos porque sabía cuál era la alternativa, pues su catálogo de hermanas muertas era un recordatorio constante de la fragilidad de la existencia. Se alegraba de que hubiese tenido un niño; quizá se preocuparía menos por él de lo que lo hubiese hecho por una niña.

Y ahora, Amelia, la única hermana que le quedaba, tenía cáncer; en ese preciso momento le estaban «rebanando los pechos», según Julia. Habían hablado brevemente por teléfono, pues Jackson quería asegurarse de que ella no estuviese en casa antes de dirigirse al norte a ver a su hijo. El hijo de los dos.

—Pobre, pobrecita Milly —se lamentó ella, con voz más ahogada de lo habitual.

La pena siempre acentuaba su asma.

Una vez, estando de vacaciones con Julia en tiempos más risueños, no se acordaba dónde, recordaba haber visto un cuadro de algún pintor del Renacimiento italiano del que nunca había oído hablar, que representaba a la mártir santa Ágata sosteniendo en alto sus pechos cortados, y sin embargo perfectos, sobre una bandeja, como si fuera una camarera sirviendo un par de flanes. No había indicio alguno de la tortura que había precedido a semejante amputación: las agresiones sexuales, los estiramientos en el potro de tortura, el hambre, los carbones ardiendo sobre los que hicieron rodar su cuerpo. Ágata era una santa a la que conocía demasiado bien: después de que a la madre de Jackson le diagnosticaran el cáncer de mama que la mataría, esta había desperdiciado un montón de tiempo rezándole a santa Ágata, patrona de la enfermedad.

La anciana lo arrancó de pronto de sus pensamientos al preguntarle si habían pasado ya el Ángel del Norte y si podría verlo en la oscuridad. Jackson no supo muy bien qué decirle, cómo revelarle que viajaba en dirección contraria, que el destino de aquel tren era Londres y que había soportado varias horas apretujada en condiciones desagradables para ahora tener que dar la vuelta y hacer otra vez el trayecto. La siguiente parada probablemente sería Doncaster, quizá Grantham, lugar de nacimiento de la Dama de Hierro, la mismísima persona que había desmantelado Gran Bretaña sin ayuda de nadie. («Oh, por el amor de Dios, Jackson, déjalo ya», oyó que decía la voz de su exesposa).

—No vamos en esa dirección —le dijo a la anciana con tono amable.

—Por supuesto que sí —respondió ella—. ¿Adónde cree usted que vamos?

Se durmió. Cuando despertó, el del traje seguía tecleando en su portátil. Jackson comprobó si tenía mensajes de texto, pero no había ninguno. Una estación pasó como una exhalación y la anciana lo miró con petulancia.

—Dunbar —anunció como una vieja adivina.

–¿Dunbar? –repitió él.

–El tren termina en Waverley.

Era obvio que estaba algo senil, se dijo Jackson. A menos que...

La mujer de rojo se inclinó sobre la mesa, exhibiendo sus generosos y sanos pechos para que los contemplara, y le preguntó:

–¿Tiene hora?

–¿La hora? –repitió él. (¿La hora de qué? ¿De echar un polvo rápido en el lavabo del tren?).

La mujer se dio unos golpecitos en la muñeca con un exagerado gesto teatral.

–La hora, ¿sabe qué hora es?

Ah, la hora. (Idiota). Consultó su Breitling y se sorprendió al comprobar que eran casi las ocho. Deberían haber llegado ya a Londres. A menos que...

–Las ocho menos diez –le dijo a la mujer de rojo–. ¿Adónde va este tren?

–A Edimburgo –respondió ella, justo cuando un joven que se abría paso tambaleándose a través del vagón tropezó y se precipitó sobre Jackson, aferrándose a la lata de cerveza que llevaba, como si esta fuera a impedir que se cayera.

Jackson se incorporó de un salto, no tanto para salvar al tipo como para salvarse él de acabar rociado de cerveza.

–Cuidado, caballero –exclamó, recurriendo por instinto a su tono autoritario, en tanto que utilizaba el peso de su cuerpo para enderezar al hombre.

Se acordó de la oveja de aquella tarde. El borracho era más flexible que ella. Lo miró con ojos soñolientos, confuso por el «caballero», no muy seguro de si era o no objeto de un ataque, pues probablemente solo la policía se había dirigido a él con tanta educación. Empezó a farfullar algo incoherente, y, cuando el vagón dio un repentino bandazo, cayó cuan largo era, pese a los intentos de Jackson de sujetarlo.

Entre los ocupantes del vagón hubo cierto grado de alarma ante aquella sacudida inesperada en el avance del tren, pero no tardó en verse reemplazada por el alivio.

−¿Qué ha sido eso? −oyó preguntar a alguien.

−Probablemente unas hojas que no deberían haber estado en la vía −contestó alguien entre risas.

Todo muy británico. El del traje en cambio parecía muy agitado.

−Todo irá bien −lo tranquilizó Jackson, y pensó de inmediato: «No tientes al destino».

Julia creía en las Parcas (reconozcámoslo, Julia creía en absolutamente cualquier cosa). Creía que tenían «el ojo fijo en ti», y que, si no lo tenían, sin duda te andaban buscando, así que más valía no atraer su atención. Una vez que estaban en el coche, en pleno atasco de tráfico, y llegaban tarde para coger un ferry, Jackson había dicho:

−No pasa nada, estoy seguro de que lo conseguiremos.

Julia se había encogido con dramatismo en el asiento de al lado, como si le estuvieran disparando, y siseó:

−Chist, van a oírnos.

−¿Quiénes van a oírnos? −preguntó él.

−Las Parcas.

Jackson incluso había mirado por el espejo retrovisor, como si pudiesen ir en el coche de atrás.

−No las tientes −insistió Julia.

Y otra vez, en un avión que empezó a sacudirse en plena turbulencia, él le había cogido la mano.

−No durará mucho −dijo, y se vio sometido a la misma interpretación histriónica por parte de Julia, como si las Parcas fueran en el ala del 747.

−No asomes la cabeza −le advirtió Julia.

Jackson había preguntado inocentemente si las Parcas eran lo mismo que las Furias, y Julia respondió con tono misterioso:

–Ni se te ocurra decir eso.

Era asombroso lo mucho que había viajado con Julia; siempre andaban en aviones, trenes y barcos. Desde su ruptura, casi no había estado en ningún sitio, aparte de haber cruzado unas cuantas veces el Canal para ir a su casa del sur de Francia. Ahora la había vendido; de hecho, el dinero debería haberle llegado ese mismo día a su cuenta. Francia le gustaba, pero allí no acababa de sentirse en casa.

En ese momento le preocupaban menos las Parcas que la dirección en que viajaban. ¿De verdad se dirigían a Edimburgo? No había cogido el tren que iba a King's Cross, sino el que venía de King's Cross. La mujer que paseaba tenía razón: iba en la dirección equivocada.

La casa Satis

Cuando Reggie llegó a la lóbrega casa en Musselburgh, la señorita MacDonald abrió la puerta.

–¡Reggie! –exclamó, como si se asombrara de verla, aunque su rutina de los miércoles era invariable.

De ser una mujer que se enorgullecía de que nada podía sorprenderla, la señorita MacDonald había pasado a ser alguien que se asombraba ante las cosas más simples («¡Mira qué pájaro!». «¿Eso de ahí arriba es un avión?»). Tenía el ojo izquierdo inyectado en sangre, como si una estrella roja le hubiese explotado en el cerebro. Le hacía preguntarse a una si no sería mejor lanzarse en picado al vacío, pagar la cuenta y largarse pronto.

Advirtió que en casa de la señorita MacDonald no había ni rastro de la llegada de la Navidad. Se preguntó si eso iría en contra de su religión.

–La cena está servida –anunció la señorita MacDonald.

Todos los miércoles tomaban juntas una cena temprana, y luego la señorita MacDonald conducía hasta el otro extremo de Musselburgh (que Dios se apiadase de quien estuviese por las calles) para asistir a su reunión de «Sanación y oración» (que, reconozcámoslo, no le estaban yendo muy bien) mientras Reggie hacía los deberes y vigilaba a Banjo, el viejo perrito de la maestra. Cuando la señorita MacDonald volvía, con todos sus rezos cumplidos y las pilas espirituales cargadas, revisaba los deberes de Reggie ante un té con galletas, «una integral» para ella y un barquillo Tunnock al caramelo comprado especialmente para Reggie.

No sabía qué clase de cocinera habría sido la señorita MacDonald antes de que aquel tumor gruñón empezara a mordisquearle el cerebro, pero ahora era terrible. La «cena» solía consistir en pesados macarrones al queso o un pegajoso pastel de pescado, tras los cuales la señorita MacDonald se levantaba con esfuerzo de la mesa.

–¿Postre? –preguntaba, como si estuviera a punto de ofrecerle pastel de chocolate o crema quemada, cuando en realidad se trataba siempre del mismo yogur de fresa desnatado, que la observaba comer con una especie de placer ajeno que resultaba inquietante.

La señorita MacDonald ya no comía mucho ahora que a ella misma se la estaban comiendo.

La maestra tenía cincuenta y tantos años, pero nunca había sido joven. Cuando daba clases en la escuela, tenía pinta de haberse planchado a sí misma todas las mañanas y jamás había manifestado un solo indicio de conducta irracional (más bien al contrario), pero ahora no solo se había vuelto adepta a una religión de chiflados, sino que se vestía como si estuviera a un paso de convertirse en una vagabunda, y su casa ya estaba dos pasos más allá de la miseria. Decía que se estaba preparando para el fin del mundo. Reggie no acababa de ver cómo podía una persona prepararse para algo así; por otra parte, a menos que el fin del mundo ocurriera muy pronto, no parecía probable que la señorita MacDonald estuviese allí para verlo.

Esa noche fueron espaguetis demasiado cocidos. La señorita MacDonald tenía una receta que hacía que espaguetis de verdad salidos de un paquete supieran exactamente igual que si fueran de lata, lo cual era una proeza considerable.

Ante su plato de espaguetis, la maestra parloteaba sobre «el éxtasis», y si vendría antes o después de «la tribulación», o «la trib», según la llamaba ella con íntima familiaridad, como si la persecución, el sufrimiento y el fin de los tiempos se hallaran al mismo nivel de molestia que un atasco de tráfico.

La religión había introducido a la señorita MacDonald, más bien tarde, en la vida social, y a su iglesia (también conocida como «culto religioso rarito») le encantaba celebrar cenas a las que todo el mundo contribuía con algún plato, así como aburridas barbacoas. Reggie había estado en unas cuantas, insoportables, y había comido con cautela las cosas chamuscadas que le ofrecían.

La señorita MacDonald pertenecía a la Iglesia del rapto venidero, y ella misma estaba, como anunciaba con suficiencia, «lista para el rapto». Era una pretribulacionista («pretribista»), lo que significaba que la subirían al cielo a toda velocidad, en clase preferente, mientras todos los demás, incluida Reggie, tendrían que padecer grandes dosis de sufrimiento y aflicción («Setenta semanas, de hecho, Reggie»). De manera que la cosa no era tan distinta de la vida cotidiana. Había asimismo postribulacionistas que tendrían que esperar hasta después del sufrimiento, pero podrían saltarse el cielo y entrar directamente en el Reino del Cielo en la Tierra, «que es de lo que se trata», decía la señorita MacDonald. Había también miditribulacionistas que, como su nombre indicaba, ascendían en medio de todo el confuso proceso. Resumiendo, la señorita MacDonald se salvaría y Reggie no.

–Sí, me temo que vas a ir al infierno, Reggie –le decía con una sonrisa benévola.

Aun así, a Reggie le quedaba un consuelo: la señorita Mac-Donald no estaría allí dándole la lata con la traducción de Virgilio.

Siempre que ocurría alguna tragedia espantosa, desde cosas gordas, como accidentes de avión y bombas que explotaban, hasta cosas más pequeñas, como que un niño se cayera de la bici y se ahogara en el río o la muerte súbita de un bebé en una casa calle abajo, la señorita MacDonald lo atribuía a «la intervención de Dios». «Está llevando a cabo Sus misteriosos designios», comentaba sabiamente cuando veía a la gente huir despavorida de los desastres en las noticias de la televisión, como si Dios dirigiese una oficina secreta que traficase con el sufrimiento humano. Solo Banjo parecía capaz de conmoverla. «Espero que él se vaya primero», decía. Iba a ser una carrera entre la señorita MacDonald y su terrier viejo y contrahecho. Era sorprendente que ella fuera capaz de prodigar a Banjo todo aquel amor maternal y sensiblero, aunque también Hitler le tenía mucho cariño a su perra. («Blondi –le dijo la doctora Hunter–. Se llamaba Blondi»).

El perro de la señorita MacDonald tenía un par de patas en el otro mundo, literalmente, pues a veces las de atrás le fallaban y se quedaba sentado en el suelo con expresión de absoluto asombro ante su repentina inmovilidad. A la señorita MacDonald había empezado a preocuparle que se muriese solo durante las veladas de sanación y oración a las que asistía los miércoles, de modo que ahora Reggie se quedaba con él, por si estiraba las patas. Había formas peores de pasar una velada. La señorita MacDonald tenía un televisor que funcionaba, aunque, por desgracia, no conexión por cable como los Hunter, y Reggie tenía a su disposición toda la biblioteca y comida caliente a cambio de sus desvelos; además, la congregación entera (de ocho miembros) siempre rezaba una plegaria por ella, y ese era un caballo regalado al que no estaba dis-

124

puesta a mirarle el diente. Podía no creer en todo ese rollo, pero era agradable saber que alguien pensaba en su bienestar, aunque fuera el rebaño de chiflados de la señorita MacDonald, que le tenía lástima por lo de que era huérfana, lo cual a ella ya le parecía bien; en su opinión, cuanta más gente le tuviera lástima, mejor. Pero no la doctora Hunter. No quería que ella la considerase otra cosa que heroica y alegremente competente.

Cuando Reggie se acababa el yogur, la señorita MacDonald exclamaba con grandes aspavientos: «¡Dios santo, mira qué hora es!». Últimamente andaba siempre sorprendiéndose de la hora que era. «¡No pueden ser las seis!», o «¿Las ocho? Parece que sean las diez» y «En realidad no es esa hora, ¿verdad?». Cuando diese comienzo todo el sufrimiento y la aflicción, Reggie la imaginaba volviéndose hacia ella para decirle: «¡No puede ser ya el fin del mundo!».

¿Existía acaso alguna clase de lotería (ella imaginaba una tómbola) de la que Dios sacaba tu manera de irte? Ataque al corazón para él, cáncer para ella, y veamos..., ¿hemos tenido ya este mes algún terrible accidente de coche? No era que Reggie creyera en Dios, pero a veces resultaba interesante imaginarlo. ¿Se levantaba Dios una mañana de la cama y abría las cortinas (su Dios imaginario llevaba una vida muy doméstica) y pensaba «Hoy me apetece que alguien se ahogue en la piscina de un hotel. Hace mucho que no tenemos ese caso»?

La Iglesia del rapto venidero era una religión inventada, pues en realidad consistía en un puñado de gente que creía cosas increíbles. Ni siquiera tenían un local, sino que celebraban los servicios en las salas de estar de sus miembros de forma rotatoria. Ella nunca había asistido a uno de esos servicios, pero imaginaba que se parecerían mucho a las cenas en que todos aportaban algo, con debates sobre opiniones dispensacionalistas y futuristas, mientras se pasaban una bandeja de rollitos de higo. Con la única diferencia de que Banjo no asistía para babear y gruñir al ver los rollitos de higo.

–Dios nunca me bendijo con hijos –le dijo la señorita MacDonald en cierta ocasión–, pero tengo a mi perrito –y añadió–: y te tengo a ti, por supuesto, Reggie.

–Pero no por mucho tiempo, señorita Mac –respondió. Por supuesto que no le había dicho eso. Pero era cierto.

Lo espantoso era que la señorita MacDonald era lo más parecido a una familia que tenía. Reggie Chase, huérfana de la parroquia, la pobre Jenny Wren, la pequeña Reggie, la niña fenómeno.

Reggie lavaba los platos y limpiaba los peores rincones de la cocina. El fregadero daba asco, con comida podrida en el sifón, bolsitas de té usadas, un trapo mugriento.

Nadie parecía haberle dicho a la señorita MacDonald que la limpieza era importante en la viña del Señor. Reggie vertía lejía pura en las tazas manchadas de té y las dejaba en remojo. La señorita MacDonald tenía tazas en las que se leían frases como «Jesús lo es todo» o «Dios te está mirando», algo que a Reggie le parecía improbable, pues seguramente Dios tendría cosas mejores que hacer. Mamá tenía una taza de la boda de Carlos y Diana que había sobrevivido al matrimonio de estos. Mamá idolatraba a lady Di y se lamentaba con frecuencia de su fallecimiento. «Se ha ido –decía negando con la cabeza con incredulidad–. Así, tal cual. Todo ese ejercicio para nada». El culto a Diana era lo más parecido que tenía mamá a una religión. Puestos a elegir una religión, Reggie también se decantaría por Diana, por la auténtica: Artemisa, la diosa de la pálida luna, de la caza y la castidad. Otra virgen poderosa. O por Atenea, la de los ojos brillantes, sabia y heroica, una virgen guerrera.

Lo lógico habría sido que, con su conocimiento de los clásicos, la señorita MacDonald hubiese elegido a un dios de un panteón más interesante: a Zeus, que arrojaba rayos como jabalinas, o a Febo Apolo, que conducía sus fogosos caballos a través de los cielos. O, teniendo en cuenta el tumor que le crecía como una seta, a Higea, diosa de la salud, y a Esculapio, dios de la curación.

Reggie dividió la basura entre los cubos rojo, azul y marrón. La señorita MacDonald no reciclaba nada; debía de ser la persona menos verde del planeta. No tenía sentido preservar la Tierra, le explicaba con tono amable, porque el Juicio Final no tendría lugar hasta que absolutamente todo sobre el planeta haya sido destruido: cada árbol, cada flor, cada río. Hasta la última águila, el último búho y el último panda, las ovejas en los campos, las hojas en los árboles, la salida del sol y las carreras de los ciervos. Todo. Y la señorita MacDonald estaba deseando que sucediera. («¡Qué mundo este!», habría dicho mamá).

Reggie estaba decidida a crear su propia religión, una en la que no se destruyeran las cosas sino que se cuidaran, en la que los muertos renacieran (y no de manera simbólica) sin que todo lo demás tuviese que morir. Entonces su madre estaría de nuevo en el sofá, viendo *Mujeres desesperadas* y comiéndose una bolsa de patatas fritas. Pero Gary no estaría allí manoseándola; solo mamá y ella. Juntas para siempre. Habían pasado muchísimo tiempo las dos solas; bueno, también con Billy, pero Billy no era la clase de persona que se sentaba a comer y charlar y ver la tele (se hacía difícil decir qué hacía él exactamente), y luego apareció el Hombre-que-vino-antes-de-Gary, que resultó ser un «tonto del culo», según mamá (por no mencionar que estaba casado), y después llegó el «hombre de verdad» en la forma de Gary, y mamá empezó a decir «mi novio esto» y «mi novio aquello», y de pronto estaba acostándose con él y todas sus amigas acudían a la casa a hablar de ello. Su madre se pavoneaba y soltaba risitas, «¡Tres veces en una sola noche!», y sus amigas chillaban de emoción y derramaban el vino.

A diferencia del Hombre-que-vino-antes-de-Gary, Gary no era malo, solo era un gran zoquete que, hasta que conoció a mamá (y después de conocer a mamá también, en realidad), se pasaba el día entero sentado con sus tejanos grasientos en la parte de atrás de una tienda de motos con un montón de clones de Gary hablando de la Harley-Davidson 883L Sportster que se iba a comprar cuando le tocara la lotería. Cortejaba a mamá con rosas de invernadero baratas compradas en Shell Shop y latas de chocolatinas, y cuando Reggie protestó ante ese tipo de romance tan de cliché, su madre contestó: «No vas a oír quejas por mi parte, Reggie», toqueteándose la fina cadena de plata del relicario en forma de corazón que él le había regalado por su cumpleaños.

Gary iba a llevarla dos semanas a España («A Lloret de Mar, ¿a que suena estupendo, Reggie?»). Su madre llevaba sin tomarse unas «vacaciones de persona mayor como Dios manda» desde que estuvo en Fuerteventura, en 1989, de modo que él podría haberla llevado a un bungalow Butlins, en Skegness, y se habría quedado impresionada. Una vez, mamá los había llevado a ella y a Billy a pasar una semana en Scarborough, pero la cosa se estropeó cuando Billy desapareció una noche de la pensión y a la mañana siguiente lo trajo de vuelta un policía, tras haberlo encontrado dando tumbos por el paseo marítimo, totalmente borracho de cerveza. Entonces Billy tenía doce años.

Al cabo de una semana, Reggie recibió una postal, de modo que su madre debía de haberla escrito poco después de llegar. Era una fotografía del hotel, un edificio de hormigón blanco que parecía construido con bloques mal hechos, pues las habitaciones quedaban en ángulos desiguales unas respecto a otras. En su centro rectangular había una piscina, turquesa y desierta, rodeada de tumbonas blancas pulcramente dispuestas. No se veía ni una sola persona, de manera que la foto se habría tomado probablemente a primera hora de la mañana, cuando todo estaba aún impecable, sin toallas mojadas ni crema solar ni platos de patatas a medio comer.

En el dorso, mamá había escrito: «Querida Reggie, hotel muy bonito y limpio, un montón de comida, nuestro camarero se llama Manuel, ¡como en aquella comedia de John Cleese! Bebo un montón de sangría, ¡qué mala soy! Nos hemos hecho amigos de una pareja, se llaman Carl y Sue, de Warrington, y son muy simpáticos. Te echo de menos un montón. Hasta pronto, cariño. Mamá». Gary había añadido su nombre al final, con la letra grande y redonda de alguien no muy convencido aún del concepto de escritura colectiva. Sangría venía de la misma raíz latina que «sangre». Vino rojo sangre. En la escuela habían estudiado un poema sobre un rey escocés que bebía vino rojo sangre, pero no conseguía recordar más. Se preguntó si acabaría por olvidar todo lo que había aprendido. En eso consistía la muerte, supuso. Se preguntó si su vida volvería a estar bien encarrilada antes de que se muriese. No parecía probable, pues cada día que pasaba tenía la sensación de quedarse un poco más atrás.

Estaba trabajando en su propia traducción para la señorita MacDonald del libro sexto de la *Ilíada,* uno de los textos griegos del programa. Pensó que podía echarle un vistazo a la competente edición de Loeb para comprobar qué tal iba de momento («Néstor se dirigió entonces a los argivos, en voz bien alta: "Valientes amigos y griegos, servidores de Ares, que ninguno se quede ahora atrás"»). Por supuesto, se suponía que no debía recurrir a la Loeb, pues según la señorita MacDonald eso era trampa. Reggie habría dicho que era «una ayudita».

El primer volumen de la *Ilíada* estaba sin duda allí la semana anterior, pero cuando fue a buscarlo no vio ni rastro de él. Advirtió otros huecos en la estantería: los volúmenes primero y segundo de la *Odisea* y el segundo volumen de la *Ilíada*, el primero de la *Eneida* (uno de los textos latinos del programa). Era probable que la señorita MacDonald los hubiese escondido. Continuó laboriosamente: «Matemos, hombres. Después ya dispondréis de tiempo para saquear los cuerpos de los muertos». Los muertos se contaban a montones en Homero.

Después de la muerte de su madre, Reggie siempre tuvo cerca la postal de España, en el bolso o en la mesita de noche. Había estudiado cada detalle de la misma como si contuviese un secreto, una pista oculta. Su madre había muerto allí mismo, en aquel espacio desierto de agua color turquesa y, aunque la había visto muerta en el tanatorio, cuando la mandaron a casa, una minúscula parte de ella aún creía que su madre seguía viva en aquel brillante mundo de la postal y que si examinaba la imagen larga y detenidamente podría vislumbrarla.

Mamá se había levantado antes de que los otros huéspedes rondaran por allí; siempre fue madrugadora. Dejó a Gary roncando, durmiendo la mona de sangría de la noche anterior, se puso el bañador que tan mal le sentaba bajo el albornoz rosa y bajó a la piscina. Había dejado caer el albornoz rosa mientras estaba de pie en el borde, en la parte honda. Mamá nunca fue de las que doblan la ropa con pulcritud. Reggie la imaginaba levantando los brazos sobre la cabeza –era buena nadadora y buceaba con sorprendente elegancia– y zambulléndose en el fresco azul del olvido, con el cabello ondeando tras ella como si fuera una sirena. *Vale, mater*.

Después, en la vista judicial en España, a la que ni Billy ni Reggie asistieron, la policía informó de que habían encontrado el barato relicario de plata de su madre en el fondo de la piscina («El cierre no era muy de fiar», admitió Gary ante Reggie con expresión de culpa) y se especuló con que se le habría soltado mientras nadaba y que buceó para recuperarlo. Nadie lo sabía con seguridad, nadie presenció lo ocurrido. Ojalá hubiese sido la mañana en que el fotógrafo de la postal estaba tomando las fotos del hotel. Encaramado a su atalaya, posiblemente en el techo del hotel, habría visto a mamá hendir las aguas azules, contemplando incluirla en la fotografía – seguramente decidió que no, dadas la licra naranja y la rolliza palidez de su piel norteña– y luego alertado a alguien al ver que no volvía a salir. Pero no fue así como ocurrió. Cuando alguien advirtió que su precioso cabello estaba enganchado en un desagüe en las turquesas profundidades, ya era demasiado tarde.

Fue un camarero quien la vio, mientras preparaba las mesas para el desayuno. Reggie se preguntaba si sería el «Manuel» de la postal. Se había zambullido con su uniforme de camarero y tratado de liberar a la sirena inglesa sin conseguirlo. Entonces había vuelto a salir del agua y corrido a las cocinas, donde cogió un cuchillo y se precipitó de nuevo a la piscina para zambullirse otra vez y serrar el cabello de mamá hasta lograr por fin liberarla de su prisión submarina. Trató de reanimarla –en la vista judicial fue elogiado por sus intentos de salvar a la desafortunada turista–, pero, por supuesto, no sirvió de nada. Mamá se había ido. Nadie tenía la culpa, había sido un trágico accidente. Etcétera.

–Y lo fue, después de todo, Reggie –dijo Gary.

Había asistido a la vista y fue a ver a Reggie a su vuelta de España, apareciendo sin previo aviso en la casa con un paquete de seis Carlsberg en la mano «para brindar por una mujer excepcional». Estaba durmiendo mientras pasó todo, y cuando se despertó, abotargado y resacoso, cuando «Carl y Sue, de Warrington» aporrearon su puerta, todo había terminado. Estaba, según le dijo a Reggie, «muy disgustado» por lo ocurrido.

—Sí —contestó ella—. Yo también.

La policía española le devolvió el relicario en forma de corazón a Gary, que lo conservó «como recuerdo». En la vista no se mencionó qué había sido del grueso mechón de cabello de mamá que quedó en la piscina. Ni tampoco del cuchillo que lo había cortado. ¿Fue a parar al lavavajillas? ¿Volvía a estar picando verduras para una paella al final de la jornada? A Reggie le habría gustado tener un mechón de cabello de su madre como recuerdo. Habría dormido con él debajo de la almohada. Se habría aferrado a él como el bebé se aferraba al cabello de la doctora Hunter, como se agarraba a su mantita verde. Habría sido su talismán.

—Sí, eso lo demuestra todo —comentó Gary poniéndose filosófico tras la tercera Carlsberg—. Nunca sabes qué te espera a la vuelta de la esquina.

Reggie aguantó aquella visita de pésame, lo más parecido a un velatorio que tendría su madre. Había estado en uno con ella, en uno irlandés auténtico celebrado por sus vecinos, los Caldwell, un par de años atrás, cuando el viejo Caldwell murió. Había sido una ocasión bastante alegre, con un montón de cánticos, algunos muy desafinados, e interminables botellas de Bushmills aportadas por los muchos y variados dolientes, de modo que un joven grandullón de los Caldwell tuvo que llevar a mamá a casa y al día siguiente le contó a todo el mundo que mamá había tratado de meterlo en su cama antes de vomitarle encima. Aun así, como su madre comentó después, había sido una buena despedida para el viejo.

Gary se fue después de la cuarta Carlsberg y Reggie no volvió a verlo hasta unas semanas después, cuando se lo encontró en el supermercado, donde curioseaba en el pasillo de las sopas en lata en compañía de una mujer con demasiada henna en el pelo. Esperó a ver si la reconocía, pero Gary ni siquiera advirtió su presencia, pues su cerebro estaba ya a punto de estallar por el esfuerzo de elegir entre el gran caldo de ternera Heinz y la crema de tomate Batchelor. Era el supermercado donde había trabajado mamá, y le pareció poco respetuoso que Gary estuviese allí con otra mujer. Casi como si fuera una infidelidad.

La postal había llegado al buzón prácticamente en el momento exacto (teniendo en cuenta la diferencia horaria entre Gran Bretaña y España) en que mamá abandonaba el planeta. Reggie pensó en Laika, la pobre perra espacial, surcando el cielo en su cohete y mirando hacia la tierra con ojos tan muertos como estrellas. Reggie creía que aún seguiría allá arriba, pero no, le explicó la doctora Hunter; al cabo de unos meses había caído de nuevo a la tierra y ardido al entrar en la atmósfera. Lassie, vuelve a casa.

Más o menos a esa hora de la tarde, Banjo se sentaba junto a la puerta de atrás y empezaba a gemir, y Reggie le decía: «Vamos, pobre bollito mío; ya es hora de sacarte de paseo», y Banjo recorría la calle con andares de pato hasta su farola favorita, donde, con torpeza, levantaba una artrítica pata. Llegaba a duras penas hasta la farola, pero normalmente había que llevarlo de vuelta. Al cogerlo en brazos, siempre la sorprendía lo poco que pesaba en comparación con el bebé.

La señorita MacDonald vivía en una vivienda de protección oficial cuya parte trasera quedaba casi encima de la línea férrea de la costa oriental. La casa entera se estremecía cada vez que pasaba un tren. La señorita MacDonald estaba tan acostumbrada a los trenes que ni siquiera se daba cuenta del terremoto que causaban, al menos cuando circulaban puntuales. A veces, a la hora del té, la maestra ladeaba la cabeza de forma muy parecida a como lo hacía Banjo antes de quedarse sordo, y decía: «Ese no puede ser el de las seis y veinte de Aberdeen a King's Cross, ¿verdad?», o algo similar.

Reggie, por su parte, oía todos los trenes. Se le formaba un extraño nudo en el estómago cuando los oía acercarse, una especie de miedo primitivo (¡atávico!), y se preguntaba si su cerebro de la Edad de Piedra pensaría que el tren era un mamut lanudo o un tigre dientes de sable o la criatura que fuera que hubiese hecho correr a sus antepasados hasta el fondo de la cueva, porque la doctora Hunter decía que, «después de todo», aún teníamos el ADN de los cazadores-recolectores del Paleolítico y, por lo que ella veía, no habíamos evolucionado biológica ni emocionalmente y seguíamos siendo gente de la Edad de Piedra con «un fino barniz de cultura y sofisticación. Decapa ese barniz y volvemos a quedarnos en lo más básico, Reggie: amor, odio, comida, supervivencia. Aunque no necesariamente en este orden». Desde luego, era una teoría que ayudaba a explicar a Billy.

Esa noche, Banjo estaba aletargado y no mostró interés por salir; siguió tendido ante el calor de la estufa de gas y Reggie se lo agradeció, pues hacía una noche espantosa, con ráfagas de viento que levantaban repetidamente el llamador de bronce de la puerta principal de la señorita MacDonald, haciéndolo parecer un visitante invisible desesperado por entrar. Cathy regresando a Cumbres Borrascosas. El fantasma de mamá que buscaba a Reggie. Hasta pronto. *Je reviens*. O, simplemente, nadie y nada. «Veloz se cierne el manto de la noche; la oscuridad se vuelve más intensa».

Listos para el rapto

Todo el mundo ignoraba con escrupulosa insistencia al tipo borracho tendido completamente inmóvil en el suelo, y Jackson sintió una punzada de culpa. Una vez había arrestado a un hombre por ebriedad y alboroto y resultó que el pobre padecía una hemorragia cerebral a consecuencia de una conmoción y casi se les murió en la celda. Con eso bien presente, se arrodilló para inspeccionar la forma postrada en el suelo del vagón.

Su postura le proporcionó un primer plano de los pies de la mujer de rojo, calzados con un par de feroces zapatos de tacón de aguja, mitad fetiche mitad arma. Una vez, una arpía lo había atacado con el tacón del zapato cuando trataba de mediar en una riña durante una despedida de soltera que había acabado mal, dándole un sentido completamente nuevo a las palabras «vestida para matar» o, más bien, «calzada para matar». Le pareció recordar que la madre de la novia era la propietaria del zapato. Mientras trataba de recordar en qué pub de Cambridge había pasado y le tomaba el pulso al borracho (quién decía que los hombres no eran multitarea) el tren dio otra sacudida, y después una rápida serie, cada una peor que la anterior. Luego empezó a ganar velocidad, lo que no parecía buena cosa en aquellas circunstancias. Le llegó un olor a quemado, de caucho y algo desagradablemente químico, acompañado por un chirrido muy agudo, como de metal contra metal. Sintió de hecho que el tren se bamboleaba, como si tratara de mantener el equilibrio.

«Jesús, ahí vamos», se dijo. Su destino no era Londres, ni la gloria; el destino de aquel tren era el infierno.

La gente empezó a gritar, la mujer de rojo incluida. Jackson trató de tender una mano para tranquilizarla (o, al menos, para conseguir que dejara de gritar), pero el vagón empezó a ladearse y ella desapareció de su vista.

Confió en que hubiese ángeles en la cabina con el conductor, confió en que este apenas pudiese respirar por la cantidad de plumas en el aire y llevase al mismísimo Gabriel como copiloto. No hacía falta decir que él no creía en los ángeles, pero *in extremis* siempre estaba dispuesto a darle credibilidad a lo que fuera. De hecho, confiaba en que el famoso Ángel del Norte hubiese abordado el tren en Gateshead y estuviese en ese preciso instante instruyendo a su oxidado rebaño sobre cómo circular por las vías.

Le vino a la cabeza la canción «Jesús, coge el volante», y se dijo que tal vez no llegase tan lejos, pero no le importaría que la Virgen María levantara el pie del pedal de emergencia y los hiciese aminorar un poco.

El vagón se enderezó de pronto, y Jackson acababa de empezar a pensar que a lo mejor todo salía bien cuando volvió a inclinarse de repente, solo que esta vez lo hizo noventa grados, hasta quedar sobre un costado. «El tren termina en Waverley», había dicho la vieja, pero a fin de cuentas se había equivocado. El tren terminaba allí mismo.

No se puede luchar contra un accidente de tren. La gente y el equipaje se vieron arrojados de manera indiscriminada en un revoltijo grotesco, iluminados tan solo por las chispas que el metal arrancaba del metal y la ocasional y desagradable luz intermitente proyectada por algún cortocircuito eléctrico sobre sus cabezas. Instintivamente, Jackson trató de proteger al tipo borracho arrojándose sobre él. De haber tenido tiempo para considerar su decisión, no era la persona a la que habría elegido salvar (bebés, niños, mujeres, animales, en ese orden, era su lista de favoritos). De todas formas, la cosa no supuso gran diferencia porque empezaba a descubrir que un tren descarrilado no daba muchas alternativas con respecto a dónde ir o qué hacer. Y tratar de aferrarse a algo era inútil cuando todo estaba en plena caída libre catastrófica y caótica. El ruido era aterrador, distinto a cualquier otro que hubiese oído antes (incluida la guerra), y no parecía tener fin, puesto que el tren, o al menos el vagón en que viajaban, seguía avanzando sobre el costado. Supuso que el tiempo se había expandido, como sucedía en todos los accidentes, pero ¿cuánto podía durar aquello? ¿Y si continuaba para siempre? ¿Y si aquello era el infierno? ¿Estaba muerto? ¿Dolía tantísimo todo cuando uno estaba muerto?

El vagón se detuvo por fin. Se hallaban en la oscuridad más absoluta y, durante un instante, como si el tiempo se hubiese quedado en suspenso, no se oyó sonido alguno. Durante un inquietante segundo, Jackson se preguntó si todos los demás estarían muertos. Entonces la gente empezó a gritar, gemir y chillar. Quizá aquello sí era el infierno. Oscuridad, olor a quemado, niños que llamaban llorando a sus madres, madres que llamaban llorando a sus hijos, lamentos y sollozos generales. En su opinión, no se podía estar mucho más cerca del infierno.

Alguien cerca de él gemía como un perro herido. Una mujer, le pareció que era la mujer de rojo, no paraba de decir «No» una y otra vez. Sonó un teléfono móvil con el incongruente tono de llamada de *El gran Chaparral*. Una voz de hombre susurró:

–¡Ayúdenme, por favor, que alguien me ayude!

Jackson, el perro pastor, siempre tenía una respuesta pavloviana a una súplica de ayuda, pero no consiguió distinguir de dónde venían esas palabras; ya no había arriba o abajo, ni delante o detrás. Sentía algo caliente y húmedo que pensaba que podía ser sangre, pero no tenía ni idea de si era suya o de algún otro. Estaba rodeado de formas oscuras que lo mismo podían haber sido maletas o cuerpos, era imposible saberlo. Notaba cristales rotos por todas partes en torno a él, y cuando trató de moverse con cuidado oyó un leve gemido de dolor.

–Perdón –murmuró.

Intentó averiguar cómo estaba orientado el vagón. Estaba casi seguro de que no habían volcado del todo, de forma que donde antes estaba el techo debería haber ventanas. El olor a quemado era cada vez más intenso y no había luces de emergencia, pero sí un leve resplandor en la distancia que no auguraba nada bueno, y el hedor de un fuego eléctrico. Había que evacuar el tren a toda prisa.

Decidió abrirse paso hasta donde le parecía que estaba el techo (una retahíla de «perdón»), pensando que allí le sería más fácil encontrar algún asidero si iba a trepar hacia las ventanas.

–Ayúdenme –volvió a decir la voz, y Jackson advirtió que venía de debajo de él, de alguien sobre quien estaba trepando, de hecho.

Dios santo. «Salta sobre los asientos, salta sobre la gente, olvida todo lo que tu madre te haya enseñado sobre modales», pero la cosa no funcionaba así en la realidad. (En la otra dimensión temporal que ocupaba, donde la vida continuaba normalmente y donde no esperaba morir de un momento a otro, deseó sentarse a escribir una nota para Marlee, en la que dijera: «Sentirás el deseo de detenerte a ayudar a otras personas. ¡No lo hagas!»).

Balanceó su peso tanto como pudo.

–Bueno, compañero –dijo un soldado herido dirigiéndose a otro–, vamos a sacarte de aquí.

No dejéis atrás a ningún hombre. Jackson palpó con cautela y rodeó con los brazos el pecho del tipo que tenía debajo, como si fuera a salvarlo de ahogarse tirando de él hacia la orilla. Tiró y lo arrastró hasta donde le pareció que estaba el techo. De haber pensado con lógica quizá habría considerado el riesgo de lesión de columna al arrastrar a alguien como un saco de carbón, pero en aquel caos no había lógica alguna. Uno por uno, se dijo, los sacaré uno por uno.

Y entonces, de pronto, sin previo aviso, los dos estaban cayendo a través de la nada. Jackson se aferró al hombre mientras interpretaban su extraño vals hacia el abismo, Butch y Sundance saltando del acantilado. Una pequeña parte de su cerebro decía «¿Qué coño?», mientras otra pequeña parte se preguntaba dónde iban a aterrizar. A otro rincón más paranoico de su mente le preocupaba que no fueran a aterrizar nunca. «Porque esto es el infierno, y no estoy fuera de él.» (Y maldijo a Julia por soltar citas en momentos inoportunos.)

Y entonces se acabó. Aterrizaron con un topetazo tremendo, paracaidistas sin paracaídas, y rodaron por una pendiente escarpada antes de detenerse por fin. Se golpeó con fuerza la cabeza al aterrizar, y se mareó de puro dolor. Permaneció unos segundos boca arriba, tratando de respirar; a veces respirar era lo único que se podía hacer. A veces respirar era suficiente. Recordó haberse tendido en la carretera tras su enfrentamiento con la oveja de aquella tarde (¿de verdad había sido aquella misma tarde?), mirando el pálido cielo. Había días en que pasaban cosas que te sorprendían de verdad.

La lluvia que le caía en la cara lo reanimó un poco, y se las apañó para incorporarse hasta quedar sentado. Temblaba de frío, bajo los efectos del *shock*. Había luces en alguna parte, y comprendió que, después de todo, no estaban en medio de la nada, pues había casas diseminadas a lo largo de la vía y ahora se oían las voces de las primeras personas que llegaban al lugar; civiles, no profesionales, ya que captaba su confusión al toparse con una definición enteramente nueva del término pesadilla.

Jackson entendió entonces qué había pasado. Había tratado de encontrar el techo del vagón, pero no había ningún techo que encontrar porque este se había levantado como la tapa de una lata de sardinas, y él y su nuevo y fortuito compañero habían caído del tren para precipitarse terraplén abajo y ahora se hallaban en alguna clase de barranco. El hombre con el que había caído («¡Ayúdenme!») yacía inmóvil, boca abajo, en el barro, a un par de metros de distancia. Jackson se arrastró hasta él. No tuvo fuerzas para darle la vuelta, pues le parecía que se había herido el brazo al caer, y solo pudo girar la cabeza del hombre para impedir que se ahogase en el lodo. Pensó en el hermano de su abuelo, que se pasó de la raya en el Somme y acabó ahogándose en el barro en Passchendaele.

En lo alto del terraplén apareció una luz, una linterna, bajo cuyo leve resplandor pudo ver el rostro de su compañero. Por alguna razón, había supuesto que se trataba del borracho, o del tipo del traje, y le sorprendió descubrir que era uno de los soldados. Parecía más bien muerto. Sobrevive a una guerra en la que la muerte te acecha a cada instante para que te toque la china en la línea férrea de la costa este.

Había relacionado la linterna con el rescate, pero la luz se desvaneció tan rápido como había aparecido.

—¡Eh! —exclamó, y su voz sonó como un graznido aflautado.

Trató de trepar por el terraplén. Tenía que sacar a más gente del tren. Gente con vida, preferiblemente. Había ascendido más o menos hasta la mitad cuando tuvo que parar, de pronto tan débil como un gatito. Algo en él andaba muy mal, había sufrido algún tipo de lesión, aunque no sabía muy bien cuál. De manera inesperada se percató de que era grave. Una herida de combate. Necesitaba que lo evacuaran de inmediato del campo de batalla. Se deslizó de nuevo terraplén abajo.

Sentía que su vida se apagaba poco a poco. Un par de veces anteriores, en que se había encontrado a las puertas de la muerte, se había aferrado a la vida porque se consideraba demasiado joven para morir. Ahora se percataba de que ya no era ese el caso; en realidad, se sentía de sobra viejo para morir.

«Me clavaré el puñal en el brazo y con mi propia sangre escribiré que mi alma es del gran Lucifer». Si no se andaba con cuidado iba a seguir citando hasta morir. Dios, el brazo le sangraba de verdad, la sangre manaba de él como si no hubiese un mañana. No iba a haber un mañana, ¿no? Había llegado por fin al final del camino. «Estás muy lejos de casa, Jackson», se dijo.

Cerró los ojos; si dormía un minuto quizá sería capaz de llegar a lo alto del terraplén. Una insistente vocecita en su cabeza trataba de recordarle que, si se dormía ahora, sería la última vez, el sueño eterno. Debatió brevemente semejante idea y decidió que no le importaba no volver a despertarse. Se sorprendió, pues había esperado luchar cuando llegara el final, pero en realidad le supuso un alivio cerrar los ojos. Estaba muy cansado. Sus pensamientos volvieron por un momento a la mujer que paseaba en el valle. Había temido por su seguridad cuando era por sí mismo por quien tendría que haberse preocupado.

De manera que así era como acababa el mundo. «Esta misma noche, esta misma noche, esta noche y todas las noches, el fuego y el agua y la llama de la vela, y que Cristo reciba tu alma.» O el demonio. Supuso que no tardaría en averiguarlo. Se esforzó por erradicar de sus pensamientos a la mujer que paseaba y colocó en su lugar una imagen del rostro de Marlee («¡Te echo de menos! ¡Te quiero!»). Quería que su rostro fuera lo último que viese antes de entrar en el túnel negro.

El discreto encanto
de la burguesía

Debería haber comprado las flores, debería haber ido a Waitrose, pero allí estaba, aparcada frente a la casa de Alison Needler, en Livingston. Las cortinas estaban echadas y la luz del porche apagada. No había señales de vida dentro ni fuera; todo había vuelto a la calma. Al oír la voz histérica de Alison en el teléfono, Louise esperaba lo peor: que él hubiese vuelto. Pero no fue así, resultó una falsa alarma: no era David Needler que volvía a acabar con su familia, sino un transeúnte inocente con una gorra de béisbol paseando a su perro. En realidad, no era tan inocente, puesto que el perro en cuestión era un tosa japonés, según uno de los agentes de Livingston que habían acudido cuando Alison Needler oprimió el botón de alarma.

El transeúnte inocente fue arrestado y llevado a comisaría acusado de incumplimiento de la Ley de Perros Peligrosos, y un veterinario cauteloso se llevó al can. El coche patrulla ya estaba allí cuando apareció Louise, de modo que, en general, habían acabado por montar un buen circo ante la casa supuestamente protegida de Alison Needler. ¿Por qué no limitarse a poner un gran letrero de neón en el techo que dijera: «Si andas buscando a Alison Needler, David, está aquí»?

No era la primera falsa alarma; Alison tenía los nervios tan tensos como las cuerdas de un piano las veinticuatro horas del día. Su vida era un tren siniestrado. Le habría gustado presentarle a Joanna Hunter. Para que Alison viera que era posible sobrevivir con elegancia, que podía haber vida después de la muerte. Pero la gran diferencia residía en que a Andrew Decker lo habían atrapado, mientras que David Needler –vivo o muerto– seguía allí fuera, en alguna parte. Si conseguían encontrarlo, si conseguían meterlo entre rejas de por vida, entonces quizá Alison podría empezar a vivir otra vez. (Pero ¿qué significaba «de por vida»? En el caso de Andrew Decker, treinta años, con mucha vida aún por delante).

«He venido a decirle que Andrew Decker ha salido de la cárcel». Louise nunca había visto a nadie palidecer tan rápidamente y seguir en pie, pero había que reconocer que Joanna Hunter aguantó el tipo. Por supuesto, debía de saber que iban a liberarlo, que ya estaba fuera, de permiso, preparándose para su recién descubierta libertad, porque, después de treinta años de encierro, el mundo iba a causarle una gran impresión.

–Ahora vive con su madre, en Doncaster.

–Debe de ser muy vieja, y él era hijo único, ¿verdad? –respondió Joanna Hunter–. ¡Qué triste¡ ¡Pobre mujer!

–Es un prisionero de categoría A –explicó Louise–. El AMCPP controlará su puesta en libertad. Lo tendrá vigilado, se asegurará de que esté donde dice estar.

–¿El AMCPP?

–Agencia Múltiple de Convenios de Protección Pública. Vaya trabalenguas, ¿eh?

–No hace falta que se disculpe; la profesión médica también adora los acrónimos. Me sorprende que haya venido a decírmelo –añadió Joanna Hunter–. Pensaba que después de todo este tiempo...

–Bueno, me temo que eso no es todo –Louise Monroe, siempre portadora de malas noticias, como algún sombrío ángel mensajero–. La prensa se ha enterado de su puesta en libertad; creo que va a darle bastante bombo.

–«Salvaje asesino anda suelto»..., ¿esa clase de cosas?

–Exactamente esa clase de cosas, me temo. Y, por supuesto, no solo irán a por Decker. Querrán saber qué le pasó a usted.

–La superviviente –respondió Joanna Hunter–. «La niñita perdida», eso fui en los periódicos vespertinos. En los de la mañana fui «La niñita recuperada».

–¿Conservó todas esas cosas, recortes de periódicos, artículos? Joanna Hunter rio con aspereza.

–Tenía seis años. No tuve oportunidad de conservar nada.

En realidad, le correspondía hacer aquello al oficial de enlace familiar, pero resultó que le habían pasado la llamada a ella y cayó en la cuenta de que Joanna Hunter vivía muy cerca, solo un par de calles más allá, en su implacable gueto de clase media donde no había viviendas de protección oficial, ni pubs, ni vida nocturna de ninguna clase, y tampoco mucha vida diurna, dada la enorme proporción de jubilados y ancianos. Después de las ocho de la tarde, las calles estaban muertas, y la riqueza era evidente hasta donde alcanzaba la vista. Bienvenido al sueño. Vagamente, Louise sintió como si se hubiese unido al otro bando sin partir de hecho de un bando concreto. «Regocijaos de vuestra buena fortuna», decía Patrick, con una sabiduría más de galleta china de la suerte que zen.

–Solo por ponerte en antecedentes –le dijo por teléfono el tipo del AMCPP–, resulta que un prisionero recién puesto en libertad sabía que Decker iba a salir y vendió su historia a la prensa sensacionalista por veinte monedas de plata. Será una tormenta en un vaso de agua, pero ella debería saberlo, por si la encuentran. Aparecerán por ahí buscándola; son mejores que nosotros encontrando gente.

Louise había estado vagamente al corriente del caso Mason, no hasta el último detalle, como parecía estarlo Karen, sino como un caso más en el listado de hombres que atacaban a mujeres y niños. Eran distintos de los que atacaban solo a mujeres, y diferentes asimismo de los ex maridos o compañeros que saltaban de precipicios y balcones con sus hijos, que llenaban el coche de gases del tubo de escape con los niños en el asiento de atrás, que los asfixiaban en sus camas, que corrían tras ellos hasta el último rincón de la casa con cuchillos y martillos y cuerdas de tender, todo ello sobre la base de que si ellos no podían tener consigo a sus hijos, entonces nadie iba a tenerlos, en especial sus madres.

Estos últimos eran los que aparecían sin ser invitados en la fiesta de cumpleaños temática de su hija, sobre el unicornio mágico, y le pegaban un tiro en la cabeza a su suegra mientras servía gelatina y helado en la cocina; luego daban caza a su cuñada como si fuera un ciervo y le disparaban también en la cabeza, delante de diez niñas de siete años que chillaban, una de las cuales era su propia hija. De hecho, había tres niños Needler: Simone, Charlotte y Cameron. De diez, siete y cinco años. La niña del cumpleaños, Charlotte, recibió un culatazo de la pistola de su padre cuando trató de interponerse entre él y su tía Debbie. («Siempre ha sido una niñita valiente, nuestra Charlie», dijo Alison). Debbie debió de comprender qué ocurría desde el instante en que el primer disparo resonó en la cocina, porque se llevó a las niñas al invernadero que había detrás de la casa, y cuando David Needler la apuntó con la pistola, trataba de protegerlas con su cuerpo, a las diez.

Hasta el mismísimo final estuvo diciéndole a gritos que era un cabrón. Démosle una medalla a la tía Debbie.

Alison se encontraba en el piso de arriba, con Cameron, que estaba vomitando en el retrete por el exceso de dulces y de emoción, cuando su ex irrumpió en la casa llena de mujeres y niñas. La madre de Alison estaba muerta en el suelo de la cocina; su hermana, Debbie, yacía moribunda en el invernadero, con su propia hija de diez años enjugándole la sangre de la cabeza con servilletas del unicornio mágico. David Needler trató de llevarse a Simone, y una vecina, una de las madres de la fiesta, trató de impedírselo. En un día en que había pensado que su tarea más dura consistiría en sobrevivir a dos horas entre niñas de siete años histéricas, esa mujer acabó luchando por su vida después de que David Needler le descerrajara un tiro a quemarropa en el pecho. Perdió la batalla. Tres vidas, tres muertes, la misma cuenta total que Andrew Decker.

David Needler huyó sin ningún niño como trofeo. Al primer disparo, Alison Needler había agarrado a Cameron para esconderse con él en el armario del dormitorio.

Andrew Decker no destrozó su propia familia, destrozó la de otro. Destrozó la de Howard Mason. Los hombres como Decker eran inadaptados, solitarios; quizá simplemente no podían soportar ver que la gente tenía unas vidas que ellos nunca tendrían. Una madre y sus hijos, ¿no era ese el vínculo en el meollo de todo?

¿Esconderse o echar a correr? Louise confiaba en que ella opondría resistencia. Si estabas sola podías luchar; si estabas sola podías echar a correr. No podías hacer ninguna de las dos cosas cuando estabas con niños. Podías intentarlo. Gabrielle Mason lo había intentado: tenía las manos y los brazos llenos de heridas defensivas por tratar de evitar el cuchillo de Andrew Decker. Había luchado hasta la muerte protegiendo a sus pequeños. Démosle una medalla a Gabrielle Mason.

Louise había pasado por ello, había estado con Archie de pequeño en parques vacíos y solitarios estanques con patos, consciente de pronto del chiflado y sus andares desgarbados, de su mirada esquiva. No lo mires a los ojos. Camina deprisa y pásalo de largo, no atraigas su atención. En alguna parte, en algún sitio utópico, las mujeres caminaban sin miedo. A Louise le gustaría ver ese sitio, ya lo creo que sí.

Démosles medallas a todas las mujeres.

En la sala de estar de los Hunter había flores en un jarrón blanco y azul sobre una mesita. No, no eran simples flores, baratas y colocadas de cualquier manera, cultivadas en un invernadero en Kenia, sino esas cosas estilizadas y con ramitas salidas del propio jardín de los Hunter.

–Madreselva de invierno y sarcococca –explicó Joanna Hunter–. Las dos tienen un perfume delicioso. Es muy bonito tener flores en invierno.

Louise fingió interés. Sospechaba que ella era genéticamente incapaz de hacer crecer algo, que cultivar no estaba en su ADN mitocondrial. Samantha y Patrick habían «compartido la jardinería» en su antigua casa. Ahora, el nuevo y pequeño jardín de Patrick y ella era todo de césped, bordeado por unos cuantos aburridos arbustos y plantas perennes. Louise ni siquiera estaba muy segura de qué era un arbusto, pues la única vez que había estado en el jardín fue cuando organizaron una barbacoa de inauguración *in extremis* durante el veranillo de San Martín para la flor y nata del vecindario, incluidos dos peces gordos de la policía, un *sheriff* y un escritor de novela negra. Eso es Edimburgo.

La primera señora De Winter, Samantha, era de las que tienen mano para las plantas. «Guisantes de olor, tomates, cestas con enredaderas; adoraba el jardín», decía Patrick. Al parecer, era capaz de identificar un arbusto a cien pasos de distancia. La buena esposa.

–Preciosas –le dijo a Joanna Hunter, inhalando el aroma de la madreselva de invierno. No mentía. En efecto, eran preciosas. Joanna Hunter era preciosa, su casa era preciosa, el bebé era precioso. Todo en su vida era sencillamente precioso. Dejando aparte lo de que aniquilaran a toda su familia en la infancia.

–Nadie puede superar algo así –le había dicho a Patrick la noche anterior en la cama.

–No, pero puede intentarlo –respondió él.

–¿Quién te ha nombrado a ti la voz de la sabiduría? –le espetó Louise, pero solo mentalmente, porque el amor de un buen hombre no era algo que se debiera tirar a la basura como un pedazo de papel; ni siquiera ella era tan bruta para no darse cuenta de eso.

Joanna Hunter fue al piso de arriba y volvió a bajar con una fotografía en blanco y negro en un marco sencillo. Se la tendió en silencio. Una mujer y tres niños: Gabrielle, Jessica, Joanna, Joseph. Era una foto con pretensiones artísticas («La hizo mi padre»), un primer plano de todas las caras juntas; Jessica con una sonrisa tímida, Joanna con una sonrisa feliz, el bebé tan solo un bebé. Gabrielle era una belleza, eso era indiscutible. No sonreía.

–No la tengo expuesta –explicó Joanna Hunter–. No podría soportar verlos todos los días. La saco de vez en cuando, y luego vuelvo a guardarla.

Howard Mason se había casado varias veces después de que su esposa fuera asesinada. ¿Cómo se habían sentido las esposas siguientes con respecto a su predecesora muerta? La primera esposa, Gabrielle: guapa, con talento, madre de tres niños, y encima asesinada, un acto imposible de imitar. La segunda esposa, Martina, se suicidó; Howard Mason se había divorciado de la tercera, la China (todo el mundo la llamaba así); la cuarta había sufrido alguna clase de accidente espantoso: cayó escaleras abajo o se prendió fuego, Louise no conseguía acordarse. Había una quinta en alguna parte..., una mujer latinoamericana que sobrevivió a su marido. No le sorprendería que hubiese una decapitación en algún lugar. Desde luego, había que pensárselo dos veces antes de decirle «Sí, quiero» a Howard Mason. De forma inesperada, le vino a la cabeza un poema de Browning, «Mi última duquesa». Pensar en él le produjo un escalofrío.

Con el paso del tiempo, Howard Mason se había vuelto más famoso por sus esposas muertas que por el talento literario que pudiera poseer. Louise no había leído ninguna de sus novelas, era anterior a su época, aunque tras su encuentro del día anterior con Joanna Hunter había buscado sus libros en Amazon, pero por lo visto estaban descatalogados. Se podría pensar que, después de los asesinatos, hubiese adquirido cierta mala fama que estimulara las ventas, pero, en lugar de eso, se había convertido en una especie de paria. Podía estar muerto y pasado de moda además de descatalogado, pero seguía viviendo en internet, el fantasma en la máquina.

Quiso la suerte que, de camino a casa, Louise se detuviera en la librería Oxfam de Morningside Road y, para su sorpresa, encontrara allí un ejemplar de segunda mano de la primera y más famosa novela de Howard Mason, *El tendero*. La leyó casi entera esa misma noche, en la cama.

–¿Sabía escribir? –le preguntó Patrick.

Estaba leyendo alguna clase de abstrusa revista médica. (¿Debería mostrar ella más interés por su profesión? Él siempre se mostraba interesado por la suya).

–Sí, sabía escribir, pero es muy de su época. Debió de parecer muy vanguardista entonces, pero es como muy..., no sé, norteño.

Howard Mason había escrito *El tendero* cuando aún estaba verde, antes de que su vida se volviera de *grand guignol*, antes de ser padre de tres hijos, antes de casarse con Gabrielle Ascher, guapa, lista y rica, con una casa cómoda y un temperamento alegre, que perdió esos tres últimos atributos en el instante en que firmó en el registro matrimonial en Gretna Green a los diecisiete años. ¿Fue Howard Mason una elección tan terrible que los padres sintieron que debían desheredarla? ¿Qué ocurrió después de la muerte de Gabrielle? ¿Se convirtió Joanna Mason en una rica huerfanita? Preguntas, preguntas. Louise se estaba obsesionando con Joanna Hunter. Había estado al borde de lo incognoscible, en un lugar al que nadie elegiría ir, y había regresado. Eso le confería un misterioso poder, que Louise envidiaba.

Andrew Decker había sido, sorpresa, sorpresa, un prisionero modélico. Había ayudado a llevar la biblioteca, trabajado en la tienda Braille, traduciendo libros a ese lenguaje, restaurado sillas de ruedas, todo ello muy encomiable. A veces, Louise añoraba los días en que a los prisioneros se les hacía caminar interminablemente en cintas corredoras o girar manivelas. Pedófilos, asesinos, violadores..., ¿de verdad tenían que estar haciendo libros? Si de ella dependiera, los sacrificaría a todos, aunque obviamente no era esa la clase de opinión que expresaba en voz alta en las reuniones de la división. («¿Has sido siempre una fascista?», le preguntó Patrick entre risas. «Bastante», contestó ella.)

Andrew Decker se había sacado el título de bachillerato superior, se había licenciado en Filosofía (por supuesto) por la universidad a distancia, no había mostrado indicios de desearle ningún mal a nadie. Vale. Y treinta años antes había asesinado a una familia cuando, según sus compañeros de trabajo, era «un tipo corriente». Sí, pensaba Louise, había que andarse con cuidado con los tipos corrientes. David Needler era corriente. Decker solo tenía cincuenta años; podían quedarle otros veinte de tipo corriente. Aun así, había que verle el lado bueno a la cosa: tenía una licenciatura en Filosofía.

–Al menos ha cumplido toda la sentencia –dijo Joanna Hunter–. Supongo que ya es algo.

Pero en realidad no lo era, y las dos lo sabían.

–Es posible que me marche –añadió Joanna Hunter–, que desaparezca un tiempo, solo hasta que pase todo el revuelo.

–Buena idea.

En Livingston, Alison Needler estaba sitiada: permanecía el día entero dentro de casa, cada vez más pálida, y solo se aventuraba a salir para llevar a los niños al colegio. Los llevaba andando porque estaba convencida de que David Needler colocaría algún dispositivo en el coche y los haría volar a todos por los aires. David Needler era topógrafo y en principio no sabía gran cosa de explosivos, pero Louise suponía que, una vez que la paranoia se aloja en tu cerebro, cuesta bastante sacarla de ahí. Por otro lado, ¿quién habría esperado que David Needler tuviese una pistola o supiera cómo dispararla?

Louise no sabía qué hacía Alison Needler todo el día; hacía las compras por internet y decía que estaba «demasiado alterada» para machacar la alfombra ante un vídeo de gimnasia o sentarse tranquilamente a hacer una colcha de retales (dos de las varias sugerencias de una asistente social). Siempre que Louise iba a la casa, estaba inmaculada, de modo que sospechaba que Alison dedicaba mucho tiempo a limpiar. El televisor solía estar encendido y no había ni rastro de libros; decía que antes le gustaba leer, pero que ahora no podía concentrarse. Louise se acordaba de la casa de los Needler en Trinity:

una buena casa, de piedra y semiadosada, con grandes jardines delante y detrás; el de delante, perfecto para que un hombre se inmolara en él.

Alison Needler tenía dos cerraduras en cada ventana y tres en las puertas trasera y delantera, además de cerrojos. Contaba con un sistema de seguridad con timbres y silbidos, un botón de alarma, un móvil conectado directamente con emergencias, y sus hijos llevaban alarmas personales colgadas del cuello cuando no estaban encerrados en el colegio.

La habían trasladado a una vivienda protegida, pero Alison nunca estaría a salvo. Si Louise fuera Alison Needler, se conseguiría un perro grande. Uno muy, muy grande. Si fuera Alison Needler, se cambiaría el nombre, se teñiría el pelo, se mudaría muy lejos, a las Highlands, a Inglaterra, a Francia, al Polo Norte. No se quedaría en una casa protegida en Livingston, esperando a que el lobo grande y malo apareciera y la echara abajo soplando.

Pensó que quizá debería apostar un coche ante la casa durante las fiestas. Si David Needler iba a volver, la Navidad parecía un momento propicio, una época de paz y amor y todo eso. Esperaba que lo hiciera; le habría gustado llevarse un vehículo de respuesta inmediata, arrancar al jefazo de sus festejos navideños para que diera la orden de matar a tiros a ese cabrón.

Le sonó el teléfono. Patrick. Estaría preguntándose dónde se había metido. Ella misma se lo preguntaba. Miró el reloj. Jesús, las seis en punto. A la porra los suflés horneados dos veces, los cuñados tendrían que conformarse con una tortilla.

—¿Louise?

—Sí.

Le pareció que sonaba eficiente, quizá incluso un poco cortante. Debería estar diciéndole «Lo siento muchísimo, te

estoy fallando», etcétera, pero no parecían dár
sele bien las concesiones mutuas, los tira y afloja, el compromiso y la negociación que entrañaba una pareja. Le daba la sensación de llevar toda la vida haciendo eso con Archie, y no podía empezar otra vez con un hombre adulto. A Patrick no parecía importarle en realidad, pero podía apostar hasta el último centavo a que algún día sí le importaría.

Debería haber comprado las flores. Con ellas habría parecido que todo aquello le importaba. Y le importaba. Pero posiblemente no lo suficiente.

–Voy de camino a casa –dijo–. Lo siento.

–Ahora no estás de servicio, ¿no? –le recordó él con suavidad.

–Ha surgido algo.

–¿Dónde estás? Estás en Livingston, ¿verdad? Sentada en el coche ante la casa de esa mujer. Lo tuyo es una obsesión, cariño.

–No, no lo es –sí lo era, pero bueno–. Y se llama Alison, no «esa mujer».

–Perdona. Hace mucho que él se ha ido, ¿sabes? Needler no va a volver.

–Sí va a volver. ¿Te apuestas algo?

–No soy de los que andan haciendo apuestas.

–Ya lo creo que sí, eres irlandés. En todo caso, no tardaré en llegar a casa –y añadió, por si acaso–: lo siento –últimamente parecían pasarse un montón de tiempo disculpándose. Quizá era buena cosa, demostraba que tenían modales.

La cortina de Alison Needler se abrió unos centímetros y apareció su rostro, pálido e incorpóreo, con el humo de un cigarrillo formando volutas en torno a su cabeza, como un aura. No solía fumar cuando estaba con los niños; antes ni siquiera fumaba; antes había tenido una vida normal, como administrativa a media jornada en Napier, con tres hijos, un marido, una bonita casa en Trinity, no aquel sitio deprimente de granito gris y con basura en el jardín vecino. En realidad, no era normal en absoluto; solo parecía normal. Corriente. La cortina se cerró y Alison desapareció.

A Louise le importaban Alison Needler y Joanna Hunter. A Jackson Brodie le preocupaban las chicas desaparecidas: quería encontrarlas a todas. Louise, para empezar, no quería que se perdieran. Había muchas maneras de perderse, y no todas ellas implicaban desaparecer. No todas implicaban esconderse; a veces, las mujeres se perdían allí mismo, a la vista de cualquiera. Como Alison Needler, haciendo concesiones, desapareciendo en el seno de su propio matrimonio, un poco más cada día. La hermana de Jackson bajando de un autobús y perdiendo la vida una noche, bajo la lluvia. Gabrielle Mason, desaparecida para siempre una tarde de sol radiante.

Al pensar en Jackson Brodie, el corazón le dio un pequeño vuelco culpable. Mala esposa.

Ya no había presencia policial constante ante la casa de los Needler. Solo Louise se acercaba con el coche para montar guardias a horas perdidas del día y de la noche; hasta que el tramo de la M8 entre Edimburgo y Livingston formó un surco en su mente. Había algo meditativo en vigilar a Alison. Un día, David Needler iba a volver. Y cuando lo hiciera, Louise lo atraparía.

Puso en marcha el motor y Alison Needler reapareció en la ventana. Louise levantó la mano, pero Alison no contestó a su gesto de despedida.

Patrick había encargado un «banquete para cuatro» en un restaurante chino de la zona. Habían probado varias veces la comida de ese sitio y a ella siempre le pareció bien, pero ahora, bajo la nariz larga y algo bulbosa de la hermana mayor de Patrick, Bridget, el contenido de los pegajosos envases de aluminio se veía menos apetecible.

En el trayecto de vuelta, Louise estaba tan muerta de hambre que estuvo a punto de ceder a sus genes escoceses y pararse en un puesto de pescado frito, pero en cuanto cruzó el umbral de su casa («su casa», no «su hogar»), se quedó de algún modo sin apetito.

—Lo siento, me han entretenido —les dijo a sus nuevos cuñados al entrar por la puerta.

Lo que deseaba hacer era desnudarse y darse una ducha caliente, pero ya estaban todos sentados a la mesa, esperándola. Se sintió como una adolescente recalcitrante al volver tarde a casa. Imaginó que algo parecido debía de sentir Archie y sintió una punzada en algún lugar de las entrañas. Deseó tener allí a su hijo, deseó estrecharlo entre sus brazos. No al Archie de ahora, sino al del pasado. A su niñito.

Patrick sirvió una copa de vino tinto y se la tendió. A ella le vino a la cabeza una antigua balada escocesa: «El rey se sienta en la ciudad de Dunfermline, a beber vino rojo como la sangre». El vino tinto no pegaba con la comida china, ¿parecería grosera si iba a la cocina y sacaba una cerveza de la nevera? (La obvia respuesta era «Sí».) Patrick llenó su propia copa y brindó con ella.

—Bienvenida a casa —le dijo con una sonrisa. Louise ya veía el fondo de su copa.

Bridget picoteó con los palillos de una bandeja de pollo agridulce y probó un bocado. La comida se veía aún menos apetecible ahora que Patrick la había servido en los platos Wedgwood de su vajilla de bodas. De su primera vajilla de bodas, de cuando se casó con Samantha. La primera señora De Winter, su última duquesa.

Bridget debía de haber comido montones de veces en aquella vajilla Wedgwood. Buena comida casera preparada con esmero por Samantha, porque a ella le importaba hacer feliz a Patrick. («No era así, qué va –decía Patrick–. Sam era anestesista. Trabajaba casi tanto como yo»).

¿Qué estaba haciendo? Estaba viviendo con los objetos de una mujer muerta. Pero no en la casa de una mujer muerta, no estaba tan loca. Patrick seguía viviendo en «el hogar familiar» cuando se conocieron, una casa realmente preciosa en Dick Place, la clase de casa en que la pequeña Louise solía imaginar que viviría cuando compartía con su madre un pisito de dos habitaciones en la última planta. Aun así, Patrick no dudó en vender la casa de Dick Place –por una suma increíble de dinero–, y se compraron un dúplex nuevo y pijo cerca del hospital Astley Ainslie. Por fuera era espantoso, con molduras de madera y balcones metálicos, pero el interior rezumaba cierto lujo empresarial y anodino que Louise encontraba extrañamente atractivo. Al principio parecía tan esterilizada como un quirófano, pero no tardó en llenarse con las cosas de la antigua casa de Patrick y perdió su neutralidad. La primera señora De Winter seguía presente en sus pertenencias. Patrick le había ofrecido cambiarlo todo, «hasta la última cucharilla de café», y Louise le contestó: «No seas tonto», aunque eso era exactamente lo que habría querido que hiciese, pero sin que ella hubiese tenido que pedírselo. Antes de que te cases, mira lo que haces.

Patrick y Samantha tenían cosas bonitas: la Wedgwood, la cubertería de plata, los manteles de damasco, los servilleteros, la cristalería. Regalos de boda, el ajuar de un matrimonio tradicional. Sus posesiones parecían las de una refugiada al lado de las de Patrick; una refugiada que pasaba mucho tiempo en Ikea. Cuando abrió por primera vez el baúl de la ropa blanca (un baúl de la ropa blanca, ¿quién tenía un baúl de la ropa blanca? Patrick y Samantha, quiénes si no), se había alarmado ante el contenido pulcramente planchado y almidonado, como si no lo hubiesen aireado desde que Samantha se sentó por última vez al volante de su coche.

Recordaba una balada o un poema ambientado en una época lejana, en que se celebraba una boda en una gran casa y todos los invitados jugaban al escondite como parte de la fiesta (imagínate algo así ahora). La recién casada se había escondido en un enorme baúl, en una parte recóndita de la casa donde a nadie se le ocurrió buscarla. La tapa del baúl tenía un muelle oculto y solo podía abrirse desde fuera; la joven se asfixió allí dentro antes de haber pasado siquiera la noche de bodas. Encontraron su esqueleto años después, ataviado con el traje de novia. Enterrada viva, pero algunas relaciones eran también así. ¡Quién sabía! Aa lo mejor a la pobre novia le había ido mejor muerta. Alison Needler decía que su ex marido la habría tenido «encerrada en una caja de haber podido». «La novia de Mistletoe», así se llamaba el poema. Si esperabas el tiempo suficiente, tu memoria venía a tu encuentro. Un día dejaría de hacerlo.

–¿Cariño?

Patrick estaba de pie a su lado, sonriéndole. Había abierto otra botella de vino y rodeado la mesa como un camarero, rellenando las copas. Le pellizcó levemente el hombro, y Louise le devolvió la sonrisa. Era, con mucho, demasiado bueno para ella. Demasiado simpático. Hacía que sintiera deseos de portarse mal, de comprobar hasta qué punto podía empujarlo, aplastar toda aquella simpatía. ¿Tienes quizá algún pequeño problema con la intimidad, Louise?

–Bueno, brindemos de nuevo –dijo Patrick cuando se hubo sentado.

Hicieron entrechocar las copas y el cristal resonó como una campanilla. Llamándola a casa. No a aquella casa, sino a otra que no había descubierto todavía.

–Salud –brindó Tim.

Y Louise lo repitió en gaélico, solo para recordarles que ahora se hallaban en su tierra. Resiguió con un dedo el borde de la copa. La copa de Samantha.

–¿Louise?

–¿Mmm?

–Estaba diciéndole a Patrick –explicó Bridget– que deberíais venir a visitarnos este verano.

–Sería estupendo, no he estado nunca en Eastbourne. ¿Estáis cerca de la playa?

–Es Wimborne, en realidad. No está en la costa –respondió Bridget.

Dentro de aquel cuerpo pagado de sí mismo, metido en carnes y de clase media de Bridget podía haber un ser humano perfectamente decente. O no.

Louise apuró la copa de vino y hurgó en busca de su propia adulta interior. La encontró. Volvió a perderla.

–Hay helado en la nevera –dijo Patrick, y añadió, dirigiéndose a Bridget–: Cherry Garcia, ¿te gusta?

–¿Qué significa eso? –preguntó ella con voz quejumbrosa–. Nunca lo he entendido.

–Es por Jerry Garcia, del grupo Grateful Dead –explicó Patrick–. Nunca fue tu estilo de música, Bridie. Creo recordar que tú eras más bien fan de *Mamá y sus increíbles hijos*.

–¿Y tú no lo eras? –intervino Louise–. No me parece que tengas pinta de haber sido fan de los Dead.

–A veces me pregunto con quién crees que te has casado –contestó él.

¿Qué significaba eso? Patrick se levantó y empezó a recoger los platos. La comida, fría y solidificada, tenía ahora un aspecto asqueroso.

–Voy a buscar el helado –dijo Louise, levantándose tan deprisa que estuvo a punto de volcar la copa de Tim. Se las apañó para cogerla justo a tiempo.

–Buena parada –murmuró él.

Qué inglés era. Una clase de persona muy diferente a ella. Tuvo una reacción visceral instintiva ante el acento de aquella cultura dominante. Era gracioso cómo te percatabas a veces de que estabas sola en una habitación llena de gente. Bueno, con cuatro personas, una de las cuales eras tú. Una extraña en tierra extraña, una Ruth espigando en un campo ajeno de clase media.

En lugar de ir derecha a la cocina, corrió escaleras arriba hasta su dormitorio (el dormitorio de los dos) y sacó los anillos de la caja fuerte. La caja había sido una condición de la compañía de seguros dado el valor del brillante. Cuando cambió la póliza, la nueva compañía insistió en que instalara cámaras de seguridad y una caja fuerte. «Por el anillo, señora Brennan», le dijo la chica al otro lado de la línea telefónica. Nunca en la vida la habían llamado «señora Brennan», y no pudo creer la cantidad de bilis que corrió de pronto por sus venas al oír la palabra «señora», y no solo por eso, pues, por si fuera poco, la chica la había llamado por el apellido de Patrick, como si fuera uno de sus enseres. La desconcertaban las mujeres que se cambiaban el apellido al casarse; el apellido era lo más cercano al propio ser que una tenía. A veces, el apellido era lo único que tenías. Joanna Hunter se cambió el apellido al casarse, pero cualquiera lo habría hecho, ¿no? Al menos podía aferrarse al título de «doctora» para tener una identidad. Si ella estuviera en el pellejo de Joanna Hunter, se habría cambiado el apellido mucho antes de casarse. No habría querido que la conocieran para siempre como la niñita que se perdió en aquel maldito campo de trigo. Louise podía no haber tenido una infancia idílica, pero había sido muchísimo mejor que la de Joanna Hunter.

—Soy la inspectora jefe Monroe —le dijo con frialdad a la chica de la compañía de seguros—, no la señora Brennan.

Solo más tarde, se enteró de que Patrick había comprado el anillo de brillantes con parte del dinero del seguro de vida de Samantha. Bien mirado, se trataba en efecto de un diamante manchado de sangre.

No llevaba el gran brillante con frecuencia, solo a veces, cuando salían a algún sitio. Patrick la hacía ir a sitios, al teatro, restaurantes, la ópera, conciertos, cenas, e incluso, que Dios la ayudase, a funciones benéficas para recaudar fondos, en las que los ricos y los más ricos se codeaban a dos mil libras el cubierto. Faldas escocesas y danzas tradicionales, la idea de Louise del infierno. Aun así, la ayudaba a comprender hasta qué punto había dejado que su vida se volviese limitada: hasta entonces, había consistido tan solo en Archie, el trabajo y el gato, aunque no necesariamente en ese orden. Y ahora el gato estaba muerto y Archie desplegaba las alas.

—Vive tu vida, Louise —le decía Patrick—; no te limites a soportarla.

Tampoco llevaba la alianza de boda. Patrick llevaba la suya. Nunca mencionaba que ella no la llevase, ni el brillante de la caja fuerte. Tendida en la cama por las noches, veía los anillos lanzar destellos en la oscuridad, incluso con la caja cerrada. Un anillo de oro. Un anillo que le oprimía el corazón. El corazón de las tinieblas. Tinieblas para siempre.

En cierta ocasión había habido otro hombre. La clase de hombre con el que se habría imaginado hombro con hombro, un compañero de armas; pero habían sido tan castos como los protagonistas de una novela de Austen. Todo sentido y ninguna sensibilidad, sin la más mínima persuasión. Había mantenido un vago contacto con Jackson, pero la cosa no había llegado a ningún sitio, porque no tenía adonde ir. Él tenía una novia embarazada y ninguno de los dos había hablado de las consecuencias de ese bebé en sus ocasionales y ebrios mensajes de texto de madrugada. Entonces la novia embarazada lo dejó y le dijo que el bebé no era suyo, y tampoco habían hablado de las consecuencias de eso. Quizá solo había sido ella la que estaba borracha. En realidad no era bebedora («Solo los días que acaban en "s" o en "o"»); nunca recorrería la misma senda que su madre, pero a veces, antes de conocer a Patrick, se había encontrado deseando servirse la primera copa de la velada con un ansia que iba más allá de la agradable expectativa. Ahora su ingesta de alcohol seguía el civilizado régimen de Patrick: una copita o dos de buen vino tinto con las comidas. Ya le iba bien, era de las que se ponían sensibleras cuando bebían.

Patrick creía en las saludables propiedades del vino tinto. Había adoptado la dieta del vino tinto, y comprado cajas de algún vino francés que lo haría vivir para siempre. Iba a nadar cinco mañanas por semana, jugaba al golf dos veces por semana, tenía una actitud positiva todos los días de la semana. Era como vivir con un alienígena que fingiera ser humano.

También se mostraba solícito respecto a su salud («¿Has pensado alguna vez en hacer yoga? ¿Taichí? ¿Algo relacionado con la meditación?»). No quería quedarse viudo por segunda vez. No quedaría bien que un cirujano enterrase a dos esposas seguidas.

Se deslizó el anillo en el dedo. Que Bridget viera que su precio podía no estar por encima de los rubíes, pero sí valía lo que un pedrusco de tres quilates y medio. Se puso también la alianza de boda y el dedo le pareció de pronto muy pesado. Los anillos le quedaban justos. Durante un instante pensó que se habían encogido, hasta que comprendió que era más probable que su dedo hubiese aumentado de tamaño.

Al verse en el espejo, se quedó de piedra: tenía la piel pálida como el alabastro y los ojos enormes y negros, como si hubiese estado tomando belladona. En la sien, una vena grande le palpitaba como un gusano enterrado bajo la piel. Parecía alguien salido de un terrible accidente.

Había oído sonar insistentemente el teléfono en el piso de abajo, y cuando bajó, a desgana, Patrick estaba en el vestíbulo, poniéndose la chaqueta impermeable y dirigiéndose con impaciencia hacia la puerta.

–Ha habido un accidente de tren –le explicó–. Uno gordo –y añadió alegremente–: eso significa que todo el mundo a cubierta. ¿Vienes?

Qué mundo este

Reggie Chase, pequeña como un ratón, silenciosa como una casa sin nadie dentro, estaba rascando distraídamente la cabeza de Banjo. Tenía a Homero abierto sobre el regazo pero estaba viendo *Coronation Street*. Casi se había acabado la caja de bombones de violeta que había sacado del fondo de uno de los armarios de la cocina de la señorita MacDonald (cualquier puerto en una tormenta). Miró el reloj. La señorita Mac-Donald no tardaría en llegar.

Oía aproximarse un tren, al principio con el ruido amortiguado por el viento para aumentar luego más y más. No era el ruido habitual de un tren, sino un estruendo ensordecedor que parecía dirigirse directo hacia la casa. Reggie se puso instintivamente en pie; tenía la sensación de que el tren iba a atravesar la casa. Se oyó entonces otro ruido muy agudo, como si una mano gigantesca arañase una pizarra gigantesca con uñas gigantescas, y por fin un tremendo estallido, como el de un trueno colosal. El Apocalipsis había llegado a la ciudad.

Y luego... nada. La estufa de gas siseó, Banjo roncó y gruñó, la lluvia continuó azotando la ventana de la sala de estar. Empezó a oírse el tema musical de *Coronation Street* al pasar los títulos de crédito. Reggie, con el libro en la mano y un bombón de violeta a medio comer en la boca, seguía de pie en el centro de la habitación, dispuesta a echar a correr. Durante unos instantes fue como si no hubiese pasado nada.

De pronto oyó voces y portazos cuando la gente de las casas vecinas empezó a salir corriendo a la calle. Abrió la puerta principal y asomó la cabeza al viento y a la lluvia.

–Un tren ha chocado –le dijo un hombre–. Justo ahí detrás.

Reggie descolgó el teléfono del vestíbulo y marcó el 999. La doctora Hunter le había contado que, en una emergencia, todo el mundo suponía que algún otro llamaría. Ella no pensaba ser la persona que suponía nada.

–Enseguida vuelvo –le dijo a Banjo, poniéndose la chaqueta.

Cogió la gran linterna que la señorita MacDonald guardaba en la caja de fusibles en la entrada, se metió las llaves de la casa en el bolsillo, cerró la puerta tras de sí y echó a correr bajo la lluvia. El mundo no iba a acabarse esa noche, al menos si de ella dependía.

La Ciudad Celestial

El túnel era blanco, no negro. Más que un túnel, era un pasillo. Estaba iluminado con luz muy brillante. Y había asientos, unos bancos de plástico blanco moldeado que parecían formar parte de la pared. Él estaba sentado en uno de ellos, como si esperase algo. Le recordó una escena de una película de ciencia ficción. Jackson esperaba que en cualquier momento aparecieran su hermana o su hermano y lo invitaran a seguirlo hacia la luz. Sabía que se trataba de una alteración temporal en la función del lóbulo o de falta de oxígeno en el cerebro mientras su cuerpo se desconectaba. O incluso de un exceso de ketamina; había leído al respecto en algún sitio, probablemente en el *National Geographic*. Aun así, era una sorpresa cuando te pasaba a ti. Uno podría pensar que le parecería un tópico, o un sueño, pero no era así. Se sentía cómodo como no recordaba haberse sentido cuando estaba vivo. Ya no le importaba no tener el control. Se preguntó qué pasaría a continuación.

Como si lo hubiese oído, su hermana apareció de pronto sentada a su lado en el banco. Le tocó el dorso de la mano y le sonrió. Ninguno de los dos habló: no había nada que decir y había todo que decir al mismo tiempo. Las palabras nunca habrían podido expresar lo que Jackson sentía, aunque hubiese sido capaz de hablar, que no lo era.

Se sentía eufórico. Nunca le había pasado con anterioridad, ni siquiera en los momentos más felices de su vida: cuando estaba enamorado, cuando Marlee nació, cualquier posibilidad de experimentar un gozo nítido, completo, se había visto empañada por la ansiedad. Nunca hasta entonces había flotado libre de las preocupaciones del mundo. Confió en que durase para siempre.

Su hermana acercó su rostro al de él y Jackson pensó que iba a besarlo en los labios, pero lo que hizo fue insuflarle aire en la boca. Niamh siempre olía a violetas –llevaba una colonia de violetas y sus bombones favoritos eran los de violeta, que de niño a Jackson le daban náuseas con solo verlos–, de manera que no le sorprendió que su aliento supiera a violetas. Se sintió como si hubiese inhalado el Espíritu Santo. Pero entonces sintió que tiraban de él para sacarlo del túnel, separándolo de Niamh, y se resistió. Su hermana se levantó y empezó a alejarse. Jackson exhaló el Espíritu Santo y cerró la boca para que no pudiese volver a entrar. Se levantó y siguió a Niamh.

Hubo algún bajón, alguna clase de interrupción en el continuo espaciotemporal. Algo lo había golpeado en el pecho con una fuerza increíble. No estaba en el pasillo blanco. Estaba en la Tierra del Sufrimiento. Y entonces, de golpe y porrazo, volvía a estar en el pasillo blanco, con su hermana caminando delante, mirando por encima del hombro y haciéndole señas de que la siguiera. Quiso decirle «de acuerdo, que ya iba», pero seguía sin poder hablar. Deseaba seguir a su hermana más que nada en el mundo. Fuera a donde fuese, sería lo mejor que le habría ocurrido nunca.

Algo volvió a golpearlo como un martillo neumático en el pecho. De repente se sintió furioso. ¿Quién hacía eso, quién trataba de impedir que se fuera con su hermana?

Estaba de vuelta en el pasillo blanco, pero no veía a Niamh por ningún lado. ¿Se habría cansado de esperarlo? Y eso fue todo, el pasillo blanco desapareció para siempre, reemplazado por algo extraño y borroso, como la imagen de un televisor en blanco y negro con interferencias. Y sentía un dolor cegador, como si en su cerebro estuviesen lanzando rayos.

Había una palabra para describir cómo se sentía, pero tardó un buen rato en encontrarla en su cerebro achicharrado. «Desconsolado», esa era la palabra. Estaba en pleno viaje hacia un lugar maravilloso, y había aparecido algún cabrón para detenerlo. Entonces empezó a desvanecerse, a deslizarse de nuevo hacia la oscuridad, hacia el olvido. No hubo pasillo blanco esta vez, solo noche interminable.

TERCERA PARTE
Mañana

Los perros que dejaron atrás

¿Qué quería decir con que se había ido? ¿Que se había ido? ¿Adónde? ¿Y por qué?

–A visitar a una tía anciana que se ha puesto enferma –respondió él.

Nunca había mencionado que tuviese una tía, y mucho menos una que pudiese caer enferma.

–Acaba de ponerse enferma –le explicó el señor Hunter con impaciencia.

Como si Reggie fuese una pesada, como si fuera ella la que lo había llamado a él a las seis y media de la mañana, despertándola, aturdida de sueño e incapaz de entender por qué estaba el señor Hunter al otro lado de la línea diciéndole «Hoy no hace falta que vengas».

Por un instante, pensó que tenía algo que ver con el accidente de tren, y entonces, peor aún, que a la doctora Hunter y al bebé les había pasado algo, o, lo peor de todo, que la doctora y el bebé habían estado implicados de algún modo en el accidente de tren. Pero no, la llamaba a una hora intempestiva para hablarle de una tía enferma.

–¿Qué tía? –quiso saber, desconcertada–. Nunca mencionó a una tía.

–Bueno, supongo que Jo no te lo cuenta todo –respondió el señor Hunter.

–¿O sea que la doctora y el bebé están bien? ¿Seguro? ¿No están enfermos o algo así?

–Pues claro que no –contestó el señor Hunter–. ¿Por qué iban a estarlo?

–¿Cuándo se ha ido?

–Se fue hacia allá anoche, en coche.

–¿Hacia allá?

–Hacia Yorkshire.

–¿Dónde de Yorkshire?

–Hawes, ya que pides todos los detalles.

–¿Cómo dice?

–H-a-w-e-s. ¿Podemos dejar ya este interrogatorio? Mira, tómate unas pequeñas vacaciones, Reggie. Jo estará de vuelta dentro de unos días. Entonces te llamará.

Esa era la cuestión: por qué no la había llamado ya. La doctora siempre llevaba el móvil, decía que era su «tabla de salvación». Lo utilizaba para todo; el teléfono de casa era «de Neil», decía siempre. Aunque quizá estaba conduciendo y tenía demasiada prisa por llegar junto a aquella tía misteriosa para parar y llamarla. Pero la doctora Hunter no era la clase de persona que no llamaba. Hizo que se sintiera rebajada, un poco como una criada. ¿Cuándo se había marchado? «Anoche», según el señor Hunter.

Debía de estar oscuro como la boca de un lobo cuando se fue. Imaginó a la doctora Hunter conduciendo en mitad de la noche, bajo la lluvia, con el bebé dormido en su sillita en el asiento de atrás, o despierto y distrayendo a la doctora de la carretera mientras hurgaba en la bolsa del bebé en busca de una galletita de avena para tranquilizarlo, al tiempo que los *Grandes éxitos* de los Tweenies (los favoritos del bebé) contribuían a provocar un accidente. Era raro que la doctora Hunter se hubiese ido en coche hacia Yorkshire al mismo tiempo que el tren se alejaba de allí para internarse en el desastre, y en la vida de Reggie.

Ella tenía una tía en Australia; la hermana de su madre, Linda. «Linda y yo nunca estuvimos muy unidas», decía su madre. Cuando mamá murió, Reggie tuvo que soportar una incómoda conversación telefónica con Linda. «Tu madre y yo nunca estuvimos muy unidas –repitió Linda–. Pero lamento tu pérdida», como si la pérdida no fuese de ella en absoluto, sino algo que tuviese que soportar Reggie sola. Antes de la llamada, se había preguntado si Linda la invitaría a vivir con ella en Australia o al menos a pasar unas vacaciones («Oh, pobrecita, ven aquí y deja que cuide de ti»), pero estaba claro que a Linda ni siquiera se le había pasado por la cabeza semejante idea («Bueno, cuídate mucho, Regina»).

El día que tenía por delante le pareció de pronto muy largo y vacío. «Será agradable para ti disfrutar de un poco de tiempo libre», había dicho el señor Hunter, pero no era agradable en absoluto; ella no quería tener tiempo libre. Quería ver a la doctora Hunter y al bebé, quería contarle a la doctora lo ocurrido la noche anterior, hablarle del accidente de tren, de la señorita MacDonald, del hombre. En especial del hombre porque, si lo pensaba bien, el hecho de que estuviese vivo (si es que seguía vivo) no era cosa de Reggie, sino de la doctora Hunter.

Había pasado toda la noche, o lo poco que quedaba de ella, cuando se metió en la cama, revolviéndose con inquietud en el poco familiar entorno de la habitación de atrás de la señorita MacDonald, repasando los sucesos de las últimas horas y rebosante de excitación ante la idea de contárselo todo a la doctora Hunter. Bueno, quizá excitación no era la palabra adecuada, pues en las vías del tren había visto cosas terribles, pero Reggie había estado involucrada en ellas, como testigo y como

173

partícipe. Habían muerto personas a las que conocía. Habían muerto personas a las que no conocía. Drama, esa era una palabra mejor. Y necesitaba hablarle a alguien de aquel drama. En concreto, necesitaba contárselo a la doctora, porque la doctora Hunter era la única persona que sentía algún interés por su vida, ahora que mamá se había ido.

La doctora Hunter la habría llevado a la cocina para poner en marcha la cafetera eléctrica, y la habría hecho sentarse a la bonita mesa de madera, y solo cuando hubiesen tenido delante sendas tazas de café y un plato de galletas de chocolate («Son normas estrictas de la casa, Reggie»), la doctora Hunter, con la cara radiante por la expectación, le habría dicho: «Bueno, Reggie, venga, cuéntamelo todo», y ella habría inspirado profundamente antes de decirle: «¿Sabe ese accidente de tren que hubo anoche? Yo estuve allí».

Y ahora, por culpa de alguna tía, una tía que vivía en H-a-w-e-s, no tenía a nadie a quien contárselo. Aunque, por supuesto, la doctora Hunter habría estado en el trabajo cuando ella llegara y solo estaría el señor Hunter («¿Cuál es la historia de tu vida, Reggie?»), que no era precisamente un público apetecible.

Reggie bajó a la cocina de la señorita MacDonald, puso en marcha el hervidor y echó unas cucharadas de café instantáneo en una taza con «Creo en los ángeles» escrito. Mientras esperaba a que el agua hirviera, metió su asquerosa ropa de la noche anterior en la lavadora; luego encontró un pan blanco medio duro en la panera, lo convirtió en una torre Jenga de tostadas y mermelada y encendió el televisor justo a tiempo de ver las noticias de las siete en la GMTV.

–Quince personas muertas, cuatro en estado crítico, muchas gravemente heridas –anunció la locutora con su mejor cara seria.

Pasó la transmisión a un reportero que estaba «en directo en el lugar de los hechos». El hombre, que llevaba gabardina y aferraba un micrófono, procuraba que no se notara que estaba muerto de frío ni que había acudido a toda prisa a Escocia a través de la noche, como un demonio necrófago, con la adrenalina por las nubes ante la idea de un desastre.

–Ahora que aquí empieza a amanecer, detrás de mí verán una escena de absoluta devastación –dijo con tono solemne. En la parte inferior de la pantalla se veía cruzar el titular «Accidente de tren en Musselburgh».

En el fondo, iluminado por lámparas de arco, gente con chalecos amarillo fluorescente se movía entre los restos del accidente.

–Empiezan a llegar las primeras grúas pesadas –anunció el corresponsal–, al tiempo que se inicia la investigación de las causas de este trágico accidente.

Los ruidos de motores que aceleraban y el traqueteo de las máquinas eran los mismos que ella oía desde la sala de estar de la señorita MacDonald. Si se hubiese asomado de puntillas a la ventana del dormitorio, probablemente habría visto al reportero.

Después de la muerte de mamá, una periodista había acudido a su casa. Era mucho más sosa y mucho menos desenfadada que cualquiera de los reporteros que se veían en la tele. Le dijo que se había traído a un fotógrafo, «Dave», señalando a un hombre al acecho en la escalera como si esperase una indicación para salir a escena. El tipo saludó tímidamente a Reggie con la mano como si incluso él, curtido veterano de un centenar de tragedias locales de una u otra clase, pudiese entender que una chica que acababa de perder a su madre quizá no deseara que la fotografiasen a las ocho de la mañana, con los ojos en carne viva de tanto llorar.

–Vete a la puta mierda –espetó Reggie, y le cerró la puerta en la cara a la periodista.

Mamá se habría quedado horrorizada de su lenguaje. Ella misma estaba bastante horrorizada.

La periodista escribió su crónica de todas formas. «Mujer de la zona víctima de una tragedia en la piscina durante las vacaciones. La hija, demasiado afectada para hacer comentarios».

Banjo, tendido en el sofá, a su lado, como un cojín desinflado, gimoteó en sueños, moviendo las patas como si persiguiera conejos imaginarios. La noche anterior no había querido despertarse ni había mostrado interés por nada, de forma que Reggie lo había dejado en el sofá, tapado con una manta, y, puesto que no podía dejarlo solo, ella se había quedado a dormir en la poco acogedora habitación de invitados de la señorita MacDonald, entre raídas sábanas de nailon y bajo un edredón fino y ligeramente húmedo.

En su casa, dormía ahora en la cama de matrimonio de mamá, sedosa y llena de almohadas, con las sábanas de encaje preferidas de su madre, exorcizadas de todo rastro del cuerpo de ciclista de Gary, sudoroso y velludo. Antes de lo de España, Reggie dormía al otro lado de la pared, con tres almohadas sobre la cabeza, intentado no oír las risas (apenas) sofocadas y los crujidos procedentes de la habitación de mamá. Había sido increíblemente violento. Ninguna madre debería hacer pasar por eso a su hija adolescente.

Cuando estaba tendida en la cama de mamá en la oscuridad, era agradable tener el consuelo de la farola de la calle, como una gran lamparita de noche naranja. Lo único que había ocupado era la cama, porque su dormitorio era una caja de zapatos sin ventanas. El resto de la habitación seguía siendo de mamá, con su ropa en el armario, sus cosméticos en el tocador, sus zapatillas debajo de la cama, esperando pacientemente sus pies. *Milagro*, de Danielle Steel, seguía en la mesita de noche, con la esquina de la página 251 doblada donde mamá lo había dejado para irse a España. Reggie no era capaz de mover el libro de su última morada. Su madre no se había llevado libros para las vacaciones. «Supongo que no tendré tiempo para leer», explicó, riendo por lo bajo.

Mary, Trish y Jean habían desistido de intentar convencerla de que donara las cosas de su madre —le habían ofrecido meterlas en cajas y «librarse de ellas»—, pero la propia Reggie acudía a tiendas de beneficencia y se imaginaba hurgando entre los libros de bolsillo y las piezas de loza de segunda mano y encontrando una de las faldas de mamá o un viejo par de zapatos suyos; peor incluso, que algún extraño revolviera entre las cosas de su madre. «Nos vamos y no dejamos nada atrás», decía la doctora Hunter, pero no era cierto: mamá había dejado un montón de cosas.

Banjo profirió de pronto un extraño gruñido por lo bajo que Reggie nunca le había oído. El número del veterinario, escrito con rotulador negro, estaba en un papel pegado en la pared, junto al teléfono. Confiaba en no tener que ser ella quien lo llamara. Acarició con gesto distraído la cabeza del perro mientras se acababa la tostada. Aún estaba muerta de hambre, como si se hubiese saltado varias comidas. Tenía la sensación de que había pasado una eternidad desde que se sentó con la señorita MacDonald a comer aquellos espaguetis que eran «su especialidad». Sintió un extraño nudo en el estómago al pensar en la señorita MacDonald. Nunca volvería a sentarse a aquella mesa, nunca volvería a comer espaguetis, ni a comer nada en absoluto. Había tomado su última cena.

El hombre seguía hablando en directo desde el lugar del accidente:

—Hay distintas versiones sobre lo sucedido aquí, anoche, y por ahora la policía no ha confirmado ni negado que en el

177

momento del accidente hubiese un vehículo en la vía, a unos quinientos metros de aquí.

En la pantalla apareció una imagen de un puente sobre la vía del tren. Era obvio que un coche se había salido de la carretera, llevándose el muro del puente por delante, y había caído sobre las vías.

El reportero no añadió que el vehículo era un Citroën Saxo azul o que dentro estaba la señorita MacDonald, bien muerta en el lugar de los hechos. Unos hechos que todavía no eran del dominio público; solo Reggie los conocía, porque la noche anterior la policía había acudido a casa de la señorita MacDonald, cuando ella ya estaba de vuelta del accidente del tren, y le habían hecho un montón de preguntas sobre «la inquilina de la casa»: ¿Dónde estaba? Y ¿A qué hora esperaba Reggie que volviera? Había dos policías de uniforme, uno rubicundo y de mediana edad («Sargento Bob Wiseman»), y el otro, asiático, menudo, guapo y joven, y por lo visto sin nombre.

Por alguna razón, tenían los cables cruzados y pensaban que ella era hija de la señorita MacDonald. («¿Te ha dejado tu madre sola en casa?»). El poli asiático joven y guapo le preparó una taza de té y se la tendió con nerviosismo, como si no supiera muy bien qué hacer con ella. Entonces también estaba muerta de hambre, y pensó en el barquillo de caramelo que debería haber estado comiéndose con la señorita MacDonald en ese momento. Supuso que no era apropiado ofrecer unas galletas cuando el policía más viejo acababa de decirle: «Lo lamento muchísimo, pero nos tememos que tu madre puede haber muerto».

Durante un instante, Reggie fue presa de la confusión: mamá llevaba muerta más de un año, de modo que le parecía un poco tarde para que se lo comunicaran. Tenía el cerebro hecho puré. Había vuelto del accidente de tren empapada hasta los huesos y cubierta de barro, mugre y sangre. La sangre del hombre. Se había desvestido y soportado una eternidad bajo la ducha tibia de la señorita MacDonald, para luego ponerse la bata de esta, azul lavanda, que no olía muy bien y tenía manchas donde la señorita MacDonald se había derramado en la pechera la leche de malta que tomaba por las noches. Todavía había sirenas ululando fuera y el ruido de los helicópteros ametrallando el cielo.

Se habían llevado al hombre en un helicóptero. Reggie lo había observado despegar de un campo al otro lado de la vía.

—Has hecho bien —le dijo el enfermero—. Le has dado una oportunidad.

—Ella no es mi madre —le dijo al policía viejo.

—¿Y dónde está tu madre, pequeña? —quiso saber él, con cara de preocupación.

—Tengo dieciséis años. No soy ninguna niña, solo que no aparento mi edad. No puedo evitarlo.

Ambos policías la observaron con cierto recelo, incluso el guapo asiático, que parecía recién salido de sexto curso.

—Puedo enseñarles mi carnet de identidad, si quieren —dijo—. Y mi madre ya está muerta. Todo el mundo está muerto.

—No, todo el mundo, no —intervino el asiático, más como si corrigiera una información errónea que mostrándose amable con ella.

Reggie lo miró frunciendo el ceño. Deseó no llevar puesta la bata cutre de la señorita MacDonald. No quería que pensaran que se vestía así por decisión propia.

—No vamos a revelarle todavía esos detalles a la prensa —explicó el policía de mediana edad.

Aquel poli le resultaba familiar; tenía la sensación de que podía haber acudido alguna vez a su casa en busca de Billy.

–Vale –contestó, tratando de concentrarse en lo que le decía. Estaba cansadísima, hasta los mismos huesos.

–No estamos muy seguros de lo ocurrido –prosiguió él–. Creemos que el coche de la señora MacDonald se salió de la carretera y cayó a la vía. ¿Sabes si últimamente se había sentido un poco deprimida?

–Ssseñorita MacDonald –lo corrigió Reggie en nombre de la maestra–. ¿Creen que ha podido ser un suicidio?

Estuvo dispuesta a considerar semejante idea –después de todo, la señorita MacDonald se estaba muriendo y tal vez había decidido ir por la vía rápida en lugar de por la lenta–, hasta que se acordó de Banjo. Jamás habría dejado solo al perro. Si iba a suicidarse arrojándose con el coche desde el puente para aterrizar delante de un tren expreso, se habría llevado consigo a Banjo, sentadito a su lado en el Saxo como una mascota.

–No, qué va –concluyó–. Es solo que la señorita MacDonald era un desastre conduciendo.

No añadió que la señorita MacDonald estaba lista para el rapto, que abrazaba la doctrina del fin de todas las cosas y que esperaba vivir eternamente en un sitio que, por cómo lo describía, sonaba parecido a Scarborough.

Imaginaba a la señorita MacDonald asintiendo con serenidad ante el tren expreso 125 que se abalanzaba hacia ella, diciendo: «De modo que esta es la voluntad de Dios». O tal vez fue presa del asombro y miró el reloj para comprobar si el tren llegaba puntual, y dijo acaso: «No puede estar ya aquí, ¿no?». Un instante estaba allí, y al siguiente ya no estaba. Qué mundo este, desde luego.

Por supuesto, otra posibilidad era que se hubiese vuelto loca de terror al advertir que se le venía encima el instrumento de su muerte a más de ciento cincuenta kilómetros por hora, demasiado confusa en aquel momento para hacer algo tan sensato como bajarse del coche y correr para salvar la vida. Pero Reggie prefería no pensar en esa posibilidad.

–Además, tenía un tumor cerebral –explicó, tratando de no mirar a los ojos al policía asiático, no fuera a ruborizarse y ponerse en evidencia–. Quiero decir que quizá simplemente, no sé..., exploté.

–Necesitamos que alguien la identifique –dijo el sargento Wiseman–. ¿Crees que puedes hacerlo?

–¿Ahora?

–Mañana estará bien.

Y ahora era mañana.

–Les facilitaremos más noticias a medida que las tengamos –concluyó el reportero mirando a la cámara con seriedad.

El programa volvió a la imagen de la presentadora, cuya sonrisa se había atenuado levemente ante la cercanía del desastre.

–Ahora –anunció–, tenemos el placer de dar la bienvenida al estudio a la huésped más reciente de Albert Square, que está causando ya revuelo en la serie *Eastenders* con su...

Reggie apagó el televisor.

Advirtió que el aire en la casa estaba muy quieto, como si alguien hubiese exhalado y no hubiese vuelto a inspirar. Miró fijamente a Banjo. Sus ojos eran dos reumáticas rendijas y la lengua le colgaba a un lado de la boca. No había movimiento en sus antiquísimos pulmoncitos. Muerto. Estaba allí un instante, y al siguiente ya no estaba. La respiración era la cuestión. Lo era todo. La respiración marcaba la diferencia entre los vivos y los muertos. Ella le había insuflado aire a un hombre, ¿debería hacer lo mismo con un perro? No, en realidad, no; de haber sido una persona, habría llevado escrito «No resucitar» en un pedazo de papel, metido dentro del minúsculo barril colgado del collar. Había personas que se iban antes de hora (un montón de gente muy cercana a Reggie), pero otras (perros incluidos) se iban cuando se suponía que les tocaba.

Una gran burbuja de algo parecido a la risa pero que sabía que era pena le brotó del pecho. Había tenido la misma reacción cuando le dieron la noticia de la muerte de su madre con una llamada telefónica de Sue (sin Carl), de Warrington, porque Gary estaba «demasiado disgustado» para hablar. «Lo siento, cariño», dijo Sue, con la voz ronca de porros. Pareció decirlo en serio, pareció sentir más lo de mamá al cabo de un par de días de conocerla que su hermana Linda después de toda una infancia juntas.

Reggie deseaba tener una hermana, alguien que hubiese conocido y querido a su madre como ella, para no tener que mantener vivo su recuerdo sola. Estaban Mary, Trish y Jean, pero en ese último año habían seguido adelante, convirtiendo a mamá en un triste recuerdo, en alguien que ya no era una persona real. Billy no le servía de nada, Billy solo se preocupaba de Billy. Cuando ella muriese, sería el fin de mamá. Y cuando Reggie muriese sería el fin de Reggie, por supuesto. Quería tener una docena de hijos, y así, cuando se fuera, podrían reunirse todos y hablar de ella («¿Os acordáis de aquella vez que...?»), y ninguno de ellos tendría la sensación de que lo habían dejado solo en el mundo.

Le había preguntado a la doctora Hunter si quería tener más hijos, un hermano o una hermana para el bebé, y había puesto una cara rara y contestado «¿Otro bebé?», como si fuera una idea descabellada. Y Reggie entendió por qué. Ese bebé lo era todo, era emperador del mundo, era el mundo en sí.

Reggie visitaba la tumba de su madre todas las semanas y hablaba con ella, y cuando volvía a casa de su peregrinaje, se detenía en la iglesia católica y encendía una vela. Reggie no creía en ninguna de esas estratagemas, pero sí creía que había que mantener vivos a los muertos. Ahora tendría más velas que encender.

Sabía que estaba mal, pero se sentía más afectada por la muerte del perro que por la de su dueña. Acarició las orejas de Banjo y le cerró los ojos apagados. El tipo muerto de la noche anterior, el soldado, tenía los ojos entreabiertos, pero ella no se los había cerrado. No había tenido tiempo para esa clase de sutilezas. El policía asiático se equivocaba, todo el mundo estaba muerto. Era como una maldición. Era como estar en alguna película de terror. *Carrie*. Toda aquella gente del tren, quizá debería llevarlos también a ellos en su conciencia.

–¿Soy una adolescente problemática o un ángel de la muerte? –le dijo al perro muerto–. Es como para preguntárselo.

¿Estaría el hombre muerto también? Quizá en lugar de salvarlo lo había matado, solo con estar cerca de él. El suyo no era el aliento de la vida sino el beso de la muerte.

Era el segundo hombre con que se había topado tras deslizarse y caer a medias por el terraplén lleno de barro. El primero fue el soldado. Lo iluminó con la linterna y siguió adelante. Supuso que más tarde tendría tiempo de sobra para pensar cómo había sabido que estaba muerto. El haz de la linterna era fino y vacilante. «Ilumina a la altura de los muslos, no de los ojos.» Mamá había trabajado una vez de acomodadora en el Dominion, pero la echaron al cabo de dos semanas por comer helados sin pagarlos.

El segundo hombre tenía pulso, bastante débil, pero un pulso era un pulso. Tenía el brazo hecho un desastre, sangraba por una arteria y, a falta de otra cosa, Reggie se quitó la chaqueta, enrolló una manga y la utilizó como almohadilla para presionarla contra el brazo herido de la forma en que le había enseñado la doctora Hunter. Trató de gritar pidiendo ayuda, pero estaban en el fondo de una hondonada donde nadie podía verlos u oírlos. Las primeras sirenas habían empezado a ulular en la distancia.

Volvió a comprobar el pulso en el cuello del hombre y esta vez no logró encontrarlo. Tenía los dedos resbaladizos por la sangre de él; ¿se habría confundido? Empezó a invadirla el pánico. Pensó en Eliot, el muñeco para prácticas cardiorrespiratorias que la doctora Hunter había llevado a casa. Eliot no se parecía en nada al hombre cuya vida estaba repentina e inesperadamente en sus manos. No se le ocurría cómo insuflarle aire en la boca –no digamos ya cómo hacer las compresiones cardíacas– sin dejar de ejercer presión sobre la arteria que sangraba. Era como una partida de Twister de pesadilla. Pensó en el camarero español tratando de insuflar vida en los pulmones de su madre. ¿Había tenido la misma sensación de desesperación? ¿Y si lo hubiese intentado un poco más, y si su madre no hubiese estado muerta sino en una suspensión acuática, a la espera de que la devolvieran a la vida? Pensar en eso le dio nuevas fuerzas e hincó una rodilla en la improvisada almohadilla para hacer presión sobre el brazo, tendiéndose luego sobre el cuerpo del hombre como una araña grande y torpe. Si de verdad lo intentaba, podía conseguirlo.

–Aguanta –le dijo–. Por favor. Hazlo por mí si no por ti.

Inspiró tan profundamente como pudo y le hizo el boca a boca. Sabía a patatas con queso y cebolla.

Reggie cogió el autobús para ir de casa de la señorita MacDonald a la suya. Antes de marcharse, había envuelto el cuerpo de Banjo en un viejo cárdigan de la señorita MacDonald y cavado un agujero para él en los arriates de flores. Un paquetito de huesos. El jardín de atrás de la señorita MacDonald parecía el Somme después de la batalla, y fue horrible tener que dejar el cuerpecito en aquel agujero hostil y lleno de barro. «Nada y después nada», como habrían dicho Hemingway y la señorita MacDonald. Las primeras cosas siempre eran agradables, las últimas no tanto. Como habría dicho Reggie.

También llovía cuando enterraron a mamá, cuando la dejaron en su propio agujero lleno de barro. Hubo bastantes dolientes ante la tumba: Billy, Gary, Sue y Carl, de Warrington (un detalle por su parte, considerando que apenas la conocían), un par de colegas motociclistas de Gary, unos cuantos vecinos, Mary, Trish y Jean, por supuesto, numerosos compañeros del supermercado, con el mismísimo director con traje y corbata negros, aunque el mes anterior hubiese amenazado a mamá con despedirla por «incumplir el horario de forma persistente». Hasta el Hombre-que-vino-antes-de-Gary hizo acto de presencia, acechando en el recinto del cementerio. Billy le hizo un gesto obsceno, haciendo que al párroco se le trabara la lengua en el salmo.

—El número de asistentes no ha estado mal –comentó Carl, como si fuera alguna clase de inspector profesional de actos fúnebres.

—Pobre Jackie –dijo Sue.

Antes, en la iglesia, habían cantado *Permanece a mi lado*, un himno elegido por Reggie; el motivo había sido que mamá siempre lloraba al oírlo, porque lo habían entonado en el funeral de su propia madre. Reggie había organizado el oficio fúnebre con la ayuda de Mary, Trish y Jean. Su madre no iba a la iglesia, así que no era fácil saber qué le habría gustado.

—Bueno, incubada, emparejada y despachada en el seno de la Iglesia, como la mayoría de nosotros –comentó Trish como si dijera algo sensato.

—Tiene que haber algo más allá, si te pones a pensarlo –añadió Jean.

Reggie no veía por qué tenía que haber algo.

–Todos estamos solos –le había dicho una vez la doctora–. Solos y a la deriva en el vasto infinito del espacio. –(¿Estaría pensando en Laika?).

–Pero nosotras nos tenemos la una a la otra, doctora H –contestó Reggie. Y la doctora Hunter había dicho:

–Así es, Reggie. Nos tenemos la una a la otra.

En el autobús, bastante gente la miró raro por la forma en que iba vestida, y un par de niñas del piso de arriba, que no debían de tener más de doce años, todas brillo de labios con sabor a frutas y secretitos aburridos, se burlaron abiertamente de su ropa. Tuvo ganas de decirles que probaran a hurgar en el guardarropa de una exmaestra cincuentona y convertida a una secta y encontrar algo que ponerse sin hacer el ridículo. Como no le quedaba más remedio, había elegido las prendas más anodinas de la señorita MacDonald que pudo encontrar: un jersey de viscosa color crema, un anorak de nailon granate y unos pantalones negros de poliéster enrollados unas cien veces en el talle y sujetos con un cinturón. Por lo visto, la señorita MacDonald no tenía (no había tenido) una sola prenda que no fuera de fibra sintética. Solo cuando se puso su ropa, comprendió hasta qué punto había sido alta y robusta antes de que se encogiera tanto que las prendas le caían sueltas como si no fuera más que una percha.

«Es una mujer de huesos grandes», había comentado mamá cuando conoció a la señorita MacDonald en una velada para padres. Se acordó de ella, incómoda y fuera de lugar en la espantosa escuela pija, con la señorita MacDonald parloteando sobre Esquilo como si mamá tuviese la más remota idea de quién era. Ahora las dos estaban muertas (por no mencionar a Esquilo). Todo el mundo estaba muerto.

No se puso la ropa interior de la señorita MacDonald: las enormes bragas y los cedidos sostenes grises habrían supuesto llevar la cosa demasiado lejos. Su propia ropa aún se estaba secando en un perchero en el baño de la señorita MacDonald, excepto la chaqueta, tan empapada por la sangre del hombre que ya no tenía remedio.

—«¡Fuera, mancha maldita!» —exclamó ante el contenedor de basura al tirar en él la chaqueta. Habían estudiado *Macbeth* para los exámenes de reválida—. «¿Quién habría dicho que el viejo tuviera tanta sangre?».

En realidad, el hombre no era tan viejo. Solo lo bastante viejo para ser su padre. Se llamaba Jackson Brodie. Había tenido su sangre en las manos, sangre caliente en la fría noche. Había quedado empapada de su sangre.

Cuando lo estaban trasladando a la camilla, había buscado en el bolsillo de su chaqueta, confiando encontrar alguna clase de identificación, y había sacado una postal con una imagen de Brujas, y, al dorso, su dirección y una misiva: «Querido papá, Brujas es muy interesante, tiene un montón de edificios bonitos. Está lloviendo. He comido un montón de patatas y chocolate. ¡Te echo de menos! ¡Te quiero! Marlee XXX».

La postal seguía en su bolso, arrugada y manchada de barro y sangre. Ahora tenía dos postales, con sus alegres mensajes teñidos de muerte. Supuso que debería darle a alguien la del hombre. Le gustaría devolvérsela a él. Si seguía vivo. El médico del helicóptero ambulancia le había dicho que lo llevaban al Royal Infirmary, pero cuando había llamado esa mañana no tenían constancia de ningún Jackson Brodie. Reggie se preguntó si eso significaba que había muerto.

Adán yace encadenado

Así pues, no estaba muerto, todavía no. Aunque tampoco exactamente vivo, sino en algún misterioso sitio intermedio.

Siempre lo había imaginado, si es que lo había imaginado siquiera, como un sitio parecido al Hilton en el aeropuerto de Heathrow: un limbo anodino y beige en el que todo el mundo estaba de paso. De haber prestado más atención durante su infancia católica, quizá habría recordado las llamas purificadoras del Purgatorio. Ahora lo consumían todo el rato, un fuego sin fin, como si él fuera alguna clase de combustible que durase para siempre. Tampoco recordaba alguna enseñanza que hiciera referencia al ruido continuo de estática en su cabeza, como el de una radio, y a la sensación de tener montones de ciempiés recorriéndole la piel y, más desagradable aún, a la de tener grandes cucarachas bailando claqué en su cerebro. Se preguntó qué otras sorpresas iban a ofrecerle aquel centro de reinserción de Dios.

No era justo, se dijo con irritación. «¿Quién ha dicho que la vida sea justa?», le había contestado su padre cientos de veces. Hasta él le había dicho eso mismo a su propia hija. («No es justo, papá»). Los padres eran unos cabrones miserables. Debería ser justo. Debería ser el paraíso.

La muerte, advirtió Jackson, lo había vuelto gruñón. No debería estar allí, debería estar con Niamh, dondequiera que fuese, en aquel sitio idílico por donde paseaban las chicas muertas, resucitadas y ensalzadas. Joder. Le dolía muchísimo la cabeza. No era justo.

De vez en cuando, iba gente a visitarlo. Su madre, su padre. Estaban todos muertos, de modo que Jackson sabía que él también tenía que estarlo. Sus siluetas tenían contornos borrosos, y si las miraba demasiado rato empezaban a temblar y se desvanecían. Suponía que él también tenía el contorno borroso.

El listado de muertos parecía lleno de elecciones al azar. Su antiguo profesor de geografía, un tipo hostil y apopléjico que tuvo un ataque fatal en la sala de profesores. La primera novia que Jackson había tenido, una chica simpática y franca llamada Angela, que murió de un aneurisma en brazos de su marido el día que cumplía treinta años. La señora Patterson, una antigua vecina que solía tomar el té y cotillear con su madre cuando él era pequeño. Llevaba décadas sin pensar en ella, hasta le habría costado ponerle nombre si no hubiese aparecido junto a su cabecera oliendo a alcanfor y con una vieja bolsa de la compra de piel sintética. La hermana de Julia, Amelia, acudió una vez (tan recalcitrante como siempre) a sentarse junto a su lecho. Se preguntó si su presencia significaba que había muerto en la mesa de operaciones. La mujer de rojo del tren apareció una tarde, claramente menos vivaz que la última vez que la vio. Los muertos eran legión. Deseó que dejaran de ir a verlo.

Estar muerto era agotador. Tenía más vida social que cuando estaba vivo. No era que conversaran gran cosa, pues lo máximo que les había sacado eran vagos murmullos, aunque Amelia había gritado de pronto, para su perplejidad, «¡Estoy harta!», y una mujer de mediana edad a la que no había visto nunca, se inclinó para susurrarle al oído si había visto a su perro. Su hermano no lo visitó nunca, y su hermana no volvió. Ella era la única persona a la que de verdad deseaba ver.

Lo despertó un pequeño terrier que ladraba a los pies de su cama. Supo que, en realidad, no estaba despierto, al menos según cualquier definición anterior del término.

Ya tenía suficiente. Iba a largarse de aquel manicomio, aunque eso le costara la vida. Abrió los ojos.

—Vaya, ¿está otra vez con nosotros? —preguntó una voz de mujer.

Alguien apareció en su ángulo de visión y volvió a salir de él. Alguien de contornos borrosos.

—Borroso —dijo Jackson. Tal vez solo lo dijo mentalmente. Estaba en el hospital. La persona borrosa era una enfermera. Estaba vivo. Al parecer.

—Hola, soldado —dijo la enfermera.

Forajida

¿Qué hacían levantados a aquella hora intempestiva? Los cuatro estaban otra vez sentados a la mesa, en esa ocasión desayunando juntos. Patrick había preparado tostadas al estilo francés, servidas con nata fresca y frambuesas fuera de temporada, y espolvoreado los platos Wedgwood con azúcar glas, como si estuvieran en un restaurante. Las frambuesas habían llegado en avión desde México.

Bridget y Tim habían dormido de un tirón, pero Louise había pasado horas en el lugar del accidente de tren. Se sentía como si no le quedara sangre en las venas. Sin embargo, Patrick, que había operado toda la noche a las víctimas que le llevaban en camilla una tras otra, estaba tan alegre como siempre. El señor «Todo Puede Recomponerse».

Louise se sirvió una taza de café y contempló las frambuesas rojas sobre el plato blanco, gotas de sangre en la nieve. Un cuento de hadas. Se sentía mareada de puro cansancio. Estaba atrapada en una pesadilla, era como en aquella película de Buñuel en la que todos se sientan a comer pero nunca consiguen comida, solo que en ese caso se veía constantemente enfrentada a comida que no era capaz de ingerir.

Antaño, Bridget había sido encargada de compras de ropa de moda para una cadena de grandes almacenes, aunque, mirándola, nadie lo diría. Llevaba un agresivo traje con chaleco, que seguramente sería muy caro, pero que tenía la clase de estampado que se conseguiría si se cortaba en pedazos las banderas de varios países recónditos y luego se los daba a una paloma ciega para que volviera a coserlos.

Tim había sido jefazo en una gran empresa de contabilidad y se había dado «el lujo de una jubilación anticipada».

–O sea que me paso el día sola mientras él juega al golf –explicó Bridget con fingida expresión de pesar.

No explicó qué hacía ella con su tiempo ahora, y Louise no lo preguntó porque sospechó que la respuesta la irritaría. Patrick tenía lo bueno de los irlandeses. Bridget tenía lo malo de los irlandeses.

–Frambuesas mexicanas –comentó Louise–. Qué absurdo, ¿no? Hablando de huella ecológica.

–Oh, es demasiado temprano, Louise –se quejó Tim, llevándose una mano a la frente con gesto afectado–. Dejemos la comida bien lejos de la mesa del desayuno.

–¿Y dónde ha de estar entonces? –quiso saber ella. ¿A que no adivinan quién era la radical de izquierdas en esa familia?

–Louise no pasó por la fase rebelde cuando era adolescente –intervino Patrick–. Ahora, por lo visto, lo está compensando.

Soltó una carcajada, y Louise le dirigió una larga mirada. ¿Estaba siendo condescendiente? Aunque lo que decía era verdad: no había tenido una juventud subversiva, porque resulta difícil rebelarse cuando tu propia madre vuelve a las tantas (si vuelve) y vomita hasta la primera papilla, como el más incorregible de los adolescentes. Llevaba más tiempo siendo adulta que la mayoría de gente de su edad. «Ahora lo está compensando». Por lo visto. Nunca había tenido un padre propiamente dicho –una noche en Gran Canaria difícilmente contaba– y se preguntó si ese sería el atractivo de Patrick; ¿habría visto en él, de forma subconsciente, la figura paterna que nunca había tenido? ¿Era así como había conseguido que ella bajara la guardia y se había metido bajo su edredón? ¿En qué la convertía eso, en una compleja Electra?

–A mí no me parece rebelde querer hablar sobre la política del consumo –le dijo a Tim–. ¿A ti sí?

Mientras Tim trataba de encontrar una respuesta, ella se volvió hacia Patrick y le dijo:

–Tostadas al estilo francés. O torrijas, como las llamábamos nosotros, los de las clases bajas. –¿Por qué no se limitaba a pincharlo con el tenedor?

–Mi padre trabajó toda su vida para el ayuntamiento de Dublín –respondió Patrick con tono cordial–. No me parece que eso nos convirtiera en miembros de los estratos más altos de la sociedad.

Era un irlandés, sus armas eran las palabras, mientras que Louise era por naturaleza más proclive a las refriegas callejeras, y durante un breve pero satisfactorio instante consideró tirarle a la cara sus preciosas tostadas al estilo francés. Patrick la miró con una sonrisa absolutamente radiante. Ella le sonrió a su vez. Así era el matrimonio: amor implacable.

–Oh, yo no opino lo mismo, Paddy –intervino Bridget, la otra mitad del «nos», con voz chillona–. Papá no era precisamente el basurero, sino un topógrafo. Los Brennan nunca han sido, como suele decirse, de clase baja.

–Hurra por la burguesía –exclamó Louise–. Uy, ¿he dicho eso en voz alta? No era mi intención.

–Louise –dijo Patrick con suavidad, apoyándole una mano en el brazo.

–¿Louise qué? –le espetó ella apartando el brazo.

–A la porra la dieta –exclamó Bridget, llevándose el tenedor a la boca, dispuesta a ignorarlos a todos.

Louise tuvo ganas de decir: «Me parece que se fue a la porra hace mucho», pero se las apañó para mantener la boca cerrada.

–Come algo, Louise –la animó Patrick.

Ya estaba otra vez, papá sabe qué te conviene. El amor es paciente, el amor es generoso, se recordó. Pero ¿de verdad tenía que seguir el consejo conyugal de un romano misógino de veinte siglos atrás?

–Tostadas al estilo francés, torrijas... Llámalas como quieras, pero deberías comer –insistió él.

–Qué pena lo de anoche –comentó Bridget.

–¿Que el accidente de tren nos estropeara la cena? –ironizó ella–. Sí, qué pena.

–Gracias a Dios que decidimos venir en coche –soltó Tim. Louise estuvo a punto de verterle café en la cabeza casi calva.

–Tengo entendido que fue un desastre terrible –prosiguió la remilgada Bridget–. El pobre Paddy se ha pasado la noche operando.

Louise no contaba, por supuesto. Patrick era un santo. Él salvaba vidas, según Bridget.

–Normalmente lo que salva son sus caderas –puntualizó Louise, provocándole a Patrick una carcajada.

En el quirófano todo era pulcro y limpio, apenas había un poquito de sangre, con el paciente tranquilo y portándose bien. No era como estar en una sucia vía de tren, con la lluvia calándote hasta los huesos, buscando miembros cercenados y oyendo gritar a la gente, o peor incluso, no gritar en absoluto. Había estrechado la mano de un hombre mientras un médico le amputaba la pierna *in situ*. Todavía llevaba puesto el anillo del brillante, y sus facetas lanzaban destellos bajo las luces de emergencia. No hacía falta que fuera, pero era policía, y eso era lo que hacía la policía.

–¿Se está ocupando la policía de tráfico de la investigación? –quiso saber Tim, todo pompa pero nada de circunstancia, como si tuviera alguna idea de los trámites que había que seguir en caso de accidente.

–Van a recurrir al OMI, como está estipulado –respondió Louise, sin esforzarse en explicarlo.

–Al Oficial Mayor de Investigación –tradujo Patrick al ver que Tim parecía perdido. O más perdido de lo habitual.

–Pero ¿no hay ahora un..., cómo se llama..., un Departamento de Investigación de Accidentes Ferroviarios?

–Una división –Louise exhaló un suspiro–. Se llama División de Investigación de Accidentes Ferroviarios. La policía de tráfico escocesa no es lo bastante grande para ocuparse de esta investigación.

–Y la pérdida repentina de vidas supone la inmediata intervención del fiscal –añadió Patrick.

–Pero ¿por qué...?

Por los clavos de Cristo. ¿Hasta qué punto alguien podía resultar aburrido?

A Louise no le importaba qué clase de mierda le pusieran por delante, cualquier cosa sería mejor que la compañía de Bridget y Tim. Ese día, Patrick iba a llevarlos a Saint Andrews.

–Espero que ninguno de los dos esté pensando en jugar al golf –dijo Bridget con irritación.

–Oh, nunca se sabe; a lo mejor nos apuntamos a un recorrido –contestó Patrick entre risas.

Con su hermana siempre estaba de buen humor, sin excepción; absolutamente radiante, de hecho. De ese modo parecía conseguir aplacarla, y Louise se preguntó si ella sería capaz de mostrarse radiante. Le pareció muy difícil.

Patrick le acarició el dorso de la mano con las yemas de los dedos con dulzura, como si fuera una enferma, posiblemente terminal.

–Estamos pensando en ir mañana en coche hasta Glamis. Nos gustaría que vinieses con nosotros –y añadió–: a mí me gustaría. Sé que mañana no trabajas.

–De hecho, ha surgido algo. Sí trabajo.

–Conduce con cuidado –dijo Louise cuando consiguió escapar por fin de la mesa del desayuno.

–Siempre lo hago.

–Hay gente que no.

Podría haber ido andando a la casa de los Hunter, pero no lo hizo, fue en coche.

Si tuviese un buen brazo, Louise probablemente podría plantarse en el techo de su edificio y arrojar una piedra para que cayera en el sendero de entrada de los Hunter. Ayer, Joanna Hunter; hoy, Neil Hunter. Dos visitas completamente distintas con objetivos completamente diferentes, pero parecía una coincidencia muy rara tener que ir a hablar con el marido y la mujer en el espacio de dos días. «Una coincidencia no es más que una explicación en ciernes», le había dicho una vez Jackson Brodie, pero no importaba cómo lo mirase una, no había relación alguna entre la puesta en libertad de Andrew Decker y los problemas actuales de Neil Hunter. Y que Jackson Brodie dijese algo no significaba que siempre fuera verdad. No era lo que se dice el oráculo de la resolución de crímenes.

La casa de los Hunter estaba en silencio y con los postigos cerrados. Aparcó junto al Range Rover negro del señor Hunter; una bestia fanfarrona y una amenaza mayor para el planeta que las frambuesas mexicanas.

Llamó al timbre y, cuando Neil Hunter abrió la puerta, le enseñó la placa y lo saludó con su sonrisa matutina más radiante.

–Buenos días, señor Hunter.

Neil Hunter parecía un tipo rudo, pero no dejaba de tener cierto atractivo demacrado. Comprendió por qué le gustaba a alguien como Joanna Hunter. Era todo lo que ella no era.

Llevaba unos Levi's y una vieja camiseta de los Red Sox, un lobo con ropa de lobo. Aún podía percibir el whisky de la noche anterior manando de sus poros. Se lo veía lo bastante arrugado, tanto de cara como de ropa, para que acabara de levantarse de la cama, solo que olía a café y se veían carpetas de plástico y papeles desparramados en la mesa de la cocina, como si hubiera pasado toda la noche despierto haciendo cuentas. Quizá había estado averiguando si el dinero del seguro del incendio en el salón recreativo cubriría sus impuestos.

La mesa era de esas grandes y anticuadas en las que casi se esperaría ver amasando a una cocinera victoriana. El regalo de boda que les habían hecho Bridget y Tim, que sacaron con esfuerzo del maletero del coche, era una máquina de hacer pan.

«Una de las buenas –dijo Bridget–, no de las baratas». Louise se preguntó cuánto tiempo tendría que esperar para llevarla a una tienda de beneficencia. No había muchas cosas en la vida de las que estuviera segura, pero habría apostado la casa a que se iría a la tumba sin haber hecho jamás una sola barra de pan.

Neil Hunter le echó un vistazo a su placa.

–Inspectora jefe –dijo, arqueando una sardónica ceja, como si hubiese algo divertido en su rango.

Tenía una voz grave, con acento de Glasgow, y que sonaba como si hubiese desayunado a base de cigarrillos. Veinte años atrás, también ella habría encontrado atractivo su mal talante. Ahora solo le daba ganas de pegarle un puñetazo. También era verdad que en ese momento parecía tener ganas de pegarle a todo el mundo.

−¿Le importa si entro un momento? −preguntó; nada de bajones en su garbosa persona.

Cruzó el umbral antes de que él pudiese protestar. Los policías no eran como los vampiros: no tenían que esperar a que los invitaran a entrar.

−Me gustaría hablar con usted sobre el incendio en el salón de juegos recreativos.

−¿Ha llegado ya el informe de la investigación? −quiso saber Hunter.

Parecía aliviado, como si hubiese esperado que le hablara de otra cosa.

−Sí. Me temo que el fuego fue intencionado.

No hizo aspavientos, horrorizado y presa de la impresión. Si algo expresó fue resignación. O quizá indiferencia. La casa estaba sumida en un sorprendente silencio. No había rastro de la doctora Hunter ni del bebé. O de la chica. Lo bueno que había tenido el accidente de tren, si podía decirse algo así, que en realidad no se podía, era que se había interpuesto en el camino de cualquier historia escabrosa sobre la liberación de Andrew Decker o el paradero actual de Joanna Mason. La perra entró en la cocina, le olisqueó los zapatos y luego se echó en el suelo.

−¿Le importa si le pregunto dónde está la doctora Hunter? −le dijo a Neil Hunter.

−¿Le importa si le pregunto por qué?

Su interés pareció ponerlo nervioso. No se había alterado al hablarle del incendio, pero parecía haberle entrado el tembleque al oírla mencionar a su esposa. Interesante. Con un suspiro de impaciencia, Hunter explicó:

−Se ha ido a Yorkshire; una tía suya ha caído enferma. ¿Qué tiene que ver Jo con todo esto?

–Nada. Ayer estuve aquí, ¿no se lo dijo? Vine a hablarle de la puesta en libertad de Andrew Decker.

–Vaya –dijo él con una mueca–. ¿Lo han soltado?

–Sí, vaya. Eso me temo. ¿No se lo contó?

¿No era para eso para lo que servía el matrimonio? ¿Para compartir tus secretos más profundos y oscuros? Quizá tenía más en común con Joanna Hunter de lo que había creído en un principio.

–Alguien ha filtrado a la prensa la noticia de su liberación, y quise advertir a la doctora Hunter de que estaban a punto de sacar a relucir el pasado otra vez. ¿De verdad no le dijo nada?

–Tenía prisa por marcharse. Una feliz coincidencia, supongo; si está en Yorkshire, a lo mejor consigue evitar todo el escándalo.

–No me parece que Yorkshire sea una zona prohibida para la prensa –replicó–. Pero supongo que puede hacer que le pierdan la pista. –A menos que fueran en busca de la tía, por supuesto–. ¿Se trata de una tía política o carnal? ¿Por parte de madre o de padre?

–¿Es eso relevante en algún sentido?

Louise se encogió de hombros.

–Mera curiosidad.

–Es la hermana de su padre, Agnes Barker. ¿Contenta?

–Gracias –contestó ella. Le sonrió. Llevaba «mentiroso» escrito bajo la piel; si uno hurgaba un poco, lo encontraría enseguida, como en uno de esos palos de caramelo con el nombre de una ciudad dentro–. Comentó algo sobre lo de irse una temporadita.

Neil Hunter de pronto pareció cansado y le indicó con un ademán que se sentara a la mesa.

–¿Un café? –preguntó, mientras vertía granos en la tolva de una cara cafetera exprés que llevaba a cabo todo el proceso, desde moler el grano hasta calentar la leche, y que tenía pinta de poder cultivar también las semillas si se lo pedías.

El olor era demasiado bueno para resistirse; Louise habría prescindido antes de un brazo que del café de las mañanas. Fue una ocurrencia desafortunada. La asaltó una imagen de la noche anterior, cuando recogió un brazo de la vía y buscó desesperadamente a su propietario. Un brazo pequeño.

–¿En qué sitio de Yorkshire?

–Hawes.

–¿Cómo dice?

–H-a-w-e-s. En la zona de los valles.

Joanna no había mencionado a tía alguna cuando Louise la conoció la semana anterior (aunque ¿por qué debería hacerlo?). Quizá el marido tenía razón y la enfermedad de la tía había tenido lugar en el momento adecuado para que ella huyera. Una tía de lo más conveniente.

–Bueno... –dijo alegremente–, ¿se le ocurre alguien que quisiera incendiar su propiedad, alguien que quisiera ajustarle las cuentas, quizá?

–En mi vida he cabreado a bastante gente –respondió Neil Hunter.

–¿Quizá podría hacernos una lista?

–¿Está de broma?

–No. Vamos a necesitar también todas sus cuentas, de negocios y personales. Y todas sus pólizas de seguros.

–Creen que la quemé yo por el dinero del seguro –dijo con tono cansino; fue una afirmación, más que una pregunta.

–¿Lo hizo?

–¿Cree que, de ser así, se lo diría?

–Vendrá alguien un poco más tarde con una orden judicial para exigirle esa documentación –dijo Louise–. La documentación no va a suponerle ningún problema, ¿verdad?

Le gustaba que los tipos como Neil Hunter se pusieran bordes con ella, porque, al fin y al cabo, era policía y ellos no. Corazones, tréboles, diamantes, picas, orden judicial. Triunfos.

–No –contestó Hunter–. Ningún problema, encanto.

¡Cómo eran aquellos tipos de Glasgow!, siempre ridiculizándose a sí mismos.

Sonó el teléfono, y Neil Hunter lo miró fijamente, como si nunca hubiese visto uno.

–¿Algún problema, encanto? –preguntó Louise.

Él descolgó justo cuando iba a saltar el contestador.

–¿Le importa si contesto? –preguntó.

Sin esperar respuesta, salió de la habitación con el teléfono. Antes de que cerrara la puerta, Louise vislumbró brevemente la sala de estar a través del vestíbulo. Vio la madreselva de invierno y la sarcococca todavía en el jarrón azul y blanco. Desde allí parecían muertas.

Se llevó el café hasta el tablón de anuncios de Joanna Hunter y lo miró detenidamente. Lo había observado la última vez que estuvo allí. Luego fue a Office World, en Hermiston Gate, y compró uno para su propia cocina, pero no se le ocurrió nada que le apeteciese poner en él.

En el tablón de Joanna Hunter había un montón de fotos del bebé y del perro, pero solo una de Neil Hunter, tomada junto con ella en unas vacaciones. Ambos se veían mucho más jóvenes y más libres de preocupaciones que ahora. Había una de Joanna Hunter (entonces Mason) de adolescente, con ropa de atletismo, rompiendo una cinta de llegada con el pecho, y otra participando en la maratón de Londres, con pinta de estar más entera de lo que Louise podría estarlo nunca en semejantes circunstancias. Había también una fotografía de Joanna Hunter, estudiante de medicina en Edimburgo, sosteniendo en alto un trofeo con una sonrisa triunfal, rodeada por otros con el mismo atuendo. Todos llevaban sudaderas deportivas con las siglas CRUE, unas letras que a Louise le resultaron familiares pero no consiguió recordar qué significaban. Algo de la Universidad de Edimburgo. Ella se había licenciado en literatura inglesa en Edimburgo cuatro años antes que Joanna Hunter. Promoción del 85. Hacía toda una vida. Varias vidas.

El tablón parecía una forma muy pública de dejar constancia de tu vida. Quizá fuera su manera de contrarrestar los centenares de imágenes de ella y su familia que, durante un breve período, habían inundado los medios de comunicación. Esta es mi vida, proclamaba; esta soy yo. Ya no soy una víctima. ¿Estaba su yo secreto en el piso de arriba, oculto en un cajón? Tres niños y una madre en blanco y negro.

Por supuesto: «CRUE». Club de Rifle de la Universidad de Edimburgo. Cuando estaba en la universidad, Louise había tenido una cita (un término refinado para lo que había ocurrido) con un chico que era miembro de ese club. ¡Quién habría sospechado que Joanna Hunter hubiese sido una vez la Annie Oakley de los estudiantes de medicina! Sabía correr, sabía disparar. Estaba bien preparada para la próxima vez.

Cuando Neil Hunter volvió a entrar en la cocina parecía muy alterado. Su piel había adquirido un tono enfermizo y Louise se preguntó si sería alcohólico.

–¿Otro café? –le ofreció con expresión resignada, pero entonces, en un repentino e inesperado intento de cordialidad, añadió–: ¿O le apetece un traguito?

Así eran los de Glasgow, taciturnos un instante y demasiado simpáticos al siguiente. Pero su alegría era evidentemente falsa, pues se lo veía pálido hasta el punto del desmayo. No pudo evitar preguntarse cómo una llamada telefónica podía tener ese efecto en alguien.

–Son las nueve y media de la mañana –protestó cuando Neil Hunter sacó dos vasos y una botella de Laphroaig de un armario.

–Pues ahí lo tiene, aún es casi la noche pasada –respondió él, sirviéndose dos generosos dedos de whisky. Sostuvo en alto la botella y le dirigió una mirada interrogativa–. Venga, acompañe a un tipo solitario a pasar la resaca bebiendo.

La famosa Reggie

De camino a casa, Reggie se detuvo en la tienda del señor Hussain, en la esquina de su calle. Todo el mundo la llamaba «la tienda paqui», en una muestra de racismo tan informal que sonaba afectuosa. El señor Hussain explicaba pacientemente a todos aquellos dispuestos a escucharlo (que no eran muchos) que de hecho no era paquistaní, sino de Bangladesh.

—Un país sumido en el caos —le dijo una vez a Reggie con tono sombrío.

—Este también lo está —respondió ella.

Pensó en el joven y guapo policía asiático y se preguntó si sería también de Bangladesh. Tenía una piel preciosa, impecable, como la de un niño, como la del bebé de la doctora Hunter. La doctora debería habérsela llevado a ella consigo. Podría haberse ocupado del bebé mientras ella cuidaba de la supuesta tía.

—¿Cómo se llama? —le había preguntado al señor Hunter.

—¿Cómo se llama quién? —contestó él con irritación.

—La tía —puntualizó.

El señor Hunter pareció titubear solo un instante antes de responder:

—Agnes.

–¿Tiíta Agnes?

–Sí.

–¿O tía Agnes?

–¿Importa acaso? –espetó él.

–A la tía puede importarle.

Compró un periódico de la zona y una barrita de Mars. El señor Hussain dio unos golpecitos con el dedo sobre la primera plana mientras marcaba el precio en la caja registradora.

–Terrible –dijo.

El *Evening News* sacaba el máximo provecho del accidente de tren. El titular «¡Carnicería!» sobre una imagen a todo color de un vagón de tren casi partido en dos. Carnicería, del latín *caro, carnis,* «carne». La misma raíz que carnaval, «quitar la carne». En realidad, no podía haber dos palabras más distintas que carnaval y carnicería. En todas partes (bueno, quizá no en todas, en Bangladesh no, por ejemplo, pero sí en un montón de sitios) tenían alguna clase de carnaval antes de la Cuaresma, pero en Gran Bretaña solo se hacían tortitas. Durante los días oscuros entre la muerte de mamá y el empleo con la doctora Hunter había sido Martes de Carnaval. Reggie había hecho las tortitas; se sentó a ver la serie Rebus y se las comió todas ella sola. Luego vomitó.

La fotografía de la primera plana del periódico no conseguía transmitir cómo había sido la noche anterior, en la oscuridad y bajo la lluvia. O cómo era tener las manos pegajosas de la sangre de otro, o sentir que la vida de un hombre podía pesar como el mundo entero sobre los frágiles hombros de una persona.

–Terrible –le confirmó al señor Hussain.

Cuando por fin llegaron los camilleros a relevar a Reggie de su carga, uno de ellos le puso una máscara y una vía al hombre, mientras el otro le rasgaba la camisa y le plantaba unos desfibriladores en el pecho. El hombre se retorció y dio sacudidas y volvió a la vida. Se parecía tanto a un episodio de *Urgencias* que dio la sensación de no ser real.

–Has hecho bien –le dijo uno de los enfermeros.

–¿Se recuperará?

–Le has dado una oportunidad.

Entonces se lo llevaron y lo metieron en un helicóptero. Y ahí acabó todo. Reggie lo había perdido.

Exhaló un suspiro y cogió el periódico y la barrita de Mars.

–Bueno, he de irme, tengo cosas que hacer, señor H.

–¿No olvidas algo?

El señor Hussain siempre le daba pastillas de menta gratis. A ella no le gustaban especialmente las pastillas de menta, pero a caballo regalado... El tendero agitó una cajita en el aire antes de lanzárselas por debajo del brazo.

–Gracias –contestó Reggie, pillándolas al vuelo con una mano.

–Formamos un buen equipo –comentó el señor Hussain.

–Ya lo creo que sí.

La semana anterior, el señor Hussain le había enseñado un ejemplar del periódico inmobiliario de Edimburgo, donde se decía que la zona tenía un futuro prometedor.

–Ahora es un sitio jugoso –dijo con pesimismo.

El bloque de pisos de Reggie no mostraba indicios de ser prometedor ni jugoso. Siempre olía mal y ella era la única que alguna vez limpiaba la escalera. Estaba en un callejón sin salida al fondo del cual había un inquietante almacén abandonado, con las ventanas tan sucias tras los barrotes negros como si estuviera sacado de Dickens.

El señor Hussain decía que corría el rumor de que los supermercados Tesco iban a echar abajo el almacén y levantar un nuevo Tesco Metro, pero él y Reggie estaban de acuerdo en que lo creerían cuando lo vieran, y el señor Hussain no pensaba empezar a preocuparse aún por la competencia.

La puerta del piso de Reggie no era bonita. La doctora Hunter decía que las puertas más bonitas del mundo estaban en Florencia, en «el Battistero», que era baptisterio en italiano. La doctora Hunter había pasado seis meses en Roma en un intercambio de la escuela cuando tenía dieciséis años («Ah, bella Roma») y había estado de visita «en todas partes»: Verona, Firenze, Bologna, Milano. La doctora pronunciaba las palabras italianas en italiano, ya fueran «Leonardo da Vinci» o «pizza napolitana» (la doctora Hunter había llevado a Reggie a cenar por su cumpleaños, y Reggie eligió ir al Pizza Express de Stockbridge). No se le ocurría nada mejor que vivir en Florencia seis meses. O en París, Venecia, Viena, Granada. O en San Petersburgo. En cualquier parte.

En la puerta de Reggie había unas cuantas pintadas; nada artístico, solo algún niño que había subido y bajado por la escalera una noche dejando tras de sí una estela vacilante de pintura roja. La puerta también tenía arañazos, como si un gato gigantesco hubiese tratado de abrirse paso a través de ella con las uñas (no tenía ni idea de cómo había pasado) y unas marcas como si alguien hubiese tratado de entrar una noche con un hacha (y lo habían hecho, en busca de Billy, naturalmente). Ninguna de esas cosas era nueva. Lo que sí era nuevo era una nota, pegada con chicle, en la que se leía: «Reggie Chase, no puedes escondierte de nosotros». Con una «i» de más. Invirtió algún tiempo en leer el mensaje y luego invirtió un poco más en preguntarse por qué su puerta no estaba cerrada con llave. Quizá el gato gigantesco había vuelto. La puerta se abrió en cuanto la tocó.

¿Había estado allí el descuidado y exasperante Billy? Vivía en un piso en Inch, pero utilizaba con frecuencia la dirección de Gorgie para confundir a la gente y acudía de vez en cuando a comprobar si tenía algún correo de interés. A veces le daba dinero en efectivo, pero Reggie prefería no preguntarle de dónde lo había sacado. Una cosa era segura: no lo había ganado, bajo ninguna definición de la palabra. Reggie siempre metía el dinero en su cuenta vivienda y confiaba en que, quedándose allí quietecito, se volvería limpio y se libraría de algún modo de la mácula de Billy.

Permaneció en pie en el umbral de la sala de estar, mirando. Su cerebro tardó un rato en procesar lo que veían sus ojos. La habitación estaba completamente revuelta. Habían sacado los cajones del aparador y los habían vaciado en el suelo; habían rajado el sofá de piel; todos los objetos decorativos de mamá estaban tirados por todas partes y rotos; los dedales y teteras en miniatura desparramados por la alfombra. Habían sacado de sus carpetas y archivadores todos sus trabajos y apuntes y los libros formaban un gigantesco montón en el centro de la alfombra de la salita, como una hoguera esperando ser prendida. Del montón emanaba un olor raro, como a pipí de gato.

En el dormitorio de su madre también habían volcado los cajones, y la ropa de mamá estaba esparcida por el suelo; se habían ensañado con ella con un cuchillo o unas tijeras. Las sábanas rosas de encaje estaban manchadas de algo que parecía chocolate; Reggie estaba casi segura de que no era chocolate. Desde luego, no olía a chocolate.

Aún guardaba la ropa en su antiguo dormitorio, y allí era la misma historia: todas sus cosas tiradas por el suelo. También olía a algo asqueroso y no consiguió hacer acopio de valor para examinar la ropa de cerca.

En la cocina lo habían sacado todo de los armarios, la nevera estaba abierta de par en par y la comida desparramada por todas partes. Había cubiertos por doquier y platos y tazas rotos. Habían vertido leche en el suelo y arrojado un frasco de salsa de tomate contra la pared, dejando en ella una gran salpicadura arterial y roja.

En la ducha, que no era más que un pequeño armario que se había alicatado y acondicionado con las instalaciones necesarias, las paredes estaban pintarrajeadas, con bastante ineptitud, con las palabras «Tas muerto». Reggie sintió que una oleada de bilis le subía a la garganta, produciéndole arcadas. «No puedes esconderte de nosotros». ¿Quiénes eran «nosotros»? ¿Quién era esa gente que no sabía escribir «esconderte» como era debido? Debían de andar buscando a Billy. Billy conocía a un montón de gente con poca idea de gramática.

Soltó un leve grito, como un animalito herido. Aquella era su casa, era la casa de mamá, y estaba hecha un desastre. La habían profanado. No había en ella gran cosa, pero era cuanto Reggie tenía.

Entonces una mano le dio un tremendo empujón y cayó despatarrada en la ducha, arrancando la cortina al hacerlo. Una serie de desafortunadas imágenes de *Psicosis* parpadearon en su mente. Se dio un golpe en la frente al caer y tuvo ganas de llorar.

Dos hombres. Jóvenes, con pinta de matones. Uno pelirrojo, el otro teñido de rubio, con la cara como piel de naranja de viejas cicatrices de acné. No los había visto nunca. El rubio blandía un cuchillo de sierra que parecía capaz de abrir en canal a un tiburón. Vio que tenía un trocito de la colcha de encaje rosa de su madre pegado a uno de los dientes. Sintió un nudo en las entrañas. Tuvo miedo de orinarse encima, o algo peor. «No soy ninguna niña», les había dicho a los policías la noche anterior, pero no era verdad.

Pensó en su madre muerta al lado de la piscina, con su poco favorecedor bañador de licra naranja. Ella no quería que la encontraran muerta en aquella indigna postura, despatarrada en la ducha, con la espantosa ropa de la señorita MacDonald. Ni siquiera llevaba ropa interior. Sintió una vena latirle de forma inquietante en el cuello. ¿Iban a matarla? ¿A violarla? ¿Ambas cosas? ¿Algo peor? Se le ocurrían cosas peores, cosas con el cuchillo y tiempo de por medio. Tenía que hacer algo, que decir algo. Había leído que era importante que hablaras a un atacante, para que te considerase una persona, no solo un objeto. Tenía la boca seca, como si hubiese comido papel de lija, y formar palabras le supuso un verdadero esfuerzo. Quería decir: «No me matéis, aún no he vivido», pero en cambio susurró:

–Billy no está aquí. Hace siglos que no lo veo, de verdad.

Los dos hombres intercambiaron una mirada perpleja.

–¿Quién es Billy? –quiso saber el pelirrojo–. Andamos buscando a un tío llamado Reggie.

–Nunca he oído hablar de él, os lo juro por Dios.

Por increíble que fuera, los dos tipos hicieron ademán de marcharse.

–Volveremos –amenazó el rubio.

–Tenemos un regalo para ti –añadió el pelirrojo, y se sacó un libro del bolsillo, un clásico Loeb, inconfundible, y se lo arrojó como una granada.

Reggie ni siquiera intentó cogerlo; lo imaginó explotándole en las manos, sin poder creer que solo contuviera algo tan inofensivo como palabras. Oyó mentalmente la voz de la señorita MacDonald diciéndole: «Las palabras son las armas más poderosas que tenemos». Costaba de creer. Las palabras no podían salvarte de un inmenso tren expreso que se abalanzaba sobre ti a toda velocidad. («¡Socorro!»). No podían salvarte de unos quinquis que te traían regalos. («No, gracias»).

–Hasta la vista, *baby* –dijo el pelirrojo, y los dos se fueron.

Eran unos idiotas. Unos idiotas con clásicos de Loeb.

Reggie recogió el Loeb, uno verde, que había caído abierto y boca abajo en el plato de ducha, como un pájaro abatido. Era el primer volumen de la *Ilíada*. ¿Qué clase de mensaje era aquel? Levantó el libro y leyó la desvaída inscripción a lápiz en la guarda: «Moira MacDonald, Universidad de Girton, 1971». Se hacía extraño pensar en la señorita MacDonald de joven. Y extraño pensar que estuviese muerta. Y aún resultaba más extraño pensar que uno de sus Loeb desaparecidos estuviera en manos de los enemigos de Billy.

Los caballos troyanos tenían interiores sorprendentes, y lo mismo le pasaba a la *Ilíada* de la señorita MacDonald. Cuando lo abrió, se encontró con que había sido objeto de una intensa cirugía: le habían cortado y arrancado el corazón en forma de un cuadrado perfecto. Un cofre para algo. Un cofre y una tumba. Un escondrijo perfecto. ¿Para qué?

Pensaba que se habían ido, pero entonces el rubio asomó de pronto la cabeza por la puerta. Reggie soltó un grito.

—Se nos olvidaba decirte —comentó riendo al ver el espanto en su cara— que no vayas a la policía a hablarles de esta pequeña visita, ¿o a que no adivinas qué? —formó una pistola con el índice y el pulgar y la apuntó con ella; luego se fue otra vez.

Reggie se sorprendió a sí misma vomitando de repente las tostadas en la taza del váter. Tardó un rato en dejar de temblar; se sentía como si estuviera a punto de coger la gripe, pero supuso que debía de ser el pánico.

Bajó dando traspiés por la escalera del edificio, empapada en un sudor frío y con el corazón desbocado. Se abrió paso de vuelta a la tienda del señor Hussain.

—¿Te encuentras bien? —le preguntó el señor Hussain.

—Aún me estoy buscando —murmuró ella.

Era un chiste muy malo, de Billy cuando era pequeño. Ni siquiera entonces era divertido. ¿Debería contarle lo ocurrido al señor Hussain? ¿Qué pasaría? ¿Le prepararía una taza de té con azúcar en la trastienda y luego llamaría a la policía, y los hombres volverían para pegarle un tiro con una pistola imaginaria? ¿La matarían con palabras? Tenían toda la pinta de tener pistolas de verdad. Eran exactamente iguales que Billy.

–Tengo que irme pitando, señor H. Voy a perder el autobús.

Ojalá tuviese a Sadie con ella, pensó al dirigirse lo más rápido que pudo hacia la parada del autobús. La gente se lo pensaba dos veces antes de meterse contigo si llevabas un perro grande a tu lado.

–Cuando saco a pasear a Sadie, es como si se produjera la separación de las aguas del mar Rojo –había comentado una vez la doctora Hunter acariciándole las orejas–. Siempre me siento segura con ella.

¿Necesitaba sentirse segura la doctora Hunter? ¿Por qué? ¿Tendría algo que ver con la historia de su vida?

¿De verdad la andaban buscando a ella? ¿Habían cometido un error de género («un tío llamado Reggie»)? ¿Por qué? No había hecho nada, aparte de ser la hermana de Billy. Quizá con eso bastaba. Trató de llamar a su hermano y le salió el mensaje de «el número al que llama no está disponible». Marcó el número de la doctora Hunter, pero sonó y sonó sin que nadie respondiera. «Tas muerto». Escrito así parecía no referirse a ella. De todas formas, ya tenía muertos suficientes, no necesitaba más.

Lo raro era que, al hablar con el señor Hunter por teléfono, había oído a Sadie ladrar al fondo. Cuando no estaba en el trabajo, la doctora se llevaba a Sadie a todas partes, ¿por qué iba a dejarla atrás?

–Su tía es alérgica.

–¿La tía Agnes?

–Sí.

–¿No puede la doctora darle algo para eso? ¿Antihistamínicos o algo así? ¿Por qué no contesta al teléfono, señor Hunter?

–Deja en paz a Jo, Reggie. Está pasando por un mal momento. Ya es suficiente con que el pasado vuelva a acosarla, no necesita que tú andes persiguiéndola, ¿vale?

–Pero...

–¿Sabes qué, Reggie? –dijo el señor Hunter.

–¿Qué?

–Déjalo estar de una vez. Ahora mismo tengo muchas cosas en la cabeza.

–Yo también, señor H. Yo también.

Desaparecido en combate

Tiempo atrás, mucho tiempo atrás, cuando el mundo era muchísimo más joven y Jackson también, se había hecho tatuar el grupo sanguíneo en el pecho. Era un truco de soldado, para que cuando te disparasen o te hicieran volar por los aires los médicos pudiesen atenderte con la mayor rapidez posible. Otros tipos con los que estaba en el ejército habían ampliado sus colecciones de grabados cutáneos añadiendo mujeres, bulldogs, banderas de Gran Bretaña y sí, cómo no, la palabra «Madre», pero él nunca había sido fan del arte del tatuaje, y hasta le había prometido a su hija mil libras en efectivo si conseguía llegar a los veintiuno sin sentir la necesidad de decorarse la piel con una mariposa o un delfín o el carácter chino que significaba «felicidad». Él se había conformado con el práctico mensaje en minúsculas «grupo sanguíneo A positivo», hasta entonces poco más que un recuerdo azul y desvaído de otra vida. «A positivo», un grupo sanguíneo bastante corriente, compartido por más o menos el treinta y cinco por ciento de la población. Montones de donantes. Y por lo visto los había necesitado, pues le habían sustituido cada precioso y rojo mililitro gracias a una serie de hermanos y hermanas de sangre que habían impedido que fuera borrado de su propia vida.

–Pensábamos que la hemorragia estaba controlada, pero usted no paraba de sangrar. Nos llevó un par de intentos conseguirlo –le contó un médico risueño–. Soy el doctor Bruce, llámeme Mike –añadió, sentándose al pie de la cama de Jackson como si acabaran de conocerse en un bar.

Llámeme-Mike era demasiado joven para ser médico. Se preguntó si las enfermeras sabrían que un niño de la escuela primaria local andaba suelto por la planta.

–Usted solo sígale la corriente –le murmuró al oído la enfermera borrosa, que ahora estaba menos borrosa–. Se cree un adulto.

–Gracias –le dijo Jackson al médico.

–No hay de qué, compañero. Un niño de primaria australiano.

El joven jefe de admisiones, «doctor Samms, llámeme-Charlie», se parecía a Harry Potter. Jackson no quería que lo tratara un médico que se parecía a Harry Potter, pero no estaba en condiciones de quejarse.

–Parece haberse dado un buen castañazo en la cabeza –dijo el niño-mago.

¿Se había dado alguno antes?

–Es posible.

–No ha sido una gran idea –lo reprendió el niño-mago, como si golpearse la cabeza fuera algo para lo que uno se ofreciera voluntario.

–Todo está borroso –dijo.

Decididamente era su palabra favorita. Cuando su hija estaba aprendiendo a hablar, su primera palabra fue «gato». La usaba para todo (patos, leche, cochecito), para cualquier cosa de interés en su vida; todo era «gato». Un mundo de una sola palabra. Volvía la vida mucho más simple, tenía que llamarla y decírselo. En cuanto consiguiera recordar el nombre de su hija. O, ya puestos, su propio nombre.

Durmió, y cuando se volvió a despertar había otra enfermera junto a su cama.

–¿Quién soy? –quiso saber Jackson. Sonaba a filósofo aficionado, pero no era una pregunta metafísica. En serio, ¿quién demonios era?

–Se llama Andrew Decker –contestó la enfermera.

–¿De verdad? –En algún lugar del pozo oscuro de sus recuerdos abandonados ese nombre le sonaba remotamente, y sin embargo le parecía que no tenía ninguna relación con él. No se sentía Andrew Decker, aunque la verdad era que no se sentía nadie–. ¿Cómo lo sabe?

–Llevaba la cartera en el bolsillo de la chaqueta –respondió la enfermera–. Contenía un permiso de conducir con su nombre y dirección. La policía está tratando de ponerse en contacto con alguien en esa dirección.

Su arteria ulnar había sido parcialmente cercenada, provocándole «una hemorragia profusa y rápida», según le dijo el doble de Potter. Su presión sanguínea cayó, sumiéndolo en un estado de *shock*. Se había quedado sin riego en el cerebro.

–¿Fatiga, falta de aliento, escalofríos? –preguntó el australiano Mike, el doctor errante. Tenía pinta de tomar más drogas que sus pacientes–. ¿Náuseas, confusión, desorientación, alucinaciones? ¿Sí?

–Estaba en un pasillo blanco.

–Suena un poco a cliché –intervino el niño-mago.

–No lo descarte hasta probarlo –le aconsejó Jackson.

–Quizá no recuerde nunca el accidente –explicó el doctor errante–. Es probable que nunca se vea transferido a su memoria a largo plazo. Pero se acordará prácticamente de todo lo demás. Al fin y al cabo, ya sabe que tiene una hija.

Alguien le había prestado los primeros auxilios, salvándole la vida en el lugar del accidente. Una persona más a la que nunca podría dar las gracias.

Entró una mujer policía, se sentó junto a la cama y esperó pacientemente a que concentrara la atención en ella. Alguien había acudido a la dirección que figuraba en su permiso de conducir y la gente que vivía allí no había oído hablar nunca de un tal Andrew Decker. Era un permiso viejo, no una tarjeta con foto; ¿quizá no lo había renovado al cambiar de dirección?

Jackson la miró con cara inexpresiva.

–No tengo ni idea.

–Bueno, aún es pronto –dijo la policía alegremente–. Tarde o temprano alguien vendrá a reclamarle.

Se hacía extraño estar en medio de las repercusiones de un desastre del que no tenía ningún recuerdo. No conseguía acordarse del accidente de tren, no conseguía acordarse de nada. Era una hoja de papel en blanco, un reloj sin manecillas. Deseó no haber sido tan parco en la información con que se había marcado. Junto al grupo sanguíneo debió haber añadido su nombre, rango y número de identificación.

–Hice castrar a mi gato –le dijo una enfermera–; hace que me sienta más tranquila.

–Me he muerto –le dijo a una nueva doctora.

–Brevemente –respondió ella, quitándole importancia, como si uno tuviera que estar muerto mucho más rato para impresionarla. Era la doctora Foster, una mujer que no parecía querer que la llamaran por el nombre de pila.

–Pero técnicamente... –se interrumpió, demasiado débil para seguir con el tema.

La doctora exhaló un suspiro, como si los pacientes siempre anduviesen discutiendo sobre si estaban vivos o muertos.

–Sí, técnicamente muerto –concedió–. Durante un lapso muy breve.

Él ya había estado allí en una vida anterior. ¿Cuántas semanas hacía?

—Dieciocho horas, en realidad —puntualizó la nueva doctora.

Había hecho un viaje de ida y vuelta al infierno (o a lo mejor de ida y vuelta al cielo) y le había llevado menos de un día. Impresionante. ¿Cuándo lo dejarían marcharse a casa?

—¿Qué tal cuando sepa dónde vive? —sugirió la doctora Foster.

—Me parece justo —respondió Jackson.

Durmió. Eso fue lo que hizo. Se convirtió en el durmiente, cual traviesa de tren. Durmió durante años. Cuando despertó, volvieron a contarle lo del accidente. Una enfermera le enseñó la primera plana de un periódico. «Carnicería», rezaba. No conseguía recordar qué significaba esa palabra. Y hablaba de un coche en la vía. A él le gustaban los coches. Era un hombre llamado Andrew Decker al que le gustaban los coches, pero que había viajado en tren con destino desconocido. Sin billete, sin teléfono, sin indicios de una vida. Sin nadie que hubiese advertido que se había ido y no había vuelto.

Y ahora ¿cuánto tiempo llevaba allí?

—Veinte horas —contestó la doctora Foster.

Reggie Chase, chica detective

—He pensado que podría sacar a la perra a dar un paseo.

—¿A la perra?

—A Sadie.

El señor Hunter tenía la voz ronca. No se había afeitado y parecía cansado. («Por las mañanas es como un oso»). Olía a tabaco, pese a que supuestamente lo había dejado «hacía siglos». La cocina estaba hecha un desastre. Por lo visto, iba a dejarla esperando en el umbral, sin invitarla a entrar. Vio una botella medio vacía de whisky sobre la encimera.

—Ahora se aplican normas de soltero —soltó una risita—. Cuando el gato no está, el perro se divierte.

Sobre la gran mesa de la cocina había dos tazas vacías, una de ellas con una mancha de lápiz de labios en el borde, de coral pálido, que no era el color de la doctora Hunter. ¿Entraba eso también en las normas de soltero del señor Hunter?

—Como quien suele sacar a pasear a Sadie es la doctora —dijo Reggie—, he pensado que podría hacerlo yo mientras ella está visitando a su tía. A la tía Agnes.

El señor Hunter se frotó la barba de tres días como si no se acordara muy bien de quién era Reggie. Sadie no tenía el mismo problema, pues apareció junto al señor Hunter y meneó la cola al verla, aunque con menos entusiasmo del habitual.

–¿Ha hablado con la doctora desde la noche del miércoles, cuando se marchó?

–Sí, por supuesto.

–¿Cómo ha hablado con ella?

–¿Cómo? –El señor Hunter frunció el ceño–. Por teléfono, por supuesto.

–¿La ha llamado al móvil?

–Sí. A su móvil.

–Pues yo he estado llamando a la doctora Hunter, a su móvil y no me ha contestado.

–Supongo que está muy ocupada.

–¿Con la tía?

–Sí, con la tía.

–¿Con la tía Agnes? ¿En Hawes?

–Sí y sí. He hablado con ella, Reggie. Está bien. No quiere que la molesten.

–¿Ah, no?

–¿Qué te has hecho en la cabeza? –quiso saber el señor Hunter, cambiando de tema–. Tienes peor aspecto que yo.

Reggie se llevó una mano a la frente para palpar con delicadeza el moretón que se había hecho en la ducha.

–No miraba por dónde iba.

Sadie soltó un gemido de impaciencia; había oído la palabra «paseo» varias frases atrás y seguía sin ocurrir nada.

–Seguramente no tiene tiempo para sacar a Sadie –insistió Reggie–, con la de cosas que tiene que hacer y todo eso.

El señor Hunter miró a la perra como si fuera a responder por él, y entonces se encogió de hombros.

–Ajá, bueno, vale, de acuerdo –un montón de palabras para contestar que sí, incluso para un tipo de Glasgow.

–¿Puede darme el teléfono de la tía de la doctora?

—No.

—¿Por qué no? —quiso saber ella.

—Porque su tía necesita paz y tranquilidad.

—¿Puedo dejar la bolsa?

—¿La bolsa? —repitió el señor Hunter, como si no viera la enorme bolsa de Topshop que Reggie arrastró hasta allí.

Había cogido el autobús hasta el centro y sangrado su cuenta de Topshop. Huyó del piso de Gorgie con lo puesto (la ropa de la señorita MacDonald, por desgracia) y no pensaba volver a recoger sus cosas, que formaban un montón que apestaba a perro en el suelo de su habitación. De hecho, no pensaba volver a aquella casa para nada. Solo esperaba que no hubiesen profanado los libros y cuadernos de deberes para el examen de bachillerato.

En Topshop, había comprado dos pares de vaqueros, dos camisetas, dos jerséis, seis pares de bragas y calcetines, dos sujetadores, unas zapatillas de deporte, dos pijamas, un abrigo, una bufanda, un gorro y un par de guantes. («Nunca vayas menos vestida de lo necesario», solía comentar riendo la doctora Hunter cuando la veía ponerse capas y más capas de ropa de abrigo para irse a casa). Jamás había comprado tanta ropa de una sola vez, excepto cuando ella y mamá trataron de cumplir con la descomunal lista de prendas de uniforme para la espantosa escuela pija. La visita a Topshop había sido como comprarse lo necesario para una canastilla o un ajuar, términos ambos encantadores y pasados de moda que marcaban el comienzo de una nueva vida. No era que ella tuviera muchas posibilidades de algo así.

Se puso un conjunto entero de los nuevos en el probador de Topshop y tiró la ropa de la señorita MacDonald a un contenedor para escombros de la calle. Le pareció un acto cruel. La propia señorita MacDonald estaba ahora almacenada en un sitio frío y silencioso, tan superflua como su ropa.

Había cogido un autobús de la ciudad al hospital y acudido a la recepción (volvió a preguntar por «Jackson Brodie», pero seguía sin haber constancia de él), donde una simpática chica polaca («de Gdansk») la recogió para llevarla a una habitación en la que pudo ver a la señorita MacDonald a través de un cristal. Una habitación con vistas. Fue como contemplar un retablo o presenciar una obra de teatro íntima. El rostro de la señorita MacDonald estaba descubierto.

–Sí, es ella –dijo.

Tenía la cara amoratada e hinchada, pero con mejor aspecto del que esperaba. No le hizo gracia pensar en qué condiciones estaría el resto. Parecía poco probable que estuviera de una pieza.

Supuso que tanto su antigua profesora como el Saxo azul serían objeto de un montón de pruebas forenses. La noche anterior, el sargento Wiseman había tomado nota de su número de móvil, y dijo que alguien la llamaría cuando devolvieran «el cuerpo». Reggie quiso decir que no tenía nada que ver con ella, pero habría sido una grosería dadas las circunstancias, con la carnicería y todo eso. Además, solo tenía dieciséis años. Técnicamente podía ser una adulta, pero en realidad era solo una cría. No podía hacerse responsable de un muerto a alguien que casi era una niña, ¿no?

Aquel era el tercer muerto que había visto en su vida. La señorita MacDonald, mamá y el soldado de la noche anterior. El cuarto si se contaba a Banjo. Le parecieron un montón para una persona de tan pocos años.

Había identificado un cadáver, tenía el piso destrozado y se había visto amenazada por unos idiotas violentos, y ni siquiera era la hora de comer. Confió en que el resto del día fuese un poco más tranquilo.

–No –dijo el señor Hunter.

–¿No qué?

–No puedes dejar la bolsa, he de salir.

–Tengo llave.

–Sí, claro –el señor Hunter soltó un suspiro de resignación como si se rindiera tras una discusión interminable–. Vale. Dame la bolsa, ahora te doy la correa.

Cogió la bolsa de Topshop de manos de Reggie y la dejó caer sin ceremonias en el suelo, junto al fregadero, y luego descolgó la correa de la perra de detrás de la puerta y se la tendió. Una inquieta Sadie pasó dando brincos ante el señor Hunter como si acabaran de soltarla de la cárcel.

–Ah, señor H –dijo Reggie con audacia («tentando al oso»)–. Hoy es jueves.

La doctora Hunter me paga los jueves.

–No me digas –repuso el señor Hunter. Le brindó una de aquellas sonrisas suyas con que te daba a entender que eras una persona especial; cogió la cartera del bolsillo de atrás de los vaqueros y sacó un montoncito de billetes sin contarlos–. No te lo gastes todo de una vez –comentó con una risita, como si le estuviera dando la semanada y no pagándole por un trabajo bien hecho–. Deja algo de ropa en las tiendas, ¿vale?

–Muy gracioso, señor H. Gracias.

No tenía sentido decirle que el motivo de su compra compulsiva era que dos tipos habían dejado para el arrastre su casa y su vestuario. Los Hunter no vivían en esa clase de mundo. Reggie tampoco quería vivir en esa clase de mundo.

Cuando el señor Hunter hubo entrado de nuevo en la casa y cerrado la puerta, ella contó el dinero. Había la mitad de lo que le daba la doctora Hunter.

Sadie tenía una cesta de juguetes en el garaje, con pelotas, huesos, anillas de goma y un viejo osito de peluche.

223

–Vamos a buscarte una pelota, Sadie –dijo, y la perra soltó un pequeño ladrido de excitación al oír la palabra «pelota».

Antes la puerta del garaje se cerraba con llave, pero un buen día la llave se perdió y nadie había llegado a hacer una copia. La doctora Hunter decía que lo peor que podía pasar era que le robaran el coche, y estaba asegurado (¿qué más daba entonces?). El señor Hunter le dijo que esa era una actitud descuidada, a lo que la doctora contestó: «Bueno, entonces ve tú a hacer una copia», que fue probablemente lo más cercano a una discusión entre ellos que Reggie había presenciado. El señor Hunter no sabía que la doctora guardaba unas llaves de repuesto del coche en un estante del garaje, tras una lata de pintura (perla satinado, el color con que se había decorado el salón), porque, según ella, «se pondría como una moto» si lo supiera.

El garaje era pequeño, pues la casa se había construido en los tiempos en que la mayoría de la gente no tenía coche, no digamos ya dos coches, y se había habilitado en un pequeño espacio junto a la casa en el último momento, separado de ella por un estrecho pasadizo. El gran Range Rover del señor Hunter no cabía, de forma que el garaje seguía siendo el acogedor hogar del Toyota Prius de la doctora. Reggie pasó de lado entre el coche y la pared y cogió el juguete favorito de Sadie, una vieja pelota de goma roja tan mordida que ya casi no botaba.

–Venga, vamos, viejita –le dijo a Sadie al cerrar la puerta del garaje.

Era lo que la doctora Hunter le decía siempre a Sadie cuando salían de paseo. Se le hacía extraño estar a cargo de ella. Sin la doctora, sin el señor Hunter, sin el bebé. Comprendió que nunca había estado totalmente a solas con la perra. Las dos se colaron por el agujero del seto que daba directamente al campo, en el que ese día había tres caballos, plantados por

224

ahí con bastante apatía, como si esperasen que pasara algo. Reggie arrojó la pelota y luego corrió por el campo con Sadie, porque eso era lo que más le gustaba a esta.

Allí pasaba algo raro. La doctora Hunter se había marchado a Hawes la noche anterior. «Salió hacia allá anoche, en coche», le había dicho el señor Hunter por teléfono esa mañana. ¿Por qué entonces su coche estaba en el garaje?

Cuando volvieron del paseo, la casa estaba cerrada y no había ni rastro del señor Hunter. Una nota bien visible sobre la mesa de la cocina rezaba: «Querida Reggie, se me había olvidado, pero Jo sugirió que quizá te gustaría llevarte a nuestra mutua amiga a casa y ocuparte de ella hasta que vuelva. En este momento probablemente tengas más tiempo que yo. Gracias. Neil». Reggie tardó un rato en comprender que la nota se refería a la perra. El señor Hunter parecía una persona distinta sobre el papel; desde luego usaba muchas más palabras. Advirtió que no hacía mención de dinero para comprar comida para Sadie.

Sí, pasaba algo raro. Cuando volvió de hacer correr a la perra por el campo, subió a la habitación de la doctora Hunter –y del señor Hunter también, claro– sin un motivo concreto, solo para estar allí, para mirar y sentirse más cerca de la doctora. No debería haberlo hecho, lo sabía, pero no estaba haciendo ningún daño.

A la doctora Hunter no le habría importado, aunque no estaba muy segura de que al señor Hunter le pasara lo mismo.

La cama estaba sin hacer: las «normas de soltero» del señor Hunter. Aparte de eso, estaba todo bastante ordenado, aunque no tanto como cuando la doctora estaba en casa. Sadie recorrió la habitación, husmeándolo todo como un perro rastreador: las sábanas, la alfombra, la bolsa de la tintorería que la doctora Hunter había traído consigo el día anterior y que dejó en el respaldo de una silla. Reggie sacó el traje limpio de su funda de plástico y lo colgó en el armario junto a los demás trajes de la doctora. El armario era grande, un vestidor en realidad: un lado era de la doctora, y el otro, del señor Hunter. Toda la ropa de la zona de la doctora olía levemente al perfume que esta llevaba siempre. El sencillo frasco azul se hallaba sobre la cómoda, junto al anticuado cepillo de plata, su inhalador de repuesto y una fotografía del bebé tomada cuando solo tenía unos días y parecía aún a la espera de que lo inflasen. Reggie se puso un poquito de perfume en las muñecas. Je Reviens. Una promesa. O una amenaza. «Hasta la vista, *baby*.»

¿Dónde estaba el tercer traje? El que había ya en el armario aún llevaba la etiqueta rosa de la tintorería sujeta al cuello con un pequeño imperdible, de modo que el traje que faltaba tenía que ser el que la doctora llevaba el día anterior. No había rastro de él en ningún sitio. ¿Se había ido hasta Yorkshire a ver a la misteriosa tía enferma sin cambiarse de ropa? Parecía totalmente impropio de la doctora, que siempre se cambiaba en cuanto llegaba a casa, se quitaba los zapatos y colgaba el traje para ponerse algo informal, casi siempre vaqueros. «Bueno, ya vuelvo a ser yo», decía a veces, como si el traje fuera un disfraz.

En la alfombra, delante de la cómoda, estaban los zapatos de salón negros de la doctora Hunter, uno en pie y otro volcado, como si acabara de quitárselos. Sadie olisqueó ansiosamente cada zapato como si estuvieran a punto de mandarla a seguir un rastro. Junto a los zapatos estaban las medias usadas de la doctora en un arrugado montoncito en el suelo, pálidas y vacías, como una piel de serpiente abandonada.

Observar el contenido del vestidor le produjo una sensación rara, como cuando miraba la ropa de mamá que colgaba del armario o al ver las prendas de la señorita MacDonald en el contenedor. Pareció causar el mismo efecto en Sadie, que se dejó caer en el suelo junto a los zapatos y soltó un gañido lastimero. Reggie deseaba oír la voz de la doctora Hunter, oírla decir «Volveré pronto, Reggie, no te preocupes». Estaba segura de que a la doctora no le molestaría que la llamara. Volvió a marcar su número de móvil, pero justo cuando acababa de hacerlo oyó que llegaba un coche. Sadie levantó las orejas y se puso en pie, alerta. Un vistazo por la ventana confirmó que se trataba del Range Rover.

–Ostras –le dijo a la perra.

Durante un frenético instante pensó en zambullirse en el armario, pero cuando la gente hacía eso en las películas de terror nunca salía bien. O los encontraban y los asesinaban o bien presenciaban algo horrible a través de las puertas de lamas de madera de su escondrijo.

Lo raro fue que, al llamar al móvil de la doctora Hunter («mi tabla de salvación»), había oído su inconfundible tono de llamada, el *Canon del cangrejo* de Bach («Llamado así –le contó la doctora Hunter– porque la segunda voz interpreta exactamente las mismas notas que la primera, solo que al revés», algo que Reggie no entendió del todo, pero sonrió, asintió y dijo: «Vale, ya lo pillo»). El teléfono sonaba en algún sitio del piso de abajo. Reggie ya estaba a medio camino de la escalera para ir a buscarlo –Bach parecía estar sonando en la cocina–, cuando el señor Hunter irrumpió por la puerta principal a su velocidad habitual y se detuvo en seco al verla.

–¿Aún estás aquí, Reggie?

–Tenía que ir al baño –respondió ella, fingiendo despreocupación.

El teléfono había dejado de sonar un instante después de que el señor Hunter entrara.

–¿No tienes una casa a la que ir? –espetó él.

–Sí, claro que la tengo –contestó, pasando por su lado para salir a la calle.

Sadie la adelantó corriendo y se detuvo a husmear olores familiares en el arriate que bordeaba el sendero. Cuando Reggie llegó al portón del jardín, silbó para llamar a la perra, que se acercó trotando con meneos circulares de la cola, como hacía cuando estaba excitada por haber recobrado un tesoro. Llevaba algo en la boca, y al llegar donde estaba Reggie depositó su hallazgo en el suelo y se sentó obedientemente, esperando elogios.

A Reggie casi se le paró el corazón al ver lo que Sadie había dejado en el suelo.

El talismán del bebé, su retal de la mantita verde musgo. Parecía haber sido pisoteada en el barro, y cuando la cogió y examinó, vio en ella una mancha, una mancha que no era de salsa de tomate ni de vino tinto, sino de sangre. Ahora conocía bien la sangre. Había visto más en las últimas veinticuatro horas que en toda su vida.

La consulta de la doctora Hunter estaba en Liberton, y Reggie fue andando, al principio porque no sabía muy bien cómo apañárselas con Sadie, que nunca había subido a un autobús, con todos aquellos pies que te pisaban y aquellos cuerpos que te empujaban. A ella misma no se le daba muy bien. Se comió la barrita de Mars; le habría dado un pedacito a Sadie, pero la doctora Hunter decía que el chocolate era malo para los perros. Tendría que comprar galletas para perros, algo sin azúcar, porque a la doctora no le gustaba que Sadie tomara azúcar («Tenemos que velar por los dientes de la viejita»). Le había comprado ya un par de latas de comida de perro en el Avenue Stores de Blackford Avenue, pero la bolsa empezaba a pesarle. Tenía que ir cambiándola con la bolsa de Topshop que llevaba en el otro hombro. Se sentía cargada en extremo. Mamá siempre acarreaba montones de bolsas pesadas –nunca habían podido permitirse un coche– y solía decir que sus genes se habían combinado con los de un burro. No, no decía eso; mamá no habría utilizado la palabra «combinado», posiblemente ni siquiera habría usado «genes». ¿Cómo lo había dicho? Su madre se le iba desvaneciendo, sumiéndose en una penumbra a la que Reggie no podía seguirla. «Me parió una burra», eso decía. ¿Seguro? «La oscuridad se vuelve más intensa».

Por fin se sintió demasiado cansada para seguir andando y cogió el autobús para recorrer el resto del camino. Sadie lo hizo muy bien para ser la primera vez que subía a uno.

La consulta estaba en un edificio grande y moderno de una sola planta sin un sitio claro en que dejar un perro, de modo que le dijo a Sadie «Siéntate» y «Quieta» con su tono más autoritario, el que utilizaba con el bebé («¡No!») cuando se lanzaba a toda pastilla hacia la amenaza mortal de una uva o una moneda. Cuando Sadie era un cachorro, la doctora Hunter la había llevado a un curso de adiestramiento en el que había quedado la primera de la clase. («Un colegio para perros», lo llamaba la doctora, lo que era una idea encantadora). Hasta tenía una escarapela roja para demostrarlo, maltrecha ahora por el paso de los años, que la doctora Hunter había clavado en el tablón de corcho de la cocina. Era lista para ser una perra y sabía hacer las cosas típicas, como sentarse y quedarse quieta, así como caminar pegada a tus talones, como un perro de una exposición canina; «Mi mayor orgullo», decía con cariño la doctora. Sadie tenía también lo que la doctora llamaba «sus numeritos para fiestas»: sabía rodar sobre sí misma, hacerse la muerta y estrecharte la mano, y su enorme pata resultaba más suave y pesada de lo que parecía.

Sadie se sentó obedientemente en el suelo ante las grandes puertas de cristal del consultorio y Reggie entró y se dirigió hacia el mostrador de recepción, donde una mujer mantenía un silencioso tira y afloja con su ordenador. Sin mirarla siquiera, levantó la mano y le indicó con un gesto que esperase. Reggie se preguntó si iba a decirle «Siéntate» y «Quieta». Por fin, la recepcionista apartó los ojos de la pantalla y, mirándola con frialdad, preguntó:

–¿Sí?

A Reggie le dolió pensar que la doctora Hunter trabajara en un sitio donde había gente tan antipática.

–Ya sé que la doctora Hunter no está –empezó–. Solo quería preguntarle si sabe cuándo va a volver.

–Me temo que no puedo decírtelo.

–¿Porque es información confidencial?

–Porque no lo sé. ¿Querías pedir hora con ella?

–No.

–Porque puedo darte hora con otro doctor.

–No, no, gracias. No sabrá por qué se ha ido, ¿verdad? –preguntó Reggie con tono esperanzado.

–No, eso no puedo decírtelo.

–¿Porque es información confidencial?

–Sí.

–Solo una cosa más. ¿Llamó por teléfono ella misma, o fue el señor Hunter?

–¿Quién se supone que eres tú?

La pequeña señorita Nadie. Hermana de Billy el malhechor. Huérfana de la tormenta. No contestó nada de eso, por supuesto.

–Bueno, ya nos veremos –se limitó a decir, y confió en que no fuese verdad.

Cuando se dirigía hacia la salida, pasando ante un despliegue al parecer interminable de carteles que le recomendaban lavarse los dientes al menos dos veces al día, comer cinco piezas de fruta y andarse con cuidado con la clamidia, Reggie tropezó con una de las comadronas que trabajaban para el centro. Era Sheila, la amiga de la doctora Hunter.

Una tarde de finales de verano, la doctora había llegado a casa con ella.

—Sheila —le dijo—, esta es la famosa Reggie, mi equipo de constantes vitales.

Entonces Sheila y la doctora se sentaron en el jardín, con el bebé gateando a su alrededor sobre la hierba («¡Cómo ha crecido, Jo, no puedo creerlo!») y bebieron Pimm's, aunque la doctora dijo:

—Jesús, Sheila, estoy dando el pecho, esto es vergonzoso.

Pero las dos rieron y Sheila contestó:

—No pasa nada, Jo. Confía en mí, soy comadrona —y rieron aún más.

Invitaron a Reggie a acompañarlas, pero ella pensó que alguien debía seguir sobrio y vigilante, por si se emborrachaban con un bebé a su cargo, pero la doctora Hunter no era así, por supuesto, e hizo durar su copa hasta que la tarde dio paso al crepúsculo, momento en que el señor Hunter llegó a casa y preguntó:

—¿Aún estás aquí, Reggie?

Ambas mujeres parecieron desconcertadas al ver al señor Hunter recorrer el jardín a grandes zancadas, con una lata de cerveza en la mano, como alguien recién llegado de otro mundo.

—¿Aún puede unirse alguien a esta sesión? —quiso saber él.

—Llegas tarde a la fiesta —contestó la doctora, y añadió, aunque no fuera verdad—: ya estamos borrachas como cubas.

—Sí, ya veo, vaya par de esponjas estáis hechas.

Los tres se echaron a reír y Reggie salió para recoger al bebé de la hierba y meterlo en la cama con un biberón. La doctora Hunter tenía siempre una reserva de leche materna en el congelador. Ella había visto una vez al señor Hunter sacar la botella de Stoli que tenía en el congelador y fruncir el ceño al ver los pequeños envases de leche materna congelada.

—He ahí la diferencia entre hombres y mujeres —comentó riendo, al advertir que Reggie lo observaba—. Por el contenido de sus congeladores los conoceréis.

—Eres Reggie, ¿no? —dijo Sheila. Se señaló a sí misma y añadió—: Soy Sheila, la amiga de Jo. Sheila Hayes.

—Sí, lo sé, ya me acuerdo. Hola.

—¿Qué tal estás? ¿Andas buscando a Jo? Creo que hoy no ha venido, al menos yo no la he visto.

—Se ha ido a visitar a una tía enferma en Yorkshire.

—¿De verdad? Pues no dijo nada. Eso lo explica todo. Se suponía que anoche íbamos a ir a Jenners, a esa venta especial de cosas navideñas que hacen, y no apareció. Jo no suele hacer esas cosas.

—¿Y cuando trató de llamarla al móvil no le contestó? —aventuró Reggie.

—Ajá, y es raro, ¿verdad? El móvil es su...

—¿Tabla de salvación? —completó Reggie.

—Aun así —prosiguió Sheila—, si alguien en la familia está enfermo, eso lo explica todo. ¿Una tía, dices?

—Sí.

—Nunca ha mencionado a una tía. ¿Va todo bien, Reggie?

—Sí, claro. Gracias.

«Lucy Locket su bolsa perdió, Kitty Fisher la encontró». Del bolsillo de su chaqueta nueva, Reggie sacó el retal de la manta verde que Sadie había encontrado en el jardín de la doctora Hunter. Las prostitutas solían guardar su dinero en una bolsa, decía la doctora. «Las cancioncillas infantiles nunca son lo que parecen». Eso podía decirse de muchas cosas, en opinión de Reggie. Cuando Sadie depositó el pedazo lleno de barro de la mantita del bebé a sus pies, se había quedado horrorizada. Su sitio estaba junto al bebé. El sitio del bebé estaba junto a la doctora Hunter. El sitio de la perra estaba junto a la doctora Hunter. El sitio de Reggie estaba junto a la doctora Hunter. Nada iba bien. El mundo entero andaba mal. Corrían tiempos difíciles.

El progreso del peregrino

Estaba soñando. Caminaba por una carretera en medio de un paisaje desolado, siguiendo a una mujer. Era la mujer paseante de los valles de Yorkshire. Seguía paseando. Le gritó: «¡Eh!», y ella se volvió para mirarlo. No tenía rostro, solo un óvalo en blanco como un plato donde deberían haber estado sus facciones. Era aterradora. Despertó.

—¿Qué tal una taza de té? —le preguntó una enfermera.

Una enfermera (con rostro) estaba dejando una taza con su platillo en una bandeja delante de él. Y lo recordaba todo. El accidente de tren, no, ni siquiera haber estado en aquel tren; lo último que recordaba era haber encontrado la autopista perdida y esperado en la vía de acceso a que hubiese un hueco para meterse en el tráfico.

Pero sabía quién era; sabía su nombre, su historia, todo.

—Me llamo Jackson Brodie —le dijo a la enfermera—. Ahora me acuerdo.

—¿Jackson Brodie? ¿Está seguro?

—Sí, seguro.

—¿Dónde estoy? —le preguntó Jackson a una enfermera.

—En el hospital Royal Infirmary, en Edimburgo.

–¿Edimburgo? ¿Edimburgo, Escocia? –Parecía un turista norteamericano.

–Sí, Edimburgo, Escocia –confirmó ella.

¿Qué demonios hacía en Edimburgo? El escenario de algunas de sus mayores derrotas en la vida y el amor. ¿Por qué estaba en Edimburgo?

–Iba de camino a Londres –dijo.

–Pues se debió de equivocar –respondió la enfermera, y rio–. Mala suerte. Quizá no supiera de dónde venía, pero sí adónde iba: se iba a casa.

Edimburgo. Louise estaba en Edimburgo. Un súbito espasmo de pánico se apoderó de él. Nadie había ido en su busca. ¿Significaba eso que no estaba solo en el tren, que quizá Tessa se había unido a él en Northallerton y no se acordaba? ¿Y que ahora ella estaba en alguna parte del hospital? ¿O algo peor?

Se incorporó de golpe, hasta quedar sentado, y le agarró el brazo a la enfermera.

–Mi mujer –dijo–. ¿Dónde está mi mujer?

Una tía anciana

Louise no había acompañado a Neil Hunter en su whisky del desayuno por mucho que apreciara, más que la mayoría de gente, el sabor medicinal de un Laphroaig. Bebiendo, era capaz de tumbar a muchos hombres si tenía que hacerlo (y a veces tenía que hacerlo), pero respetaba sus normas. Ahora nunca bebía si tenía que conducir y nunca bebía si estaba de servicio; la habría mortificado que alguien del trabajo oliera el whisky en su aliento. Solo a los alcohólicos les apestaba el aliento a las nueve de la mañana. (A su madre. Siempre). Había preferido tomarse un café exprés doble en un puesto en la calle y volver a la oficina, donde se sentó en solitaria reclusión y revisó, por enésima vez, la lista de sitios donde se había visto a David Needler.

Ese ya no era un caso candente; lo notaba enfriarse más y más cada día que pasaba, sentía que se desvanecía. Durante un tiempo había sido una gran noticia y ahora parecía que no hubiese ocurrido nunca, y empezaba a dar la sensación de que se convertiría en un limbo sin fin para todos los implicados, uno de esos casos que perturban durante décadas a los detectives. Louise cogió ese pensamiento extremadamente negativo y lo sostuvo bajo las olas hasta que se quedó inmóvil, y entonces abrió el oxidado cofre del fondo del mar y lo arrojó dentro.

Nadie había visto a David Needler en ningún sitio hasta que llevaron el caso al programa de televisión Crimewatch, después de lo cual hubo un verdadero aluvión de personas que llamaban asegurando haberlo visto en todas partes, desde Bangor a Bognor, pero ni una sola de ellas lo había comprobado. El hombre había desaparecido del radar. No había utilizado ninguna tarjeta de crédito, ni su pasaporte. Su coche apareció aparcado cerca del cabo de Flamborough, pero Louise pensaba que era obra de alguien que se creía más listo que la policía. La sorprendió que no hubiese pintado «Pista» en grandes letras negras en el costado del coche. No se sentía inclinada a pensar que Needler se hubiese suicidado; no era de los que hacían algo así, era demasiado engreído.

–Hitler se suicidó –le recordó Karen Warner–. Y podría decirse que era engreído.

Estaba de pie ante el escritorio de Louise, comiéndose un sándwich de gambas de Marks & Spencer que a ella le produjo náuseas.

–Napoleón, no –contestó–. Stalin tampoco, ni Pol Pot, Idi Amin, Gengis Kan, Alejandro, César. Reconozcámoslo, Hitler fue la excepción que confirma la regla.

–Vaya, estás de mal humor, ¿eh? –dijo Karen.

–No, no lo estoy.

–Sí lo estás.

Karen estaba inmensa. Louise no recordaba haberse puesto tan oronda con Archie; claro que él había sido minúsculo, casi prematuro. Se sentía culpable; había fumado los tres primeros meses porque no tenía ni idea de que estaba embarazada. Estaba segura de que en lo más profundo de su ser, acechando en el tenebroso laberinto de su corazón, había una persona increíblemente buena y obediente preguntándose si la dejarían salir alguna vez. Era probable que Patrick se preguntara lo mismo. El paciente Patrick, esperando a que se volviese buena. Una larga espera, encanto.

Karen tenía razón, ese día estaba especialmente cascarrabias. Todo aquel café la había engañado durante un rato, pero ahora sentía cernirse sobre ella un dolor de cabeza, como la niebla en el Forth.

—Solo he venido a informarte sobre la mujer que dijo haber visto a David Needler sentado en el malecón en Arbroath, «comiendo pescado frito con patatas», según ella.

—¿Y?

—La policía de Tayside no lo ve muy claro —explicó Karen con la boca llena—. Nadie más se acuerda de él, y cuando la mujer volvió a mirar la fotografía dijo que ya no estaba tan segura.

—Ha pasado a la clandestinidad —respondió Louise—. No es de los que andan comiendo patatas por Arbroath.

David Needler era un tío listo, astuto; además, era inglés, de forma que era probable que hubiese cruzado ya la frontera. Aún tenía un montón de colegas en el sur que podían haberlo ayudado; todos lo negaban de plano, cómo no, pero algunos de ellos andaban presumiendo de dinero, de modo que no le habría sido imposible marcharse al extranjero. Pero ella pensaba que aún estaba en algún lugar de Gran Bretaña, un tipo corriente vecino de alguien. Quizá estaba ya saliendo con otra mujer.

Cogió la foto de archivo que tenían de él y estudió el rostro inexpresivo que le devolvía la mirada. Alison Needler no había podido encontrar una fotografía de él de los últimos años (las fotografías eran recuerdos, quizá nadie había querido recordarlo). La fotografía original era de la familia entera, tomada en Disneylandia, en París: tres niños y una esposa a su alrededor, sonriendo como si se tratara de alguna especie de concurso de quién era más feliz («Fue un día terrible –comentó Alison en tono sombrío–. Él tenía uno de sus ataques de mal humor»). Louise pensó en la fotografía en blanco y negro de hacía treinta años atrás de Joanna Hunter, gente captada en un instante que jamás podría volver.

Marcus entró en su oficina, haciendo ondear un papel como una pequeña bandera. Vio la fotografía y dijo:

–¿Hay noticias de lord Lucan?

Todo el mundo recordaba el nombre de lord Lucan, pero casi nadie se acordaba de Sandra Rivett, la niñera a la que mató a golpes. La persona equivocada en el sitio equivocado en el momento equivocado. Como Gabrielle Mason y sus hijos, casi olvidados asimismo por la memoria colectiva. ¿Quién era capaz de nombrar una sola de las víctimas del destripador de Yorkshire? ¿O del matrimonio West? Los muertos olvidados. Las víctimas se desvanecían, los asesinos seguían viviendo en el recuerdo; solo la policía mantenía encendida la llama eterna, pasándosela a otros a medida que transcurrían los años.

–¿Cómo se llamaba la niñera a la que mató? –le preguntó a Marcus. Ahí empezaba el catecismo.

–No lo sé –admitió Marcus.

–Sandra Rivett –contestó Karen.

–Tiene memoria de elefante –le dijo Louise a Marcus.

–Y voy a dar a luz a un elefante –contestó ella–. Qué ganas tengo de que el pequeño cabrón salga de una vez.

–Cuando tengas al bebé tendrás que dejar de decir tacos –la advirtió Louise.

–¿Tú lo hiciste?

–No.

–Se supone que eres un modelo de conducta para mí.

–¿Yo? Pues lo tienes claro.

–¿Jefa? –intervino Marcus tendiéndole el papel al que seguía agarrado–. Nuestro señor Hunter no ha tenido mucha suerte últimamente. Resulta que un par de semanas antes del incendio, el director del salón recreativo de Bread Street fue atacado cuando hacía caja, y el sábado pasado reventaron una de las ventanas en otro de los salones de juegos. Además, a uno de sus chóferes lo sacaron a rastras del taxi delante del pub Foot of the Walk y le dieron una paliza, y a otro coche le rompieron las ventanillas cuando estaba recogiendo a un pasajero en Livingston...

—¿En Livingston? —se apresuró a repetir Louise.

—Tranquila, jefa..., no tiene nada que ver con nuestra señora.

No sabía cuándo o por qué Marcus había empezado a referirse a Alison Needler como «nuestra señora», pero siempre la impresionaba. Nuestra Señora de Livingston. Nuestra Señora de los Dolores.

Veía claramente el vientre de Karen a través de un jersey premamá de punto. El ombligo sobresalía como un timbre pidiendo que lo oprimieran. La barriga entera palpitaba cuando el bebé se movía como algo salido de *Alien*. Recordó la extraña y ondulante sensación de tener un bebé retorciéndose en tu interior, independiente y dependiente al mismo tiempo, una eterna dialéctica materna. Un pie, pequeñito, minúsculo, empujaba contra la fina membrana de tambor de carne y jersey. Verlo no mejoró precisamente la sensación de mareo de Louise.

—¿Y bien? —preguntó—. ¿El tipo tiene mal karma o es que alguien trata de mandarle algún mensaje? Todo tuyo, por cierto, Marcus. No suelta prenda, pero a mí me parece un hombre muy preocupado.

El subcomisario Sandy Mathieson, un hombre que había superado sus limitaciones, según pensaba Louise, asomó la cabeza por la puerta. Si hubiese una definición colectiva para los policías como Sandy sería sin duda «perseverantes».

–Estaba con el AMCPP al teléfono, hablando de Decker.

–¿Qué pasa con él?

–Ha desaparecido.

Un cuervo negro cruzando el sol, un lugar sombrío, una sensación desagradable en las entrañas. Louise experimentó algo real, físico, causado probablemente por el envase de ensalada de huevo con mayonesa que Karen Warner acababa de sacar de la nada y en el que hurgaba con una cuchara. Aquella mujer no podía estar ni cinco minutos sin comer algo. Algo repugnante, normalmente.

–Un coche patrulla en Doncaster le ha hecho una visita de rutina esta mañana, solo para comprobar que estuviera donde se suponía que debía estar.

–¿Y no estaba?

–Su madre dice que salió el miércoles a la hora del té y no ha vuelto.

–Sabía que la prensa iba tras él –dijo Louise–. Probablemente trata de desaparecer.

Esa palabra otra vez. ¿Qué había dicho Joanna Hunter? ¿«Es posible que me marche, que desaparezca un tiempo»? ¿Los dos estaban huyendo de lo mismo? Dos personas que nunca se verían libres la una de la otra. Joanna Hunter y Andrew Decker se pertenecerían mutuamente para siempre, con sus historias entrelazadas y fundidas en una sola.

–Bueno, al menos el accidente de tren ha impedido que la cosa llegue a los periódicos durante un par de días –comentó Sandy.

–Todo desastre tiene su lado bueno, ¿eh, Sandy? –contestó Karen–. No tardarán mucho en volver a tener a los sabuesos de la prensa pisándoles los talones. Un accidente de tren solo da para titulares durante ¿cuánto...?, ¿tres días como mucho? En cualquier caso, él está en Inglaterra, ¿no? No es problema nuestro. El AMCPP ha mandado una foto por correo electrónico –añadió, dejando una fotografía sobre el escritorio, delante de Louise.

Decker parecía una persona completamente distinta del adolescente que había aparecido en los periódicos treinta años atrás (había buscado su fantasma en Google). De hecho, era una persona distinta, por supuesto. Entre las dos imágenes había una vida entera desperdiciada.

Cuando volvía de una reunión con el Grupo de Asignación y Coordinación de Tareas, en Saint Leonard, Louise se dio cuenta de que estaba muerta de hambre. Entró en el aparcamiento de Cameron Toll y se compró una tableta enorme de chocolate en Sainsbury's. Nunca comía chocolate, pero en cuanto estuvo en el coche devoró la tableta entera y cuando llegó a la comisaría la vomitó en el retrete. Lo tenía bien merecido, por tratar de sumirse en un coma diabético.

Salía del lavabo cuando le sonó el teléfono.

–Reggie Chase –dijo una voz.

El nombre le resultaba familiar, pero no consiguió situarlo. La chica hablaba a toda pastilla y no la seguía. El meollo parecía ser que «a la doctora Hunter» le había pasado «algo».

–¿A Joanna Hunter? –preguntó. Mi señora, se dijo; otra más. Las damas de Louise. Reggie Chase era la chica menuda que le había abierto la puerta de Joanna Hunter el martes–. ¿Qué quieres decir con que le ha pasado algo?

Chica menuda y perro grande. El perro de la doctora Hunter. Meneó la cola al verla y, por absurdo que fuera, Louise se sintió halagada. Quizá un perro llenaría el espacio entre ella y Patrick que él quería ocupar con un bebé. ¿Había un espacio entre ellos? ¿Eso era bueno o malo?

Condujo de vuelta a la ciudad para encontrarse con la chica. Dejaron al perro en el asiento de atrás del coche mien-

242

tras iban a tomar un café al Starbucks de George Street. Louise detestaba Starbucks. Tomar café para enriquecer a los yanquis.

–Bueno, alguien tiene que hacerles ganar dinero a los malvados capitalistas –comentó, mientras le compraba a la chica un café con leche y una magdalena de chocolate–. Hay días en que nos toca a ti y a mí hacerlo. Hoy es uno de esos días.

–Buf, hacemos un montón de cosas que no deberíamos hacer –respondió Reggie.

Tenía un feo moretón en la frente para el que le dio alguna excusa, pero tenía toda la pinta de que alguien le hubiese pegado. Reggie Chase. La niñera de Joanna Hunter, como Sandra Rivett; no, no niñera, sino «aya». La pequeña ayudante de una madre. Ella había tomado Valium tras el nacimiento de Archie. «Amortigua un poco el *shock*», le dijo el médico de cabecera. El tipo era un camello, le recetaba tranquilizantes como si fuesen caramelos. No conseguía imaginar a Joanna Hunter haciendo eso. Louise estaba dando el pecho cuando tomó esas pastillas; la leche nunca le subió como era debido y se quedó sin ella al cabo de una semana. («Estrés», comentó el médico con indiferencia). Archie pareció encontrar el biberón más emocionalmente reconfortante que el pecho de su madre.

Dejó de tomar el Valium al cabo de una semana porque la atontaba tanto que temía dejar caer al bebé o perderlo o incluso olvidar que lo había parido.

¿Era Reggie lo bastante mayor para cuidar del hijo de otra mujer, si ella misma parecía una cría? Tenía la misma edad que Archie. Trató de imaginar a Archie a cargo de un bebé, pero la idea la estremeció.

–Mire, mire qué ha encontrado Sadie en el jardín de la doctora Hunter –dijo la muchacha, poniéndole en la mano un mugriento pedazo de algodón verde.

–¿Sadie?

–La perra de la doctora Hunter.

–¿Y esto qué es? –preguntó Louise con recelo, sosteniendo el retal verde entre el índice y el pulgar.

–Es el pedazo de mantita del bebé, su talismán –contestó Reggie–. No iría a ninguna parte sin él. La doctora jamás se lo habría dejado. Lo he encontrado en el jardín. ¿Qué hacía en el jardín? Ya estaba oscuro cuando yo me fui y el bebé lo tenía en la mano, y fíjese, esa mancha de ahí... es de sangre.

–No necesariamente.

Archie tenía algo parecido, un trozo de felpa amarillo huevo que había empezado su vida como una marioneta con cara de pato, hasta que se descosió y el pato quedó decapitado. Por las noches no podía dormir sin él, y Louise lo veía aferrarlo con la manita como si su vida dependiese de ello. Solo cuando se dormía relajaba los dedos. Tenía un sueño muy profundo. Ella entraba de puntillas en su habitación en plena noche para cortarle las uñas, sacarle astillas, curarle cortes y arañazos, todos los pequeños actos de mantenimiento cotidiano de un crío que lo habrían hecho llorar hasta echar la casa abajo a la luz del día. Habría preferido que lo separasen de Louise que de aquel pedazo de tela amarilla.

Le devolvió el retal a la chica.

–Las cosas se pierden –respondió.

Los accidentes ocurren. La leche se derrama. Los tópicos abundan.

–El señor Hunter me dijo que la doctora se había ido en coche –continuó Reggie–, pero su coche está en el garaje. Y no le pasaba nada malo cuando ayer llegó con él a casa. Se ha ido, pero en ningún momento me dijo que se iba, y eso no es propio de ella, y el señor Hunter dice que está visitando a una tía enferma, pero la doctora jamás me mencionó la existencia de una tía, y he hablado con su amiga Sheila del trabajo y se suponía que tendrían que haber ido juntas a la venta especial de Navidad de Jenners, pero la doctora no le dijo que no podría ir, y ella nunca hace estas cosas, créame. Y su móvil está en algún sitio de la casa, porque lo he oído sonar, tiene el tono del *Canon del cangrejo*, de Bach, y la doctora Hunter no se olvidaría nunca el teléfono, es su tabla de salvación. No es despistada, la doctora nunca olvida nada, y además falta uno de sus trajes. No haría todo ese camino en coche vestida con traje chaqueta, y...

–Respira un poco –le aconsejó Louise.

–Ha desaparecido –concluyó la chica–. Creo que alguien la ha raptado.

–No la ha raptado nadie.

–O que el señor Hunter le ha hecho algo.

–¿Que le ha hecho algo?

La chica bajó la voz.

–Que la ha asesinado –susurró.

Louise exhaló un suspiro por lo bajo. Era una de esas. Una imaginación sobreexcitada, capaz de obsesionarse con una idea y dejarse llevar por ella. Era una romántica, y muy posiblemente una fantasiosa. Catherine Morland en *La abadía de Northanger*. Reggie Chase era una muchacha que encontraba algo de interés donde fuese. Formarse para ser una heroína, eso había hecho Catherine Morland los primeros dieciséis años de su vida, y no la sorprendería que Reggie Chase hubiese hecho lo mismo.

–Resulta que hoy mismo he estado en casa de la doctora Hunter –explicó–. He ido a ver al señor Hunter por otra cuestión que no tiene nada que ver.

–Qué coincidencia más rara.

–Y no es más que eso –replicó Louise con aspereza–. Una coincidencia. El señor Hunter me ha contado que su mujer se ha marchado a pasar un tiempo con una tía que no está bien.

–Sí, ya lo sé, ya se lo he dicho yo también; es lo que me contó a mí, pero no me lo creo.

–La tía no es una cuestión de fe, no es Papá Noel, es una simple pariente. No forma parte de ninguna gran conspiración para esconder a la doctora Hunter.

–Nadie ha visto a la doctora. Nadie ha hablado con ella.

–El señor Hunter, sí.

–Eso dice él.

Louise inspiró hondo.

–Mira…, Reggie…, ¿qué te parece si te llevo a casa?

–Debería conseguir el número de la tía de la doctora, asegurarse de que esté bien. Quizá pudiese mandar a alguien a la casa de la tía en Yorkshire, a alguien de allí. Está en Hawes, H-a-w-e-s. El señor Hunter se niega a darme la dirección o el número de teléfono, pero a usted tendrá que dárselos.

–Ya basta. –Louise levantó la mano como un agente de tráfico–. Déjalo estar.

A la doctora Hunter no le ha pasado nada. Vamos, mi coche no está lejos.

–Averigüe si existe esa tía. Hágase con el móvil de la doctora, está en la casa, así podrá comprobar si la tía la llamó realmente.

–Al coche. Ahora. A casa.

Dijo que le había salvado la vida a un hombre del accidente de tren. Más fantasía, obviamente. Louise debería haber mandado a un agente de uniforme a hablar con la chica. De haberse tratado de cualquier otra persona lo habría hecho, solo que ahora había reclamado a Joanna Hunter para sí y no podía soltarla. Su señora.

«Es posible que me marche, que desaparezca un tiempo». Las finanzas de su marido estaban en proceso de fusión nuclear; Hunter estaba recorriendo el lado oscuro con gente cuestionable; era probable que el matrimonio se estuviese yendo a pique y Andrew Decker estaba de vuelta en las calles. ¿Quién no se esfumaría? ¿Estaba yéndose a pique el matrimonio, o Louise solo proyectaba sus propios sentimientos en Joanna Hunter?

Joanna Hunter nunca le había contado a Reggie lo que le había ocurrido siendo niña. De hecho, no se lo había contado a nadie que Louise supiera, aparte de su marido, y no iba a revelarlo ella. Era decisión de Joanna Hunter mantener el secreto, y Louise no era quién para sacarlo a la luz. «No quiero que Reggie sepa algo así –le dijo–. La inquietaría. La gente te mira de otra manera cuando sabe que te has visto involucrada en algo terrible. Pasa a ser lo más interesante que ven en ti». Pero es que era, en efecto, lo más interesante. Los supervivientes de desastres siempre resultaban interesantes. Eran testigos de lo inconcebible. Como Alison Needler y sus hijos.

«Es una carga que has de llevar el resto de tu vida –comentó Joanna Hunter–. No mejora, no desaparece; solo te queda llevarla contigo hasta el final». Louise pensó en Jackson; la hermana de Jackson había muerto asesinada tiempo atrás, y ahora él era el único que quedaba que la había conocido. Con Samantha no había ese problema. Si su marido y su hijo no la recordaban, sus cosas sí lo hacían. Seguía viviendo, olvidada pero no desaparecida: el espíritu de la esposa de Patrick estaba embalsamado para siempre en las servilletas y jarrones y en las palas para pescado de plata. Samantha era la esposa real, Louise era una burda impostora.

Por supuesto, no hacía falta que condujese hasta Musselburgh y de vuelta en plena hora punta.

–No le coge de camino –dijo Reggie.

Era cierto, pero no le importaba. En realidad, no por consideración hacia la muchacha, sino porque era un centrifugador de tiempo, una forma de postergar el inevitable regreso a casa. Había estado todo el día de aquí para allá, en su hégira personal, y la idea de detenerse se le hacía perturbadora. Incapaz de estarse quieta, se había pasado media jornada en el coche yendo a sitios y la otra media inventándose sitios a los que ir. («Lo siento, voy a llegar tarde, ha surgido algo.» ¿Quién había insistido en que Bridget y Tim se quedaran cinco días enteros? Ella misma, quién si no).

–¿Cómo es la doctora Hunter? –le preguntó a Reggie Chase en el trayecto a Musselburgh.

–Bueno... –empezó la chica.

Al parecer, a Joanna Hunter le gustaban Chopin, Beth Nielsen Chapman, Emily Dickinson y Henry James y hacía gala de una sorprendente tolerancia ante los Tweenies. Tocaba el piano –«superbien», según Reggie– y coincidía con William Morris en que uno no debe tener nada en casa a lo que no le encuentre utilidad o no le parezca hermoso. Le encantaba el café por las mañanas y el té por las tardes y era sorprendentemente golosa y decía que estaba demostrado médicamente que uno tenía un «estómago para el dulce» separado, y por ese motivo, cuando tomabas una comida abundante luego siempre podías «encontrar sitio para el postre». No creía en Dios, su libro favorito era *Mujercitas,* porque trataba de «jovencitas y mujeres que descubrían su fortaleza» y su película favorita era *La règle du jeu,* de la que le había prestado una copia, y a Reggie le había gustado un montón, aunque no tanto como *Los niños del tren,* que era su propia película favorita. Si la doctora Hunter tuviese que rescatar tres cosas de un edificio en llamas, serían el bebé y la perra pero no estaba muy segura de cuál sería la tercera; Louise sugirió que el señor Hunter, pero Reggie dijo que él

248

probablemente se las apañaría para rescatarse a sí mismo. Por supuesto, si Reggie estuviera en el edificio, entonces la doctora la rescataría a ella, añadió Reggie. Y adoraba al bebé. Gabriel. Por supuesto: Gabriel, Gabrielle. Joanna Hunter le había puesto ese nombre al bebé por su madre muerta. Louise no lo había relacionado hasta entonces, probablemente porque ni Joanna Hunter ni Reggie Chase lo llamaban por su nombre. Para ambas era «el bebé». El único bebé, la luz del mundo.

«Chase y Hunter», la caza y el cazador; ¿de qué iba aquello? Sonaba a comedia mala de los años setenta sobre detectives aficionados. O «Hunter y Chase», como una inmobiliaria rural de lujo. Reggie. Regina. No había muchas chicas que se llamasen Regina.

–Encontré esto en el bolsillo del hombre –añadió la chica, tendiéndole con timidez una postal mugrienta.

–¿De qué hombre? –preguntó Louise, cogiendo a regañadientes la postal con el índice y el pulgar.

Como la mantita del bebé, la postal era un peligro biológico; con manchas de barro y sangre, y aspecto de que la hubiese pisoteado una manada de caballos.

–El hombre al que le salvé la vida.

Ah, ese hombre, pensó. El hombre imaginario. La postal era una imagen de algún sitio de Europa. Se esforzó por distinguirlo bajo la mugre.

–Brujas –aclaró la chica–. En Bélgica. Su nombre y dirección están al dorso. No lo he imaginado.

–No he dicho que lo hubieras hecho.

Le dio la vuelta a la postal y leyó el mensaje. Leyó el nombre y la dirección.

–Jackson Brodie –reveló amablemente la chica–. Aunque no sé si está vivo o muerto. Quizá usted podría echar un vistazo y averiguarlo, ¿no?

Louise le devolvió la postal y contestó:

—En este momento estoy muy ocupada.

No salió de la A1 para coger el cinturón. En lugar de ir hacia su casa, se desvió en Newcraighall y se dirigió al hospital, tan obediente como un perro al que el pastor llamara de vuelta.

Nada y después nada

No pensaba volver a Gorgie ni en broma, de modo que menos mal que tenía las llaves de casa de la señorita MacDonald. Musselburgh era en aquel momento el centro de atención de los medios de comunicación nacionales. No imaginaba que aquel par de aspirantes a Terminator anduviesen buscando «a un tío llamado Reggie» en la aburrida calle de la señorita MacDonald, en especial cuando aún estaba a rebosar de policías. Cuanto más tiempo transcurría desde la mañana, más improbable le parecía que los idiotas, rebautizados ahora como «Pelirrojo» y «Pelopaja», estuvieran buscándola realmente a ella. Andaban buscando a Billy. Debería haberles dado su dirección en Inch, pues era obvio que él les había dado la de ella. Debería devolverle el favor.

–¿Vives aquí? –preguntó la inspectora Monroe, observando a través del parabrisas la casa de la señorita MacDonald.

–Sí –contestó–. Mi madre no está en este momento.

Una mentira y una verdad. Se compensaban una con otra y no alteraban el mundo. Le pareció mucho más simple no entrar en detalles.

La inspectora Monroe por lo menos la había escuchado, aunque saltara a la vista que no la creía, pero si Reggie hubiese añadido «Y, en un incidente que no tiene nada que ver, esta mañana dos hombres han destrozado mi piso y han amenazado con matarme; ah, sí, y me han dado un ejemplar de la *Ilíada*», en ese punto la inspectora Monroe probablemente se habría marchado a toda prisa del Starbucks. En realidad no tenía pinta de policía; bajo el abrigo de invierno iba vestida con vaqueros y sudadera, la misma ropa de paisano que usaba la doctora Hunter. Llevaba el pelo recogido en una coleta, y como no era lo bastante largo tenía que meterse todo el rato un mechón suelto por detrás de la oreja.

—Aún me lo estoy dejando crecer —dijo—. Me lo dejé muy corto, pero no me quedaba bien.

Mamá solía decir que las mujeres se sometían a drásticos cortes de pelo al final de relaciones que no salían bien. Las amigas de mamá aparecían cada dos por tres con la cabeza casi rapada; en cambio, su madre sabía que su pelo era un atractivo que debía valorar. Sin embargo, estaba tan encandilada con Gary, que se lo habría cortado de habérselo pedido él. Habría hecho cualquier cosa con tal de conservar a Gary, aunque gran parte de su atractivo residiera simplemente en que no era el Hombre-que-vino-antes-de-él. Imagínate si él le hubiese dicho a mamá «Me encantaría verte con el pelo corto, Jackie». Le costaba poner palabras en boca de Gary, porque era muy parco con ellas. («Te expresas muy bien, Reggie», le había dicho una vez la doctora Hunter, y ella se lo había tomado como un gran cumplido. «Oh, nuestra Reggie habla por los codos», solía decir mamá). Y su madre habría acudido entonces al peluquero (Philip, «un poco amanerado pero casado», según mamá) para decirle «Córtamelo, Philip, ya toca un cambio», y Philip le habría dejado una melenita muy corta, justo por debajo de las orejas o, mejor incluso, un corte drástico, como el de Kylie después del cáncer y, tachán, en ese momento mamá estaría revolviendo un estofado en la sartén en la cocina de Gorgie, pendiente del momento en que comenzara la serie *Eastenders*.

Reggie se preguntó si a la inspectora Monroe le habrían roto alguna vez el corazón. De alguna manera no parecía de esas.

Sadie había supuesto un pequeño problema, pero al final la inspectora Monroe la había metido en el asiento de atrás de su coche (junto con la pesada bolsa de Topshop), desde donde la perra las había observado alejarse por George Street, mirándolas con tanta intensidad que daba la impresión de que tratase de grabárselas en la retina. La inspectora no parecía la clase de persona a la que le gustaban los animales, pero de pronto soltó «Una vez tuve un gato», como si eso significara algo.

Reggie se sintió agradecida por la magdalena, porque estaba muerta de hambre; aparte de las pastillas de menta del señor Hussain y la barrita de Mars (en absoluto una dieta equilibrada), no había comido nada en todo el día, pues la tostada de la mañana había sido expelida antes de haberla digerido. Quería concentrarse en comer la magdalena, de manera que lo soltó todo muy rápido: el coche, el móvil, el retal de mantita verde musgo, los zapatos, el traje de chaqueta, la inverosimilitud general de la ausencia de la doctora Hunter, como si hubiesen descendido unos alienígenas para llevársela. Tuvo buen cuidado de no mencionarle el rapto de la señorita MacDonald a la inspectora Monroe.

Cuando llegó al final de su relato, la inspectora bostezó.

–Perdona –dijo–. Estoy muy cansada. He estado en pie toda la noche.

–¿En el accidente del tren? –aventuró.

–Sí.

–Yo también –dijo Reggie.

–¿De veras? –La inspectora la miró con recelo, como si, después de todo, estuviese considerando meterla en la caja de los psicópatas fantasiosos.

–Le he hecho la reanimación cardiopulmonar a un hombre –explicó, metiéndose aún más hondo en la caja–. He tratado de salvarle la vida –la tapa de la caja se cerró de golpe.

Era la primera vez que le mencionaba el hombre a alguien. Lo había llevado por ahí todo el día como un secreto y sentaba bien sacárselo de la cabeza y soltárselo al mundo, pese a que, una vez expresada, la idea resultara inverosímil. Los acontecimientos de la noche anterior parecían más y más irreales a medida que pasaban las horas, pero entonces recordó haber visto el cuerpo de la señorita MacDonald esa mañana y los sucesos de la noche anterior le parecieron menos irreales.

–¿Oh? –dijo la inspectora Monroe.

Lo cierto era que podría haber jugado la carta del secuestro alienígena, porque la inspectora no podría parecer ya más escéptica.

–¿Cómo te has hecho ese moretón? –había preguntado, con la vista fija en su frente.

Se lo tapó con el flequillo y contestó:

–No es nada. No miraba por dónde iba.

–¿Seguro que eso es todo?

La inspectora parecía preocupada. Reggie supo qué estaba pensando (violencia doméstica, etcétera). No pensaba «resbaló en la ducha cuando la amenazaban dos idiotas».

–Se lo juro.

Podría haberle contado a la inspectora Monroe lo de Pelirrojo y Pelopaja, pero eso no iba a ayudar a que encontraran a la doctora Hunter (ni a su condición de psicópata fantasiosa, etcétera). Además, tal vez las amenazas eran reales («No vayas a la policía a hablar de esta pequeña visita, ¿o a que no adivinas qué?»). ¿Y si la estaban vigilando? ¿Y si la habían visto en Starbucks tomando café nada menos que con una inspectora jefe, nada de un humilde agente de uniforme? Jamás creerían que la cosa no tuviera que ver con ellos.

Llegaron ante la casa de la señorita MacDonald.

–Déjeme aquí, por favor –dijo.

Solo entonces la inspectora Monroe pareció dispuesta a creer que no mentía con respecto al accidente de tren.

–Oh, ya veo que ha sido casi en la puerta de tu casa –dijo.

–Bueno, casi.

–Bien, será mejor que me vaya –se despidió la inspectora–. Tengo cosas que hacer, ya sabes.

–Qué me va a contar –contestó Reggie.

Le hizo un ademán de despedida a la inspectora Monroe, que se alejó con el ceño fruncido, sin contestar al saludo.

Reggie levantó todo lo que pudo la reacia ventana de guillotina del dormitorio para dejar entrar un poco de aire fresco. Había hombres trabajando bajo luces de arco en la vía, acompañados por los traqueteos y chirridos constantes de la maquinaria pesada. Una grúa enorme estaba levantando un vagón de la vía. El vagón se mecía en el aire como un juguete. Una luna inmensa de color hueso ascendía en el cielo, arrojando su luz indiferente sobre la insólita escena de abajo.

Había demasiado ruido para dormir en la descuidada habitación de atrás, incluso con la ventana cerrada, y no estaba dispuesta a contemplar siquiera la posibilidad de dormir en la habitación de la señorita MacDonald, en la parte delantera, con su rancio olor a ropa sucia y medicinas a medio usar.

Se vio reflejada en el espejo del tocador. El moretón que tenía en la frente se le estaba volviendo negro.

Sadie se había pasado la última hora rastreando el olor fantasmal de Banjo por toda la casa, pero ahora estaba tendida con abatimiento en la sala de estar. Supuso que cuando alguien se iba, a su mascota debía de parecerle que simplemente había desaparecido de la faz de la tierra. Un instante estaban allí, y al siguiente ya no estaban. La doctora Hunter decía que Sadie tenía suerte de no saber que un día moriría, pero Reggie contestaba que ella quería saber cuándo iba a morir, porque así podría evitarlo. Nadie podía evitar la muerte, por supuesto, pero sí podía evitarse una muerte prematura a manos de idiotas. («No siempre», según la doctora Hunter).

Buscando en los armarios vacíos de la cocina de la señorita MacDonald, dio con medio paquete de galletitas Ritz reblandecidas, pero consiguió el premio gordo al encontrar el envase familiar de barquillos Tunnock al caramelo que la maestra guardaba para las cenas de su alumna. Compartió las galletitas Ritz con Sadie y se comió un barquillo de caramelo.

¿Buscaría realmente la inspectora Monroe a la doctora Hunter? De algún modo, lo dudaba. ¿Por qué habría ido el martes a casa de la doctora?

–Oh, por nada del otro mundo –había contestado–. Tenía que ver con un paciente.

Era buena mintiendo, pero Reggie también. Hacía falta un mentiroso para pillar a otro.

Nada del otro mundo. Esto y aquello. Por aquí y por allá. Desde luego, la gente de su entorno se mostraba muy evasiva.

Decidió dormir en el sofá. Sadie se encaramó a una butaca y dio vueltas y vueltas hasta quedar satisfecha y entonces se instaló con un enorme suspiro, como si se liberara de todo el peso de la jornada. El sofá en el que Reggie dormía todavía tenía la leve huella del cuerpo de Banjo, pero eso le supuso una especie de consuelo. Había sido un día increíblemente difícil. Corrían malos tiempos, no cabía duda.

En algún momento de la noche, Sadie bajó de la butaca y se unió a ella en el sofá. Supuso que la perra también necesitaba consuelo. La rodeó con el brazo y escuchó los fuertes latidos del corazón en su amplio pecho. No olía a mucho más que a perro. Nunca se le había ocurrido, pero Sadie solía oler al perfume de la doctora Hunter. La doctora debía de pasar mucho tiempo abrazándola para que así fuera. Si la doctora Hunter estuviera bien, habría llamado por teléfono, si no para hablar con ella, sí al menos con Sadie («Hola, cachorrita mía, ¿cómo está hoy mi preciosa?»).

¿Dónde estaba la doctora Hunter? *Elle revient.* Pero ¿y si no lo hacía?

¿Por qué se había quitado la doctora Hunter los zapatos y desaparecido dejando atrás su vida? Había muchas preguntas y ninguna respuesta. Alguien tenía que salir en busca de la doctora Hunter, a darle caza. Ja.

«Ad lucem»

Jackson sintió una punzada de algo que se parecía mucho a la soledad. Deseó que alguien conocido supiera que estaba allí. Josie, por ejemplo. (Cualquier esposa en una tormenta). No, Josie no («Pero bueno, ¿qué has hecho ahora, Jackson?»). Julia, quizá. Ella se mostraría comprensiva («Oh, cariñito»), pero, probablemente, no de forma que lo hiciera sentirse mejor.

–¿Qué hora es?

–Las seis en punto –contestó la enfermera Borrosa. («En realidad me llamo Marian»).

–¿De la mañana?

–No.

–¿De la tarde?

–Sí.

Tenía que comprobarlo, por si había otro momento del día en que pudieran ser las seis en punto. Todo lo demás estaba patas arriba; ¿por qué no iba a estarlo también el tiempo?

–¿Puedo usar el teléfono?

–No. Va a descansar aunque sea lo último que haga –respondió la enfermera. Era irlandesa. Establecido este extremo, le recordaba a su madre.

–Si es su mujer lo que le preocupa, estoy segura de que conseguiremos ponernos en contacto con ella mañana. Siempre hay mucha confusión en las horas posteriores a un accidente, así son las cosas.

–Ya lo sé. Antes era policía –dijo.

–No me diga. Entonces haga lo que le dicen y vuelva a dormirse.

Jackson se preguntó cuándo aparecería la gratitud. Todo eso de «he estado a punto de morir, pero me han dado una segunda oportunidad». ¿No era lo que supuestamente se debía sentir tras una experiencia de muerte inminente? El miedo se disipaba de pronto, la determinación de sacarle el mayor partido a cada día a partir de entonces. Un nuevo Jackson que salía de la cáscara del viejo y renacía para disfrutar lo que le quedara de vida. No experimentaba nada de eso. Se sentía dolorido y cansado.

–¿Va a quedarse ahí de pie, mirándome con esa cara hasta que me quede dormido?

–Sí –contestó la enfermera Borrosa. La enfermera Marian Borrosa.

Despertó cuando algo le rozó la mejilla, el ala de una mariposa, o un beso. Más probablemente un beso que el ala de una mariposa.

–Hola, forastero –dijo una voz familiar.

–Borrosa –musitó.

Abrió los ojos y allí estaba ella. Por supuesto. Experimentó un instante de claridad sobrenatural. Estaba con la mujer equivocada. Había estado siguiendo el camino equivocado. Aquel era el camino correcto. La mujer correcta.

–Hola, tú –dijo. Llevaba décadas mudo y ahora, de repente, se le había dado una voz–. Estaba pensando en ti, solo que no lo sabía.

Los ojos de ella eran lagunas negras de agotamiento. Estaba más guapa de lo que la recordaba. Ella le puso un dedo en los labios.

–Chist –dijo–. Me temo que has dado en el blanco y que eso de «borrosa» me describe bastante bien –se echó a reír.

Él no supo si la había visto reír alguna vez.

De pronto, todas las piezas encajaron en su sitio.

–Te quiero –dijo Jackson.

«Fiat lux»

Gracias a Dios, no había nadie sentado a la mesa a la hora de cenar cuando llegó. Vio una nota de Patrick, apoyada contra un ramo de azucenas de invernadero que esa mañana no estaban allí. Detestaba las azucenas. Estaba segura de que su perfume se había obtenido especialmente para enmascarar el olor a carne en descomposición, y por eso aparecían siempre en los funerales. «Cenaremos algo antes en Lazio. Únete a nosotros si llegas a tiempo». «Antes», decía. ¿Antes de qué?

La idea de volver a comer y beber con Bridget y Tim bastaba para hacerla vomitar. Además, ya había cenado. Desde el hospital, había ido derecha a un McDonald's de los que servían en el coche y pedido Happy Meals para los Needler. Los niños ya no podían ir a hamburgueserías; eran sitios demasiado públicos. Habían cenado ante el televisor, viendo el DVD de *Shrek tres*. Louise había picado unas cuantas patatas fritas. Llevaba varios días sin poder comer carne; no podía con la idea de meter carne muerta dentro de su carne viva.

–Happy Meal, la comida feliz –dijo Alison, con su sonrisa tensa que no era sonrisa en absoluto–. No hemos tenido muchas.

–¿No tiene una casa a la que volver? –preguntó Alison a media película.

–Bueno... –dijo Louise, percatándose de que en realidad no era la respuesta adecuada.

Se dio cuenta de que se había dejado el permiso de conducir de Decker en el hospital. Había pensado llevárselo. Le pareció que era una prueba, aunque no sabía exactamente de qué.

Por supuesto que había olvidado el permiso de conducir, se había olvidado de todo. Incluso de sí misma durante unos instantes.

Había enseñado la placa y entrado en las salas. Aquella placa te daba acceso a todas partes. Tendrían que arrancársela de las manos cuando dejara el cuerpo de policía. Entonces había recorrido las salas llenas de supervivientes del accidente de tren hasta encontrarlo.

No estaba muerto, aunque se le veía muy maltrecho. Un médico australiano con el que habló le dijo que no estaba tan mal como parecía. Louise le acarició el dorso de la mano; tenía un moretón negro donde le entraba la vía intravenosa. El médico explicó que había estado «fuera de cómputo» (una expresión médica, al parecer), pero que ahora estaba bien.

Se quedó un rato haciéndole compañía.

Cuando se levantó para marcharse, se inclinó para besarlo en la mejilla, y él abrió los ojos como si la hubiese estado esperando. Lo saludó con un «Hola, forastero», y él le dijo: «Te quiero», y Louise se sintió completamente desorientada, como si le hubiesen hecho dar vueltas y vueltas en una danza tradicional escocesa para luego soltarla de pronto y hacerla trastabillar por la pista de baile. Trataba de encontrar la respuesta adecuada a esa declaración cuando la enfermera irlandesa irrumpió en la habitación y dijo: «No para de preguntar por su mujer, no tendrá idea de cómo podemos contactar con ella, ¿eh, inspectora?», y el hechizo se rompió.

Cuando Reggie le había enseñado la postal de Brujas y había dicho: «No sé si está vivo o muerto», su corazón se había encogido de miedo un instante, como le habría pasado al recibir malas noticias sobre Archie. Y en ese microsegundo que dejó de latir, se le ocurrió que no habría reaccionado de la misma manera de haberse tratado de Patrick. Había cometido un terrible error. Se había casado con el hombre equivocado. No, no, en realidad se había casado con el hombre adecuado, solo que ella era la mujer equivocada.

—Acabamos de identificarlo —dijo la enfermera—. Pensábamos que se llamaba Andrew Decker.

—¿Cómo ha dicho?

Encontró a Sandy Mathieson cubriendo el turno de noche.

—He hecho un cambio para poder ir al fútbol de mi pequeño.

—El permiso de conducir de Decker apareció en la escena del accidente de tren. Así que es de suponer que está por la zona. De lo contrario, no veo cómo puede haber ido a parar ahí. Haz que alguien emita una alerta general para su búsqueda.

—De todos los bares en todas las ciudades del mundo, etcétera; resumiendo, que parece demasiada coincidencia —contestó Sandy—. ¿Crees que iba en busca de Joanna Hunter? ¿Para acabar el trabajo que empezó hace treinta años? Pero eso solo pasa en las series policíacas en televisión, no en la vida real, ¿no?

—Bueno, si era así, no ha tenido suerte —respondió Louise—. Ella está en Inglaterra, creo. O eso espero.

Porque si no estaba allí, ¿dónde estaba? «La han raptado», había dicho la chica.

¿Y si tenía razón? ¿Y si a Joanna Hunter le había pasado algo? Algo malo. Otra vez. No, se le había contagiado la paranoia de aquella chica. Joanna Hunter estaba con su tía anciana y enferma. Fin de la historia.

—McLellen ha dejado cosas para ti en tu escritorio —dijo Sandy—. Copias de la documentación de como se llame.

—¿Neil Hunter?

—Eso creo.

Comprobó los mensajes telefónicos después de leer la nota. «Vamos de camino al teatro», le informó la voz grabada de Patrick. De modo que a eso se refería con el «antes». Estaba segura de que el amable tono irlandés de la voz de su marido debía de resultar tranquilizador cuando estaba a punto de abrirte en canal en la mesa de operaciones. Mi marido. Esas palabras eran como piedras en su boca, un nombre y un adjetivo que pertenecían a alguna otra, no a Louise. Continuamente la asombraba la facilidad con que Patrick decía «mi esposa». Había tenido años de práctica, por supuesto. ¿Cómo se sentía su otra esposa? La que estaba encerrada en una caja de madera bajo tierra, en el cementerio de Grange. Al cabo de diez años debía de ser un esqueleto. Su accidente de coche había tenido lugar en Nochebuena; la novia de Mistletoe.

«Ha estado preguntando por su mujer». Jackson no solo se las había apañado para que lo confundieran con un psicópata asesino, sino que el cabrón también se había casado.

«Primero tomaremos una copa en el bar —proseguía el mensaje de Patrick—. Si no has aparecido cuando entremos, te dejaré la entrada en taquilla. Hasta pronto, no trabajes demasiado, te quiero». ¿El teatro? Nadie había mencionado el teatro. ¿O sí? A lo mejor habían hablado de ello en la mesa del desayuno, después de que ella desconectase cuando Tim revelaba sus trucos para injertar rosas («Utiliza toda la hoja del cuchillo, pues un corte insuficiente siempre tiene como resultado un mal injerto»). Miró el reloj; las nueve y media. Ya era tardísimo para el teatro. Además, ni siquiera le decía qué teatro. ¿El Lyceum? ¿El King's? Se suponía que debería saberlo, claro. Comprobó el segundo mensaje, dejado poco después del primero. «Después vamos al Bennet's Bar, ve hacia allá si puedes.» Antes, después; desde luego, tenía muchas ganas de que se uniera a ellos. El Bennet's Bar significaba probablemente que habían ido al King's. Podía llegar si lo intentaba.

No lo intentó. En cambio, abrió una botella de burdeos que había sobre la encimera de la cocina y se la llevó a la sala de estar, donde se lo sirvió en una de las copas de Patrick y Samantha, se instaló en el sofá con los pies encima y pescó una reposición de un antiguo episodio de *CSI* en el canal Living TV. Sintió que sus huesos empezaban a exudar poco a poco la jornada. Era como estar soltera otra vez. Le gustó.

En *CSI*, Stokes estaba a punto de que lo enterrasen vivo. Louise sacó el resto del helado del congelador y hundió la cuchara en el envase. Ni siquiera le gustaba el helado, pero al menos no contaba, puesto que iba derecho a su estómago del postre (gracias, doctora Hunter). Vino tinto y Cherry Garcia, una combinación temeraria como pocas. Ya sentía los comienzos de la borrachera.

Grissom estaba blandiendo su placa y gritándole a alguien «Laboratorio Criminalista de Las Vegas». Todo lo que Louise había encontrado en su escritorio eran copias de pólizas de seguros, ni cuentas ni nada que tuviese que ver con Neil Hunter. Le gustaba la forma de caminar de Grissom, como un oso que llevase un pañal.

—Echémosles un vistazo a los hechos —le dijo a Grissom—. Neil Hunter tiene pólizas de seguros, no solo de sus negocios, sino también de su mujer, por la friolera de medio millón.

(No estaba mal, lo único que Patrick tenía era un pedazo de carbono reluciente que cobrar por otra esposa). Medio millón haría mucho por amortiguar los problemas de Neil Hunter. Ya sospechaban que había destruido una propiedad por dinero. ¿Y si era capaz de deshacerse de su mujer por el mismo motivo? Pero necesitaría un cuerpo que intercambiar por la póliza, ¿no? Y un cuerpo era sin duda lo que no tenía. Porque Joanna Hunter estaba con una tía enferma, se recordó. No había nada sospechoso, a excepción de los nervios alterados de Neil Hunter y una muchacha empeñada en imaginar cosas.

La última vez que vio a Joanna Hunter, dijo Reggie, llevaba un traje de chaqueta negro, camiseta blanca y zapatos de salón, el uniforme, en distintos grados de chic, de la mujer profesional en el mundo entero. El atuendo de la propia Louise. Hermanas bajo el traje. Joanna Hunter aún llevaba el suyo, según Reggie. ¿Por qué no se habría cambiado? Hasta qué punto podía suponer una tía anciana una emergencia médica como para no ponerse algo cómodo e informal para conducir. Llegó a casa desde el trabajo, despidió a Reggie en el umbral; después fue al piso de arriba, donde llegó a quitarse los zapatos y las medias, y luego, ¿qué?

El sospechoso con que Grissom estaba hablando se hizo volar de pronto por los aires.

Aquel episodio de *CSI* tenía dos partes y la primera acababa con una situación límite: Stokes seguía enterrado vivo y se estaba quedando sin aire. Louise se sirvió otra copa de vino, del color de la sangre coagulada.

Despertó un par de horas después, cuando volvieron los que habían ido al teatro. Irrumpieron con estrépito en la sala de estar y ella volvió a cerrar los ojos y fingió que dormía.

–Está dormida –dijo Patrick sin bajar la voz.

Oyó el tintineo de la copa contra la botella de burdeos cuando él las cogió de la alfombra. Se preguntó si le daría un beso, o si la taparía con una manta, o si la despertaría quizá y la convencería de que fuese a la cama, pero lo único que oyó fue la puerta al cerrarse y las pesadas pisadas de Bridget en la escalera.

Por supuesto, la respuesta correcta era «Yo también te quiero», y había estado a punto de decírselo a Jackson.

Peligro sepulcral

Y luego, nada. El tiempo se había perdido para siempre en algún terrible y oscuro abismo del cerebro de Joanna al que esta no quería descender nunca más. Supuso que ese tiempo perdido lo habían llenado de sobra las decenas de personas, si no centenares, con tareas que hacer: gente que le pedía que describiera los acontecimientos, que le enseñaba fotografías, que le dibujaba cosas. Una pregunta tras otra, hurgando con implacable gentileza en una herida abierta.

Lo primero que recordó después fue haberse despertado una mañana, sola en una cama extraña, en una habitación extraña, convencida de que todo el mundo estaba muerto. La luz que entraba a través de las cortinas era rara, brillante y sobrenatural, y solo cuando Martina entró en la habitación, las descorrió y dijo: «Hola, cariño. Mira, ha nevado, ¿no es precioso?», Joanna comprendió que todo el mundo estaba vivo menos la gente que más le importaba.

Y era invierno. «En lo más crudo del invierno».

–¿Por qué no bajas y desayunas algo conmigo? –preguntó Martina con una sonrisa–. ¿Unos copos de avena? ¿O huevos? ¿Te gustan los huevos, cariño?

Así pues, Joanna se había levantado obedientemente de la cama y había permitido que comenzara el resto de su vida.

Martina se había criado en Surrey, pero su madre era sueca, de un pueblecito cerca de la frontera con Finlandia, y Martina llevaba la melancolía norteña en la sangre. Luchaba contra ella lo mejor que podía, pero mientras que la sonrisa con las comisuras hacia abajo de la madre de Joanna había indicado felicidad, la alegre sonrisa de Martina significaba muchas veces lo contrario. Martina la poeta. («Zorra-hijadeputa-fulana-poeta.») Martina, con su cabello liso y rubio y sus facciones anchas, con su carga de penitencia. Martina, que ansiaba tener un hijo propio y a la que el gran Howard Mason había convencido de abortar dos veces. «Mi musa escandinava», la llamaba él, pero en un tono que no era amable.

Ahora ya no quedaba nada de Martina. Su único volumen de poemas editados por Faber, *Sacrificio sangriento,* se había olvidado hacía mucho («Los fantasmas en la mesa, sus pálidos rostros iluminan nuestro festín. / No permitiremos que apaguen nuestra luz. No, jamás»). Hasta mucho tiempo después, Joanna no comprendió que los poemas hablaban de su propia familia perdida. Durante años, conservó un ejemplar con muchas páginas con la esquina superior doblada, pero en algún momento había desaparecido, como suele pasar. Escrito en agua. Martina se había acostado con dos botellas, una de somníferos y otra de brandy.

Detuvieron al hombre el mes siguiente a los asesinatos. Era joven, aún no había cumplido los veinte, se llamaba Andrew Decker y era aprendiz de delineante. Martina lo llamaba «el hombre malo», y cuando ella tenía uno de sus repentinos ataques de histeria, la abrazaba y murmuraba contra su cabello: «El hombre malo está encerrado para siempre, cariño». Resultó que para siempre no, solo durante treinta años.

Decker fue juzgado la primavera siguiente y se declaró culpable. «Al menos ella se librará de comparecer en el juicio», le dijo su padre a Martina. Joanna siempre fue «ella» para su padre; no lo decía con malicia, era solo que parecía resultarle difícil pronunciar su nombre. Para él había sido la menos favorita de los tres, y ahora que era la única seguía sin ser su favorita.

Decker fue condenado a treinta años y sentenciado a cumplirla en su totalidad. Lo declararon capacitado para defenderse, como si no fuera signo de demencia el asesinar a tres completos extraños sin motivo aparente. Ni signo del más mínimo trastorno acuchillar a una madre y dos de sus hijos a sangre fría. Cuando en el juicio le preguntaron por qué lo había hecho, se encogió de hombros y respondió que no sabía «qué le había pasado». El padre de Joanna fue testigo de aquella breve e insatisfactoria conclusión.

Ahora, al mirar atrás, Joanna veía que no se había librado de comparecer en el juicio, sino que, mediante engaños, le habían robado su día ante el tribunal. Incluso ahora se imaginaba de pie en el estrado, con su mejor vestido de terciopelo rojo, el de cuello de blonda a lo Peter Pan que había heredado de Jessica, señalando con dramatismo a Andrew Decker y exclamando con su aguda voz de niña inocente: «¡Es él! ¡Ese es el hombre!».

Y ahora lo habían soltado. Estaba fuera y era libre. «He venido a decirle que Andrew Decker salió de la cárcel la semana pasada», le reveló Louise Monroe.

Andrew Decker tenía cincuenta años y estaba libre. Joseph habría tenido treinta y uno, Jessica habría tenido treinta y ocho, y su madre sesenta y cuatro. «When I'm sixty-four», como dirían los Beatles. Nunca los tendría. Nunca jamás, nunca jamás.

A veces se sentía una espía, una a la espera de entrar en activo a la que hubiesen mandado a un país extranjero para luego olvidarse de ella. Incluso ella se había olvidado de sí misma. Sentía un dolor en el pecho, intenso, fuerte. El corazón le palpitaba con fuerza. Toc, toc, toc. «El rumor de alguien que llamaba suavemente a la puerta de mi habitación».

El bebé despertó con un gritito, y lo atrajo con fuerza contra su pecho para calmarlo, sosteniéndole la nuca con una mano. No había límites para lo que una haría por proteger a su hijo. Pero ¿y si no podías protegerlo por mucho que lo intentaras?

Él estaba libre. Algo produjo un chasquido, un clic en el tiempo, como una señal secreta implantada en su mente tiempo atrás. Los hombres malos estaban todos allí fuera, vagando por las calles. Oscuridad, y nada más, para siempre.

«Corre, Joanna, corre».

CUARTA PARTE
Y mañana

Jackson resucitado

Cuando despertó, tenía un desayuno de aspecto desagradable sobre la mesilla. Había soñado con Louise, al menos le pareció un sueño. ¿Había estado allí? Había habido alguien, una visita, pero no sabía quién era. No era la chica, la chica estaba allí cada vez que abría los ojos, sentada junto a su cama, observándolo.

En el sueño había abierto su corazón y dejado entrar a Louise. El sueño lo había perturbado. Tessa no existía en ese mundo onírico, como si nunca hubiese formado parte de su vida. El accidente de tren había provocado una fisura en su vida, una enorme grieta que parecía haber puesto una distancia imposible entre él y la vida que compartía con Tessa. Esposa nueva, vida nueva. Le propuso matrimonio al día siguiente de que Louise le enviara un mensaje de móvil diciéndole que iba a casarse. Hasta entonces, nunca se le había ocurrido que ambas cosas pudieran tener alguna relación. Pero la verdad era que nunca había sido muy bueno a la hora de entender la anatomía de su conducta. (Las mujeres, en cambio, parecían encontrarlo transparente).

Se preguntó si Tessa estaría tratando de ponerse en contacto con él. ¿Estaría preocupada? No era de las que se inquietaban. Él sí.

Por supuesto, Tessa no se había subido al tren en North-allerton. Estaba en Estados Unidos, en Washington, en alguna clase de conferencia.

–Estaré de vuelta el lunes –le había dicho cuando se disponía a marcharse.

–Iré a recogerte –contestó él.

Se veía a sí mismo y a Tessa a primera hora del miércoles –o cuando fuera que hubiese sido, pues ya no tenía relación alguna con el tiempo–, de pie en el armario que ella llamaba cocina, en su pisito de Covent Garden (el piso de Tessa, al que él se había mudado). Ella tomaba té, él tomaba café. Jackson había comprado recientemente una máquina de café exprés, una reluciente monstruosidad roja que parecía capaz de abastecer de electricidad a una pequeña fábrica durante la Revolución industrial. Lo único que Tessa no hacía bien era preparar café.

–Vivo en Covent Garden, por el amor de Dios –decía riendo–. No puedo lanzar una piedra sin darle a alguien que trate de venderme una taza de café.

La máquina de café ocupaba media cocina.

–Lo siento –se disculpó Jackson cuando la hubo instalado–. No me había dado cuenta de que era tan grande.

Aunque lo que quiso decir en realidad era que no se había dado cuenta de que la cocina fuese tan pequeña. Llevaban un tiempo hablando de mudarse a algún sitio más grande, menos urbano, y habían estado mirando en las colinas de Chiltern. Por difícil que le resultara de creer, estaba planeando convertirse en el típico viajero cotidiano entre el centro de Londres y el extrarradio. Eso era lo que el amor de una buena mujer le hacía a uno, le daba la vuelta y lo convertía en otro ser al que apenas reconocías, como si siempre hubieses sido reversible y sencillamente no lo supieras. Las colinas de Chiltern eran preciosas, y hasta el hierro de la dura alma norteña de

Jackson se ablandó un poco al ver toda aquella calma verde y ondulante. «La tierra de E. M. Forster», comentó Tessa. Era increíblemente culta, prueba de una educación cara y variada («Escuela de niñas de Saint Paul, y luego el Keble College»). Jackson se preguntaba si sería demasiado tarde para empezar a leer novelas.

Una mujer policía, en absoluto borrosa.

−¿Tiene un número de teléfono de su esposa? −Esbozó una sonrisa cordial−.

¿Lo recuerda?

−No −contestó.

La respuesta que le rondaba la cabeza era más larga y tenía que ver con no llamar a Tessa y preocuparla, con no hacerla volver antes de Estados Unidos cuando no había necesidad, porque ya no estaba muerto, pero lo máximo que pudo articular fue ese «No».

Eso no significaba que no la quisiera a su lado. Trató de evocar su rostro, pero solo consiguió un borrón vago. Trató de centrarse en la última vez que la había visto, en la cocina, donde había vaciado y lavado la taza para dejarla en el escurridero (era muy ordenada, nunca dejaba cosas por medio). Llevaba el cabello recogido, nada de maquillaje y nada de joyas, a excepción de un reloj («estilo viajera»); vestía pantalones negros y un jersey beige. El jersey le pareció increíblemente suave cuando la estrechó entre sus brazos. Recordaba mejor el jersey que a la propia Tessa.

Entonces ella lo besó y dijo: «Tengo que irme al aeropuerto. Más te vale echarme de menos». Jackson había querido llevarla a Heathrow, pero Tessa contestó: «No seas tonto, cogeré el metro hasta Paddington, y allí, el tren rápido a Heathrow». A él no le gustaba que cogiera el metro, ya no le gustaba que nadie cogiera el metro. Incendios, accidentes, suicidas con bombas, policías armados, y chiflados que podían hacerte caer debajo de un convoy con solo un empujoncito en la espalda: el metro era un lugar abonado para el desastre. Antes no pensaba así, tenía un par de guerras y toda una vida de sucesos atroces en su haber, pero en algún sitio de la autopista solitaria había llegado al punto crítico –cuando se tienen más años por detrás que por delante– y de pronto había empezado a temer los horrores aleatorios del mundo. El accidente de tren suponía la confirmación definitiva.

–Estoy segura de que no tardará en recordarlo –dijo la policía–. Probablemente, lo mejor para recuperarse es que no se preocupe.

–Yo antes era policía –soltó Jackson.

Cada vez que llegaba al callejón sin salida del laberinto existencial, parecía encontrar necesario declarar eso. Su identidad bien podía haber quedado en entredicho, pero de eso sí estaba seguro.

No parecía muy probable que la noticia del accidente de tren le llegara a Tessa en Washington; tenía que pasar algo muy gordo en Europa para que se filtrara en la conciencia norteamericana. En el peor de los casos, habría tratado de mandarle un mensaje de texto, para luego preguntarse por qué él no contestaba, pero no habría llegado a la conclusión de que se había metido en problemas, como sí habría hecho su primera esposa, Josie. Su «primera» esposa, qué raro sonaba eso, en especial porque, cuando estaba casada con él, solía presentarse así: «Hola, soy la primera esposa de Jackson».

Por supuesto, Tessa no tenía ni idea de que él viajaba en aquel tren; no sabía siquiera que no estaba en Londres, porque Jackson no le había mencionado que se iba, no le había dicho: «En cuanto estés camino del aeropuerto, me largo al norte a ver a mi hijo». Y la razón de que no lo hiciera era que nunca le había hablado de Nathan. De modo que estaba cometiendo bastantes pecados de omisión, y eso en un matrimonio tan nuevo, en el que no debería haber habido secretos. E incluso de haber sabido ella que estaba en el tren de King's Cross, no habría importado, porque él no estaba. «Va usted en dirección equivocada.» Le dolía la cabeza. Pensar demasiado te atonta, Jackson.

Apenas se habían separado desde que se conocieron. Ella iba a trabajar todos los días, por supuesto, pero se encontraban con frecuencia en el Museo Británico a la hora de comer. A veces, daban después un paseo por el edificio, y Tessa le hablaba de las cosas que allí se exponían. Era conservadora de arte, «sobre todo asirio», explicó cuando se conocieron.

–Bueno, a mí me suena todo a chino –bromeó Jackson.

«Los asirios se abatieron como un lobo sobre un redil». Ni siquiera las visitas guiadas de Tessa por la parte asiria lo habían iluminado demasiado. Estaba seguro de que había una palabra mejor que «parte». ¿«Departamento»? ¿Era esa la palabra? «El departamento asirio» no acababa de sonar bien; parecía un nicho burocrático en el inframundo.

Pese a las detalladas explicaciones de Tessa, no estaba seguro de entender el dónde/qué/cuándo de Asiria. Pensó que podía haber tenido algo que ver con Babilonia. «Junto a los ríos de Babilonia, nos sentábamos a llorar, acordándonos de Sión.» No era una canción de Boney M sino el Salmo 137. «Nos acordábamos de Sión, recordábamos nuestros cantos, pues allí no podíamos cantar». El canto del exilio. ¿No era todo el mundo un exiliado en lo más profundo de su corazón? ¿Estaba siendo sensiblero? Probablemente.

Por culpa de la cantidad de información antigua inútil que abarrotaba su cerebro, le costaba retener nueva información. Era extraño que lo único que pareciera recordar de la escuela fuera la poesía, la asignatura a la que probablemente había prestado menos atención entonces. «El sucio carguero inglés con una costra de sal en la chimenea».

Llevaba una fotografía de Tessa en la cartera, junto con otra de Marlee, pero la cartera seguía desaparecida. Podía concentrarse en un rasgo, en los ojos marrones de largas pestañas, en la bonita línea recta de su nariz, en una oreja perfecta, pero las piezas no encajaban en un retrato como era debido. Era más Picasso que Vermeer. Debería haberse fijado más en Tessa, haberle hecho más fotografías, pero era enfermizamente tímida ante la cámara. En cuanto veía un objetivo, se llevaba una mano a la cara y, riendo, decía: «¡No, no hagas eso! Estoy horrible». Nunca estaba horrible; incluso a primera hora, cuando se acababa de despertar, se la veía impecable. Se hacía difícil de creer que, de todos los hombres sobre el planeta, lo hubiese escogido a él. («Muy difícil», estuvo de acuerdo Josie).

Su parte objetiva y más hastiada de la vida sabía que el amor lo estaba engañando, que se hallaba aún en la fragante primavera de la relación, cuando todo en el jardín era rosado y floreciente. «Mi amor es como una rosa roja como la sangre». No, no era roja como la sangre. Era roja. La canción decía «una rosa roja, roja».

—Estás en tus años mozos —le dijo Julia—. O sea, falto de sensatez.

—¿Y qué ha visto exactamente en ti esa maravilla de mujer? —quiso saber Josie—. Aparte del dinero, claro.

—Pero ¿cuántos años tiene? —preguntó Julia, con una histriónica expresión de espanto en la cara.

—Treinta y cuatro —respondió él.

—Eso es abuso de menores, Jackson —opinó Josie.

—¡Y un huevo! —contestó él.

—Sabes que estar enamorado es una forma de locura, ¿verdad? —dijo Amelia. («Entonces debe de ser una *folie à deux*», comentó una divertida Tessa cuando se lo contó).

Amelia había estado una vez (le horrorizaba recordarlo) enamorada de Jackson. Tenía que llamar a Julia, averiguar cómo había ido la operación de Amelia. ¿Había muerto? Julia estaría inconsolable. Había un teléfono junto a su cama, pero necesitaba una tarjeta de crédito para utilizarlo, y la tarjeta de crédito estaba en su cartera. Si él tenía la cartera de Andrew Decker, ¿tenía Andrew Decker la suya? La cartera de Andrew Decker estaba casi vacía, solo con un viejo permiso de conducir y un billete de diez libras. Viajaba ligero. ¿Estaría en alguna parte del hospital?

La fotografía de su cartera era la única que tenía de Tessa, tomada con la cámara de Jackson por uno de los improvisados testigos tras su apresurada boda; incluso en tan feliz ocasión ella había tratado de apartarse de la cámara. Ahora ni siquiera tenía esa foto. Ni cartera, ni BlackBerry, ni dinero, ni ropa. Nacido desnudo, renacido desnudo.

–Casi no nos conocemos –dijo Tessa cuando le propuso casarse con él.

–Bueno, para eso sirve el matrimonio –contestó Jackson, aunque su experiencia tendía a indicar lo contrario: cuanto más tiempo llevaban casados él y Josie, menos parecían conocerse.

Tessa conservó su apellido de soltera, dijo no «verse» como la señora Brodie. Josie tampoco se había cambiado el apellido al casarse con él. La última «señora Brodie» que Jackson conoció fue su madre. Su hermana Niamh, una chica anticuada en todos los sentidos, solía decirle que estaba deseando casarse para librarse del apellido de soltera y convertirse en «la señora de Algún Otro». Era una doncella, una virgen, «que se reservaba para el señor Idóneo». Siempre había chicos que le iban detrás, pero aún no tenía una relación estable cuando fue violada y asesinada. Tenía un ajuar, un pequeño baúl en su habitación en el que apilaba cuidadosamente paños de cocina, mantelitos bordados y una cubertería de acero inoxidable a la que iba añadiendo piezas, una cada mes. Para una vida venidera que nunca llegaría. Todo eso parecía ahora muy lejano, no solo la propia Niamh, sino todas las chicas que guardaban mantelitos bordados y cuberterías de acero inoxidable. ¿Dónde estaban ahora?

La mayoría de la gente arrastraba consigo un par de álbumes de fotos a lo largo de su vida, pero nunca había visto una sola fotografía en el piso de Covent Garden de Tessa. Sus padres habían muerto en un accidente de coche, y no quedaba rastro alguno de que hubiesen existido. No había nada de su infancia, ningún recuerdo del pasado.

–En mi trabajo vivo en el pasado –decía–. Trato de mantener mi vida en el presente. Ruskin dice que cada nueva posesión acumulada nos llena de hastío, y tiene razón.

Algo en el espartano maquillaje de Tessa resultaba atractivo, en especial después de Julia, una mujer proclive al rococó, tema sobre el que le había dado una vez una entretenida clase que de algún modo había implicado sexo (típico de Julia). Julia era mucho más culta de lo que te permitía creer. A Tessa la habría desconcertado de haberla conocido. La actitud de esta, por así decirlo era indiferente («tu ex»); no mostraba interés por Julia, no tenía celos (pero ¿y si hubiese sabido lo del bebé?). Tessa tenía algo neutral que resultaba refrescante. Jamás habría creído que «neutral» le pudiera parecer un apelativo atractivo en una mujer. Eso lo demostraba todo.

Hacía cuatro meses que se conocían, y llevaban dos casados. Con Josie habían estado prometidos más de dos años antes de casarse, de modo que la experiencia personal de Jackson no demostraba que un noviazgo largo cimentara un matrimonio largo. («Oh, yo creo que estuvimos casados el tiempo suficiente», decía Josie). Aun así, aquel matrimonio repentino e impulsivo con Tessa no había sido nada propio de Jackson. «No, no es cierto –opinó Josie–; siempre has sido el más pegajoso de los hombres». «No, no es cierto –fue la respuesta de Julia–, estabas desesperado por casarte conmigo, y piensa qué desastroso habría sido eso».

«Porque soy apasionado y lascivo y no puedo vivir sin mujer.» Él no era apasionado ni lascivo (o eso le gustaba creer), pero el de casado siempre le había parecido el estado ideal. El Jardín del Edén, el paraíso perdido.

«En realidad, no se te da muy bien estar casado –dijo Josie–. Solo crees que se te da bien». «Eres un lobo solitario, Jackson –opinó Julia–. Solo que no puedes admitirlo». Josie y Julia llevaban una incómoda vida en su cerebro, combinadas para formar la voz de su conciencia; los ángeles gemelos que dejaban constancia de su conducta. «Antes de que te cases», empezó la voz de Josie. «Mira bien lo que haces», concluyó la de Julia.

–¿Qué día es hoy? –le preguntó a la policía.

–Viernes.

El vuelo de Tessa llegaba a Heathrow a primera hora del lunes. Estaría en casa para entonces, si no antes. Estaría allí cuando llegara su avión, como le había prometido. Era bueno para un hombre tener un objetivo, era bueno saber adónde iba. Jackson se iba a casa.

Se habían conocido en una fiesta. Jackson nunca acudía a fiestas. Fue la casualidad más fortuita, una confluencia de los planetas, una onda en el tiempo.

Se había topado con su antiguo oficial al mando en la policía militar, en Regent Street nada menos, que no era, una vez más, un *endroit* que Jackson visitara a menudo. Las Parcas lo habían situado en el cruce de Regent Street, pero por una vez con un buen fin.

Su antiguo jefe era un tipo bastante pícaro llamado Bernie, al que hacía más de veinte años que no veía. Nunca habían tenido mucho en común, aparte del trabajo, pero se llevaban bien, y a Jackson le sorprendió el placer que le produjo aquel encuentro inesperado. De manera que cuando Bernie dijo: «Oye, la semana que viene vendrán unos cuantos amigos a tomar una copa en mi casa, en plan informal, ¿por qué no te vienes?», él se había sentido tentado de aceptar antes de poner reparos, y se encontró convertido en el blanco de una ofensiva de Bernie, el cual derrochó tanto encanto que acabó por resultar irresistible; o, más bien, al final fue más fácil decir «sí» que continuar diciendo «no». Al mirar atrás, comprendía que el placer no fue tanto por ver a Bernie como por el inesperado recordatorio de una vida que ya había perdido, la de dos antiguos soldados que rememoraban el pasado.

Dos cosas le produjeron sorpresa. La primera, fue el piso de Bernie en Battersea, lujosamente decorado y lleno de objetos –muebles, adornos, pinturas– que incluso él fue capaz de reconocer como «buenos». Bernie había mencionado algo sobre que trabajaba «en seguridad» (¿en qué si no?) cuando se conocieron, pero Jackson nunca había sospechado que la seguridad pudiera estar tan bien remunerada. Él no mencionó su propia buena fortuna.

La segunda sorpresa fueron los invitados que Bernie había reunido. «Unos cuantos amigos que vendrán a tomar una copa» se había transformado en «una de las famosas *soirées* de Bernie» como dijo un invitado. Jackson estaba bastante seguro de no haber estado antes en una *soirée*.

El piso estaba atestado de típicos londinenses bien vestidos: hombres con gafas muy en la onda y mujeres con zapatos feos y de aspecto extraordinariamente incómodo. Jackson sentía una desconfianza innata ante los hombres bien vestidos; los hombres de verdad (o sea, los del norte) no tenían tiempo para comprar ropa de diseño ni eran proclives a hacerlo, y creía que ninguna mujer debía llevar zapatos con los que no pudiera, de ser necesario, salir corriendo. (Aunque un par de años antes había visto a una chica deshacerse simplemente de los zapatos para echar a correr, pero era rusa y estaba loca, si bien era cierto que era atractiva hasta límites preocupantes. Aún pensaba en ella). Ninguna mujer de la *soirée* de Bernie parecía dispuesta a deshacerse de sus Manolos y Jimmy Choos para poner pies en polvorosa. Sí; conocía los nombres de diseñadores de zapatos, y no, no era la clase de cosas que un auténtico hombre del norte debiera saber, pero se había quedado atascado en el aeropuerto de Toulouse con Marlee el verano anterior y ella lo había instruido de forma implacable sobre el tema desde las páginas de *Heat* y *OK!*

Bernie lo saludó efusivamente en la puerta del piso y lo condujo hacia una multitud ya algo caldeada. Era desconcertante que Bernie conociera a aquella gente. Ninguno de ellos parecía pertenecer al círculo social natural de un expolicía militar de cincuenta años.

–¿Un cóctel? –ofreció Bernie.

–Mi religión me lo prohíbe –respondió Jackson–. ¿Tienes una cerveza? Bernie rio y, dándole un puñetazo en el brazo, comentó:

–El viejo Jackson de siempre.

A él no le parecía que fuese el viejo Jackson de siempre. Se había desprendido de varias pieles desde la última vez que vio a Bernie (y había adquirido otras nuevas), pero no lo dijo.

No se le daban bien las fiestas. No sabía charlar de cosas intrascendentes. «Hola, me llamo Jackson Brodie, antes era policía». Quizá tenía algo que ver con las vidas que había llevado, primero como soldado y luego como policía, pues ninguna de esas dos profesiones fomentaba exactamente dar palique. A primera vista, la gente de la fiesta (perdón, *soirée*) de Bernie parecía extrañamente vacua, como si los hubiesen contratado para mostrarse alegres durante la velada. Jackson se encontró merodeando por la periferia del círculo, como una bestia que llegara tarde al abrevadero, preguntándose cuánto tiempo más tendría que soportar aquello antes de soltar una brusca excusa y marcharse.

En ese punto, Tessa apareció a su lado y le murmuró al oído:

–¿A que es espantoso?

A él le gustó comprobar que no solo llevaba un sencillo vestido de lino, que resultaba más atractivo aún en comparación con los estrafalarios atuendos de otras mujeres, sino también sandalias de tacón bajo con las que podría haber salido corriendo con facilidad. Pero no echó a correr, sino que se quedó bien cerca de él.

–Pareces un puerto seguro.

Tras cinco minutos de conversación, dificultada por el volumen de ruido de la estancia, Jackson le preguntó sin tapujos:

–¿Te apetece irte de aquí?

–No se me ocurre nada que me apetezca más –respondió ella.

Habían ido a un pub a orillas del río, en Chelsea, un sitio que no era en realidad de los que a él le gustaban, pero sí mil veces mejor que la casa de Bernie. Hablaron hasta la hora de cierre ante una civilizada botella de cabernet sauvignon, y luego la acompañó andando todo el largo camino hasta su casa («más pequeña que un sello de correos») en Covent Garden. En el último tramo, la cogió de la mano («Los chicos tímidos no consiguen nada»; le vinieron inesperadamente a la cabeza las palabras del calavera de su hermano, muerto hacía mucho), y cuando llegaron ante su puerta le plantó un firme pero decoroso beso en la mejilla y se vio recompensado al oírla decir:

–¿Qué tal si repetimos esto? ¿Cómo te va mañana?

No podría haber diseñado una mujer mejor. Era alegre, optimista y dulce. Era divertida, incluso cómica a veces, y mucho más lista que él, pero, a diferencia de las mujeres anteriores de su vida, no sentía la necesidad de recordárselo en todo momento. Se movía con elegancia («muchas horas de ballet cuando era jovencita»), era atlética («ídem de tenis») y le gustaban los animales y los niños, pero no hasta el punto de ponerse demasiado sentimental. Tenía un trabajo que le encantaba, pero que nunca la abrumaba. Tenía quince años menos que él («Eres un tío con suerte», le dijo Bernie más tarde, cuando «se pusieron al día») y no había perdido aún el resplandor del entusiasmo juvenil; de hecho, daba la sensación de que no fuera a perderlo nunca. Tenía el cabello largo, castaño claro, y llevaba un espeso flequillo que la hacía parecer una actriz o modelo de los sesenta (el aspecto preferido por Jackson en las mujeres). No necesitaba que la cuidaran, pero se mostraba sin embargo debidamente agradecida cuando cuidaba de ella. Sabía conducir, cocinar y hasta coser, sabía hacer bricolaje básico, era sorprendentemente frugal, pero también sabía ser generosa (como demostraba el reloj Breitling, su regalo de boda) y era una experta en al menos dos posturas sexuales que Jackson no había probado nunca (en realidad, ni siquiera sabía que existieran, pero eso no lo dijo). Tessa era, en resumen, tal como Dios quería que fuesen las mujeres.

¿Cómo era que conocía a un tipo como Bernie?

–Es amigo de un amigo de un amigo –respondió vagamente–. No suelo asistir a fiestas. Acabo de pie en un rincón, como una lámpara. No se me da muy bien eso de charlar por charlar. Fui a un colegio de monjas hasta los once años, y el silencio te lo inculcan pronto.

La hermana de Jackson, Niamh, había sido una chica de convento. Cuando tenía trece años, anunció que quería ser monja. Su madre, pese a ser una devota católica irlandesa, se quedó horrorizada. Se había planteado un futuro en que una Niamh casada entraba y salía de la casa con una hilera de críos detrás. Para alivio de todos, el entusiasmo de Niamh por convertirse en esposa de Cristo no duró mucho. Jackson solo tenía seis años en aquel momento, pero incluso entonces sabía que las monjas se pasaban la vida recluidas, alejadas de sus familias, y no podía soportar la idea de que su hermana, tan llena de vida, pudiese estar encerrada para siempre lejos de él.

Y entonces, por supuesto, la alejaron de él para siempre. Sentía el comienzo de varios dolores de cabeza solapándose.

Cuando despertó por segunda vez, la chica volvía a estar allí sentada, mirándolo y parpadeando como una cría de búho. Decía tonterías.

—La doctora Foster ha ido a Gloucester bajo un buen chaparrón.

De la sala grande llegaban voces de niños que cantaban villancicos, bastante mal. Por primera vez, se fijó en los adornos chabacanos y desganados que pendían en su habitación. Había olvidado por completo que estaban en Navidad. Se preguntó si la chica tendría algo que ver con el concierto de villancicos. Parecía tener más o menos la edad de Marlee y lo miraba intensamente, como si esperase que hiciera algo extraordinario.

—Dicen que antes era soldado —dijo.

—Hace mucho tiempo.

—Me lo ha dicho la enfermera. Fue así como supieron su grupo sanguíneo.

—Ajá. —Aún tenía la voz cascada. Era una pobre versión de sí mismo, un clon imperfecto; todo funcionaba, pero nada lo hacía como debía.

—Mi padre era soldado.

Jackson se incorporó con esfuerzo hasta quedar sentado y ella lo ayudó con las almohadas.

—¿Sí? ¿En qué regimiento? —preguntó, entrando inesperadamente en su zona de bienestar coloquial.

—En el Real escocés —contestó la chica.

—¿Estuviste aquí ayer? —quiso saber él, y aclaró—. El día anterior a hoy.

Lo satisfizo comprobar que volvía a pillarle el tranquillo al tiempo. Ayer, hoy, mañana; así funcionaba la cosa, un día detrás del otro. «Mañana y mañana y mañana.» Julia había actuado en *Macbeth* en el Birmingham Repertory, una lady Macbeth chiflada y de los nervios. «Ya está otra vez actuando con la melena», soltó Amelia en el asiento de al lado. A él le pareció que lo hacía bien, mejor al menos de lo que había esperado.

—No —contestó la chica—. Acabo de encontrarle.

Se preguntó si sería uno de esos voluntarios, como los que visitaban prisiones, que acudían a ver a la gente que no tenía a nadie. (Porque, por lo visto, él no tenía a nadie). Quizá la había enviado el ejército, como un paquete de ayuda humanitaria.

—Sangraba tanto que se habría muerto —dijo ella.

Parecía muy interesada en su sangre. En sus venas fluía la sangre de extraños y se preguntó si eso tendría alguna implicación para él. ¿Habría perdido su inmunidad a las paperas? ¿Habría adquirido la predisposición a otra cosa? (A algo que se llevase en la sangre). ¿Llevaba el ADN de unos extraños? Había un montón de preguntas sin respuesta en torno a la transfusión. ¿Aquella chica era una de sus donantes? Demasiado joven, sin duda.

—Habría muerto desangrado —dijo la chica pronunciándolo despacio.

—Exacto.

—Desangrado —repitió ella—. Sangría viene de la misma raíz, la palabra latina que significa sangre. Vino rojo sangre. Mar oscuro como el vino.

—¿Te conozco? —quiso saber Jackson.

De pronto, se le ocurrió que podía ser una superviviente del accidente de tren, como él. Tenía un moretón bastante feo en la frente.

—En realidad, no —contestó ella, sin ser de mucha ayuda, y añadió, mirando la comida nada apetitosa que aún tenía delante—. ¿Va a comerse esa tostada?

—Ponte las botas —contestó Jackson, empujando hacia ella el carrito con la bandeja, e insistió—. ¿Nos hemos visto alguna vez?

—En cierto sentido —contestó la chica con la boca llena de tostada.

El dolor de cabeza, gloriosamente ausente cuando despertó, volvía a palpitarle ahora en las sienes.

—No se acuerda de mí, ¿verdad?

—Lo siento, pero no. Hay un montón de cosas que no recuerdo en este momento.

¿Vas a contármelo o voy a tener que adivinarlo? Creo que no tengo la energía suficiente para eso, de verdad.

—No sería capaz de hacerlo. Tardaría una eternidad —pareció satisfecha consigo misma ante la idea. Hizo una dramática pausa con la tostada y añadió—. Le salvé la vida.

«Le salvé la vida». ¿Qué significaba eso? No lo entendía.

—¿Cómo?

—Con reanimación cardiopulmonar y compresión de la arteria. En el accidente de tren, a un lado de la vía.

—Me salvaste la vida —repitió Jackson.

—Sí.

Por fin lo comprendió.

—Tú eres la persona que me salvó la vida.

–Sí. –La chica soltó una risita al ver que tardaba tanto en entenderlo.

Jackson se encontró sonriendo de oreja a oreja; de hecho, no podía parar de sonreír. Era extraño, pero se sentía agradecido de que le hubiese salvado la vida una cría que soltaba risitas y no algún fornido enfermero.

–Ellos también hicieron su parte –explicó ella–. Pero fui yo quien lo mantuvo vivo al principio.

Le había insuflado la vida, literalmente. Su aliento era el de ella. «Entonces el Señor modeló al hombre con arcilla del suelo y sopló en su nariz el aliento de vida, y el hombre se convirtió en un ser viviente». Otra cosa aprendida de memoria y salida de algún sombrío lugar de su pasado espiritual.

¿Qué diantre podía decirle a la chica? Le llevó un rato, pero por fin dio con la solución.

–Gracias –dijo. Aún sonreía.

–¿Qué me dice de los cereales? ¿Va a comérselos?

–O sea que, técnicamente hablando, usted me pertenece.

–¿Perdona? –Se llamaba Reggie. Un nombre de hombre.

–Está al servicio de mis designios –pareció encantada con la palabra «designios»–. Solo podrá liberarse mediante un acto recíproco.

–¿Un acto recíproco?

–Si me salva la vida a mí –le sonrió, y sus pequeñas facciones se iluminaron–. Además, ahora soy responsable de usted, hasta que lo haga.

–¿Hasta que haga qué?

–Salvarme la vida. Es una creencia de los indios americanos. Lo leí en un libro.

–Los libros no son tan buenos como los pintan –contestó Jackson–. ¿Cuántos años tienes?

–Más de los que aparento, créame.

¿Qué quería decir con lo de que «le pertenecía»? Quizá después de todo había vendido su alma, no al diablo sino a aquella rara cría escocesa.

La doctora Foster asomó la cabeza por la puerta y, frunciendo el ceño al ver a la chica, dijo:

–No lo canses demasiado con tanto hablar. Cinco minutos más –añadió, levantando la palma en un enfático ademán, como si tuvieran que contarle los dedos para saber cuántos eran cinco–. ¿Entendido? –concluyó, dirigiéndose a Reggie.

–Totalmente –respondió la chica, y añadió mirando a Jackson–. De todas formas, he de irme. Tengo un perro esperándome fuera. Volveré.

Jackson se dio cuenta de que se sentía mucho mejor. Se había salvado. Lo habían salvado para el futuro. Para el suyo propio.

Cuando tenías un futuro, un par de enfermeras podía tomarla contigo y sacarte el catéter sin anestesia, o sin avisarte siquiera, y obligarte entonces a levantarte de la cama y renquear en la ligerísima batita, abierta por detrás, hasta el baño, donde te animaban a intentar «hacer pipí» por ti mismo. Nunca se había percatado de que una función corporal tan básica pudiese resultar tan dolorosa y gratificante a un tiempo. Meo, luego existo.

A partir de entonces, vería todas las cosas de otra manera. Por fin era consciente de que había vuelto a nacer. Era un nuevo Jackson. Aleluya.

La doctora Foster
fue a Gloucester

–«... bajo un buen chaparrón. Un charco pisó, hasta la rodilla se hundió, y allá nunca más volvió». Apuesto a que se lo sueltan constantemente.

–¿A quién?

–A la doctora Foster.

–Apuesto a que no –le contestó Jackson Brodie.

Por fin lo había encontrado, y ahora estaba velándolo fielmente junto al lecho, Reggie de Greyfriars.

Como la inspectora en jefe Monroe antes que ella, la doctora Foster no la creyó cuando le dijo que le había salvado la vida a Jackson Brodie.

–¿De veras? –preguntó con sarcasmo–. Pensaba que eso lo hacíamos en el hospital.

La doctora parecía agobiada por sus preguntas sobre el estado de Jackson Brodie.

–¿Y tú quién eres? –le preguntó sin tapujos–. ¿Eres pariente suya? Solo puedo hablar sobre su estado con parientes cercanos.

Buena pregunta. ¿Quién era?

–Soy su hija, Marlee –contestó.

La doctora Foster la miró con el ceño fruncido. La doctora Foster siempre fruncía el ceño al hablar, y muchas veces cuando no hablaba. Debería pensar en las arrugas que le iban a salir al cabo de unos años. Mamá siempre andaba preocupada por las arrugas. Durante un tiempo, se había ido a la cama por las noches con la mandíbula cubierta por unas vendas de crepé que la hacían parecer la víctima de un accidente.

–Tú eres lo primero que recordó –dijo la doctora Foster.

–Qué bonito.

–No te quedes mucho rato, necesita descansar.

Lo normal sería pensar que te pedirían el carnet de identidad, alguna prueba de que eras quien decías ser. Podías ser cualquiera. Podías ser Billy. Menos mal que solo era Reggie.

Estaba solo en una habitación pequeña que daba a una sala más grande. Cuando andaba buscándolo, le había preocupado que al verlo no lo reconociera, pero sí lo hizo. Se lo veía más demacrado pero menos muerto. En una mesita sobre la cama había un desayuno sin tocar. A alguien que llevaba dos mañanas seguidas desayunando un barquillo de caramelo le pareció un horrible derroche de comida. Esa mañana, grogui de sueño, le había llevado un rato comprender que había vuelto a dormir en el incómodo sofá de la señorita MacDonald y que el ruido que la había despertado era el barullo que armaba la maquinaria pesada que se disponía a despejar las vías. Se preguntó si volvería a despertar alguna vez con el sonido de su propio despertador y en su propia cama. A su propio ritmo.

La taza en que tomó el café instantáneo llevaba un mensaje demasiado complicado para aquella hora de la mañana. «¡Una factura! La sangre de Jesucristo ha pagado el precio íntegro de la vida eterna». Entonces llamó al hospital y, abracadabra, lo habían encontrado.

Estaba dormido; una enfermera entró a comprobar el gotero y le dijo en voz bien alta:

–Tiene visita. No se han olvidado de usted, después de todo –y añadió, dirigiéndose a ella–. Aún está un poco aturdido por el accidente. No tardará en despertar.

Reggie se sentó pacientemente en una silla junto a la cama y lo observó dormir.

Bien mirado, no tenía nada más que hacer. Era lo bastante mayor para ser su padre.

–Papá –dijo, a modo de experimento, pero eso no lo despertó.

Nunca le había dicho esa palabra a nadie. Le pareció una palabra en una lengua extranjera. *Pater*.

Era detective. («Lo fui», musitó). Antes también había sido soldado. ¿A qué se dedicaba ahora?

–A esto y aquello –nada del otro mundo.

Cogió un billete de diez libras del pequeño fajo que el agarrado del señor Hunter le había dado el día anterior y lo dejó en el armario.

–Por si necesita algo; ya sabe, chocolate, o periódicos.

–Te lo devolveré –contestó él.

Reggie se preguntó cómo pretendía hacerlo. No tenía dinero, estaba sin blanca. No tenía cartera, ni tarjetas de crédito, ni teléfono, nada en absoluto a su nombre. Apenas tenía su propio nombre («Sí, tuvimos ciertos problemas para identificar a tu padre», explicó la doctora Foster). No era de extrañar que el hospital no tuviera constancia de su ingreso cuando llamó la primera vez, pues lo habían confundido con otro. Como ella, se había visto despojado de todo. Al menos Reggie tenía ahora una bolsa llena de ropa de Topshop. Y un perro.

–Pensé que igual se había muerto –le dijo.

–Yo también –contestó él.

Mientras estaba en el hospital, dejaba a la perra tumbada plácidamente en el césped del arcén, junto a la parada de taxis. En un pedazo de papel había escrito: «Este no es un perro callejero, su dueña está de visita en el hospital», y lo había embutido bajo el collar de Sadie por si alguien decidía llamar a la Sociedad Protectora de Animales. En todos los sitios a los que iba había letreros de «No se admiten perros». ¿Qué se suponía que debía hacer una persona? Estaría bien conseguirse un arnés de perro guía y ponérselo a Sadie. Así podría llevarla a cualquier parte. Y, como ventaja añadida, la gente tendría lástima de la pobre niñita ciega y sería especialmente amable con ella.

—Buena perra —le decía a Sadie cuando la dejaba, y el animal respondía con un suave gañido, que suponía que significaba «No olvides volver». El lenguaje de los perros era bastante fácil de interpretar comparado con el de los humanos.

Por lo que ella veía, Jackson Brodie parecía bastante buena persona. Sería una lástima que hubiese salvado la vida de un ser humano malvado, cuando podría haber salvado a alguien que estuviese desarrollando una cura para el cáncer o que fuera la única fuente de ingresos de una familia grande y necesitada, quizá con un niñito tullido a su cargo.

Jackson Brodie tenía una esposa y una hija, de modo que se sentirían agradecidas con ella. ¿Era la esposa de Jackson Brodie también la madre de Marlee? Era curioso cómo podías parecer una persona distinta según con quién te relacionases. La hija de Jackie. La hermana de Billy. La niñera de la doctora Hunter.

Jackson Brodie decía que no quería alarmar a su mujer con noticias del accidente, lo cual era muy altruista por su parte. Era su palabra del día. Del latín *alteri huic*, a este otro. Su esposa («Tessa») estaba «asistiendo a una conferencia en

296

Washington». Qué sofisticado sonaba eso. Probablemente llevaba un traje de chaqueta negro. Pensó en los dos trajes negros de la doctora Hunter colgando pacientemente del armario, esperando a que ella volviera y los llenara. ¿Dónde estaba?

Las puertas de cristal del hospital se abrieron con un siseo y Reggie salió, deteniéndose un instante para comprobar que no hubiese tipos armados con Loebs esperándola. Aún no había conseguido ponerse en contacto con Billy; no conocía a nadie que fuera tan bueno en lo de impedir que lo encontraran. Aunque la doctora Hunter parecía estar tratando de mejorar su marca.

Sadie la vio en cuanto salió del hospital. Se puso muy tiesa, con las orejas levantadas, como hacía cuando estaba montando guardia. Reggie sintió una oleada de algo muy parecido a la felicidad. Sentaba bien tener a alguien (si un perro era alguien) que se alegrara de verla. La perra meneó la cola. De haber tenido cola, ella también la habría meneado.

–¿Estabas visitando a un amigo? –le preguntó una anciana en la cola del 24, delante del hospital.

–Sí –contestó Reggie.

En realidad, aún no era amigo suyo, pero lo sería. Algún día. Ahora le pertenecía.

–Hasta pronto –le había dicho a Jackson Brodie–. Volveré, de verdad. Reggie no iba a ser nunca una persona de esas que no volvían.

Había olvidado llevarse un libro, pero encontró la *Ilíada* mutilada en la bolsa y leyó en torno a la caverna de su centro. El principio del libro sexto estaba intacto y comprobó su traducción: «Néstor exclamó, dirigiéndose a los argivos: "Amigos míos, guerreros aqueos, servidores de Ares, que ningún hombre se quede ahora atrás"». Bastante acertada.

El trayecto en autobús se vio fatalmente interrumpido por una llamada del sargento Wiseman para decirle que la señorita MacDonald seguía sin estar «disponible».

–Por las pruebas de toxicología y esas cosas –explicó el hombre vagamente.

–¿Y cuándo cree que se la podrá enterrar? –quiso saber Reggie.

Se preguntó si la señorita MacDonald (su muerta) querría que la enterrasen.

¿Pasto de los gusanos o cenizas? «Ella ha muerto; y todo lo que muere, a sus primeros elementos se ve reducido». Habían estudiado a John Donne en la escuela.

Sentía un enorme vacío en su interior, como si alguien le hubiese sacado órganos vitales. El mundo se estaba derrumbando. Empezó a sentir pánico, como le había pasado cuando le dijeron que mamá estaba muerta. ¿Dónde estaba la doctora Hunter?

¿Dónde estaba la doctora Hunter? ¿Dónde, dónde estaba?

Un buen hombre es difícil de encontrar

Pero fácil de perder.

No podía respirar. Un peso muy grande le oprimía el pecho y la asfixiaba, una gran piedra que le aplastaba los pulmones, atormentándola. Louise despertó de golpe, jadeando. Jesús, ¿de qué iba aquello?

Daba la sensación de que fuera muy pronto, más temprano de lo normal por el silencio que había. Tanteó en busca de las gafas. Sí, en efecto, los números digitales del reloj de la mesilla de noche, que emitían un brillo verde y fantasmagórico, confirmaron que era la hora de todos los cincos, las cinco y cincuenta y cinco.

Le dolía la cabeza y tenía el estómago revuelto; el vino de la noche anterior seguía fluyendo lentamente por sus venas. El vino tinto nunca era buena idea; hacía aflorar a la escocesa sensiblera del oscuro pozo a cuadros en que vivía. El whisky calmaba al monstruo lleno de amargura que allí moraba, el vino tinto le hacía hervir la sangre.

Todavía le sorprendía despertarse todas las mañanas con un hombre al lado. Con aquel hombre. Patrick dormía muy bien, encogido toda la noche en posición fetal, muy lejos en su lado de la nueva cama extragrande. Él comprendía, sin que tuviera que explicárselo, que ella necesitaba mucho espacio para su agitado sueño.

A Patrick le había divertido que la huraña presencia de Bridget en el dormitorio del final del pasillo hubiese descartado por completo el sexo entre los dos por lo que a Louise concernía. Supuso que él lo habría hecho con Samantha teniendo a su hermana con la oreja alerta. Imaginaba que Samantha habría sido dócil *in extremis*. Patrick, desde luego, lo era, y soltaba poco más que gemidos discretos pero elogiosos. A ella le iban más los aullidos.

El sexo entre ellos funcionaba bien pero no era desenfrenado, no era voraz. No era fornicar, sino hacer el amor. Siempre había considerado que «hacer el amor» constituía un eufemismo para algo que era instinto animal, pero estaba claro que Patrick no compartía esa creencia. El lecho conyugal era sagrado, decía, y eso viniendo de un hombre impío, aunque de un impío irlandés, que era casi una contradicción.

Al principio había pensado que su civilizada cópula tenía bastante encanto, pues había pasado por suficientes encuentros sudorosos y salvajes en sus tiempos, pero ahora empezaba a dudar. Si alguna vez besaba a Jackson, sería el fin de la decencia y los buenos modales. Una pareja de tigres rugiendo en la noche. La noche anterior en el hospital no; ese había sido un beso casto para un inválido. Si se besaban alguna vez como era debido, intercambiarían aliento, intercambiarían almas. Nunca pienses en un hombre en la cama de otro, en especial si el hombre de la cama es tu marido. Es el colmo de la mala educación, Louise. Eres una esposa mala. Muy mala.

Observó el reloj dar las cinco y cincuenta y seis y se levantó sin hacer ruido. Patrick no solía despertarse hasta las siete, pero Bridget y Tim eran aves madrugadoras y no se creía capaz de soportar la educada conversación de cualquiera de ellos a aquellas horas. O, Dios no lo quisiera, otro desayuno *en famille*. Aun así, había resuelto morderse la lengua durante el resto de su estancia, arrancársela de un mordisco de ser necesario, y mostrarse tan educada como la señora de los Modales Impecables. La bruja estaba amordazada.

Se puso las lentillas y se contempló en el espejo del vestidor. Todavía parecía agotada —de hecho, lo estaba—, pero al mismo tiempo sentía un alivio abrumador ante la idea de tener que ir a trabajar y no quedarse a jugar a la anfitriona.

De pronto se acordó de Jackson en la cama del hospital, herido y vapuleado, abatido y fuera de combate. Era de los que siempre volvían a ponerse en pie, pero, por supuesto, algún día no lo haría. ¿Por qué estaba siempre en el sitio equivocado en el momento equivocado? Lo imaginó contestando: «Podría haber sido el sitio adecuado en el momento adecuado». Era una persona de lo más irritante, incluso en su imaginación.

Se movió de puntillas por la casa; pensó en preparar café, pero decidió que no, porque haría demasiado ruido.

Torpe por la resaca, finalmente no consiguió llevar a cabo su gran evasión. Justo cuando se abrochaba el abrigo, la buena de Bridget flotó escaleras abajo, con una llamativa bata de satén naranja, y preguntó:

—¿Ya te vas a trabajar?

—No hay paz para los malvados ni para los policías —respondió ella.

—No te preocupes, cuidaré de Patrick —soltó Bridget.

Y Louise, pasando en un santiamén de pariente política a pariente nada política, gruñó en respuesta:

—No estoy preocupada; tiene cincuenta y dos años; sabe cuidarse solito —la bruja se había liberado.

El edificio de pisos tenía un garaje subterráneo, y cuando emergió de él casi atropelló al cartero, que le llevaba un paquete urgente, otro volumen de la obra de Howard Mason que había encontrado por internet. Firmó el recibo, metió el paquete en la guantera y se alejó.

En esa ocasión no se dirigió a la bonita puerta principal, sino que recorrió el sendero que seguía el lateral de la casa y conducía a la puerta de atrás. Pasó ante el garaje y, a través de la ventana, vio el virtuoso Prius de la doctora Hunter, como Reggie había dicho. El martes, Louise había aparcado en la calle para esperar a que Joanna Hunter llegara del trabajo. Había visto su coche enfilar el sendero de entrada, la había visto a ella llegar a casa, y se preguntó cómo se sentiría al ser la única que había escapado. («Culpable –explicó Joanna Hunter–. Todos los días me siento culpable»).

–Soy yo otra vez –dijo alegremente cuando Neil Hunter abrió la puerta. Se lo veía más desmelenado en todos los sentidos que el día anterior.

–¿Sabe qué hora es? Louise miró el reloj.

–Las siete menos diez –contestó, como una servicial *girl scout.*

Primera hora de la mañana, el mejor momento para sacar de la cama a traficantes de drogas, terroristas e inocentes maridos de bondadosos médicos de cabecera. Ni siquiera había llegado a *girl scout,* pues la echaron del grupo infantil a los siete años. Fue raro, porque siempre se había considerado buena integrante de un equipo, aunque a veces sospechaba que nadie más del grupo lo pensara. («No eres integrante de un equipo, sino líder de un equipo, jefa», le decía con diplomacia Karen Warner).

–Dije que volvería –le dijo Louise, reina de la lógica, a Neil Hunter.

—Ya veo que lo ha hecho.

Hunter se frotó el mentón con barba de tres días y la miró con expresión ausente unos instantes. No se lo veía en plena forma. Quizá era uno de esos hombres que necesitaban una esposa para que su vida siguiera en marcha (había un montón de ellos por ahí).

—Supongo que quiere pasar, ¿no?

Hunter se apoyó contra la jamba, de modo que ella tuvo que entrar por el espacio que dejó. Demasiada cercanía para el perímetro defensivo de Louise. Olía a alcohol y tabaco y tenía pinta de no haber dormido en toda la noche, lo cual no resultaba tan poco atractivo como debería. No era un tipo al que echarías a patadas de tu cama. Si no estuvieras casada, claro, y él no estuviera casado, y si no existiera la remota posibilidad de que se hubiese cargado a su mujer. Qué tonterías dices, Louise.

—Me he fijado en que el coche de la doctora Hunter está en el garaje —dijo.

—No se pone en marcha, debe de ser algo eléctrico. Mañana lo llevo al taller. Jo alquiló un coche para irse a Yorkshire.

—He llamado un par de veces a la doctora Hunter, pero no me ha contestado. —No había llamado, pero bueno—. Lleva su móvil encima, ¿no?

—Sí, por supuesto.

—Quizá pudiese darme el número de teléfono y la dirección de su tía.

—¿De su tía?

—Ajá.

Hunter se llevó los dedos a la sien y pensó durante unos segundos antes de responder.

—Creo que lo tiene en el estudio —salió de mala gana de la habitación como si partiera hacia una misión especialmente complicada.

Cuando Hunter hubo desaparecido en las entrañas de la casa, empezó a sonar un teléfono, un móvil. Estaba en algún sitio cerca, pero el sonido se oía amortiguado, como si estuviera debajo de algo. Siguió el tono de llamada hasta localizarlo en el cajón de la gran mesa de la cocina. Cuando abrió el cajón, la música flotó en el aire, libre. Le sonó vagamente a Bach, pero no consiguió identificar la melodía, poco conocida para ella. Gracias a Patrick, ahora reconocía un montón de cosas, pero solo era capaz de ponerles título a unas cuantas muy obvias –la *Quinta* de Beethoven, fragmentos de *El lago de los cisnes*, *Carmina Burana*–, «clásica *light*», según Patrick. Era, asimismo, muy aficionado a la ópera, en especial a las que no le gustaban a Louise. Se reía de ella diciéndole que era «una populista» porque solo disfrutaba de las grandes arias emotivas. Louise llevaba un cedé de «Grandes éxitos de Maria Callas» en el coche, que ponía a menudo, aunque no tenía la seguridad de que fuera necesariamente una sana elección para ir al volante.

Su reacción instintiva fue contestar la llamada, pero comprendió que hacerlo supondría una indiscreción, si no una absoluta falta de ética. Contestó de todas formas.

–¿Jo? –preguntó una voz de hombre, una voz que desprendía angustia y tensión incluso con aquella sola sílaba.

–No –respondió.

Un pequeño y perfecto pareado, «No Jo», que era la pura verdad. Comprendió que había estado deseando ver a Joanna Hunter y negándose que así fuera. Joanna Hunter era la razón de que estuviese allí aquella mañana, no Neil Hunter.

Quienquiera que fuese, cortó la comunicación de inmediato. Si aquel era el teléfono de Joanna Hunter, ¿qué hacía en un cajón? ¿Y quién la estaba llamando, alguien que se equivocaba? ¿Un amante? ¿Un paciente chiflado?

Volvió a dejar el teléfono y cerró el cajón. Casi no le quedaba batería. Neil Hunter debía de haberlo oído sonar durante los últimos dos días. ¿Por qué no lo había apagado, simplemente? Quizá quería saber quién llamaba a su mujer. Hunter volvió a entrar en la habitación.

–Me gustaría ver el teléfono móvil de la doctora Hunter, si no le importa.

–¿Su teléfono?

–Su teléfono –repitió ella con tono firme–. Tenemos problemas para localizar a Andrew Decker y necesito averiguar si ha llamado a la doctora Hunter en estos últimos días.

Estaba improvisando, inventando sobre la marcha, ¿no era eso lo que hacía todo el mundo?

–¿Por qué iba a hacer algo así Andrew Decker? –quiso saber Neil Hunter–. Sin duda, Jo es la última persona con la que se pondría en contacto, ¿no?

–O la primera. Solo quiero asegurarme –le dirigió una sonrisa alentadora a Neil Hunter y tendió la mano–. ¿El teléfono?

–Se lo llevó consigo, ya se lo he dicho.

–Solo que cuando llamo al móvil de la doctora, nunca contestan –dijo ella, con inocencia (o con toda la inocencia de que fue capaz).

Marcó un número en su móvil y lo sostuvo en alto como para demostrarle a Hunter que no conseguía comunicarse con la doctora. Unos segundos después, empezó a oírse la amortiguada musiquilla de Bach. Neil Hunter se quedó mirando la mesa de madera como si acabase de levantar las patas para bailar un cancán. Louise abrió el cajón y cogió el teléfono.

–Mira por dónde, Jo se lo dejó. ¿No le parece increíble? –Neil Hunter no era tan bueno fingiendo inocencia como ella–. Hay que ver lo despistada que puede llegar a ser a veces mi mujer.

(¿Qué había dicho la chica? «La doctora nunca olvida nada»).

−¿No ha hablado con ella, entonces?

−¿Con quién?

−Con su esposa, señor Hunter.

−Por supuesto que sí, ya se lo dije. Debo de haberla llamado al número de su tía.

−Le tendió un pedazo de papel con una dirección y un número de teléfono. De la tía.

−¿Cuándo? −quiso saber.

−Ayer.

−¿Le importa si me llevo el móvil de la doctora?

−¿Su móvil?

−Sí −concluyó Louise−. Su móvil.

Estaba aparcada ante la casa de Alison Needler, tomándose un café.

Agnes Barker. La anciana tía, como el personaje de una farsa, no era una persona real en absoluto. (Hace su entrada por la izquierda del escenario: una tía anciana). La tía tenía setenta años; no era tan anciana, no para aquella época. La vejez retrocedía cuanto más te acercabas a ella. Vive deprisa, muere joven, solía bromear Louise antes, pero se hacía difícil moverse veloz cuando una se veía obstaculizada por baúles llenos de mantelerías y servilleteros de plata, por no mencionar que se había encadenado a un hombre para el resto de su vida. ¿Era a eso a lo que se referían con el vínculo del matrimonio? A un buen hombre, se recordó.

Buscando en internet, había dado con algún que otro detalle sobre Agnes Barker: de soltera, Mary Mason, nacida en 1936, asistió a la Academia de Arte Dramático, pisó los escenarios durante unos años con una compañía de repertorio, se casó con Oliver Barker, un productor de radio de la BBC, en

1965. Vivieron en Ealing, no tuvieron hijos. Se retiró a Hawes en 1990, su marido murió hacía diez años.

En *El tendero* aparecía una hermana llamada Margot, una niña algo esnob y con muchos humos, supuestamente el *alter ego* ficticio de Agnes. Louise empezaba a tener la sensación de que podía presentarse al concurso Mastermind y responder a preguntas sobre «Vida y obra de Howard Mason».

La hermana que se las daba de artista de un hombre que se las daba de artista. En *El tendero,* Margot aún estaba en el colegio, pero tenía sueños «absurdos y nada realistas» de alcanzar la fama y el éxito.

No había un solo motivo para dudar de la existencia de la tía o su veracidad. Solo que al examinar el teléfono móvil de Joanna Hunter, como estaba haciendo ahora, y cotejar la lista de llamadas con el número de la tía, que Neil Hunter le había dado de tan mala gana, no había ninguna de Agnes Barker; no había ni una sola llamada de Hawes. Quizá Joanna Hunter y su marido estuviesen utilizando a la tía como una especie de tapadera, para darle un poco de espacio a Joanna, pero parecía muy poco probable.

Joanna Hunter había hecho seis llamadas el miércoles, y recibido cinco. El jueves, había recibido –o al menos el teléfono lo había hecho– varias llamadas. Comprobó el número de Reggie Chase, y no la sorprendió que la mayoría fueran de ella. Resultó imposible seguir investigando el móvil de Joanna Hunter, pues la batería, ya en su último suspiro, pasó finalmente a mejor vida.

Marcó el número de la casa de Agnes Barker y una educada voz de robot le informó de que aquel número ya no estaba operativo. Llamó a comisaría, preguntó por el detective que hubiese más a mano y le pidió que averiguara cuándo habían dado de baja el número. El detective en cuestión, veloz como el rayo, le devolvió la llamada en diez minutos.

—La semana pasada, jefa.

Dada de baja y descatalogada. Los Mason eran como un truco de magia, todo humo y espejos.

Louise hojeó la nueva novela de Howard Mason, *El camino a casa*, escrita un par de años después de casarse con Gabrielle. La esposa de la novela se llamaba Francesca, era de origen exótico y tenía una educación cosmopolita, nada que ver con el protagonista del relato, Stephen, criado en una claustrofóbica población maderera del oeste de Yorkshire, toda canales sucios y edificios ennegrecidos de hollín. (Se preguntó qué opinaría Jackson del libro de Howard).

Stephen, tras escapar de su herencia de desdicha norteña, llevaba ahora una vida de gitano con su nueva esposa colegiala —se había fugado con ella—, en los enclaves bohemios de Europa. Parecía haber una cantidad increíble de sexo en la novela: una página sí y otra no, Stephen y Francesca andaban metidos en faena como conejos, succionando, arremetiendo y arqueándose. Supuso que era aquella jodienda constante lo que había puesto de moda a Howard Mason en —comprobó la fecha de publicación— 1960. Bostezó; era increíble hasta qué punto podía resultar aburrido leer sobre sexo a aquella hora del día, o a cualquier hora, en realidad.

La puerta de la casa de los Needler se abrió y Alison asomó la cabeza y se cercioró de que no hubiese nadie merodeando, para reaparecer con los niños un par de minutos después. Los condujo calle abajo hasta el colegio como si fueran una jauría de perros desobedientes, pero en realidad eran más dóciles que zombis. Entre los cuatro, los Needler eran toda una farmacopea de sedantes y antidepresivos. Louise puso en marcha el BMW y los siguió lentamente, para despegarse del bordillo una vez hubieron entrado en el colegio. Alison Needler reconoció su presencia con un saludo casi imperceptible con la cabeza.

Aún no había amanecido: estaban casi en el solsticio de invierno, e iba a ser uno de esos días en que el sol no se levantaría de la cama. Miró el reloj; el consultorio en el que trabajaba Joanna Hunter estaría ya en plena marcha cuando llegara a Edimburgo. Pisó el acelerador y se alejó. Se preguntó cuántas vueltas habría dado el cuentakilómetros del BMW cuando por fin tuviera la sensación de que podía parar de moverse.

En el consultorio no tenían noticias de la doctora Hunter, nada desde primera hora del jueves, cuando se les había comunicado su repentina excedencia. Louise consiguió por fin dar con la recepcionista que había recibido la llamada, y la telefoneó desde el coche, aparcado ante la consulta. Era su día libre y parecía estar ya en plenas compras navideñas.

–Estoy en el Gyle –exclamó la mujer para hacerse oír, por encima de una canción de Slade.

Su tono fue comprensiblemente tenso; Louise también se habría puesto nerviosa si hubiese estado de compras navideñas en el centro comercial. ¿Qué iba a comprarle a Patrick por Navidad? Archie era fácil, solo quería dinero en efectivo («un montón, por favor»), pero Patrick esperaría algo personal, algo con significado. A ella no se le daban bien los regalos, no sabía muy bien cómo dar o recibir. Y no le pasaba solo con los regalos.

–No –contestó la recepcionista tras titubear un instante–. No fue la doctora Hunter, fue su marido quien llamó. Dijo que había habido una emergencia familiar.

–¿Está segura de que fue su marido?

–Bueno, dijo que lo era –contestó y, como si eso resolviera la cuestión, añadió–: era de Glasgow. La doctora se ha ido a cuidar de una tía enferma.

–Sí –concluyó Louise–. Eso me han dicho.

Sheila Hayes tenía una consulta para mujeres embarazadas al final del pasillo. A Louise la hizo sentirse incómoda hallarse entre tanta fecundidad; ya era bastante malo trabajar con Karen, pero en la clínica prenatal, el ambiente en la sala de espera estaba saturado de las hormonas de aquel montón de diosas de la fertilidad del tamaño de autobuses que hojeaban viejos ejemplares manoseados de *OK!* arrellanando sus fatigosas moles en las duras sillas.

Le enseñó la placa a la recepcionista y preguntó:

–¿Sheila Hayes?

La recepcionista señaló una puerta.

–Ahora está con una señora –dijo.

Más señoras, más damas. Damas del lago, de la lámpara, de la noche. Esperó hasta ver salir a una mujer, cargada ya con dos niños pequeños, y se coló en la consulta de la comadrona.

Sheila Hayes la saludó con una sonrisa y, bajando la vista hacia sus notas, preguntó:

–¿Señora Carter? Creo que no nos conocíamos.

–No soy la señora Carter –respondió enseñándole la placa–, sino la inspectora jefe Louise Monroe –la sonrisa profesional de Sheila Hayes se desvaneció–. He de hacerle unas preguntas sobre la doctora Hunter.

–¿Le ha ocurrido algo?

–No. Estoy llevando a cabo una investigación de rutina de los negocios de su esposo...

–¿De Neil?

–Sí, de Neil. Preferiría que no hablara de esto con nadie.

–Por supuesto.

Louise supuso que, antes de que hubiese siquiera salido por la puerta, sería la comidilla de todo el consultorio. Ya le había parecido que la recepcionista se moría de curiosidad al ver su placa.

–Estoy tratando de localizar a la doctora Hunter, ¿le dijo a usted que se marchaba?

–No –contestó Sheila Hayes–. Por lo visto, se ha ido a cuidar de una tía, según Reggie... Reggie es la chica que la ayuda con el bebé. Jo había quedado conmigo la noche del miércoles, pero no apareció, y no me contestó al móvil cuando traté de averiguar qué había pasado. Es muy raro en ella, pero supongo que tiene algo que ver con la historia del periódico, ¿no?

–¿Qué historia?

–¿Cuál prefieres? –quiso saber Karen Warner–. ¿«Desaparece el asesino de los Mason» o «La Bestia del páramo de Bodmin»? No fue en el páramo de Bodmin.

–Un periódico escocés tenía que liarse con la geografía inglesa –comentó ella.

–«Tras cumplir toda la condena de treinta años por el brutal asesinato», bla, bla, bla. «El rostro de un asesino.» Esta foto tiene más de treinta años. «Al parecer, Joanna Mason, que se cambió el apellido, trabaja como médica de cabecera en Escocia», etcétera. O sea, que los periodistas no la han encontrado todavía, pero le pisan los talones.

–En cierto modo desearía que lo hicieran –respondió Louise–. Que la encontraran.

–¿De verdad?

Una detective llamada Abbie Nash asomó la cabeza por la puerta.

–¿Jefa? ¿Querías verme?

–Sí, llama a todas las compañías de alquiler de coches y comprueba si Joanna Hunter alquiló uno el miércoles –contestó. Y, tendiéndole el teléfono de la doctora, añadió–: Y otra cosa, Abbie, ¿puedes hacer que alguien repase todos los números de este móvil? También es de Joanna Hunter.

–Ahora mismo, jefa –Abbie era una joven baja y fornida que parecía capaz de apañárselas bien en una pelea. Era más imaginativa de lo que sugería su desafortunado corte de pelo–. Sandy Mathieson dice que es la superviviente de la matanza de los Mason. La busqué en Google cuando me lo contó. Se rumorea que ha vuelto a desaparecer.

Louise se preguntó cuánta gente tenía que morir para que el asesinato se convirtiera en matanza. Sin duda, más de tres, ¿no?

–¿Una patata? –ofreció Karen, agitando una bolsa abierta ante las dos–. Son al rosbif.

Abbie Nash cogió un puñado, pero Louise las rechazó con un ademán, pues hasta el olor le daba náuseas. Así debía de ser como la gente se volvía vegetariana.

–Solo quiero saber dónde está y si está bien –dijo–. Y asegurarme de que Andrew Decker no ande cerca de ella.

¿Qué había dicho Reggie? «¿Alguien ha hablado realmente con ella?». No, por lo visto no.

–El problema es que es una persona desaparecida de cuya desaparición nadie ha dado parte –comentó con un suspiro–. Creo que se trata de un caso de *cherchez la tante*.

La cosa era, como habría dicho Reggie Chase, que la reacción de Neil Hunter ante la desconcertante presencia del móvil de su mujer en la casa había sido digna de Ingrid Bergman en *Luz de gas,* pero ni por asomo tan afectada como su respuesta ante el alegre ronroneo del motor del Prius cuando Louise lo puso en marcha.

–¿Se ha arreglado milagrosamente? –le preguntó, con cara de inocencia, a Neil Hunter.

Él rio, tratando de quitarle importancia al asunto.

–¿Necesito un abogado? –bromeó.

–No lo sé. ¿Lo necesita? –respondió Louise.

Quédate a mi lado

Tenía nueve años cuando Martina murió. Llegó a casa del colegio –no había rastro de su padre– y se encontró a dos hombres bajando la escalera con un cuerpo tapado por una sábana en una camilla. No supo con seguridad quién era hasta que subió corriendo a la habitación de Martina y vio la cama revuelta y los frascos vacíos en el suelo y en el aire captó el hedor que anunciaba el desastre.

La nota que Martina había dejado estaba escrita en una tarjeta floreada, que formaba parte de un juego de papel de cartas que le había regalado Joanna por Navidad. Estaba en el comedor, sobre la repisa de la chimenea, y la policía la había pasado por alto. No contenía nada memorable ni poesía alguna, solo la palabra «Demasiado» escrita con un desmayado garabato y algo en sueco que para Joanna permanecería para siempre sin traducir.

Fue en busca de su padre y lo encontró en el estudio, donde se había metido entre pecho y espalda una botella entera de whisky. Joanna se quedó en el umbral y sostuvo en alto la tarjeta.

–Martina te ha dejado una nota –dijo.

–Ya lo sé –respondió él, y le arrojó la botella.

Durante un tiempo, habían estado su padre y ella solos. Al principio, cuando Joanna se fue a vivir con él, después de que todos aquellos a los que amaba hubiesen muerto, le había puesto una niñera, una bruja tiesa como un palo y con ropa austera, convencida de que la mejor forma de que Joanna superase la tragedia era comportándose como si nunca hubiese sucedido.

Pasó mucho tiempo hasta que fue capaz de ir al colegio. Se le doblaban las piernas cada vez que se acercaba a las puertas de la escuela, y el psiquiatra contratado por su padre (un hombre de clase alta rural que olía a tabaco y con el que compartía largos e incómodos silencios) sugirió que fuera instruida en casa una temporada, de forma que la niñera cumplía un doble papel como institutriz y le daba clases todos los días, terribles y aburridas horas de aritmética y literatura inglesa. Si la niña hacía algo mal, si hacía borrones en los cuadernos de ejercicios o no prestaba atención, le pegaba con una regla en el dorso de la mano. Un día que Martina la pescó blandiendo la regla, se la quitó y golpeó con ella a la niñera en la cara.

Se armó un gran alboroto y la niñera dijo que iba a llamar a la policía, pero Howard debió de quitársela de encima de algún modo. Se le daba bien quitarse de encima a las mujeres. Lo único que Joanna recordaba era que, después de que la mujer se fuera en un taxi, Martina se volvió hacia ella y le dijo:

—Se acabaron las niñeras, cariño. A partir de ahora, yo me ocuparé de ti. Te lo prometo.

«No hagas promesas que no puedas cumplir», solía decir su madre, y tenía razón. No se lo decía a sus hijos, sino sobre todo al padre, Howard Mason, el Gran Farsante.

La mujer que vino después de la poeta (que en realidad vino antes de la poeta y era por tanto una de las razones de que Martina se hubiese acostado con sus botellas de salvación) era china, alguna clase de artista de Hong Kong, y le aseguró a Howard que Joanna sería más feliz no en la escuela del barrio a la que por fin se había adaptado, sino en un internado en algún profundo valle de las montañas de Cotswold. De modo que fue despachada y allí se quedó hasta los dieciocho años, volviendo a casa solo en verano.

Su padre vivió durante años en Los Ángeles, tratando de forjarse una nueva carrera, y ella pasaba las vacaciones escolares con sus tíos Agnes y Oliver, dos personas espantosas que les tenían pánico a los niños y que la trataban como si fuera un animal salvaje al que debían hostigar y contener en todo momento. Ahora, el contacto se limitaba a un intercambio de tarjetas en Navidad. Joanna nunca le perdonaría a su tía que no la hubiera colmado de cariño, como habría hecho ella en su lugar.

Supo que su padre había muerto porque vio una necrológica en el periódico. Su quinta y olvidadiza esposa había pasado por alto decírselo y lo hizo incinerar y esparció sus cenizas antes de que Joanna supiera siquiera que había dejado este mundo. Estaba viviendo en Río cuando murió, como un criminal o un nazi. La quinta esposa era brasileña y era posible incluso que Howard hubiese omitido informarla de que tenía una hija.

Joanna podría haberse sumido en la tristeza, pero la escuela compensó las deficiencias de los Mason. Por pura casualidad, Howard la metió en un internado que la acogió y cuidó de ella, y eso hizo aflorar su optimismo, así que abrazó la vida escolar con el orden de sus días y la comodidad de sus normas.

Cuando ella acabó la escuela y fue a la universidad, Howard había pasado ya por otra esposa y un par de amantes, pero nunca tuvo más hijos.

–Ya tuve a mis hijos –declaraba, ebrio, cuando se hallaba con más gente, como un grandilocuente actor trágico–. No son reemplazables.

–Aún tienes a Joanna –le recordaba alguien.

–Sí, por supuesto –añadía–. Gracias a Dios, aún tengo a Joanna.

–«Eran diez en la cama –le cantó en voz baja al bebé, aunque estuviese dormido–. Y el pequeñito dijo: "Todos a rodar, todos a rodar"».

Se había dormido sin problema en el colchón lleno de bultos que compartían, pero se despertó como de costumbre a las cuatro de la mañana para mamar. La hora de la noche en que la gente moría y nacía, en que el cuerpo ofrecía la mínima resistencia ante las idas y venidas del alma. Joanna no creía en Dios, cómo iba a hacerlo, pero sí en la existencia del alma; creía de hecho en la transmigración del alma y, aunque no se habría puesto en pie en una conferencia científica para declararlo, también creía que llevaba dentro las almas de su familia muerta, y que algún día el bebé haría lo mismo por ella. Que fueras una atea racional y escéptica no significaba que no tuvieras que llegar al final de cada jornada de la mejor manera posible. No había normas.

Los mejores días de su vida habían sido cuando estaba embarazada y el bebé seguía a salvo dentro de ella. Una vez que salías al mundo, la lluvia te daba en la cara y el viento te revolvía el cabello y el sol te caía a plomo encima y el camino se extendía ante ti, y el mal caminaba por él.

Fuera, la noche era negra y estaba saliendo una luna blanca de invierno. El bebé tenía la misma edad que Joseph cuando murió. Sus pasos se detuvieron cuando era tan pequeño que se hacía imposible imaginar qué clase de hombre habría sido de haber vivido. Con Jessica era más fácil, pues su personalidad estaba ya definida a los ocho años. Leal, llena de recursos, segura de sí misma, pesada. Lista, demasiado a veces. «Demasiado lista para su propio bien», decía su padre, pero su madre contestaba: «Eso es imposible, en especial para una niña». ¿Decían de veras esas cosas? Quizá Joanna las inventaba simplemente para llenar los huecos, del mismo modo que imaginaba (de forma ridícula, una ensoñación que no compartía con nadie) a Jessica viviendo en el presente, un universo paralelo en las Cotswold, en una vieja casa con glicinias cubriendo la fachada. Cuatro niños, un trabajo de consejera gubernamental sobre política en el Tercer Mundo. Discutidora. Valiente. Digna de confianza. Y a su madre viviendo en algún lugar bañado de sol, pintando como una loca, la excéntrica artista inglesa.

Todo inventado, por supuesto. En realidad no se acordaba bien de ninguno de ellos, pero eso no les impedía estar en posesión de una realidad más intensa que la de cualquier ser vivo, aparte del bebé, claro. Eran la piedra de toque ante la que debía definirse todo los demás y el modelo con el que, en comparación, todo lo demás fallaba. Excepto el bebé.

Era una desposeída, su vida entera era un acto de desposesión; anhelaba algo que ya no lograba recordar. A veces, en plena noche, en sueños, oía ladrar a su vieja perra y eso le acarreaba el recuerdo de un dolor tan atroz que la llevaba a preguntarse si debía matar al bebé y luego suicidarse; algo que los hiciera irse de forma dulce y pacífica, como la adormidera, para que nunca pudiera ocurrirle nada horroroso a su hijo. Un plan de emergencia para cuando estabas acorralada, para cuando no podías correr. Si no hubiese agujas, si no tuviera nada, taparía la cara del bebé con la mano y la dejaría ahí, y luego se ahorcaría. Siempre podía encontrarse la forma de ahorcarse. A veces requería un montón de autodisciplina. «Elsie Marley se ha vuelto muy señorita, ni para dar de comer a los cerdos deja la camita».

Si pudiese, correría, correría con bebé, correría como el viento, hasta que estuvieran a salvo. Oyó unas pisadas que subían por la escalera y abrazó más fuerte a bebé. El hombre malo se acercaba.

Reggie Chase, virgen guerrera

Había llamado tres veces a la inspectora Monroe sin obtener respuesta. Cuando llamaba a la doctora Hunter, su móvil ya no sonaba, sino que ahora una grabación de voz la informaba de que el teléfono no estaba disponible. Quizá se había quedado sin batería, ya debía de estar en las últimas, si no muerto. El fino hilo que aún conectaba a Reggie con la doctora Hunter se había roto. La tabla de salvación de la doctora. Y la suya también.

Si pudiera hacerse con el móvil, la supuesta tía estaría en su lista de contactos. Podría llamarla y pedirle que le pasara a la doctora Hunter. Entonces la doctora se pondría al teléfono y ella le diría, con tono muy tranquilo: «Ah, hola, solo quería preguntarle cuándo va a volver. Por aquí va todo bien. Sadie le manda cariñosos recuerdos». Y la doctora Hunter contestaría: «Muchísimas gracias por llamar, Reggie. Los dos te echamos de menos». Y todo volvería a estar bien en el mundo.

Lo único que tenía que hacer era entrar en la casa y buscar el teléfono. Y si el señor Hunter volvía, siempre podía decirle que se había dejado algo, un libro, un cepillo, unas llaves.

No sería un allanamiento de morada, técnicamente hablando; no podía ser eso si uno tenía llave, ¿no? Tenía que saber que la doctora Hunter estaba bien.

Se bajó del autobús en Blackford Avenue y compró una bolsa de patatas en el Avenue Stores antes de recorrer andando el resto del camino hasta la casa de los Hunter. Las patatas eran con sabor a queso y cebolla y en cuanto las probó tuvo que meterlas en el bolso porque le recordaban demasiado la noche del accidente de tren, cuando había insuflado su aliento en los pulmones sin aire de Jackson Brodie, devolviéndolo a la vida.

No había rastro del Range Rover, lo que significaba que el señor Hunter no estaba en casa, pues uno nunca iba a ninguna parte sin el otro. Se agazapó entre los arbustos y observó para asegurarse doblemente de que no hubiera indicios de vida en la casa. Quizá debería haberse llevado a Billy; por una vez le habría sido útil su talento natural de ratero. Billy tampoco contestaba al teléfono. ¿De qué servían los teléfonos si nadie contestaba nunca?

Sadie soltó un gemido de nostalgia al ver la casa, y Reggie le acarició las orejas para consolarla.

—Ya lo sé, viejita. Ya lo sé —le dijo, como habría hecho la doctora Hunter.

Al buscar las llaves de los Hunter, sus dedos tocaron el pedazo de mugrienta mantita que llevaba en el bolsillo. Una pequeña bandera verde de socorro que le habían dejado para que la interpretara, una pista que rastrear, un reguero de miguitas de pan que seguir. Qué triste debía de estar el bebé por haber perdido su talismán. Qué triste estaba ella por haber perdido al bebé.

—Bueno —le susurró a Sadie, y la perra le dirigió una mirada inquisitiva—. Vamos allá.

Primero la cerradura de pestillo, luego la Yale; de momento, todo iba bien. En el vestíbulo, se detuvo unos instantes a comprobar que no hubiese moros en la costa mientras Sadie salía disparada escaleras arriba en busca de la doctora Hunter, aunque estaba claro que ni la doctora ni el bebé estaban allí. La casa estaba vacía, sin vida, tan silenciosa como una tumba. Aire muerto.

La cocina estaba más desordenada, aunque no había indicios de que el señor Hunter hubiese cocinado nada. Había restos de una pizza y un montón de vasos sucios que no se había preocupado de meter en el lavavajillas. En la nevera seguía habiendo la misma comida que el miércoles. Los plátanos del frutero estaban negros y las manzanas empezaban a arrugarse. En un rincón del techo había una gran telaraña. Era como si el tiempo se estuviera acelerando en ausencia de la doctora Hunter. ¿Cuánto tardaría la casa en volver a alguna clase de estado primigenio? Antes de desaparecer por completo y ser reemplazada por campo y bosque.

En la cocina, buscó el teléfono por todas partes: en el cajón de la mesa, en todos los armarios, en la nevera, en el horno, pero no había ni rastro de él en ninguna parte. Se estaba preguntando en qué otro sitio mirar cuando oyó acercarse el Range Rover a su ritmo brutal de siempre y su estruendosa llegada a la meta. Llegó seguido de otro coche que sonó igual de agresivo.

Oyó entonces las puertas de los coches al cerrarse y unas pesadas y reveladoras pisadas haciendo crujir la gravilla a un lado de la casa: se dirigían a la puerta trasera, hacia la cocina. Subió a toda pastilla por la escalera de atrás, como una criada a la que hubiesen pillado hurgando en la lata de galletas, y entró en el dormitorio de la doctora Hunter, donde encontró a su cómplice de delito dormida en la cama. Sadie se despertó al entrar ella en la habitación y soltó un pequeño ladrido de emoción. Reggie se subió de un salto a la cama y le agarró el hocico con la mano. Una persona podía morirse de un ataque al corazón ante esa clase de estrés.

Le llegaron voces del piso de abajo, del vestíbulo. El señor Hunter y otros dos hombres, por lo que le pareció, hablando muy alto. No consiguió distinguir la conversación, pero se acercaba; ya no estaban en el vestíbulo, sino subiendo la escalera. Decididamente, allí una persona se iba a morir de un ataque al corazón. Agarró a Sadie del collar y la arrastró.

–Ven –susurró con desesperación–. Tenemos que escondernos.

En el dormitorio solo había un sitio donde esconderse: el armario con sus persianas de lamas, el último refugio de la víctima inocente en las películas de terror. Entró a toda prisa en el lado de la doctora Hunter, arrastrando consigo a una reacia Sadie.

Era horrible, no había espacio suficiente para respirar; era como entrar en Narnia, solo que no había otro mundo más allá, únicamente la ropa de la doctora Hunter contra su cara, ropa que olía a su perfume. El corazón de Reggie ni siquiera estaba en su pecho: era demasiado grande y ruidoso ya para caber en él y llenaba todo el dormitorio. Bum, bum, bum.

Los hombres mantenían una conversación con el señor Hunter en el rellano, ante la puerta abierta de la habitación. A través de las lamas de la puerta del armario, veía la espalda de uno de ellos. Era grandote, más que el señor Hunter, con una chaqueta de cuero; le veía el grueso cuello de toro y la calva cabeza. Llevaba un gran reloj dorado y brillante en la muñeca, y dio unos ostentosos golpecitos sobre la esfera.

–El tiempo se está acabando, Neil –dijo. Por su acento, también era de Glasgow.

Tenían que oír su corazón desde donde estaban, un enorme tambor que resonaba en el armario, bum, bum, bum. En cualquier momento, uno de ellos abriría las puertas de par en par para buscar la fuente del ruido. Tendió los dedos para acariciar el suave pelaje de la coronilla de Sadie en busca de consuelo.

–Estoy haciendo todo lo que puedo, joder –soltó el señor Hunter.

–Ya sabes lo que está en juego, Hunter –contestó el hombre del reloj de oro–. Tú y los tuyos. Piénsalo. Tu dulce mujercita, tu lindo bebé. ¿Quieres volver a verlos? Porque depende de ti que lo hagas. ¿Qué quieres que le diga a Anderson?

Sadie soltó un gruñido por lo bajo, molesta por la proximidad de toda aquella asquerosa testosterona humana. Reggie se agachó más y la rodeó con los brazos, en un esfuerzo por mantenerla en silencio.

–Vale –exclamó el señor Hunter, y de repente estaba en el dormitorio, a medio camino del armario.

Reggie pensó que el corazón le iba a explotar, salpicando toda la habitación, y que lo encontrarían, como un globo reventado, en el suelo del armario. El señor Hunter abrió la puerta de su lado de un agresivo tirón, de forma que ella sintió que se estremecía todo el armario. Revolvió y tiró cosas en busca de algo, y lo debió de encontrar, porque se fue y los hombres lo siguieron escaleras abajo. Reggie apoyó la cara contra el gran cuerpo de Sadie y escuchó los latidos del corazón de la perra, firmes y regulares, no como las palpitaciones del suyo. La puerta de atrás se cerró de un golpe. Primero se puso en marcha un coche y luego el otro y los dos arrancaron. Reggie se precipitó a la ventana a tiempo de ver el Range Rover del señor Hunter detrás de un monstruoso Nissan negro. Repitió el número de matrícula una y otra vez hasta que pudo sacar una libretita y un bolígrafo del bolso y anotarlo.

El aire de la casa parecía contaminado por la conversación que acababa de oír. Por un lado la cosa estaba muy mal, pues el hombre del reloj de oro parecía haber secuestrado a la doctora Hunter y el bebé, pero por el otro, no estaban muertos. Todavía.

Al salir con cuidado del armario, casi tropezó con algo que había en el suelo dentro de él: el caro bolso de Mulberry de la doctora Hunter («Es de Bayswater, ¿a que es precioso, Reggie?»). Lo cogió y le dijo a Sadie:

–Venga, tenemos que irnos.

Reggie cogió toda una serie de autobuses. Mientras aún estuviera inoculada contra el miedo por la experiencia en casa de la doctora Hunter, iba a volver a su casa en Gorgie. Su móvil estaba a punto de quedarse sin batería y, al menos, podía rescatar el cargador.

Se sentó en el piso de arriba del autobús, con el bolso de la doctora Hunter en el regazo para mirar el contenido. Técnicamente se trataba de un robo, eso estaba claro, pero no le parecía que pudieran aplicarse ya las reglas normales. «Tu dulce mujercita, tu lindo bebé. ¿Quieres volver a verlos?». Cada vez que pensaba en esas palabras, se le encogía el estómago. Los habían secuestrado; eso era lo que les había pasado. Los tenían cautivos los tipos de Glasgow de los relojes de oro, para pedir un rescate.

¿Dónde? ¿Por qué? (¿Y qué tenía que ver la tía en todo aquello?).

En las entrañas del bolso no parecía faltar nada: un cepillo de pelo, una caja de pastillas de menta, un paquete pequeño de pañuelos de papel, un paquete de toallitas de bebé, un ejemplar de *Este no es mi osito,* una pequeña linterna, una barrita de cereales, un inhalador Ventolín, una cajita de píldoras anticonceptivas, unos polvos compactos de Chanel, las gafas de conducir de la doctora, su monedero y, a punto de reventar, su agenda Filofax.

Seguro que ahora la inspectora Monroe la creería, ¿no? La doctora Hunter no iría a ningún sitio sin las gafas de conducir, el monedero o el inhalador (el de repuesto seguía sobre el tocador). Ninguna tía podía estar tan enferma como para que una lo dejase todo atrás. Lo único que faltaba era el teléfono, pero ya no importaba, porque en la Filofax figuraba la dirección de una tal «Agnes Barker» en Hawes. La misteriosa tía Agnes, hallada por fin.

Bajó del autobús y dobló la esquina de la calle para encontrarse con que la esperaba la tarjeta de visita de la catástrofe, demasiado frecuente en su vida: tres camiones de bomberos, una ambulancia, dos coches de policía, alguna clase de furgoneta de atestados y un puñado de transeúntes, todo ello en desordenado barullo ante la puerta de su edificio. Se le cayó el alma a los pies; parecía inevitable que estuviesen allí por ella.

Todas las ventanas de su piso estaban rotas y unas vetas negras de hollín señalaban por dónde habían salido las llamas de la sala de estar. Un hedor espantoso aún flotaba en el aire. Una manguera gruesa como una boa constrictor serpenteaba por el callejón de entrada. Los camilleros no estaban tratando de reanimar a sus carbonizados vecinos, sino apoyados con gesto despreocupado contra el capó de la ambulancia, así que, con un poco de suerte, no iba a pesarle sobre la conciencia la muerte de todos los inquilinos del edificio. La vida de Reggie era como la llanura troyana: estaba alfombrada de muertos.

–¿Qué ha pasado? –le preguntó a un niño que observaba con asombro las secuelas del desastre.

–Un incendio –contestó.

–No me digas. Pero ¿qué ha sido?

Otro niño intervino en la conversación y le explicó con entusiasmo:

–Alguien ha tirado petróleo por el buzón de la puerta.

–¿De qué piso? –por favor, no digas que ha sido el número ocho, se dijo.

–Del número ocho.

Pensó en los libros apilados en el suelo de la salita como una hoguera esperando a que la encendieran. En todos sus trabajos y deberes escolares, en Danielle Steel, en las teteras en miniatura de su madre. Virgilio, Tácito, el bueno de Plinio (tanto el viejo como el joven), todos los clásicos de Penguin que había rescatado de tiendas de beneficencia. Fotografías.

–Oh –soltó. Fue un sonido muy leve. Un sonido leve y redondo. Tan ingrávido como una pelusa. Un soplo de aliento–. ¿Ha habido heridos?

–Qué va –contestó el primer niño con cara de desilusión.

–¡Reggie! –exclamó el señor Hussain surgiendo de pronto de la multitud–. ¿Te encuentras bien? Me preocupaba que estuvieras ahí dentro. Vente a la tienda, te prepararé una taza de té.

–No, de verdad. Estoy bien. Gracias de todas formas, señor Hussain.

–¿Seguro?

–Se lo juro.

Un bombero que parecía al mando salió del edificio y le dijo a un policía:

–Ahí dentro ya está todo apagado.

Entonces empezaron a recoger la gruesa manguera del callejón. Reggie vio al poli asiático guapo, que dio un respingo al verla, como si la reconociera pero no consiguiera ubicarla. Ella se volvió antes de que se acordara.

Se levantó el cuello, se arrebujó en la chaqueta y echó a andar a buen paso con Sadie pisándole los talones. No tenía ni idea de adónde iba; solo caminaba para alejarse de su casa,

325

para alejarse del barrio. Tardó unos instantes en advertir que la seguía una furgoneta blanca que avanzaba con sigilo y pegada al bordillo de un modo escalofriante. Apretó el paso, y lo mismo hizo la furgoneta. Echó a correr con Sadie galopando excitada a su lado, como si se tratara de un juego. La furgoneta aceleró a su vez y le cortó el paso en el siguiente cruce. Pelopaja y Pelirrojo se apearon de ella. Ambos caminaban con las piernas arqueadas y balanceándose, como monos.

Se plantaron muy cerca de Reggie con actitud intimidante; a Pelirrojo, el aliento le apestaba a carne, como un perro. En primer plano, la cara de Pelopaja se veía aún peor, con pústulas y cráteres cual luna yerma.

–¿Tú eres Billy, la hermana de Reggie Chase? –quiso saber Pelopaja.

–¿La hermana de quién? –preguntó ella con cara de inocencia.

–La hermana de ese mamón –respondió Pelirrojo con impaciencia.

Su tono de voz hizo que Sadie gruñera, y los dos hombres parecieron reparar en el perro por primera vez, con bastante retraso considerando lo grande que era; claro, que no tenían pinta de haber estado en los primeros puestos de la cola cuando repartieron los cerebros.

Pelirrojo dio un paso atrás.

–Es un perro adiestrado para atacar –dijo Reggie, esperanzada.

Sadie volvió a gruñir. Pelopaja dio un paso atrás.

–Dale un mensaje a tu hermano –dijo Pelirrojo–. Dile a ese cabrón que si no aparece con la mercancía, si no devuelve lo que no es suyo, entonces... –Se pasó un dedo por el cuello, como si se lo cortara.

A aquellos dos les gustaba un montón hacer mímica con las armas.

326

Sadie empezó a ladrar de una manera que hasta la propia Reggie encontró alarmante, y Pelopaja y Pelirrojo retrocedieron hasta subirse a la furgoneta. Pelirrojo bajó la ventanilla del pasajero.

–Dale esto –exclamó, y le arrojó algo.

Otro ejemplar de Loeb, uno rojo esta vez, la *Eneida*, volumen primero. Voló por los aires, con las páginas aleteando, y le dio de lleno en un pómulo antes de caer abierto sobre el lomo en la acera.

Lo recogió. Tenía el mismo agujero impecable en el centro. Con un dedo, resiguió los bordes del pequeño ataúd de papel. ¿Alguien estaba ocultando secretos en los clásicos Loeb de la señorita MacDonald? ¿En todos ellos? ¿O solo en los que ella necesitaba para el examen? El agujero bien definido era obra de alguien muy manitas. Alguien que podría haber tenido un futuro como carpintero pero se había convertido en un traficante de tres al cuarto que rondaba por las esquinas, pálido y furtivo. Ahora había ascendido en la pirámide, pero Billy carecía del sentido de la lealtad. Billy robaría a quien le daba de comer y ocultaría lo robado en pequeños cofres secretos.

Reggie no quería llorar, pero estaba muy cansada y se sentía muy pequeña, y le dolía la cara donde la había golpeado el libro y el mundo estaba lleno de tipos enormes que le decían a los demás que estaban muertos. «Tu dulce mujercita, tu lindo bebé».

¿Adónde iba una persona cuando no tenía a quién recurrir y no le quedaba ningún sitio adónde huir?

Jackson abandona el edificio

Llevaba unas grapas metálicas en la frente que le conferían cierto aire de Frankenstein, el brazo izquierdo vendado y sujeto contra el pecho con un cabestrillo que le mantenía la mano sobre el corazón en todo momento, lo que era una forma de asegurarse de que uno estaba vivo. Tenía una visión recurrente de la arteria de su brazo reventando y derramando de nuevo su sangre. Pero ya no estaba encadenado a una cama de hospital. Era libre. Estaba un poco grogui y muy dolorido –varias de sus magulladuras habrían ganado concursos–, pero, básicamente, en camino de convertirse de nuevo en un humano en pleno funcionamiento.

Tenía que salir de allí. Detestaba los hospitales. Había pasado más tiempo en ellos que la mayoría de la gente. Había visto a su madre tardar una eternidad en morir en uno de ellos, y cuando era agente de policía se había pasado casi todas las noches de los sábados tomando declaraciones sobre accidentes y urgencias. Partos, muertes (los unos tan traumáticos como las otras), heridas, enfermedades; los hospitales no eran sitios saludables por los que andar rondando. Demasiada gente enferma. Él no estaba enfermo, estaba reparado, y quería irse a casa, o al menos al sitio que ahora consideraba su casa,

328

que era el minúsculo pero exquisito piso en Covent Garden que contenía la valiosísima joya que era su mujer, o que la contendría cuando bajara del avión en Heathrow el lunes por la mañana. No era su hogar verdadero; su hogar verdadero, ese que ya no nombraba nunca, era la oscura y mugrienta cámara de su corazón que contenía a su hermana y su hermano y, puesto que se trataba de un espacio acomodaticio, toda la entera y sucia historia de la Revolución industrial. Era asombrosa la cantidad de materia oscura que uno era capaz de meter en el agujero negro del corazón.

Siempre que empezaba a ponerse fantasioso, sabía que había llegado el momento de marcharse.

—Ya estoy mejor —le dijo a la doctora Foster.

—Todos dicen lo mismo.

—No, de verdad que lo estoy.

—La clave está en la palabra «paciente».

—No me hace falta estar en el hospital.

—Ayer me hablaba de que se había muerto, ¿y hoy ya está listo para levantarse e irse? ¿Para apartar la piedra del sepulcro? ¿Así, sin más?

—Sí.

—No.

—Ya estoy bien para irme —le dijo al doctor niño-mago.

—¿De veras?

—Sí, de veras.

—No, no, no; ha pasado por alto la inflexión sarcástica. Escuche otra vez... ¿De veras?

Vaya prepotente estaba hecho el imbécil de Potter.

—Estoy estupendo —le dijo al australiano Mike—. Necesito largarme de este sitio, me está dejando para el arrastre.

—*No problemo* —respondió el doctor errante.

–¿Significa eso que me puedo ir?

–Adelante, amigo, haga lo que quiera. Dese de alta. ¿Qué se lo impide?

–No tengo dinero, ni permiso de conducir. –(Lo segundo parecía más importante que lo primero).

–Vaya peñazo.

–Ni siquiera tengo ropa.

–Son de su talla –dijo Reggie, señalando una gran bolsa de Topman a sus pies–. He ido a Topman porque tengo una tarjeta de cliente. Igual no son su estilo del todo. Le he comprado una cosa de cada –pareció incómoda–. Y tres pares de calzoncillos –pareció aún más incómoda–. Son bóxers. Supe la talla por su ropa, la enfermera me la dio. Estaba destrozada, tuvieron que cortársela toda, y de todas formas estaba llena de sangre. La tengo en una bolsa de plástico, pero probablemente querrá tirarla a la basura.

–¿Por qué te dieron a ti mi ropa? –quiso saber un sorprendido Jackson cuando la chica paró para respirar.

–Les dije que era su hija.

–¿Mi hija?

–Perdón.

–¿Y estás haciendo esto porque eres responsable de mí?

–Bueno, en realidad... –contestó Reggie–, se trata más bien de una vía de dos sentidos.

–Sabía que tenía que haber truco –dijo Jackson.

Siempre había truco, desde que Adán se volvió hacia Eva (o probablemente al revés) y dijo: «Oh, por cierto, me preguntaba si...».

La chica tenía otro moretón reciente, en la mejilla esta vez. ¿Qué hacía cuando no estaba visitándolo? ¿Kárate?

–Antes era detective privado, ¿no es así?

–Entre otras cosas.

–O sea, que solía encontrar gente, ¿no?

–A veces. También perdía gente.

–Quiero contratarlo.

–No.

–Por favor.

–No. Ya no hago eso.

–De verdad que necesito su ayuda, señor Brodie.

«No –se dijo Jackson–, no pidas mi ayuda».

La gente que le pedía ayuda siempre lo hacía recorrer sendas que no quería pisar. Sendas que llevaban a la ciudad llamada Problemas.

–Y la doctora Hunter también –continuó ella implacable–. Y su bebé también.

–Estás cambiando las reglas sobre la marcha –replicó él–. Primero la cosa era «tú me salvas, yo te salvo». ¿Ahora tengo que salvar a completos extraños?

–Para mí no son extraños. Creo que los han secuestrado.

–¿Secuestrado? –Ahora sí que se había pasado.

Jackson supo lo que iba a decir la chica. «No, no lo digas. No digas las palabras mágicas».

–Necesitan su ayuda.

–No. Decididamente, no.

–Deberíamos empezar por la tía.

–¿Qué tía?

QUINTA PARTE
Y mañana

La esposa pródiga

Según el GPS, había doscientos cincuenta y siete kilómetros hasta Hawes y deberían tardar en recorrerlos tres horas y veintitrés minutos.

–Bueno, vamos a ver –dijo Louise, poniendo en marcha el motor, dispuesta a comprobarlo.

Marcus, sentado a su lado, le hizo un saludo.

–Cuñas fuera –soltó.

Qué inocente. Era guapo, pulido y flamante, como algo recién salido de una crisálida. Archie nunca tendría ese aspecto a la edad de Marcus. Técnicamente, Louise era lo bastante mayor para ser su madre. Si hubiese sido una colegiala descuidada.

No había sido descuidada, y a los catorce años ya tomaba la píldora. Durante toda su adolescencia había tenido relaciones sexuales con hombres mayores, y en aquel tiempo no había advertido hasta qué punto debió de parecer pervertida la cosa. Entonces se había sentido halagada por sus atenciones; ahora los haría arrestar a todos.

Con Patrick, durante su noviazgo, cuando intercambiaban todas esas intimidades de una vida –películas y libros favoritos, mascotas que habían tenido (huelga decir que

«Paddy» y «Bridie» habían tenido toda una colección de hámsters, cobayas, perros, gatos, tortugas y conejos), adónde habían ido de vacaciones (prácticamente a ningún sitio en su caso), cómo habían perdido la virginidad y con quién–, Patrick le contó que había conocido a Samantha durante la semana de orientación para los nuevos alumnos en el Trinity College.

–Y eso fue todo.

–Pero ¿y antes? –quiso saber Louise. Él se encogió de hombros y respondió:

–Solo un par de chicas de mi barrio. Buenas chicas.

Tres. Tres parejas sexuales hasta que se quedó viudo (todas buenas chicas).

Después de Samantha había tenido varias novias, pero nada serio, nada indecoroso.

–¿Y tú? –quiso saber.

Patrick no tenía ni idea de hasta qué punto ella había sido sexualmente incontinente a lo largo de su vida, pero Louise no estaba dispuesta a explicárselo.

–Oh –contestó exhalando aire por la boca–. Un puñado de tipos, si llega, y en realidad fueron relaciones bastante largas. Perdí la virginidad a los dieciocho con un chico con el que llevaba saliendo un par de años.

Mentira podrida. Siempre se le había dado bien engañar a la gente, y muchas veces pensaba que en otra vida habría sido una estafadora excelente. Quién sabe, quizá incluso en aquella misma vida, que aún no se había acabado, bien mirado.

Debería haberle dicho la verdad. Debería haberle contado la verdad con respecto a todo. Debería haberle dicho: «No tengo ni idea de cómo amar a otro ser humano como no sea haciéndolo pedazos para comérmelos después».

336

–Un poco de aire fresco del campo para quitar las telarañas –le dijo a Marcus–. Justo lo que recomienda el médico.

O, bien pensado, no.

–¿Llegarás tarde otra vez? –le había dicho Patrick cuando lo llamó para contarle lo de su «pequeña excursión» (como Marcus insistía en llamarla)–. ¿No podías hacer que la policía de la zona le hiciese una visita a esa tía? Me parece un trayecto muy largo solo para hacer una comprobación. No es un caso, en realidad no es algo oficial, ¿no? No ha ocurrido nada.

–Yo no te digo cómo tienes que operar, Patrick –soltó–, de modo que de verdad te agradecería que no me dieras instrucciones sobre procedimientos policiales, ¿vale?

Él la había hecho suya pensando que mejoraría, que se volvería más buena con sus pacientes cuidados, y a esas alturas debía de sentirse decepcionado. La rosa con el gusano, el cuenco con la grieta. Ahí no había nada que el doctor pudiese hacer.

–Estás cabreado conmigo porque anoche me emborraché sola en lugar de ir al teatro, ¿no es eso? –continuó. Exageró mucho la palabra «teatro» como si fuera algo aburrido y de clase media, y como si ella fuera Archie en su peor rabieta adolescente.

–No te estoy acusando de haberte emborrachado –contestó Patrick apaciblemente y sin subirse al carro de la discusión–. Lo has hecho tú solita.

Louise se preguntó si debía matarlo. Era más simple que el divorcio y le proporcionaría toda una nueva serie de problemas a los que enfrentarse en lugar de los viejos, tan aburridos y familiares. Se preguntó si una parte de Howard Mason había sentido alivio cuando su familia fue convenientemente borrada del mapa. Solo quedó Joanna, un recordatorio permanente. Habría sido mucho mejor para él que se la hubiesen ventilado también.

–No te acalores tanto –le recomendó Patrick–. Esa vena escocesa tuya ya se está metiendo en medio.

–¿En medio de qué?

–De tu parte más buena. Eres tu peor enemiga, ¿sabes?

Louise se mordió la lengua para no soltar el gruñido que era su respuesta instintiva, y murmuró:

–Ya, bueno, tengo un montón de cosas en la cabeza. Perdona –añadió–. Lo siento.

–Yo también –contestó Patrick, y ella se preguntó si debía buscar algo más en esas palabras.

Habían atravesado la frontera con Inglaterra, cruzando el río Tweed hasta la línea de meta. Estaban en la zona fronteriza.

–A partir de ahora, imperan las normas inglesas –le dijo a Marcus.

–A la caza de la tía salvaje –respondió él alegremente–. ¿Ponemos un poco de música, jefa? –Inspeccionó el cedé de éxitos de Maria Callas que había en el reproductor y añadió con recelo–: Que Dios nos coja confesados, jefa. No es lo que se dice la música ideal para un viaje por carretera, ¿eh? He traído un par de discos –hurgó en la mochila que siempre llevaba, sacó un estuche de discos compactos y abrió la cremallera–. Prepárate.

Sí, claro; Marcus habría sido *boy scout*. La clase de niño que adoraba hacer nudos y encender un fuego con un par de palitos. La clase de niño que cualquier madre desearía tener. Y apostaría hasta el último céntimo a que se había metido en la policía porque quería ayudar, porque quería «cambiar las cosas».

–¿Por qué entraste en la policía, Marcus?

–Oh, ya sabes, por los motivos habituales. Quería intentar cambiar las cosas, supongo, ayudar a la gente. ¿Y tú, jefa?

–Para poder pegarle a la gente con un buen palo.

Marcus soltó una carcajada, un sonido sin complicaciones y sin el peso de años de cinismo. Louise trató de adivinar qué música le parecería adecuada para un «viaje por carretera». Era demasiado joven para Springsteen, demasiado mayor para los Tweenies, la banda favorita del bebé para el coche. (Qué raro que ahora pensara de manera automática en el hijo de Joanna Hunter como, simplemente, «el bebé»). Marcus tenía veintiséis años, de modo que era probable que aún le gustaran las mismas cosas que a Archie –Snow Patrol, Kaiser Chiefs, Arctic Monkeys–, pero no, el sistema de sonido del BMW se estaba contaminando con James Blunt, príncipe de la música facilona. Se inclinó y, con una mano, vació el contenido del estuche en el regazo de Marcus, desparramando a Corinne Bailey Rae, Norah Jones, Jack Jonson, Katie Melua.

–Por Dios, Marcus. Aún eres demasiado joven para morir.

–¿Qué?

Marcus se puso al volante en la estación de servicio de Washington. En la tienda, dos periódicos sensacionalistas cubrían la historia de la desaparición de Decker.

«Asesino liberado pone pies en polvorosa». Había que reconocerles a los chicos que tenían inventiva con los titulares.

–El tipo da cierta lástima –comentó Marcus–. Después de todo, ha pagado su deuda y todo eso, pero aún se le está castigando.

–¿Quién eres tú, la madre Teresa?

–No, pero fue llevado ante la justicia, y pagó, ¿tiene que pagar para siempre?

–Sí. Para siempre –contestó ella–. Y luego un poco más. No te preocupes – añadió–, cuando tengas mi edad, tú también serás duro e insensible.

–Supongo que sí, jefa.

—Nunca había conducido un cochazo como este —comentó Marcus sentándose al volante y ajustando el asiento—. Qué chulada. ¿Cómo es que no vamos en un coche policial?

—Porque no estamos en una misión policial. O no estrictamente hablando. Es tu día libre, es mi día libre. Vamos a dar un paseo.

—Un paseo bastante largo.

—Tú solo ten cuidado con el coche, Scout.

—Sí, jefa. Allá vamos. ¡Hasta el infinito y más allá!

Era buen conductor, casi lo suficiente para que ella se relajara. Casi. Bueno, tía anciana, allá vamos, estés lista o no, se dijo. La tía impostora. La farsa se había vuelto más absurda. Solo que no era divertida. Claro que, en su opinión, rara vez lo eran, la atraían más las tragedias con venganzas. A Patrick, por sorprendente que fuera (o quizá no tanto), le gustaba la comedia histórica. Y Wagner. ¿Debía casarse una con un hombre al que le gustaba Wagner?

La primera vez que un adolescente Howard Mason acudió a un concierto fue a *El Mesías* de Händel, interpretado por la Bradford Choral Society, y había llorado durante el «Aleluya». ¿O lo estaba confundiendo con uno de sus *alter ego*, sus dobles ficticios?

El libro que estaba escribiendo en Devon, el invierno anterior a los asesinatos, se titulaba *La banda de música sigue tocando,* y el protagonista era un esforzado dramaturgo (del norte, cómo no) que se veía agobiado por una vida doméstica compuesta por dos hijas pequeñas y una esposa que lo había hecho mudarse al campo. Para el pequeño Joseph no había una segunda personalidad ficticia; el bebé de Howard Mason parecía haberse librado de que lo prendieran con un alfiler en la página.

Lo que Howard Mason no escribió nunca (y de lo que nunca habló siquiera) fue una novela sobre un hombre cuya familia fue asesinada mientras él andaba coqueteando lejos de allí con su amante sueca. Ahí perdió una buena oportunidad. Probablemente se habría convertido en un éxito de ventas.

Ese día había recibido ya tres mensajes de voz de Reggie. En todos parecía muy agitada, en uno citaba la matrícula de un coche («Un Nissan Pathfinder negro», aquella chica era mejor testigo que la mayoría), y captó el nombre «Anderson» en un comunicado especialmente jadeante. Louise sintió una punzada de culpa. Todas las fantasías de Reggie habían resultado estar bien ancladas en la realidad, pero un secuestro..., ¿de veras? («¡La han raptado! A la doctora Hunter la han raptado»). Sonaba a locura.

El tercer mensaje consistía en un desglose del contenido del bolso de Joanna Hunter, que Reggie había encontrado en su dormitorio («Sus gafas de conducir, ¿cómo pudo irse en coche sin ellas? Y el inhalador. ¡Y el monedero!»). El dolor de cabeza de Louise creció en intensidad, e imaginó que su cerebro tenía el aspecto de una explosión atómica, con el hongo volviéndose más y más grande y presionando contra las paredes del cráneo. Cerró los ojos y se apretó los puños contra las cuencas. Tenía la horrorosa sensación de que Reggie Chase podía estar en lo cierto y que a Joanna Hunter le había ocurrido algo malo.

–Haz que alguien compruebe un número de matrícula –le dijo a Marcus.

–¿Por qué nos preocupa exactamente esa tía, jefa? –quiso saber Marcus.

–No me preocupa la tía –respondió con un suspiro–. Me preocupa Joanna Hunter. Hay ciertas... No sé, anomalías.

–Y por eso nosotros dos estamos recorriendo más de doscientos cincuenta kilómetros para llamar a una puerta. ¿No puede hacer eso la policía de allí?

–Podría hacerlo, sí –contestó con tono paciente (mucho más paciente que con Patrick)–, pero lo estamos haciendo nosotros.

–¿Y piensas acaso que tiene algo que ver con la posibilidad de que Decker esté en la zona de Edimburgo? ¿O se trata del chungo de su marido? ¿Como en una escena de esas de «enterrada en el patio de atrás»?

–O de un secuestro –reveló. Ahí lo tenía; acababa de pronunciar la palabra que había estado evitando.

–¿Un secuestro?

–Bueno, no hay ninguna prueba de que Joanna Hunter esté viva y libre, ¿no? – puntualizó Louise.

–«Prueba vital», así se lo llama en los casos de secuestro, ¿verdad?

–Creo que es más bien como lo llaman en las películas. No lo sé, de veras que no. Vale, es probable que esté haciendo tonterías. Solo quiero asegurarme. Habría dicho que no es la clase de persona que sale corriendo y se esconde. Sin embargo, eso es exactamente lo que hizo una vez.

–No te estoy criticando, jefa. Solo preguntaba.

Louise no conseguía recordar cuándo había admitido ante alguien su estupidez. Marcus recibió una llamada en respuesta sobre el Nissan de Reggie.

–Está registrado a nombre de una compañía en Glasgow, alguna clase de empresa de coches con chófer, para bodas y esas cosas, aunque cuesta imaginar a una sonrojada novia bajándose de un Pathfinder.

–Todos los caminos llevan a Glasgow –declaró ella.

–¿Quién era el que no era Decker, jefa? ¿El del hospital?

–Nadie. No era nadie. Un tipo corriente.

–¿Que él mismo se ha dado el alta? ¿Cómo? ¿Por qué? –Al volver al hospital, ver la cama vacía y que no había rastro de

342

su ocupante, había pensado de inmediato que debía de yacer en la morgue en algún sitio–. ¿Se ha ido? ¿Está segura?

–Contraviniendo el consejo de los médicos –contestó una enfermera con tono de desaprobación.

–Su hija estaba aquí –intervino la enfermera irlandesa–. Se ha ido con ella.

–¿Su hija?

No conseguía recordar el nombre de la hija de Jackson, aunque una vez, en el pasado, los dos hubiesen intercambiado opiniones sobre la educación de los hijos, pero la niña tenía..., ¿cuántos, once o doce años? No se acordaba.

–¿Estaba sola? –quiso saber.

La enfermera se encogió de hombros como si aquello no fuese con ella. Se había ido. Sin despedirse siquiera. El muy cabrón.

Llegar al medio de ninguna parte no les llevó tanto como esperaban. Lo consiguieron en poco menos de tres horas.

–Para que veas –le dijo Louise al GPS.

Al cabo de unos minutos de tomar el desvío en Scotch Corner, uno se encontraba en un mundo distinto. Un mundo muy verde. No tanto como la lluviosa Irlanda, adonde Patrick y ella habían viajado en su luna de miel. A Louise le habría gustado ir a Kerala, pero de algún modo acabaron en Donegal.

–En tu próxima luna de miel puedes ir a la India –bromeó Patrick. Cómo se habían reído, ja, ja, ja.

Él hablaba de «volver a Irlanda algún día». Se refería a cuando se jubilara, pero por más que lo intentara, Louise no conseguía imaginarse en esa visión del futuro de Patrick.

Hawes era una pequeña población con mercado.

Era la clase de sitio con todo lo que podía desear una anciana, lo bastante grande para que hubiera tiendas, médicos y dentistas, y una bonita casa con vistas, llamada Hillview Cottage, desde la que, en efecto, se veía una colina, pero que era más un bungalow estilo años cincuenta que una casita pintoresca. Quedaba a las afueras de Hawes, entre el pueblo y el campo. «Con lo mejor de ambos mundos», imaginó a Oliver Barker diciéndole a su mujer cuando se retiraron allí. Louise se preguntó si debería preocuparla que el clan Mason al completo, tanto el real como el irreal, se hubiese alojado en su cerebro.

Ella era una urbanita, prefería el emocionante sonido de una sirena de emergencia rasgando la noche que el piar de los pájaros al amanecer. Las peleas de pub, el barullo de las obras en la calle, los robos a turistas, los barrios bajos las noches de sábado; todo eso tenía sentido para ella, formaba parte del enorme, sucio y desgarrado tejido social. Allí fuera, en la ciudad, se estaba librando una guerra y ella formaba parte de la lucha, pero el campo la desestabilizaba porque no sabía quién era el enemigo. Siempre había preferido *Norte y sur* a *Cumbres borrascosas*. Todo aquel demente corretear por los páramos, identificándose con el paisaje, no era un buen modelo de conducta para una mujer.

Aunque, si la obligaran a elegir a punta de pistola dónde prefería que la enterrasen, en Irlanda o en Hawes, suponía que se decidiría por Hawes. La última vez que había hablado con Jackson en condiciones, no contemplándolo mientras dormía en una cama de hospital, él era propietario de una casa en Francia. Sonaba muchísimo mejor que Yorkshire o Irlanda, pero sospechaba que lo que le resultaba atractivo en la ecuación era más «Jackson» que «Francia», pues, probablemente, la Francia rural tenía pájaros que piaban y tranquilidad soporífera a espuertas. Nunca había estado en Francia; en realidad, nunca había estado en ningún sitio. Desde luego, nunca había estado en Kerala. Patrick había sugerido que fueran a París aquel próximo abril, «un fin de semana largo», y ella había contestado con una evasiva porque, en secreto, reservaba París para Jackson, cosa que era decididamente ridícula. Ahora Louise se hallaba en la patria natal de este, pero los valles de Yorkshire no reflejaban la negrura y la mugre que conformaba la esencia de Jackson. Debía dejar de pensar en él. Con una obsesión como esa acababas arrancando plumas de las almohadas en tu lecho de muerte.

Marcus aparcó a un par de casas de Hillview Cottage. Fuera no había coches, y tampoco en el sendero de entrada. No había indicios de vida, ni señal alguna de que la hubiera en absoluto.

–El honor es todo tuyo –le dijo a Marcus cuando bajaron del coche. Él se adelantó y llamó a la puerta con fuerza.

–Muy profesional –bromeó ella–. Deberías ser policía.

Un hombre robusto y nada atractivo, con una camiseta imperio blanca, abrió la puerta y se quedó mirándolos con cara de pocos amigos. Louise oyó los bramidos de un comentarista deportivo procedentes de un televisor, en algún lugar del fondo de la casa. El tipo tenía una lata de cerveza en una mano y un cigarrillo en la otra. Era un cliché formidable; tuvo ganas de felicitarlo por su condición casi icónica.

–Buenas tardes –saludó Marcus en tono amigable–. Me pregunto si podría ayudarnos –parecía un evangelista vendiendo biblias y anunciando la buena nueva de puerta en puerta.

–No es muy probable –contestó el eslabón perdido.

Louise no supo muy bien si estaba siendo insolente o simplemente inglés. Ambas cosas, seguramente. La placa le quemaba en el bolso, pero estaban allí de paisano, no en misión oficial.

–Estoy buscando a la señora Agnes Barker –prosiguió Marcus, con educación.

–¿A quién? –El tipo frunció el cejo como si Marcus hubiese empezado a hablar lenguas desconocidas.

–Agnes Barker –repitió él, despacio–. Nos consta que vive en esta casa.

–Bueno, pues se equivocan.

Louise no pudo contenerse. Sacó la placa y se la plantó en la fea cara.

–¿Lo intentamos otra vez? Desde el principio: estamos buscando a la señora Agnes Barker.

–Y yo qué sé –respondió el tipo de mal humor–. Estoy de alquiler. Les daré el número.

–Gracias.

La chica que contestó al teléfono en la agencia inmobiliaria, y que parecía tener unos doce años, explicó de inmediato que gestionaban el alquiler para el abogado de la señora Barker sin que Louise tuviera que decirle siquiera quién era.

–Tiene un poder notarial de la señora –añadió. Louise tradujo que significaba que la tía chocheaba.

–¿La señora Barker está incapacitada?

–Está en Fernlea. Es una residencia de ancianos.

–O sea, que sí existe –dijo Marcus.

Su teléfono sonó mientras Marcus reprogramaba el GPS.

–¿Jefa? –dijo Abbie Nash–. Tengo algo sobre el alquiler del coche, o, más bien, no tengo nada. Hemos telefoneado a todas las compañías de alquiler de Edimburgo. Ninguna le alquiló un vehículo a Joanna Hunter.

–Quizá nunca se cambió el apellido en el permiso de conducir al casarse.

–¿Mason? –preguntó Abbie–. Sí, ya lo he probado. Sigue sin haber nada de nada. Pero mientras hacíamos las llamadas, se me ha ocurrido que podía probar también con el nombre de Decker, solo por si acaso, ya sabes, y... bingo. Decker ha alquilado un Renault Espace esta mañana. Y hay algo interesante: estaba con su hija.

–No tiene ninguna hija.

–Por eso es interesante.

–Esto se pone cada vez mejor –comentó alegremente Marcus cuando ella se lo contó.

Fernlea era todo lo que Louise temía para sí misma. Las sillas de respaldo alto dispuestas en la sala en torno al televisor, el olor a comida de hospital solapándose con el tenue pero omnipresente aroma de desinfectante Izal. No importaba que hubiese un tablón donde se anunciaban actividades para los residentes («Petanca») y salidas («Jardines de Harlow Carr, Harrowgate, ¡con almuerzo incluido en Betty's!»), seguía siendo un sitio al que se mandaba a la gente que nadie quería. Un sitio donde morir. Archie la enviaría a un lugar así cuando estuviera calva y sin dientes, se hiciera pipí encima y olvidara el nombre de su propio hijo. No lo culparía por ello. Patrick no cuidaría de ella: era un hombre, de modo que, estadísticamente, lo más probable era que estuviese muerto, pese a todo el golf, el vino tinto y la natación.

Louise no iba a acabar allí. Se apartaría de su vida, echaría a andar una noche fría, muy fría («Voy a salir y puede que tarde un rato»), se tendería bajo un seto y se dormiría antes que acudir a un sitio como ese. O se cortaría las venas y esperaría, tan serena como una romana. O conseguiría un arma –bastante fácil– y se la metería en la boca como si fuera regaliz y se volaría la tapa de los sesos. Una parte de ella casi lo estaba deseando. Lo de morirse antes de acabar con pañales para la incontinencia y viendo interminables reposiciones de *Friends* tenía desde luego sus ventajas. Gabrielle Mason, la Samantha de Patrick, la hermana de Alison Needler, Debbie. Todas ellas estaban conservadas en el ámbar del recuerdo, jóvenes para siempre. Muertas para siempre.

En la zona de recepción, Louise exhibió la placa y su sonrisa más educada.

—Necesitamos hablar solo un momento con la señora Barker —le dijo a una chica gruesa con un uniforme a cuadros rosa y blancos que le quedaba apretado, revelando sucesivos michelines de grasa que trataban de escapar.

Una salchicha bajo una piel. «Hayley», anunciaba una chapa de plástico con su nombre. Hayley llevaba el fino cabello rubio recogido hacia atrás con una goma, dejando su cara de pan cruelmente expuesta. Le hizo ojitos a Marcus, que la ignoró con educación.

La chica forcejeó para sacar una tableta de chocolate de un bolsillo en su uniforme. La abrió y le ofreció un pedazo a Louise. Estaba aplastado y algo fundido, y ella lo rechazó con un ademán, a pesar de que le apetecía. Marcus cogió un trocito y la chica se ruborizó. A Louise le recordó un cerdito de azúcar. Hubo un tiempo en que le gustaban los cerditos de azúcar.

—¿Cree que podrá charlar un poco con nosotros? —quiso saber.

—Lo dudo —respondió la recepcionista.

—¿Porque no está lúcida?

—Porque está muerta.

Ajá, se dijo Louise. La muerte era una buena forma de cerrarte el pico. «Una tía anciana, abandona el escenario por la derecha.»

—¿Cuánto hace que murió? —quiso saber Marcus.

—Un par de semanas. Un derrame cerebral masivo —contestó, metiéndose en la boca el último trozo de chocolate.

—Alguien debería comunicárselo a su abogado —comentó Louise, más para ella que para la recepcionista. Ya puestos, alguien debería decírselo a Neil Hunter—. ¿Tenía familia?

–Me parece que había un sobrino o una sobrina, pero estaban, ya sabe, ¿cómo se dice?, un poco distendidos.

–¿Distanciados?

–Sí, esa es la palabra. Distanciados.

–Así que no existe. No hay tía –le dijo Marcus cuando dejaban atrás las despiadadas salas de Fernlea–. La tía ya no está entre los vivos, es una extía. Si esto se pone un poco más apasionante, va a rayar en el infarto, ¿eh, jefa?

–Conduce tú, Scout –le ofreció. El dolor de cabeza empezaba a producirle náuseas.

–Bueno, ¿y ahora qué?

–No tengo ni la más remota idea. Podríamos comprar un poco de queso. No, espera, coge el teléfono y dile a alguien que averigüe quién visitó a Decker en prisión este último año. Sale de un accidente de tren y alquila un coche del copón con una supuesta hija. Averigua quién es en realidad la hija. Alguien debe de estar ayudándolo.

–A menos que simplemente recogiera a esa chica. A menos que se la llevara contra su voluntad.

–Dios santo –dijo Louise–. Ni lo menciones.

–¿Crees que Decker pueda tener algo que ver con la tía muerta? –preguntó Marcus.

–Ya no sé quién tiene que ver con qué.

No había ninguna tía; eso al menos era un hecho indiscutible. Así pues, o bien Joanna Hunter le había mentido a su marido con respecto a su destino («Tengo que acercarme a ver a la pobre y anciana tía Agnes») o él les había mentido a todos los demás («Mi mujer ha ido a ver a una tía enferma»). ¿Y quién era el mentiroso más probable, Neil Hunter o la encantadora doctora? En realidad, no estaba segura de conocer la respuesta a esa pregunta. Sospechaba que, si la apuraban, Joanna Hunter podía fingir tan bien como la que más.

Ya había corrido una vez a esconderse; ahora estaba haciéndolo de nuevo. Debía de haberla inquietado la puesta en libertad de Decker. Tenía la misma edad que su madre cuando fue asesinada, su bebé tenía la misma edad que su hermano. ¿Era capaz de cometer un acto estúpido? ¿Contra sí misma? ¿Contra Decker? ¿Había alimentado la venganza en su corazón durante treinta años y ahora quería tomarse la justicia por su mano? Era una idea descabellada, la gente no hacía esas cosas. Pero ella misma, sin ir más lejos, sí lo habría hecho. Le habría triturado a Decker los huesos y convertido su corazón en comida para gatos, lo habría perseguido hasta el fin de los tiempos; pero Louise no era como las demás personas. Bien pensado, Joanna Hunter tampoco, ¿no?

Aparcaron en el centro de Hawes y Louise se apeó y anduvo hasta un puente para contemplar el agua. Se sentía a la deriva, Louise la Confundida. Joanna había dejado atrás su vida sin llevarse nada (con excepción del bebé, que lo era todo) y desaparecido. Era un truco que bien podía producir envidia. Joanna Hunter, la gran escapista.

–¿Jefa? –preguntó Marcus materializándose a su lado–. ¿Te pasa algo?

–Estoy bien –respondió, con esa palabra que los escoceses utilizaban para cualquier estado de ánimo que fuera desde «Me muero de angustia» a «Siento una alegría eufórica»–. Bien, estoy bien.

Y entonces hicieron lo que había que hacer en sitios como aquel. Se fueron a una cafetería a tomar el té.

–¿Te sirvo? –preguntó Marcus, asiendo una práctica tetera marrón cubierta por lo que parecía un gorro con pompón, y añadió–: Te cuido como una madre, ¿eh?

–Estoy segura de que harías mejor ese papel que yo –respondió.

Se metió un par de paracetamoles en la boca y tomó un sorbo del té color habano, lo bastante fuerte para desatascar cañerías.

—Estoy en esos días del mes —añadió, cuando Marcus le dirigió una mirada inquisitiva. No era verdad, pero bueno.

—Claro —contestó él, asintiendo con solemnidad.

Oh, cómo eran esos chicos de hoy en día, con su respeto por las mujeres. No eran como David Needler, ni como Andrew Decker, eso seguro.

Marcus había pedido una porción de bizcocho de frutas y se lo sirvieron con una gran loncha de queso wensleydale encima (queso con bizcocho, ¿qué le pasaba a aquella gente?).

—Queeeeso, Gromit —bromeó Marcus.

Qué chico tan dulce. Un poco idiota, pero dulce de todas formas.

Louise tomó una pasta de té para amortiguar un poco los analgésicos. Era pastosa y se le atascó en la garganta. Le sonó el teléfono; Reggie Chase. Soltó un gemido y dejó que se activara el buzón de voz, pero entonces cambió de opinión y marcó el número de Reggie; podía intentar tranquilizarla un poco, pero debía evitar contarle lo de la tía Agnes: la chica entraría en barrena si le decía que, en efecto, la tía estaba enferma, tan enferma que se hallaba un par de metros bajo tierra. El teléfono de Reggie sonó cinco veces antes de que contestara alguien. Antes de que contestara Jackson.

—¿Hola? —dijo—. ¿Hola?

Vaya, se dijo Louise. No dejaba de tener sentido que dos de las personas más provocadoras que conocía de algún modo acabasen juntas.

—Soy yo —dijo. Y entonces se dio cuenta de que Jackson podía no saber quién era «yo», aunque le habría gustado que sí lo supiera, y añadió—: Louise.

–Esto es increíble –respondió él, y entonces se cortó la comunicación.

¿Qué era increíble?

–Probablemente hay mala cobertura, jefa –intervino Marcus–. Demasiadas montañas.

El teléfono de Louise volvió a sonar, y se apresuró a abrirlo, dando por hecho que era Jackson.

–¿Qué?

–Eh, eh –respondió Sandy Mathieson–. Tranquila, fiera. ¿Qué pasa?, ¿no va muy bien la excursioncita?

–No, sí, va bien. Perdona. No hay ninguna tía.

–Interesante. Parece algo salido de Agatha Christie.

–Bueno, en realidad no.

–En cualquier caso, te llamaba para decirte que he hablado con la policía de tráfico de North Yorkshire –era cierto, no había buena cobertura y la voz de Sandy iba y venía en su batalla con el éter, pero el tono triunfal de su mensaje le llegó alto y claro–. Han encontrado a Decker en la A1, cerca de Scotch Corner. Ahora lo están llevando al hospital, en Darlington. Puedes estar ahí en un santiamén, jefa.

–¿Al hospital?

–Ha sufrido alguna clase de accidente.

–Qué raro –comentó Marcus cuando ella le dijo que acelerase–. Casi parece que te estuviera siguiendo a ti en vez de a Joanna Hunter.

–En realidad, lo más raro no es eso –contestó Louise–. Lo más raro no podrías creerlo.

–Ponme a prueba, jefa.

–Hay algo más –dijo Sandy Mathieson–. No te va a gustar.

–Eso puede decirse de un montón de cosas.

–Han vuelto a llamar de Wakefield. Decker no era lo que se dice el preso más popular. Solo tuvo tres visitas en los últimos dieciocho meses. Su madre, el sacerdote de la parroquia de su madre... Se convirtió al catolicismo mientras estaba allí dentro, pasaba un montón de tiempo con el capellán de la prisión, etcétera. Una forma fácil de lidiar con la culpa.

–Es el tercer visitante el que me va a dejar patidifusa, ¿no?

–Ajá. Nada menos que una tal Joanna Hunter.

–Me tomas el pelo. ¿Ella fue a visitarlo? ¿Cuántas veces?

–Solo una. Un mes antes de su puesta en libertad, pidió permiso y él se lo dio.

«No me lo dijo», pensó Louise. Había ido a ver a Joanna Hunter a su preciosa casa y se había sentado en la preciosa sala de estar con la madreselva de invierno y la sarcococca, con su delicioso aroma, y cuando le dijo que habían soltado a Andrew Decker, Joanna Hunter contestó: «Supongo que tenía que ocurrir en cualquier momento». No dijo: «Sí, ya lo sé, me acerqué a verlo hace un par de semanas». No mintió: sencillamente no dijo la verdad. ¿Por qué?

–Las víctimas visitan a los presos, jefa –comentó Marcus–. En busca de una explicación, por resentimiento, tratando de verle sentido al crimen.

–Pero no suelen esperar treinta años para hacerlo.

Joanna Hunter sabía correr, sabía disparar. Sabía cómo salvar vidas y sabía cómo quitarlas. «No hay normas –le había dicho a Louise la semana anterior, en la preciosa sala de estar–. Solo fingimos que las hay». ¿Qué andaba tramando?

El teléfono de Louise volvió a sonar. Lo dejó que sonara un buen rato, pues no estaba segura de querer saber nada más.

–¿Jefa? –Marcus apartó un momento la vista de la carretera y le dirigió una mirada titubeante–. ¿No vas a contestar?

–Siempre son malas noticias.

–No siempre.

Un *crescendo* de llamadas telefónicas tenía que acabar en un dramático apoteosis.

Exhaló un suspiro y contestó.

–Perdona, jefa –dijo Abbie Nash–. No es nada grave. Hemos rastreado las llamadas de entrada y salida del miércoles en el móvil de Joanna Hunter.

–Empieza con las de después de que llegara a casa del trabajo, a partir de las cuatro.

–Hay una de su marido, dos de una tal Sheila Hayes, y una última a las nueve y media; el mismo número volvió a llamar el jueves un par de veces y ayer por la mañana. Un móvil a nombre de un tal Jackson Brodie, con domicilio en Londres.

Bueno, tenía que pasar, ¿no?

«Arma virumque cano»

Reggie despertó a Jackson con una taza de té y un plato de tostadas. La taza llevaba escrito «Lavados con la sangre del cordero».

—No se refiere a la taza, como es obvio —explicó la chica—; la he lavado con Fairy.

La noche anterior se había quedado perplejo al comprobar que la casa a la que lo llevó (en un taxi increíblemente caro) estaba a solo unos metros de donde había tenido lugar el accidente de tren, del sitio donde él había muerto y resucitado.

—En realidad no vivo aquí —explicó Reggie.

—¿Quién vive aquí, entonces?

—La señorita MacDonald, solo que ya no porque está muerta. Todo el mundo está muerto.

—Yo no —contestó él—. Tú tampoco.

El trato era el siguiente: él se marchaba a casa, a Londres, e iba a recoger a su mujer al aeropuerto, y por el camino se desviaba para ir a ver a una anciana sobre la que Reggie no paraba de parlotear, una pariente que tenía alguna relación con la doctora desaparecida («¡secuestrada!») de Reggie. Cuando encontraran a la tía (cuya existencia misma parecía estar en entredicho), llevaría a la chica a la estación de tren más cercana y continuaría su viaje a casa solo. Cómo iba a apañárselas exactamente para hacerlo no lo sabía, quizá por etapas, como un perro viejo y cansado.

Reggie parecía tener una imaginación sobreexcitada. Era probable que la tal doctora Hunter solo se estuviera alejando un tiempo de su propia vida. Él no era de los que ignoraban a una mujer desaparecida, pero había algunas que realmente no querían que las encontrasen. En sus tiempos, lo habían mandado a dar caza a unas cuantas de esas, tanto estando en la policía como cuando era detective privado. En cierta ocasión, en el ejército, había investigado la desaparición de la esposa de un sargento y le siguió el rastro hasta llegar a Hamburgo, donde la encontró en un bar gay en el que todas las mujeres parecían ir vestidas como extras en *Cabaret*. Dejó claro que no tenía intención de volver en breve a sus habitaciones de casada en Rheindahlen.

Aun así, le pesaría en la conciencia si no se aseguraba, y ya tenía bastantes mujeres en la conciencia para añadir una más a la lista.

Habían acudido al banco de Reggie y sacado dinero de su cuenta vivienda. Tenían un acuerdo. Ella le daba los ahorros de su vida y él se los gastaba. O al menos le dio esa sensación. También compraron sándwiches, zumo, un cargador de móvil para la chica y un mapa de carreteras. Ya no confiaba en su habilidad para sortear el Triángulo de las Bermudas que era Wensleydale.

—Ten por seguro que vas a recuperar este dinero —le dijo mientras ella vaciaba su cuenta en el Halifax de George Street, y añadió—: Soy rico —era algo que no solía estar demasiado dispuesto a admitir.

—Sí, claro —contestó Reggie—, y yo la reina de Donde Sea.

—¿De Saba?

—De ahí también.

356

El único vehículo que la agencia de alquiler de coches en Edimburgo había podido proporcionarle para conducir con una mano –uno automático con el freno de mano en el volante– era un enorme Renault Espace en el que uno podría haberse quedado a vivir de ser necesario. «Espace», espacio, lo había de sobra.

–¿Necesitan sillitas de niña? –preguntó la mujer de mediana edad del mostrador de la agencia. «Joy», proclamaba la plaquita que llevaba con su nombre, como un mensaje *new-age*–. En realidad, es un coche familiar –añadió con tono de desaprobación, como si no respondieran a sus criterios para considerarlos una familia.

Jackson se dijo que rara vez le habían puesto a una mujer un nombre tan equivocado al nacer.

–Es que somos una familia –declaró Reggie.

La perra meneó la cola para corroborarlo y Jackson sintió una punzada de algo que se parecía mucho a la pérdida. Un hombre familiar sin una familia. Tessa se mostraba ambivalente con respecto a los niños. «Si pasa, pasó», decía, aunque tomaba la píldora, de manera que no era, obviamente, tan despreocupada como daba a entender. En realidad, no había abordado el tema con ella, le parecía algo demasiado personal para preguntárselo. Podían estar casados, pero apenas se conocían.

De haber estado en el pellejo de Joy, también le habría costado entregarle las llaves de un coche a alguien con pinta de acabar de salir de la cárcel o del hospital, o ambas cosas.

–Se lo desaconsejo terminantemente –dijo Harry Potter cuando se dio de alta.

–Allá usted con las consecuencias –sentenció la doctora Foster.

–Es usted un maldito imbécil, compañero –comentó entre risas el australiano Mike.

Los moretones y el tajo en la frente lo hacían parecer más criminal que víctima, y el brazo en cabestrillo lo inhabilitaba para conducir a los ojos de cualquier persona sensata, de modo que Reggie le había soltado los vendajes y embadurnado las magulladuras en la cara con su base de maquillaje Rimmel.

–Porque parece que seas un fugitivo o algo así.

En general, Jackson siempre se había sentido un fugitivo (o algo así), pero no se molestó en decírselo a Reggie.

Haciendo gala de un displicente desprecio por la ley, utilizó el permiso de conducir de Andrew Decker, que Reggie había hecho aparecer con una floritura («Estaba con sus cosas»). Por desgracia, el hecho de que no tuviera otra forma de identificación constituyó un pequeño obstáculo para Joy, que frunció el ceño ante su carencia de un documento que atestiguara su existencia.

–Podría ser usted cualquiera –dijo.

–Hombre, cualquiera, no –murmuró él, pero no discutió más.

Podría haber cogido un tren, por supuesto, solo que no pudo. Había llegado hasta la mismísima taquilla en la estación de Waverley (con Reggie pegada a su lado como una pequeña lapa) cuando lo embargó una oleada de adrenalina. La teoría de «vuelve a subirte de inmediato al caballo», estaba muy bien cuando no era más que una teoría (o cuando implicaba un simple caballo), pero cuando se trataba de la perspectiva nada teórica de un caballo de hierro brutal en forma de un Intercity 125, que le despertaba recuerdos espantosos, era otra cuestión.

En el hospital le habían dicho que era posible que no recordara nunca lo sucedido en el período anterior al accidente de tren. Pero no era así; cada vez se acordaba de más cosas, como una colcha de retales aún sin coser: el tono de llamada de *El gran Chaparral,* un par de calcetines rojos, la inesperada visión del rostro del soldado muerto cuando le había dado la vuelta en el barro. «Carnicería», rezaba el titular del periódico que le habían enseñado en el hospital. Era pura suerte que estuviera vivo cuando otros no lo estaban, un lapsus momentáneo de concentración por parte de las Parcas, con el resultado de que había sobrevivido él y no algún otro.

La anciana de la novela de Catherine Cookson, la mujer de rojo, el tipo del traje, ¿dónde estarían ahora? No podía evitar cuestionarse su derecho a estar vivito y coleando (más o menos) cuando otras quince personas yacían en una fría morgue en alguna parte. Se preguntaba asimismo por su *alter ego*. ¿Seguía el verdadero Andrew Decker en algún lugar del hospital? ¿Salió ileso, o su viaje se había visto fatalmente interrumpido? Aquel nombre seguía sonando en algún lugar de su maltrecha memoria, pero no tenía ni idea de por qué.

Supuso que se referían a eso cuando hablaban de la culpa del superviviente. Antes había sobrevivido a montones de cosas sin sentirse culpable, o al menos no de manera consciente. Lo que sí había sentido durante la mayor parte de su existencia era que vivía sumergido en las secuelas de un desastre, en el epílogo interminable que era su vida desde el asesinato de su hermana y el suicidio de su hermano. Había albergado esos terribles sentimientos en su interior, alimentándolos en solitaria reclusión hasta que formaron la dura y negra pepita de carbón que llevaba en el alma, pero ahora el desastre era externo, los destrozos eran tangibles, estaban fuera de la habitación donde él dormía.

–Todos somos supervivientes, señor B –le dijo Reggie.

En la estación de Waverley, Jackson se sintió al borde del colapso, y por primera vez en su vida experimentó un conato de ataque de pánico. Trastabilló hasta un banco metálico en la explanada de la estación, se sentó pesadamente y puso la cabeza entre las rodillas. La gente evitó acercársele demasiado. Supuso que debía de parecer un borracho andrajoso. Se sentía como si tuviera un ataque al corazón. Quizá tenía un ataque al corazón.

–No, qué va –dijo Reggie comprobándole el pulso en la muñeca–. Solo es un caso claro de susto morrocotudo en el cuerpo. Respire. Siempre ayuda.

Por fin, los puntos negros ante sus ojos pararon de bailotear y el corazón dejó de martillearle contra las costillas. Dio sorbitos de una botella de agua que Reggie había comprado en un puesto de café y sintió que volvía a algo parecido a la normalidad, o al menos a lo que se consideraba normal en el mundo de después del accidente de tren.

–Dejemos una cosa bien clara –le dijo a la chica–. Esta no es otra situación de esas de «voy y te salvo la vida», ¿entendido?

–Totalmente.

–Es estrés postraumático o algo así –musitó él.

–No es para avergonzarse –respondió Reggie, y añadió con un ademán–: Es como una insignia de valor. Sacó a aquel soldado de los restos del tren, ¿no? Fue solo mala pata que estuviese muerto.

–Gracias.

–Es usted un héroe.

–No, no lo soy –respondió Jackson.

Antes era policía, se dijo. Antes era un hombre. Ahora no puedo ni subirme a un tren.

–De todas formas –dijo Reggie–, han desviado todos los trenes. Habríamos tenido que bajarnos, coger un autobús y volvernos a subir. Un coche será mucho más simple.

–¿Nada? –continuó Joy en plan avasallador–. ¿Ni pasaporte? ¿Ni un extracto del banco o una factura del gas? ¿Nada?

–Nada –confirmó Jackson–. He perdido la cartera. Estaba en el accidente de tren de Musselburgh.

–No hay excepciones a las reglas.

Que no tuviera identificación le supuso a Joy un problema menor que la falta de una tarjeta de crédito.

–¿Efectivo? –exclamó con tono de incredulidad, al ver el dinero–. Necesitamos una tarjeta de crédito, señor Decker. Y si le han robado la cartera, ¿cómo es que tiene dinero?

Buena pregunta, se dijo Jackson. Esbozó su sonrisa de lobo solitario en un intento de mostrarse simpático.

–Por favor. Solo soy un tipo que trata de llegar a casa.

–Una tarjeta de crédito y una identificación. Esas son las normas. –«No pasarán».

–La mamá de papá ha muerto –intervino Reggie, deslizando inesperadamente una manita en la de Jackson–. Necesitamos llegar a casa. Por favor.

–Buf –soltó Reggie cuando se dirigían al Espace. Jackson apuntó al coche con la pastilla gris que era la llave electrónica y el Renault soltó un pitido de bienvenida.

Sus patéticos ruegos no los habían llevado a ningún lado con Joy. El hecho de que le hubiesen dicho, esa misma mañana, que la despedían por reducción de plantilla («Supongo un exceso de personal –explicó con sorna–, como cualquier otra mujer de mi edad») fue mucho más eficaz.

–Por mí pueden largarse al fin del mundo en el maldito trasto –concluyó, pero solo después de haberse dado el gusto de discutir hasta hacerlos sudar tinta.

Jackson utilizó la pastilla gris para encender el motor del coche y le explicó a Reggie cómo pasar el cambio de «Aparcado» a «Marcha». Admitió de mala gana que la necesitaba. No estaba seguro de poder hacer solo aquel viaje, y no solo porque ella supiera cómo volverle a sujetar el brazo en el cabestrillo y cómo meter la marcha en el coche.

Se arrellanó en el asiento del conductor. La sensación era agradable; fue como volver a casa. Conducir con una sola mano no lo perturbaba tanto como hacerlo con Reggie Chase en el asiento de al lado. Era una cría y una fuerza imparable de la naturaleza, o eso parecía.

–Bueno, vamos allá –dijo. La perra ya estaba dormida en el asiento de atrás.

En un triunfo de la idiotez sobre la adversidad, consiguieron llegar hasta Scotch Corner, deteniéndose tan solo dos veces en estaciones de servicio para que él pudiera «concederse unos minutos». El cuerpo le pedía a gritos descanso, quería estar en decúbito supino en una habitación a oscuras, no conduciendo con una sola mano en la A1. Estaba surfeando una ola de fuertes analgésicos que le había dado el australiano Mike. Estaba seguro de que si leía atentamente el prospecto habría alguna advertencia sobre no conducir si los tomaba, pero Jackson había desenterrado de algún sitio su alma de soldado, aquella que no paraba de intentar llevarlo más allá de los límites de la razón. Cuando las cosas se ponen duras, los duros toman drogas.

Reggie lo estaba pasando en grande con el viaje. Tenía el inquietante hábito, compartido con la hija de Jackson, su hija auténtica, de expresar alegremente con palabras (y en ocasiones cantando) cada letrero que había en la carretera: «bache oculto, curva cerrada, Berwick-on-Tweed a treinta y ocho kilómetros, obras los próximos ochocientos metros». Aparte de Marlee, nunca había llevado un pasajero al lado que disfrutara tanto con la autopista A1.

–No salgo mucho –explicó la chica alegremente.

Tenía una dirección de la supuesta tía. Estaba en una agenda Filofax que pertenecía a Joanna Hunter. Reggie llevaba su propia y aparatosa mochila, el voluminoso bolso de Joanna Hunter, que la tenía preocupada hasta rozar la obsesión («¿Por qué iba a dejárselo? ¿Por qué?»), una bolsa de plástico con comida para perro y la perra en sí, por supuesto. No iba lo que dice ligera de equipaje. Él tenía, literalmente, solo la ropa que llevaba puesta. Supuso que eso representaba alguna clase de libertad.

–Ahí, tenemos que girar a la derecha ahí –indicó Reggie con urgencia cuando se aproximaban a la gran intersección en Scotch Corner.

Al día siguiente vería a su esposa. Su deslumbrante y flamante esposa. Y practicarían un montón de sexo de ese que tenía con su nueva esposa, aunque, para ser franco, sexo era de lo último que se sentía capaz en aquel momento. Una cama caliente y un buen whisky sonaban más atractivos. Se iría a casa y continuaría con su vida. Su viaje se había visto truncado (pero no fatalmente), él se había visto truncado (pero no fatalmente), aunque sí abrigaba la pequeña e insidiosa duda de si habían vuelto a recomponerlo de la misma manera que estaba antes.

–A la derecha en Scotch Corner –dijo Reggie–, y eso nos llevará a Wensleydale, el sitio del que viene el queso.

Jackson había estado allí el miércoles (en el mundo de antes del accidente de tren, un mundo distinto). Había comprado el mapa en Hawes, un periódico, un rollo de queso y encurtido. Iban a pasar a un tiro de piedra de donde vivía su hijo, Nathan. Podían visitarlo, detenerse en la explanada municipal, aparcar ante la casa de Julia. Estaba de nuevo donde había empezado. Una vez más.

En Scotch Corner, iba siguiendo obedientemente las instrucciones un poco histéricas de Reggie de que se desviara a la derecha cuando tuvo lugar alguna clase de pifia, no sabía muy bien si por parte de él o del coche. Se preguntó si habría estado durmiendo con los ojos abiertos. Eso era lo que pasaba cuando uno conducía tras haber sufrido una conmoción, que no giraba el volante lo suficiente y entonces trataba de compensarlo girándolo demasiado, mientras cometía además el error de pisar el freno a fondo. Sobre todo si una frenética vocecita escocesa te gritaba al oído y perturbaba el giroscopio de tu cerebro. Patinaron haciendo chirriar el caucho de las ruedas y le dieron un topetazo a un Smart de cuatro puertas, al que mandaron girando como una peonza al otro lado de la calzada, y a ellos se les empotró un jeep militar que venía de Catterick Camp. El Espace se comportó como el mejor, pero aun así acabaron con el morro del revés y anclados en la cuneta, con los dientes castañeteando. La perra se había caído al suelo cuando ambos (pues Jackson compartía equitativamente la culpa con el coche) perdieron el control, pero volvió a subirse al asiento con bastante aplomo.

–Uf –dijo Reggie cuando por fin se detuvieron.

–Joder –soltó Jackson.

–Inspire profundamente, señor –le aconsejó el poli de tráfico–, y luego sople en este monitor –le tendió un alcoholímetro digital del tamaño de un móvil.

Jackson exhaló un suspiro.

–No he bebido –contestó, pero supuso que se lo veía en tan baja forma que le habría parecido sospechoso a cualquier agente de la ley sensato.

Nadie resultó herido, lo que supuso un alivio. Un accidente desastroso a la semana era suficiente para cualquiera.

–He sido yo –dijo Reggie con tristeza–. Soy un imán para estas cosas.

Habían ayudado a los aturdidos pasajeros del Smart a salir del coche y sentarse en el arcén. Los tipos del ejército habían puesto luces de emergencia y llamado a la policía.

–Tonto del culo –le murmuró uno de ellos a Jackson, que se sintió inclinado a darle la razón.

Pese a que la prueba de alcoholemia había dado negativo, el poli no estaba satisfecho.

–¿Señor Decker? –preguntó examinando el permiso de conducir–. ¿Es suyo este vehículo?

–Es de alquiler.

–¿Y qué relación tiene esta señorita con usted?

–Soy su hija –respondió Reggie con una vocecita aguda.

El poli de tráfico la miró de arriba abajo, se fijó en los moretones, en el perrazo que llevaba pegado, en la variedad de bultos que acarreaba. Frunció el ceño.

–¿Cuántos años tienes?

–Dieciséis.

El agente enarcó una ceja.

–Se lo juro.

Llegó una ambulancia, exceso de personal, como Joy. La siguió otra igualmente innecesaria, con la sirena ululando. Aquello parecía la escena de un accidente serio, con conos, carriles cerrados, vehículos de emergencia, un montón de ruido de las radios policiales, Dios sabía cuántos agentes, incluida una gran furgoneta de atestados. Considerando que no había heridos, ni siquiera leves, la tensión y la emoción que flotaban en el ambiente parecían desproporcionadas dadas las circunstancias. Quizá era un día con poco movimiento en la A1.

–Yo antes era policía –le dijo al agente que lo había hecho soplar.

Últimamente no había recibido una respuesta muy positiva que digamos ante semejante declaración, pero desde luego no esperaba verse reducido de pronto por dos agentes que parecían haber salido de la nada y que lo tumbaron contra el asfalto antes de que pudiese decir algo útil, como «Cuidado con mi brazo, que me están abriendo los puntos». Por suerte,

Reggie tenía un buen par de pulmones para lo menuda que era, y empezó a dar brincos preguntándoles si no habían visto que llevaba el brazo en cabestrillo y que era un hombre herido, cosa que no les sentó bien a los chicos del ejército, que entonces quisieron saber por qué estaba conduciendo. Pero Reggie era bien capaz de plantar cara a unos cuantos soldados. Fue como ver a un terrier Jack Russell ahuyentando a una jauría de dóbermans.

Se oyó el chisporroteo de una radio y una voz que decía:

–Sí, tenemos aquí al inculpado.

Jackson se preguntó quién sería ese hombre al que buscaban y al que habían echado el guante. Se sentó en la carretera mientras Reggie le inspeccionaba el brazo. Al menos no estaba bombeando sangre como gasolina derramada por toda la carretera, solo se le habían abierto un par de puntos; aún sentía aprensión cuando se miraba la herida. Un enfermero convenció a Reggie de que se apartara y entonces, sin previo aviso, un agente de policía le esposó a Jackson el brazo bueno y, hablándole a la radio que llevaba en el hombro, dijo:

–Vamos a llevar al inculpado al hospital.

O sea, que al que buscaban era a él. No se le ocurrió por qué, pero de algún modo no le sorprendió.

Sentado en la sala de espera de urgencias del hospital de Darlington, con un policía a cada lado en plan sujetalibros y tan silenciosos como dolientes de pago en un funeral, Jackson se preguntó por qué lo trataban como a un criminal. ¿Por conducir con el permiso de otro? ¿Por secuestrar y pegarle a una menor («¡Tengo dieciséis!»)? ¿Qué le había pasado a su pequeña e inquebrantable sombra escocesa? Confió en que estuviera dando detalles sobre él en recepción, y no encerrada bajo custodia en alguna parte. (La perra estaba en la parte de atrás de un coche patrulla, aguardando un veredicto sobre su futuro inmediato). Claro que Reggie no conocía los detalles de su vida. Tenía una esposa y una hija (dos hijos) y un nombre. En realidad, eso era cuanto necesitaba saber cualquiera.

Aparecieron un par de polis de uniforme más, y uno de ellos le leyó sus derechos y le transmitió la interesante información de que había una orden de arresto a su nombre.

–¿Va a decirme por qué?

–Por no acatar las condiciones que se le impusieron al ponerlo en libertad.

–Verá, es que en realidad no soy Andrew Decker.

–Eso dicen todos, señor.

Tuvo la sensación de que iba a hacer falta algo más que Reggie dando brincos y gritando para sacarlos del lío en que se habían metido. ¿Dónde había un policía simpático cuando uno lo necesitaba? La inspectora jefe Louise Monroe, por ejemplo, le iría de perlas en ese momento.

Sonó un teléfono, un móvil. Ambos agentes miraron a Jackson, y él se encogió de hombros.

–Yo no tengo teléfono –contestó–. No tengo nada.

Indicando el montón de bultos que Reggie había dejado a sus pies, un oficial dijo:

–Bueno, pues está en ese bolso –en un tono de voz que a Jackson le recordó a su primera esposa.

Con cierta dificultad –puntos de sutura sueltos, el brazo bueno esposado a un poli, etcétera–, sacó el móvil del bolsillo delantero de la mochila de Reggie y contestó la llamada.

–¿Hola? ¿Hola?

–Soy yo.

¿Yo? Se preguntó quién sería yo.

–Louise.

–Esto es increíble... –No pudo decir más («justo estaba pensando en ti») porque el agente de policía esposado a él se inclinó para oprimir una tecla y cortar la comunicación.

–Los móviles están prohibidos en los hospitales, señor Decker –anunció con expresión de satisfacción en la cara–. Quizá no lo sabía tras haber estado lejos de todo tanto tiempo.

–¿Lejos de todo? ¿Dónde he estado?

Media hora después, cuando aún esperaba a que un médico le viera el brazo, apareció ella en persona, marchando hacia las puertas automáticas de la zona de urgencias como si fuera a echarlas abajo si no se abrían lo bastante rápido. Vaqueros, jersey y chaqueta de cuero. El atuendo perfecto. Jackson había olvidado cuánto le gustaba aquella mujer.

–Ha llegado la caballería –les murmuró a sus sujetalibros de amarillo.

–Bueno, ¿finalmente te has vuelto loco o qué? –le dijo ella con irritación.

–Tenemos que dejar de encontrarnos de esta manera – respondió él.

Iba acompañada de un joven que parecía dispuesto a arrojarse a un precipicio si ella le decía que lo hiciera. Y haría bien, pues a Louise le gustaba que le obedecieran.

Le mostró la placa a los policías.

–He venido a por el manco de Lepanto –anunció–. Quítenle las esposas. Uno de los sujetalibros se cerró en banda.

–Estamos esperando a que venga la policía de Doncaster a llevárselo. Con todo el respeto, señora, está fuera de su jurisdicción.

–Confíe en mí –contestó Louise–. Este pavo es mío. Entonces apareció Reggie y dijo:

–Hola, inspectora en jefe M.

–¿La conoces? –le preguntó Jackson a Reggie.

–¿Conoce a este hombre? –le preguntó el policía a Louise.

–¿Nos conocemos todos? –añadió Reggie–. Vaya coincidencia, ¿no?

–Una coincidencia no es más que una explicación en ciernes –sentenció Jackson.

–Cállate, guapo –le espetó Louise, como si estuviera en una audición para un papel en *Veinticuatro horas al día*.

Jackson levantó la mano sin esposar y soltó:

–Vaya poli tía buena estás hecha.

Ella contestó con un taco tan bestia que hasta los sujetalibros palidecieron.

–No quiero ser una molestia ni nada parecido –le dijo Jackson–, pero necesito que me cosan, y no precisamente a balazos.

–Basta ya de teatro –le espetó Louise.

–Y ahora ¿qué? –quiso saber Jackson, cuando por fin lograron irse de allí.

–¿Pescado frito con patatas? –preguntó Reggie esperanzada–. Estoy muerta de hambre.

–En mi coche no se come.

Una pequeña excursión

–He comprado cuatro raciones, jefa –dijo Marcus, volviendo a subir al coche–. No sabía qué hacer con la perra, pero puede comerse un trozo de mi pescado, aunque ahora aún está demasiado caliente.

–Te van los perros, ¿eh? –comentó ella. Marcus no captó el sarcasmo en su voz.

–Me encantan. Son todo lo que debería ser la gente.

Iba a su lado en el asiento delantero, con Jackson y Reggie en el de atrás y la perra encajada entre ambos.

Louise había sugerido meterla en el maletero, una idea que provocó una horrorizada protesta de Reggie y Marcus.

–Solo era una broma –añadió, pero fue evidente que no la creyeron.

–Veo que sigues siendo dura de corazón –intervino Jackson–. Ya sabes que no voy en la misma dirección que tú.

–Muy cierto. En muchos sentidos.

–Si pudieras dejarme en algún sitio..., en una estación de tren, una terminal de autobuses, en el arcén..., en cualquier parte, en realidad. Voy de camino a casa, a Londres.

–Mala suerte. Has cometido un delito, o varios, más bien. Es obvio que andas cometiendo estupideces otra vez: conduciendo con un permiso que no es tuyo, y cuando no estabas en condiciones de hacerlo... ¿En qué estabas pensando? Deja que lo adivine. No estabas pensando en absoluto. En vez de cerebro tienes carne picada.

–No me has arrestado –le recordó él.

–Todavía no.

La grúa se había llevado el Espace, y ella había confiscado su permiso de conducir; el permiso de conducir de Andrew Decker. Era obvio que ni Jackson ni Reggie tenían idea de quién era.

–Así pues –dijo Marcus, volviéndose para mirar a Jackson–, este es el tipo que estaba en la cama del hospital, el que confundieron con Decker. Al que siguen confundiendo con Decker –sopló una patata para enfriarla–. ¿Y tú lo conoces, jefa?

–Por desgracia.

–No me lo habías dicho. ¿No deberías haber dejado que la policía de North Yorkshire presentara cargos contra él? («Señora –había dicho uno de los polis–, ¿se lleva al prisionero para que vuelvan a ponerlo bajo custodia?». «No es un prisionero –respondió Louise–. Solo un imbécil»).

–Sí, debería haberlo hecho. ¿Y ahora, alguien va a acosarme con más preguntas o puedo limitarme a conducir?

Cuando se pusieron en marcha, se sentó al volante antes de que Marcus tuviera oportunidad de ofrecerse a conducir. En su opinión, a todo el mundo en aquel coche le hacía falta saber quién estaba al mando.

–Tienes una pinta horrible –dijo, observando a Jackson por el retrovisor–. Incluso peor que antes.

–¿Antes? ¿Cuándo ha habido un antes?

–En tus sueños –contestó ella.

–Felicidades –dijo Jackson.

371

–¿Por qué?

–Por tu ascenso. Y por tu matrimonio, por supuesto.

Se volvió hacia él, que le indicó con la cabeza su alianza de boda. Louise observó su mano en el volante; sentía cómo el anillo le apretaba en el dedo. El brillante estaba otra vez en la caja fuerte, pero se había dejado puesta la alianza, aunque se le clavase en la carne. Una penitencia, como llevar un cilicio. Un cilicio te recordaba tu fe; una alianza de boda que te oprimía el dedo te recordaba tu falta de ella. El matrimonio entre ella y Patrick la oprimía como aquel anillo.

–Tú también estás casado, por lo visto –le dijo a Jackson a través del retrovisor–. Siento no haberte mandado una tarjeta o algo, debió de ser porque..., oh, sí, se te olvidó decírmelo.

Sintió que Marcus se ponía tenso en el asiento, a su lado. Ajá, los adultos se estaban peleando. Lo que nunca era agradable.

–No tardaste mucho en dejar a Julia –continuó–. Ah, no, espera, fue ella quien te puso los cuernos, ¿no? Quedándose embarazada de otro hombre y todo eso. Debió de hacer más llevadero que te diera calabazas –Jackson, de modo bastante admirable en su opinión, no saltó ante esas palabras–. O sea, que ni se te ocurra hacer comentarios sobre mis relaciones.

–Tu cháchara no ha mejorado –respondió él, y añadió inesperadamente–: Te he echado de menos.

–No lo suficiente para impedir que te casaras.

–Tú te casaste primero.

–Nunca he tenido un padre y una madre como Dios manda –dijo una vocecita desde el asiento de atrás–. Muchas veces me he preguntado cómo sería.

–Así no, probablemente –opinó Marcus.

–La tía, la tía –había canturreado Reggie al ver a Louise–. La tía vive en Hawes, no queda muy lejos. Tenemos que ir a ver si la doctora Hunter está allí. La han secuestrado.

–Bueno, la tía no ha sido, puedo asegurártelo –contestó.

A Reggie se le iluminó la cara.

–¡Ha venido hasta aquí para ver a la tía! ¿Ha hablado con la doctora Hunter? ¿Ha visto al bebé?

–No. La carita se le ensombreció.

–¿No?

–La tía está muerta.

–Entonces debía de estar muy enferma –repuso Reggie con solemnidad–. Pobre doctora Hunter.

–Lleva muerta cierto tiempo –admitió Louise a regañadientes–. Dos semanas, para ser precisos.

–¿Dos semanas? No lo entiendo –dijo Reggie.

–Yo tampoco –respondió Louise–. Yo tampoco.

Reggie volvió a hacer inventario del contenido del bolso de Joanna Hunter, anunciando cada objeto en voz alta desde el asiento de atrás:

–Una caja de pastillas de menta, un paquete pequeño de pañuelos de papel, un cepillo, la Filofax, el inhalador, las gafas, el monedero. Son cosas que uno no se deja. «A menos que tenga mucha prisa», pensó Louise.

–A menos que tenga mucha prisa –dijo Jackson.

–No empieces a pensar –le advirtió ella.

–Repasemos los hechos –prosiguió él ignorando su consejo–. No hay duda de que esa mujer se ha ausentado de repente, pero la cuestión es si lo ha hecho por decisión propia o contra su voluntad.

–No jodas, Sherlock –musitó Louise.

–A la doctora Hunter le ha pasado algo malo –afirmó Reggie–. Lo sé. No paro de decirles que aquel hombre en casa del señor Hunter lo estaba amenazando. Le dijo que les iba a ocurrir algo, a él y a los suyos. Y no bromeaba.

—Solo estoy dando palos de ciego —intervino Jackson—, pero igual el marido la está encubriendo, ¿no?

—¿Por qué? —quiso saber Louise.

—No sé. Es su marido, es lo que hacen los maridos.

—¿De veras? —preguntó Louise—. ¿Cómo se llama?

—¿Quién? ¿Cómo se llama quién?

—Tu esposa.

—Tessa. Se llama Tessa —y añadió—: Te gustaría. Mi esposa te gustaría.

—No, no me gustaría.

—Sí, te gustaría —insistió Jackson.

—Oh, cállate ya.

—Oblígame.

—Basta ya —ordenó la vocecita de la razón en el asiento de atrás.

—Lo dejó todo —dijo Reggie—. El móvil, el bolso, las gafas, el inhalador, el inhalador de repuesto, el perro, la mantita del bebé. Además, no se cambió de ropa, cuando lo primero que hace es cambiarse, y los hombres que amenazaban al señor Hunter le dijeron que nunca volvería a saber de ellos si no aparecía con la mercancía. ¡Y la tía no existe! ¡¿CUÁNTAS PRUEBAS MÁS NECESITAN?!

—Haz que respire en una bolsa de papel o algo así —le dijo Louise a Jackson.

—Pero ¿tiene todo esto algo que ver con Decker o no? —preguntó inquisitivamente Marcus—. ¿Es solo una coincidencia que aparezca en el momento exacto en que ella desaparece? ¿Y qué hizo Decker? ¿Simplemente salir andando del accidente de tren?

—En realidad no ha aparecido en ningún sitio —puntualizó Louise—. Es el hombre invisible.

—Decker —murmuró Jackson, mirando pensativo por la ventanilla—. ¿Decker?

¿Por qué me suena ese nombre?

La ausencia de Decker, la presencia de Jackson. Como si hubiesen intercambiado los papeles de alguna forma misteriosa. Jackson había perdido su BlackBerry en el accidente y adquirido al mismo tiempo, misteriosamente, el permiso de conducir de Decker. ¿Se había intercambiado con él sin saberlo? ¿Era Decker el hombre que llamó al móvil de Joanna Hunter cuando Louise estaba en la casa la mañana anterior? Había preguntado por «Jo», no por Joanna, no por la doctora Hunter. ¿Era eso lo que le había dicho ella cuando lo visitó en la prisión, «Llámeme Jo»? ¿Qué más le había dicho?

—¿Qué más perdiste? —le preguntó a Jackson.

—Las tarjetas de crédito, el permiso de conducir, las llaves —respondió él—. En la BlackBerry hay una agenda de direcciones.

—O sea, básicamente toda tu identidad. ¿Y si Decker está utilizándola? Tú te haces con el permiso de conducir de un preso de categoría A con una orden de arresto, y él te consigue a ti, un ciudadano supuestamente cabal, con tarjetas de crédito, dinero, llaves, un teléfono. La última persona que llamó a Joanna Hunter el miércoles lo hizo desde tu teléfono, desde tu BlackBerry, de modo que igual fue Decker. Llama a Joanna Hunter y entonces ella desaparece. Neil dice que se fue a las siete, pero solo tenemos su palabra. Pudo haberse ido más tarde, después de la llamada telefónica. Y si, en efecto, se marchó conduciendo, en algún vehículo que no era su coche ni uno de alquiler, y no se dirigió a ver a su tía, ¿adónde fue? ¿A encontrarse con otra persona? ¿Con Decker? ¿Cogió Decker el tren a Edimburgo porque habían quedado en encontrarse? ¿Entonces va y el tren descarrila; después la llama y ella acude a reunirse con él.

—Y entonces, ¿qué? —quiso saber Marcus.

—Esa es la parte que me preocupa. ¿Qué me decís del circuito cerrado de televisión? Tiene que haber cámaras donde ella vive; en esa calle hay un montón de gente rica, y...

—Rebobina un momento —la interrumpió Jackson—. ¿Por qué te interesa tanto ese tal Decker? No lo entiendo.

—Sí —intervino Reggie—. ¿Quién es Andrew Decker? ¿Y qué tiene que ver con la doctora Hunter?

Lo siento, pequeña, pensó Louise. No había querido ser ella quien le revelara a Reggie el pasado de Joanna Hunter. Como esperaba, la información exacerbó aún más su verborrea. («¿Asesinados? ¿Toda la familia?») Aquella chica era como un terrier, había que reconocérselo. Ni siquiera era pariente de Joanna Hunter y, sin embargo, parecía preocuparse por la doctora más que nadie. No consiguió imaginar a Archie sintiendo algo así por ella.

—Dios santo —dijo Jackson—. Por supuesto... Andrew Decker. ¿Cómo he podido olvidar ese nombre? Estábamos de maniobras en Dartmoor. Nos hicieron ir a participar en la búsqueda de la niña desaparecida, la que había huido.

—Joanna Mason —puntualizó Louise—. Ahora es Joanna Hunter.

—Y ahora tiene que ir otra vez en su busca —le dijo Reggie a Jackson.

—Que le ocurriera algo malo una vez, no quiere decir que haya vuelto a pasar —le dijo Louise a Reggie.

—No —contestó la chica—. Se equivoca. Que le pasara algo malo una vez no significa que no vaya a volver a pasarle. Créame, a mí me pasan cosas malas constantemente.

–A mí también –intervino Jackson–. ¿Te preocupa que ese Decker vaya a por Joanna Hunter? –le preguntó a Louise–. No parece probable; nunca he oído hablar de alguien que haga algo así.

–Lo que de verdad empieza a preocuparme es que Joanna Hunter vaya a por Andrew Decker.

–Por otro lado... –empezó Louise.

Habían aparcado en la explanada delantera de una estación de servicio. Marcus y Reggie estaban en la tienda, comprando cosas para picar, y Jackson se había pasado al asiento delantero. Desprendía calor. Louise se preguntó si tendría fiebre o si se lo parecía por lo acalorada que ella se sentía. Deseaba que la abrazara, deseaba dejar que los huesos se le fundieran, aunque fuera durante un instante. Nunca se sentía así con Patrick, nunca quería dejar de ser ella misma, pero allí, sentada en la explanada bien iluminada, deseó rendirse, abandonar el campo de batalla. ¿Habría algún modo de retenerlo esta vez, encerrándolo en una cárcel, en un cofre, en una caja fuerte, para que no pudiera largarse de nuevo?

–Por otro lado, ¿qué? –preguntó él de pronto.

–Neil Hunter, el marido de Joanna, no está lo que se dice libre de sospecha. Por lo que sabemos, él mismo podría haberla matado. Y al bebé. Quizá ella iba a dejarlo y perdió la cabeza.

–A veces pasa.

–Pero, por otro lado..., él también conoce a gente interesante.

–¿Interesante?

–Lo que en el negocio llamamos «criminales». Unos tipos de Glasgow de los que llevamos un tiempo oyendo rumores. Un tío llamado Anderson. Está tratando de introducirse en la ciudad, de meterse en unos cuantos negocios legales, y por lo visto su favorito es el alquiler de vehículos privados.

–¿Taxis por teléfono?

–Ajá. Y locales de juegos recreativos. Gimnasios. Salones de estética cutres.

Adivina quién es el propietario de todo eso.

–¿Neil Hunter?

–Bingo. Uno de sus salones recreativos ardió la semana pasada, y ha habido otros asuntillos.

–¿Asuntillos?

–Es el término técnico. Le habíamos echado el ojo a Hunter pensando que podía tratarse de un incendio provocado, pero empiezo a dudar seriamente de que así fuera.

¿Y si Anderson está amenazando a la familia de Hunter? Reggie no para de decir que los han secuestrado, y hasta ahora, por extraño que parezca, ha tenido razón en todo.

–«Tú y los tuyos. Piénsalo. Tu dulce mujercita, tu lindo bebé. ¿Quieres volver a verlos? Porque depende de ti que lo hagas». Eso es lo que dijo Reggie.

–Tienes buena memoria para lo viejo que eres.

–Tuve que aprenderme muchas cosas de memoria en el colegio. Y tengo cuarenta y nueve. Soy más joven que tu marido, según tengo entendido. «¿Quieres volver a verlos?». ¿Crees que los tienen encerrados en algún sitio?

–Y la tía no era más que una pista falsa. Una forma de despistar, para desviar la atención de cualquiera que se preocupara por la repentina desaparición de Joanna Hunter –explicó Louise–. Lo irónico del asunto es que su marido no tendría que haberse molestado, pues la salida de Decker de la cárcel le dio a Joanna Hunter un buen motivo para no andar por ahí. Neil Hunter nunca debió utilizar el recurso de la tía.

–Buenas teorías –opinó Jackson–. ¿Cómo vamos a demostrarlas o refutarlas?

–Nada de vamos. Voy a hacerlo yo sola. La policía de verdad soy yo. Tú no eres más que un vago, básicamente.

–Gracias. –Jackson tendió una mano para coger la de Louise y añadió–: Te he echado muchísimo de menos, ¿sabes?

Louise sintió la boca seca y su corazón puso la directa como si tuviera alguna clase de virus. Pensó en encender el motor y llevárselo al hotel más cercano, a un granero o un área de servicio, pero Marcus y Reggie estaban saliendo ya de la tienda y apenas tuvo tiempo de retirar la mano antes de que irrumpieran de nuevo en el coche, trayendo consigo una corriente de frío aire nocturno y abriendo bolsas de patatas.

–¿Te devuelvo tu asiento? –le preguntó Jackson a Marcus.

–No, estás bien ahí, encantado de sentarme aquí detrás con la perra. Pero Louise intervino para decir:

–En realidad, podrías conducir tú, yo estoy un poco cansada –porque no soportaba estar tan cerca de Jackson y no poder volver a tocarlo.

–No hay problema –dijo Marcus–. Cambio general. Los hombres delante y las mujeres detrás, justo como debe ser –y al ver la cara de Louise en el espejo retrovisor añadió rápidamente–: Es broma, claro.

Oscureció mucho antes de que volvieran a cruzar la frontera. A partir de Berwick, los kilómetros parecieron arrastrarse. Dejaron a Reggie y Jackson en Musselburgh.

–¿Estás segura de que quieres que se quede contigo? –le preguntó a Reggie, no muy convencida.

–No tiene otro sitio adonde ir.

–Bueno, en realidad sí tengo una casa a la que ir –puntualizó Jackson–, solo que el mundo entero parece empeñado en impedir que llegue a ella.

–Tiene que ayudarnos a encontrar a la doctora Hunter –le recordó Reggie.

–Encontrar a la doctora Hunter es mi trabajo, no el suyo, Reggie –dijo Louise–. No quiero que interfiera ningún aficionado –se volvió hacia Jackson–. Podemos hacer esto sin tu ayuda, gracias.

–O sea, ¿vuelve a casa con tus críos, Herb?

–Exacto.

–Bonito trasto –añadió él, dándole unas afectuosas palmaditas al techo del BMW, como si fuera un viejo amigo.

–Lárgate ya.

–Nos vemos mañana.

–¿Ah, sí?

–Sí, por supuesto.

El corazón de Louise dio un vuelco; al día siguiente iba a verlo otra vez. Así era como debían de sentirse las adolescentes; así era como ella no se había sentido nunca de adolescente. Patrick tenía razón: nunca tuvo adolescencia. «Lo está compensando ahora».

–No me iría a casa sin decirte adiós –añadió Jackson.

Cabrón. Ella no bastaba para retenerlo, no podía competir con la atracción de su nueva mujer. Tessa. Zorra. Tuvo ganas de decirle: «vente a casa conmigo»; bueno, a casa no, difícilmente podía llevárselo a casa y presentárselo a su marido, a Bridget y a Tim. «Este es Jackson Brodie, el hombre con el que debería haberme casado». No, eso no. El matrimonio era para imbéciles. El hombre con el que debería haberse fugado, lejos, más allá de las montañas. «Larguémonos juntos y que sea lo que Dios quiera», tuvo ganas de decirle. Pero no lo hizo.

–¿Quién es Herb? –quiso saber Marcus.

–Mierda. Debería haberle quitado ese bolso a Reggie.

¿Qué le estaba pasando? Normalmente no era despistada, pero empezaba a tener la sensación de que se le deshilachaba el cerebro.

—Me ocuparé de encargárselo a un agente por la mañana, jefa.

—Eres un tesoro, desde luego que sí.

—Déjame en cualquier sitio —dijo Marcus.

—No seas tonto, te dejaré en tu casa —contestó ella. Marcus vivía en South Queensferry; tenía que desviarse bastante para llevarlo.

—Tienes que desviarte mucho para llevarme, jefa.

—No pasa nada, de verdad. He recobrado las energías.

Marcus aún vivía con su madre. Archie no viviría con ella cuando tuviera veintiséis años.

—¿Tienes novia? —Nunca se le había ocurrido preguntárselo. Nunca le había parecido un chico que tuviera novia.

—Ellie.

—Pero ¿no vives con ella?

—Es el siguiente paso, jefa. De hecho, anoche mismo fuimos a ver una casa. En Malbet Wynd.

Sí, por supuesto, era un muchacho que hacía las cosas como debían hacerse, por pasos y etapas. Una chica llamada Ellie, una casa en Malbet Wynd. Se preparaba para la vida.

Cuando se hubo apeado del coche, Louise se deslizó hasta el asiento del conductor y bajó la ventanilla.

—Mañana a primera hora tenemos que averiguar si las tarjetas de crédito de Jackson Brodie se han utilizado y dónde. Y hay que ver si podemos seguirle la pista de algún modo a ese teléfono.

—De acuerdo.

—Buenas noches, Scout.

—Buenas noches.

Esperó a que Marcus hubiese abierto la puerta y se volviera para decirle adiós con la mano antes de desaparecer en el interior de la casa. Una cortina se movió levemente en una habitación de la planta baja; la madre, que tanto esperaba de él, supuso.

Louise se quedó un rato allí sentada, preguntándose si podía ir a algún sitio que no fuese su casa. Fife y el norte en general se hallaban justo al otro lado del estuario.

¿Hasta dónde sería capaz de llegar antes de que alguien advirtiera que se había ido?

Tribulación

A posteriori, Reggie comprendió que debería haberle mencionado a Jackson Brodie su parentesco criminal. Por ejemplo, si lo hubiese avisado con respecto a su hermano antes de invitarlo a quedarse con ella esa noche, quizá entonces él no habría sido el primero en entrar en la salita de estar de la señorita MacDonald (mientras Reggie cerraba con llave la puerta principal para que estuviesen a salvo, qué ironía, ja, etcétera) ni se habría encontrado con una fea navaja presionándole la piel sobre la arteria carótida, casi en el punto exacto en que ella le había buscado desesperadamente el pulso la noche del accidente de tren. Al otro lado de la navaja estaba Billy.

–¡Sorpresa! –dijo Billy en tono sombrío–. ¿Quién es este tío? –Presionó aún más la navaja contra el cuello de Jackson–. ¿Qué está haciendo aquí?

–Suéltalo –dijo Reggie. No tenía sentido apelar a los buenos sentimientos de Billy porque no los tenía, pero había que intentarlo–. Para ti no es nadie.

Para su sorpresa, y la de Jackson también, Billy lo soltó y le dio un empujón, haciéndolo aterrizar pesadamente en el suelo, puesto que solo tenía un brazo sano para amortiguar la caída. Pilló desprevenida a Reggie al agarrarla y rodearle el cuello con un brazo, casi aplastándole la tráquea. Solía hacerle eso mismo cuando eran pequeños. Mamá le decía «Dale un beso a tu hermana y pídele perdón», porque Billy siempre andaba teniendo que disculparse por alguna fechoría: quitarle la muñeca, derribarle el Lego de una patada, morderla (daba unos mordiscos terribles), y entonces él canturreaba «Lo sieeento, Reggie», y con la excusa de darle un beso, aprovechaba para medio estrangularla. Mamá decía entonces: «Eres un niño malo, Billy». Ahora tenía ojos de loco, como los caballos de campo de Midmar cuando Sadie se les acercaba demasiado.

Jackson se las apañó para ponerse a gatas y luego se incorporó lentamente. Billy dejó de intentar ahogarla y pasó a amenazarla con la navaja contra el cuello.

—No se te ocurra hacer nada —le dijo a Jackson.

Reggie sentía la hoja, fría y afilada, contra la piel. Era una navaja pequeña, pero podía hacerle mucho daño.

Había libros tirados por todas partes. Jackson estaba en pie en medio de los restos de la biblioteca de la señorita MacDonald, tenso y de puntillas, como un luchador a punto de entrar en combate. Reggie lo vio pensar, sopesar las posibilidades y se dijo, oh, no, no lo hagas.

—Soy tu hermana, Billy —le susurró a su hermano—. Soy de tu propia sangre.

—No tenía sentido apelar a los buenos sentimientos, etcétera, pero había que intentarlo.

—¿Es tu hermano? —preguntó Jackson con tono de incredulidad, y le dijo a Billy—: Tú, pequeño mamón, tu obligación es cuidar de tu hermana.

—¿Según tú y la biblia de quién? —ironizó Billy, pero Reggie sintió que relajaba levemente la presión.

—Tus amigos te han estado buscando —le dijo Reggie.

—¿Qué amigos? —preguntó Billy—. Yo no tengo amigos —lo triste fue que lo dijo como si se sintiera orgulloso de ello.

–Les dijiste que te llamabas Reggie, ¿no? Les dijiste que vivías en Gorgie. Vinieron, me amenazaron a mí y le prendieron fuego a mi casa.

–Sí, qué mundo este, como habría dicho nuestra vieja y querida madre.

–No hables de mamá en ese tono.

Si conseguía que siguiera hablando, Billy se aburriría, pues tenía el umbral de aburrimiento más bajo de toda la raza humana, y entonces haría ademán de marcharse y Jackson haría lo que fuera que estuviera pensando hacer, que, por lo que parecía, era abalanzarse sobre Billy con las manos vacías.

Y entonces lo oyó. El sonido primigenio de un enorme lobo al que hubiesen hecho salir de su antiquísima guarida. La criatura estaba en la puerta, con el pelaje del lomo erizado, enseñando los colmillos y profiriendo unos gruñidos feroces que brotaban de su amplísimo pecho.

Reggie se había olvidado de Sadie. La perra había subido disparada la escalera y, cuando entraron en la casa, siguió buscando todavía el fantasmal rastro de Banjo.

Sadie se agachó y, de un salto, cayó sobre Billy y le hundió los dientes en el antebrazo, de modo que este soltó la navaja y empezó a gritarle a Reggie que le quitara el perro de encima.

–¡Abajo, Sadie! –probó a gritar ella, pero no tuvo efecto alguno.

Jackson hizo entonces algo totalmente inesperado: le dio un fuerte puñetazo a la perra en un costado de la cabeza. A ella se le relajaron las fauces y cayó al suelo como un saco de arena. Entonces las cosas se volvieron un poco confusas para Reggie. En pocos segundos, Jackson tenía a Billy boca abajo en el suelo, clavándole las rodillas en los riñones mientras le presionaba la nuca con la mano buena.

El brazo de Billy sangraba por el mordisco, pero no parecía que le fuera la vida en ello y Reggie no sintió necesidad de precipitarse en su ayuda. Como cualquier experto en primeros auxilios, se concentró primero en la parte más perjudicada, acunando la gran cabeza de Sadie en su regazo y murmurándole palabras tranquilizadoras. Jackson se puso en pie y le dijo a Billy:

–No te muevas ni un milímetro –se volvió entonces hacia Reggie–. Es tu hermano, decides tú. ¿Quieres que llame a la policía?

Dejaron que Billy se fuera. Le dieron una segunda oportunidad. En realidad no fue una segunda, sino más bien la que hacía cien.

–La familia es la familia –dijo ella–. A pesar de todo.

Considerando que había sido policía, a Jackson no pareció importarle que lo soltaran o no. Dijo que cualquiera, «excepto quizá su hermana», era capaz de ver que el jovencito Billy iba a velocidad vertiginosa directo hacia un mal final sin intervención de nadie. No, le aseguró Reggie; su hermana también era capaz de ver que era así.

–¿Qué andaba buscando? –quiso saber Jackson. Reggie se encogió de hombros.

–Oh, nada del otro mundo. Esto y aquello –contestó, y añadió–: Necesita irse a la cama. Ha sido un día muy largo.

–Eso es quedarse un poco corto –contestó Jackson riendo.

Solo ante el peligro

No podía dormir. La fina y húmeda almohada, y las sábanas, incluso más finas y húmedas, no ayudaban. (¿Quién era aquella señorita MacDonald para haber vivido en una casa tan lóbrega?). Permaneció despierto largo rato, oyendo moverse a Reggie por la salita de estar. No conseguía adivinar qué andaba haciendo, pero cuando bajó a investigar la encontró colocando de nuevo los libros en las estanterías, como una atareada bibliotecaria nocturna.

–Estoy ordenando un poco –dijo–. No estaré impidiéndole dormir, ¿verdad?

Jackson volvió a la cama y buscó algo que leer, pero lo único que pudo encontrar en el dormitorio fue un antiguo ejemplar de traducciones a primera vista del latín. La escuela a la que había ido no era de las que impartían latín. Tras dar unas cuantas vueltas más en la cama, bajó en busca de algo más entretenido y encontró a Reggie profundamente dormida en el sofá, con todas las luces encendidas. La perra estaba tendida en el suelo, a su lado, y, al oírlo, se despertó y lo miró fijamente. Él levantó las manos en un gesto que no implicara amenaza, pero que no contribuyó a aplacar al animal, que lo siguió con la vista por toda la habitación. No podía culparla por desconfiar de él, pues le había dado un buen porrazo en la cabeza, aunque no parecía haberle afectado gran cosa. Aun así, Jackson se sintió mal por haber tenido que hacerlo; bien mirado, la perra solo estaba haciendo lo que él mismo habría hecho.

No consiguió encontrar un solo libro que le interesara. Entonces se olvidó de la lectura, porque vio el bolso de Joanna Hunter sobre lo que probablemente era una mesita de café, pero cubierta por tanta basura que bien podría haber sido un tanque de la Segunda Guerra Mundial.

Le sorprendió que Louise no se lo hubiese llevado. En su lugar, él habría encontrado muy interesante que una mujer que a todos los efectos había desaparecido de la faz de la tierra hubiese dejado atrás un bolso lleno de información. Lo abrió con cautela, observado todo el tiempo por la perra, sacó la abultada Filofax y encontró lo que buscaba. La dirección de Joanna Hunter.

La habían encontrado una vez, y volverían a encontrarla. Ya no era Joanna Hunter. No era una médico de cabecera ni una esposa, ni la jefa («y amiga») de Reggie, ni la mujer que tanto preocupaba a Louise. Era una niñita perdida en la oscuridad, sucia y manchada con la sangre de su madre. Era una niñita profundamente dormida en medio de un campo de trigo mientras hombres y perros se dirigían sin saberlo hacia ella, abriéndose camino a la luz de las linternas y de la luna.

Más tarde, cuando él mismo era policía, nunca salió en una partida de búsqueda que tuviera lugar después del anochecer, y comprendió que en aquella cálida noche de verano en Devon, todos ellos –soldados, policías, miembros de la sociedad civil – debían de haber llegado al acuerdo tácito de seguir buscando a Joanna Mason incluso cuando era imposible hacerlo, dada la magnitud de la desesperación que sentían.

Tapó a Reggie con una raída manta de ganchillo que estaba en el respaldo del sofá. Lo sorprendió sentirse tan paternal con ella; había pensado que solo abrigaría ya esos sentimientos hacia los suyos. Le hizo un ademán de despedida a la perra y apagó las luces antes de cruzar de puntillas el vestíbulo hacia la puerta principal.

Tenía la mano en el picaporte cuando una voz dijo:

—Espero que no esté pensando en irse a ningún sitio sin mí —una vocecita aguda, insistente.

—Qué va —contestó él.

Había un Nissan Pathfinder aparcado en el sendero de entrada de la casa, detrás del Range Rover de Neil Hunter.

—Lo he visto antes —dijo Reggie—. Los tipos que amenazaron al señor Hunter iban en él.

—Y aquí están otra vez.

—Deberíamos seguirlos —propuso Reggie—. Cuando se vayan, si es que se van.

—¿A pie? —preguntó Jackson—. No creo que funcione.

Habían cogido un taxi en Musselburgh que los dejó en la esquina de la calle de los Hunter. El lugar estaba desierto: no había ni una luz encendida, ni un solo gato a la vista.

—Bueno —dijo Reggie—, podemos coger el coche de la doctora Hunter. Está en el garaje.

Jackson se preguntó si sería posible hacerle un puente a un Prius. La tecnología de los coches modernos estaba acabando con los prácticos métodos criminales para poner un coche en marcha.

—Las llaves de repuesto están en el garaje —explicó Reggie—. En un estante, detrás de una vieja lata de pintura. Perla satinado.

—¿Qué?

–Perla satinado, es el nombre del color. La doctora Hunter dijo que allí no se le ocurriría mirar a nadie. Voy a buscarlas.

Se mantuvo a buena distancia. Hacía tiempo que no seguía a nadie en coche. Primero se había tratado de criminales, y luego de esposas adúlteras. Ahora eran hombres grandes en coches malos. O viceversa. Habían cruzado con sigilo el jardín y entrado en el garaje solo unos segundos antes de que dos tipos salieran metiendo ruido de la casa y se subieran al Nissan. Jackson había ido allí con la intención de interrogar a Hunter, pero supuso que cabía la posibilidad de que el Nissan los condujera, si no hasta la doctora Hunter, sí al menos a algo o algún sitio interesante. Louise había propuesto tres teorías en la explanada del aparcamiento: venganza, asesinato y secuestro. Él apostaba por el secuestro. Debió de haberla besado. Se había contenido porque los dos estaban casados, pero quizá estaba utilizando eso como excusa, quizá no era más que un cobarde. Fuera como fuese, era probable que ella le hubiese pegado de haberlo intentado.

Para conducir se sacó el brazo del cabestrillo. La adrenalina mantenía a raya el dolor; de hecho, se sentía lleno de energía, gracias a una nueva dosis de la cornucopia farmacéutica del australiano Mike.

–Con este no choque –le advirtió Reggie.

En el asiento de atrás, la perra soltó un leve gemido.

–Está contenta de estar otra vez en el coche de la doctora Hunter y triste al mismo tiempo, porque la doctora no va en él.

–Hablas perro, ¿no?

–Sí.

Reggie había insistido en que se llevaran al animal. Jackson sentía sus ojos taladrándole la nuca y se preguntó si estaría planeando su propia venganza.

390

Reggie iba leyendo los letreros otra vez.

–Loanhead, Roslin, Auchendinny, Penicuik –recitó.

–Vale, sé leer.

–Como en los viejos tiempos –dijo ella.

–¿Te refieres a ayer, que, como no hemos dormido sigue contando como hoy? –Se estaba volviendo un hacha con lo de los líos temporales.

La carretera de salida de Edimburgo estaba tranquila, pero no desierta; eran las cinco de una mañana de invierno y ya había gente en movimiento, abriéndose paso a desgana a través de la penumbra previa al alba. Pasaron con estruendo unos cuantos camiones de supermercados, y un motorista los adelantó a toda pastilla, ansioso por donarle un órgano a alguien a tiempo para Navidad, pero no ocurrió nada que impidiera a Jackson seguir teniendo el Nissan a la vista.

La cosa se complicó cuando dejaron la carretera principal. Mantuvo la distancia en la medida de lo posible, pero no conocía aquellas carreteras y le preocupaba que el Nissan tomase un desvío inesperado y desapareciera antes de que pudiese verlo. Durante un momento, pensó que en efecto lo había perdido, pero entonces vio las luces traseras de un coche algo más adelante y más arriba, y supuso que eran ellos. El coche se desvió por lo que parecía el camino de una granja, con las luces dando brincos. Jackson pasó el desvío de largo y luego dio marcha atrás, con las luces apagadas, para seguirlo de lejos. En el desvío no había ningún letrero que indicara adónde llevaba, pero no parecía que fuera a muchos sitios.

Al cabo de unos doscientos metros, Jackson aparcó el coche en la entrada de un campo. No quedaba completamente oculto, pero tampoco a plena vista.

–Bueno –le dijo a Reggie–. Tú y el perro os quedáis aquí. Y lo digo en serio, ¿vale? Sé que eres justo la clase de persona que se bajará del coche en cuanto yo haya desaparecido de la vista, pero te estoy pidiendo que me prometas solemnemente que no te moverás de aquí. ¿Prometido?

—Prometido —contestó ella dócilmente.

Jackson había encontrado una pesada linterna en la guantera de Joanna Hunter. Era un arma excelente en una emergencia, y se la habría llevado encantado, pero se la dejó a Reggie.

—Si alguien se te acerca, dale con esto.

Se apeó del Prius y escuchó. Oyó el motor del Nissan más adelante, y luego cómo se paraba. Emprendió la marcha a pie.

El Nissan estaba aparcado delante de una casa, junto a un Toyota anodino, y los dos tipos se bajaron de él con torpeza, como si hubiesen pasado una noche muy larga. Observó a uno de ellos llamar a la puerta de la casa, y entonces los dos entraron sin esperar respuesta. Al cabo de unos segundos, los oyó proferir gritos excitados, como si hubiesen encontrado algo que no esperaban, o como si no hubiesen encontrado algo que sí esperaban (o ambas cosas, de hecho), y entonces salieron de la casa y corrieron de vuelta al Nissan, uno de ellos hablando por teléfono al mismo tiempo. Jackson tuvo el tiempo justo de arrojarse a una zanja de la cuneta antes de que retrocedieran por el sendero hacia la carretera. Para su alivio, pasaron el Prius de largo.

Siguió caminando hacia la casa, preguntándose qué los habría alarmado tanto.

Confió en que no fuera una muerte. Ya habían tenido bastantes por una semana.

Un movimiento en los arbustos que rodeaban la casa lo hizo dar un respingo. Pensó que podía tratarse de un zorro o de un tejón, pero lo que apareció en el camino fue una persona, no un animal. Había luz suficiente en la casa para distinguir que se trataba de una mujer, y entonces quedó iluminada de pronto, como una polilla, por el haz de la linterna que sostenía la mano vacilante de la desobediente Reggie, y Jackson vio que no era solo una mujer, sino una mujer con un niño en brazos. Estaba empapada de sangre de la cabeza a los pies y aferraba un cuchillo en una mano. No era tanto una *madonna* como un ángel peligroso y vengador.

La perra ladró de alegría y corrió hacia ella.

—¿Doctora Hunter? —preguntó Jackson, acercándose con cautela.

—¿Puede ayudarme? —preguntó ella.

Fue más una orden que una petición, como si una diosa se hubiese encontrado inesperadamente en la Tierra y tuviera la repentina necesidad de un acólito. Y Jackson nunca había sido capaz de decir que no, ni a las diosas ni a las peticiones de ayuda.

«La règle du jeu»

Margaret, te lamentas acaso por Goldengrove, que se queda
sin hojas, ha llegado el verano, canta fuerte, cuco, había una
vez una dama que se tragó una mosca, Adán yace encadenado, encadenado a una promesa, mucho camino que recorrer
sin dormir, cinco lobitos tiene la loba. Corre, corre, Joanna,
corre. Pero no podía correr porque estaba atada con una cuerda, como un animal. Pensó en los animales que se arrancaban
una pata a mordiscos para liberarse de una trampa y trató de
romper la cuerda con los dientes, pero era de polipropileno
y no lo consiguió.

Sabía que aquel era el lugar oscuro al que siempre había
estado destinada a volver. Que te ocurriera una vez una cosa
terrible no significaba que no pudiese volver a ocurrirte.

Los hombres solo le hablaban cuando era necesario, pero no
parecía importarles que les viera la cara. Tenían cierto aire militar, y se preguntó si serían de las fuerzas especiales. Mercena-
rios. Pensaba que más valía hablarles aunque ellos no contes-
taran. A uno, que era un poco más bajo, lo llamaba «Peter»
(«Lo siento, no sé cómo se llama, ¿le importa si lo llamo Peter?»). Al más alto lo llamaba John («¿Qué me dice de John,

le va bien ese nombre?»). Decía «Gracias, John» cuando le llevaban agua o «Muy amable por su parte, Peter» cuando se llevaban el orinal para vaciarlo.

Suponía que acabarían matándola cuando hubiese cumplido su propósito, fuera este el que fuese, pero iba a ponérselo difícil, porque tendrían que recordar que había sido simpática con ellos, los había llamado por sus nombres, aunque no fueran los verdaderos, y les había hecho ver que era una persona. Y que ellos también lo eran.

Además de agua le daban comida, cosas precocinadas y calentadas en el microondas que normalmente ni habría considerado comer, pero que ahora esperaba con ansia, porque tenía mucha hambre. Le daban potitos de bebé y leche de vaca en una taza, pero Joanna no se los daba al bebé, sino que se los tomaba ella y luego le daba el pecho. También le dieron un paquete de pañales desechables, de la talla equivocada, y una bolsa de basura para meter los sucios, aunque nunca vaciaban la bolsa.

El bebé estaba muy apagado, y suponía que era por la inyección que le habían puesto a ella el primer día y que hizo que se sintiera como con la cabeza de lana; alguna clase de benzodiazepina, o quizá Valium intravenoso. Ella misma se había preparado la vena después de que le pusieran un cuchillo en el cuello al bebé.

Le llevaron unos juguetes, una pelota y una caja de plástico con agujeros de formas distintas en un lado. Cuando metías la pizca correcta en su agujero correspondiente, se encendían unas luces y sonaba un timbre. Se veía que eran cosas de segunda mano y aún llevaban las etiquetas con el precio escrito a boli, como si procedieran de una tienda de beneficencia. Una y otro no tardaron en aburrirse de los juguetes. La mayor parte del tiempo jugaba a palmas palmitas con el bebé, le cantaba y le recitaba poemas infantiles y lo movía de aquí para allá para tenerlo entretenido, así como para mantenerlo caliente, porque en la casa no había calefacción. La hipotermia era un problema más inmediato que el aburrimiento. Le habían dado un par de mantas, muy viejas, pero no bastaban. Deseaba tener consigo el inhalador (tenía que esforzarse por permanecer tranquila), deseaba tener la mantita del bebé y que ambos llevaran ropa de más abrigo.

Cuando llegaron para llevársela, estaba cambiándose en el dormitorio. Oyó a Sadie ladrar como una loca en el piso de abajo y luego unos golpetazos que no comprendió hasta que se dio cuenta de que la perra trataba de echar abajo una puerta para llegar hasta ella. Cogió al bebé y salió a toda prisa al rellano, y entonces los vio.

La cuerda era demasiado corta para llegar a la ventana, pero si se subía a la cama alcanzaba a ver el exterior. Campos, alrededor no había más que campos marrones, yermos por el invierno, iluminados por una luna brillante y fría. No había rastro de otras casas.

El segundo día, Peter le dio un bloc de papel y un bolígrafo y le dijo que le escribiera una nota a «su marido». ¿Qué debía decirle? Que morirían si no hacía lo que le dijesen, respondió Peter. Ella se preguntó qué habría hecho Neil para provocar aquello y qué estaba haciendo para encontrar una solución.

Estudió medicina porque quería ayudar a la gente. Era un tópico pero era verdad (aunque no lo era en el caso de todos los médicos). Quería ayudar a toda la gente que estaba enferma y sufría, de las paperas al cáncer, del abatimiento a la depresión. Si no podía curarse a sí misma, al menos podría curar a los demás. Por eso la había atraído Neil: no necesitaba que lo curasen, era un ser íntegro en sí mismo; no padecía el sufrimiento y la tristeza del mundo; se limitaba a seguir adelante con su vida. No tenía que cuidar de él, no tenía que preocuparse por él. Eso significaba, necesariamente, que convivir con él tendría sus inconvenientes, pero ¿quién era perfecto? Solo el bebé.

Se había pasado los treinta años transcurridos desde los asesinatos forjándose una vida. No era una vida real, sino un simulacro, pero funcionaba. Su vida real se había quedado en aquel otro campo dorado. Y entonces había tenido al bebé y el amor que sentía por él le había insuflado vida al simulacro y este se había vuelto genuino. Su amor por el bebé era inmenso, mayor que el universo entero. Feroz.

—El tipo para el que trabajamos —dijo Peter— quiere que tu marido le ceda todos sus negocios. Tú eres el precio. Tiene todos los papeles listos para que los firme, todo limpio y legal.

A ella eso le pareció absurdo.

—Pero eso es coacción, cualquier tribunal anulará esos documentos. El hombre se echó a reír.

—Ahora no estás en tu mundo, doctora.

Ella había confiado en que ese fuera el inicio de una conversación entre ellos, pero el hombre perdió interés y le indicó el bolígrafo y el papel con la cabeza.

—Así que hazlo bien.

Joanna se preguntó si Neil sabía cómo era la gente con la que estaba tratando y decidió que probablemente sí.

—¿Y si no lo hace? —quiso saber—. Si no firma para cedérselo todo a su jefe, ¿qué nos pasará a nosotros?

Pero el tipo se limitó a mirarla como si no estuviese allí.

De manera que escribió: «Si no haces lo que te dicen van a matarnos».

En algún momento de la madrugada del sábado, John la despertó, volvió a darle papel y bolígrafo y le dijo que escribiera algo.

–Lo que sea. El tiempo se te está acabando. –Y salió de la habitación.

Ella escribió con el bolígrafo: «Por favor, tienes que ayudarnos. No queremos que nos maten». Pese a lo que decían de los médicos, ella siempre había tenido buena letra. Puso los palitos a las tes y los puntos sobre las íes y subrayó «Por favor», y cuando John volvió en busca de la nota, le clavó el bolígrafo en el ojo con toda la fuerza que pudo. Le sorprendió que penetrara tan hondo.

Le tomó el pulso. Nada. El bebé seguía dormido. Empezó a sentir pánico; Peter no tardaría en volver. Tenía que estar preparada. Buscó un arma por todo el cuerpo de John, pero no tenía ninguna. Peter llevaba un cuchillo en una funda sujeta al tobillo, se lo había visto cuando se agachaba para dejarle comida en el suelo.

La puerta se abrió.

–¿Qué coño pasa aquí? –exclamó Peter, al verla sentada en el suelo con John en el regazo, como una Piedad.

No pudo sacarle el bolígrafo del ojo a tiempo, de modo que le había girado la cabeza hacia ella para taparlo a medias con las manos.

–Le ha sucedido algo –contestó, mirando a Peter–. No sé qué, me ha parecido que se ha desmayado, pero no estoy segura... –Trató de que su tono fuera profesional, como el de una doctora.

Peter se puso en cuclillas y volvió hacia él la cabeza de John, y, mientras lo hacía, ella se levantó, haciendo rodar a John de su regazo al suelo, y arremetió con la base de la palma contra la tráquea de Peter, con todas sus fuerzas. El hombre cayó hacia atrás llevándose las manos al cuello, con ojos desorbitados, y Joanna se le acercó de un salto para arrancarle el cuchillo del tobillo y cortar la cuerda que rodeaba el suyo.

Se agachó a su lado y lo observó. Tenía muchos problemas para respirar, pero no había acabado con él. Joanna notaba su propio aliento entrecortado, con las vías respiratorias constreñidas y silbando. Estaba empapada en sudor pese al frío que hacía en la habitación.

No le dejó ver el cuchillo, pero él se retorció de todos modos, tratando de apartarse de ella.

–Chist –lo tranquilizó, apoyándole una mano en el brazo.

Y entonces, con suavidad para que no lo viera venir, le hundió el cuchillo en la arteria carótida común, en la izquierda. Y luego, por si acaso, se lo clavó también en la derecha, y la sangre manó como si hubiese encontrado petróleo.

El bebé se despertó y rio al verla, y ella le canturreó:

–«El pequeño Tittlemouse en una casita vivía, y en las charcas ajenas pececitos cogía».

Un lugar limpio
y bien iluminado

El Prius ya no estaba en el garaje. Las ventanas de atrás de la casa irradiaban luz. Eran las seis de la mañana de un sábado; quizá Neil Hunter se había levantado temprano, pero era más probable que no se hubiese acostado aún. A través de las puertas acristaladas, lo vio despatarrado en el sofá de la sala de estar, con los ojos cerrados. Louise dio unos golpecitos en el cristal y Neil Hunter se despertó con sobresalto y con una expresión de terror en el rostro que se esfumó al reconocerla. Se puso en pie, vacilante, y fue a abrirle la puerta.

–No me diga, es usted otra vez –dijo. Se lo veía completamente acabado.

–¿Quiere contarnos quiénes son sus amigos? –preguntó ella entrando en la habitación.

Hunter soltó una risa lúgubre.

–¿Mis amigos? ¿Qué amigos? Resulta que yo no tengo amigos –el tipo parecía un muerto viviente.

–¿Y su esposa? ¿Qué le ha ocurrido, señor Hunter? Creo que ya nos ha mareado bastante, ¿no le parece? Nunca alquiló un coche para ir a Yorkshire, no había ninguna llamada de su tía; de hecho, y lo que voy a decirle es muy significativo, la anciana murió hace dos semanas. Así pues, ¿qué está pasando exactamente?

Neil Hunter se desplomó en una silla y se llevó las manos a la cabeza. Louise se agachó a su lado.

—Solo dígame una cosa, ¿la han secuestrado, sí o no? Él inspiró ruidosamente y no contestó.

Louise se incorporó y, con su tono más oficial, declaró:

—Neil Hunter, voy a hacerle unas preguntas. No está obligado a decir nada en respuesta a esas preguntas, pero si lo hace, quedará constancia por escrito de lo que diga y podrá ser utilizado como prueba ante un tribunal.

Hunter se echó a llorar.

Louise estaba de pie en el umbral de entrada de los Hunter, respirando el aire gélido del amanecer. En momentos como ese deseaba ser fumadora, porque así no la tentaría tanto acabar con el whisky Laphroaig de Neil Hunter.

A media mañana, la calle estaba a rebosar de policías. Le vino a la mente una imagen de caballos, cerrojos y puertas de establo que se abrían.

Se habían llevado a Neil Hunter para someterlo a un interrogatorio, pero lo que decía no tenía mucho sentido, y la policía de Strathclyde había irrumpido en el ático de lujo de Anderson. Sin embargo, este estaba bien protegido por sus abogados. Nadie tenía ni idea de dónde empezar a buscar a Joanna Hunter. Habían parado el Nissan en la M8 gracias a la matrícula que les había dado Reggie, pero los tipos que iban en él tampoco soltaban prenda.

Joanna Hunter estaba muerta, Louise tenía la seguridad de que así era. Y el bebé también. Yacían en una zanja en alguna parte o servían de alimento a los cerdos. Hunter decía que ella ya no estaba cuando él llegó a casa el miércoles, y que una hora más tarde había recibido una llamada diciéndole que si acudía a la policía jamás volvería a verla.

—Encuentre el dinero para pagar a Anderson o cédaselo todo de inmediato, me dijeron —le reveló a Louise antes de que se lo llevaran a la comisaría.

—Eso fue el miércoles, y hoy es sábado. ¿No firmó simplemente para cedérselo todo?

—Estaba tratando de encontrar el dinero.

—¿No firmó de inmediato?

—Eso no quiere decir que no me importe mi familia.

—No firmó en el acto para cedérselo todo, dice.

—Usted no lo comprende...

—Sí lo entiendo: no firmó en el acto y punto. Un tribunal habría desestimado esa documentación considerándola falsa. Lo habría conservado todo y habría tenido una posibilidad de recuperar a su esposa y a su bebé.

—Y él habría venido a por mí de otra manera. Anderson es un maníaco, sus esbirros son unos maníacos. Una vez que le hinca el diente a algo, no lo suelta. Si lo hubiese llevado a juicio, habría venido a por nosotros, nos habría matado a todos, seguro.

Un agente de uniforme salió de la casa.

—¿Jefa?

Llevaba «noticia importante» escrito en la cara, y ella se dijo: «Se acabó, Joanna Hunter está muerta», pero el policía esbozó una gran sonrisa.

—No va a creerlo, jefa. Ha vuelto. Está en la casa.

—¿Quién? ¿La doctora Hunter?

—Sí, la doctora Hunter, y el bebé. Y una chica.

—¿Una chica?

¿Qué clase de truco de magia era aquel? Joanna Hunter estaba sentada en el sofá, en la antaño preciosa sala de estar. Llevaba unos vaqueros limpios y un suave jersey azul claro que parecía de cachemira. Tenía botoncitos de perla en los puños. Esos detalles parecían completamente fuera de lugar. Se la veía impecable. Tenía el cabello mojado, como si acabara de ducharse.

–El bebé está dormido en su cuna –le dijo, antes de que pudiera preguntar por él.

Reggie estaba sentada en el sofá, a su lado, con una expresión deliberadamente neutra en la cara, como si estuviera decidida a no revelar nada. A Joanna Hunter, en cambio, se la veía muy relajada.

–Perdóneme si les he causado molestias –dijo, como quien se disculpa por llegar tarde a una visita al dentista–. Quería irme de aquí un par de días. Lo tengo todo un poco en blanco, me temo. Creo que he sufrido alguna clase de amnesia temporal. El término médico es «estado de fuga disociativa», creo recordar. Un trauma provocado por el recuerdo de un trauma anterior. Andrew Decker, supongo. Y ya está.

–¿Y ya está? –repitió Louise.

Intentaba encontrar la manera de interrogar a dos mentirosas consumadas (no sabía muy bien cómo averiguar la verdad, y mucho menos seguirla), pero la salvó del dilema una llamada a la puerta. Karen Warner entró con torpeza en la habitación.

–Siento interrumpir, jefa.

Jadeaba como si hubiese llegado corriendo. Ni siquiera pareció reparar en la milagrosa reaparición de Joanna Hunter. Tenía en la cara una expresión sombría que solo podía significar que había ocurrido algo malo.

–Oh, Dios mío –soltó Louise con el corazón encogido–. Se trata de Needler, ¿no? Ha vuelto.

–Sí, ha vuelto –confirmó Karen.

–Alguien ha muerto, lo sé por la expresión de tu cara. ¿Quién? ¿Alison? ¿Uno de los niños? ¿Todos ellos?

–Ninguno de ellos, jefa. Es Marcus.

En situación crítica. Bien mirado, era una expresión rara. Marcus estaba en el quirófano. Louise y Karen estaban sentadas en el «santuario» desierto del hospital. Había alguna clase de vegetación poco ortodoxa para indicar que estaban en Navidad.

–¿Qué ha pasado? –quiso saber Louise.

–No lo sé; por lo visto la cosa es muy confusa. Marcus oyó la llamada y respondió, creo que estaba en el cinturón, dirigiéndose al trabajo. Ya había agentes de uniforme de la zona. Me parece que se ha hecho todo un poco a la ligera; ya sabes, esa mujer ha gritado que venía el lobo demasiadas veces.

–Conque a la ligera. Dios santo.

Needler había tenido a su familia amenazada a punta de pistola toda la noche. Uno de los niños se las había apañado para oprimir el botón de emergencia y la policía respondió; el «primer agente en la escena» había llamado al timbre, y Needler abrió y le descerrajó un tiro en el pecho. Ese «primer agente» era Marcus.

–No llevaba chaleco –explicó Karen–. Debería haber esperado al vehículo de respuesta inmediata. Idiota.

–El necio es atrevido –sentenció Louise–. Solo trataba de ayudar. Cuando Karen y Louise llegaron, ya no había nada que hacer.

Needler había salido de la casa, ofreciéndole un blanco perfecto a un agente del vehículo de apoyo, pero antes de que pudiesen abatirlo se había pegado un tiro.

–El muy cabrón –dijo Louise.

Deseó haber estado allí, deseó haber podido hacerlo pedazos con sus propias manos, cual ménade enloquecida.

Habían llevado a Marcus al hospital Saint John de Livingston para luego trasladarlo al Royal Infirmary en Edimburgo, donde lo habían operado.

Cuando el cirujano salió del quirófano, reconoció a Louise y enarcó muy levemente una ceja, un gesto mínimo que a la madre de Marcus le pasó inadvertido, pero que ella sí captó.

–Oh, Dios –gimió.

–No creo que Él vaya a ayudar –contestó Karen.

Louise estaba a los pies de la cama. La madre de Marcus, sentada a un lado, aferraba la mano de su hijo. Estaba conectado a una máquina de constantes vitales en la unidad de cuidados intensivos.

–Es hijo único –dijo la madre.

Se llamaba Judith, pero se le hacía imposible pensar en ella de otra forma que no fuera «la madre de Marcus».

–Su padre murió –continuó la mujer–. Siempre me ha preocupado que me pasara algo y él se quedara solo.

Un hijo sin madre. Ahora ella iba a convertirse en una madre sin hijo. Louise también lo estaba perdiendo, a su chico bueno.

Apareció una muchacha guiada por una enfermera hasta la cama y se sentó frente a la madre.

–Esta es Ellie –le dijo a Louise la madre de Marcus.

Ellie no reconoció la presencia de ninguna de las dos; de haber podido traer de vuelta a Marcus con el poder de sus pensamientos, él ya estaría levantado y caminando por allí. La madre tendió una mano sobre su cuerpo para coger la de Ellie. Con la mano libre, acarició los cortos rizos de su hijo.

–Es tan buen chico... Parece que esté dormido.

–Sí, es verdad –respondió Louise.

No lo era. No parecía dormido, nadie tenía aquel aspecto cuando estaba dormido, pero bueno.

Él ya se había marchado, solo esperaba que le dijeran adiós. Hasta el infinito y más allá.

Dulce mujercita, lindo bebé

Lassie volvió a casa. Al final no le hizo falta la ayuda de nadie. Volvió ella solita.

Todavía no era de día, así que costaba distinguir quién era. Solo una forma, una forma que se acercaba. Pero la perra sí lo supo.

Reggie casi se desmayó. La descarga de sustancias químicas en su cuerpo hizo que se mareara. Una gran cascada de adrenalina fluyó a través de ella, convirtiendo su corazón en un nudo tieso y duro en el pecho. La recorrió una oleada de tantas emociones que apenas pudo desenredar sus distintas hebras. Alivio e incredulidad. Felicidad. Y espanto. Mucho espanto.

La doctora Hunter caminaba hacia ellos con el bebé en brazos. Iba descalza y aún llevaba puesto el traje y el bebé su atuendo de marinerito. Ella estaba cubierta de sangre. Le apelmazaba el pelo, le manchaba la piel de la cara, de las piernas. El bebé también tenía vetas y salpicaduras de rojo.

La sangre no era de ellos. El bebé rio al ver a Sadie y la doctora Hunter daba pasos rectos y firmes, como una heroína, una reina guerrera.

La perra salió al galope y fue la primera en saludar a la doctora, tan juguetona como un cachorro. Cuando el bebé se encontró lo bastante cerca, tendió los regordetes bracitos hacia Reggie y dio su salto de estrella de mar. Ella lo cogió y lo abrazó con fuerza.

—Hola, solete. Te hemos echado de menos.

Jackson entró en la casa y volvió a salir con pinta de estar mareado; entonces, con una manguera, sacó gasolina del Toyota que estaba aparcado fuera y la utilizó para prenderle fuego a la construcción.

Cabría pensar que era la clase de situación en que cualquiera llamaría a la policía: secuestro, asesinato en defensa propia, etcétera; pero no, por lo visto no lo era.

—No quiero algo así en la vida del bebé para siempre de la forma que yo lo he tenido en la mía —le dijo la doctora Hunter a Jackson—. ¿Lo comprende?

Reggie supuso que él debió de comprenderlo, porque hizo desaparecer la escena entera de un crimen, ¡puf!, así, por las buenas.

Entonces se fueron de allí, recorriendo el sendero de vuelta al coche, con las llamas elevándose tras ellos en el cielo oscuro de la madrugada. Debía de parecer que salían directamente del infierno.

Jackson se detuvo en el pequeño aparcamiento que había a un lado del campo y la doctora Hunter dijo, como si los hubiera llevado de vuelta del supermercado:

—Déjenos aquí mismo. Desde aquí se ve mi casa, ya está bien. Gracias. El bebé tendió una manita regordeta y Jackson se la estrechó.

—Qué tal te va —dijo, y el pequeño rio.

—Adiós, señor B —dijo Reggie, y le dio un beso en la mejilla, tan leve como el de un gorrión.

En la casa había un montón de policías, pero entraron desde el campo, a través del hueco en el seto del jardín de atrás, y por la puerta de la cocina, donde la única señal de vida era el polvo para huellas digitales que cubría las encimeras. De modo que ella y la doctora subieron directamente por la escalera de atrás hasta el cuarto de baño, y la doctora le tendió al bebé y le dijo:

–¿Puedes darle un baño, Reggie, mientras yo me doy una ducha?

Y cuando los dos estuvieron limpios, calentitos y envueltos en toallas, la doctora comentó:

–Es sorprendente hasta qué punto echa una de menos el agua caliente y el jabón.

–Y añadió, como si fuera lo más normal del mundo–: ¿Te parece que podrías coger nuestra ropa, meterla en tu bolsa y deshacerte de ella en algún sitio?

Y Reggie, a la que entonces ya se le daba muy bien ocuparse de prendas manchadas de sangre, metió el trajecito de marinero del bebé y el traje de chaqueta, la camiseta y la bonita ropa interior de la doctora, todo estropeado por la sangre, en su mochila. La sangre aún no estaba seca del todo, pero prefirió no pensar mucho en eso.

Entonces fue en busca de ropa limpia al dormitorio de la doctora y la habitación del bebé, donde había más polvos para huellas digitales, y los dos quedaron impecables, como nuevos. Reggie no, Reggie era vieja; había vivido una vida entera en un solo día.

Cuando volvieron a bajar, todos los policías que había en la casa parecieron absolutamente perplejos al verlos. Uno de los forenses preguntó:

–¿Quién es usted?

–Joanna Hunter –respondió la doctora.

–¿Qué están haciendo? Esto es la escena de un crimen, la están comprometiendo.

–¿La escena de qué crimen? –quiso saber la doctora.

–Un secuestro –contestó el policía.

Y entonces tuvo pinta de sentirse bastante estúpido, porque la víctima del secuestro estaba sentada delante de sus narices diciéndole a Reggie:

–¿Puedes poner la tetera?

–Sí, así todos tomaremos un té –contestó ella.

Y entonces todo el mundo quiso hacerle preguntas, por supuesto, y la doctora Hunter no paraba de decir, tan educada como la que más:

–Lo siento mucho, de verdad, pero no me acuerdo.

Cuando ya habían tomado el té, Reggie dijo:

–Bueno, será mejor que me vaya, doctora H. Tengo cosas que hacer, gente que ver –y se despidió de todos los agentes de policía–. Adiós, amigos.

Y se echó la mochila a la espalda como si contuviera libros o la compra o cualquier cosa menos dos juegos de prendas manchadas de sangre.

Grandes esperanzas

Jackson esperaba al otro lado de la puerta del hospital, con el cuello levantado para protegerse del frío. Ella lo ignoró y pasó de largo, pero él tendió una mano para coger la suya. Louise tenía la piel seca y fría. Se soltó la mano y siguió caminando. Él la alcanzó.

–Siento lo de tu chico, Marcus.

Se sentaron en el coche de ella, y Jackson la abrazó mientras lloraba. Cuando hubo acabado de llorar se retorció para librarse de él como si fuera un engorro y se sonó la nariz.

–Sabes que la hemos encontrado, ¿verdad? –dijo Louise.

–¿A la doctora Hunter? Sí, eso he oído. Me lo ha contado Reggie.

–¿Cómo?

–Me ha llamado por teléfono.

–Tú no tienes teléfono.

–Ajá, eso es verdad.

–¿Ni siquiera vas a intentar mentir? –quiso saber ella–. Sé que has estado tramando algo, lo llevas escrito en la cara. Mientes fatal.

¿Qué iba a contarle? ¿Que había arrancado el bolígrafo del ojo de aquel tipo, que había tirado el cuchillo a un contenedor de la calle minutos antes de que pasaran los de la basura? ¿Que había prendido fuego a una casa y destruido la escena de un crimen y que era cómplice de encubrir un doble asesinato? Ella era policía, y él también lo había sido. Ahora había un abismo entre los dos que nunca podrían salvar porque él jamás podría contarle la verdad. Ella iba a estar para siempre en su pasado, nunca en su futuro.

–Deberías irte a casa, Louise.

–Tú también.

Cogió un autocar. No sabía por qué no se le había ocurrido antes. Le sorprendió lo cómodo que era, un vehículo exprés que viajaba durante la noche y que lo depositó convenientemente en Heathrow antes del amanecer. Su odisea por fin había concluido. Fue a tomarse un café y a esperar que su esposa tomara tierra.

Según el panel de llegadas de la terminal 3, el vuelo VS 022 había aterrizado en Heathrow hacía veinte minutos. Llevaba un buen rato decantar un pájaro grande como el Airbus A-340 y luego, claro, los pasajeros aún tenían que pasar por el suplicio de la recogida de equipajes. De manera que Jackson había entrado en fase de espera, un estado similar al zen, con la mente casi en blanco, al que se había acostumbrado cuando trabajaba de detective privado diluido a las interminables horas sentado en un coche, esperando a que maridos desaparecidos y esposas infieles cruzaran su radar.

La zona de llegadas estaba abarrotada de gente que esperaba para recibir a los pasajeros del vuelo. Nunca había visto una variedad semejante de nacionalidades en un solo sitio y, desde luego, no de tan buen humor, en especial teniendo en cuenta lo temprano que era. Una hilera de conductores y chóferes bastante menos entusiastas recorría el perímetro con carteles de empresas y nombres escritos a mano en alto. Técnicamente, él pertenecía al primer grupo, pero era con el segundo grupo de hermanos con el que se sentía identificado.

Tras un período de calma de varios minutos, la expectativa creció de intensidad entre la multitud, una expectativa que se transformó de pronto en emoción cuando las puertas automáticas se abrieron con un siseo y por ellas salió la avanzadilla de pasajeros con paso decidido: tipos de la primera clase, trajeados y con equipaje de mano, que hacían gala de una indiferencia heroica ante las multitudes.

–¿Venía usted en el vuelo de Washington? –le preguntó a un hombre con pinta de agobiado, que musitó una respuesta afirmativa, como si no pudiera creer que un absoluto extraño se dirigiera a él a esas horas de la mañana.

Unos minutos después, un flujo constante de gente empezó a verterse del avión para verse absorbido por la zona de llegadas. Al cabo de poco, el flujo fue menguando hasta que solo quedaron familias de aspecto agotado con niños y bebés. Finalmente, una retaguardia de sillas de ruedas cerraba la marcha.

No había ni rastro de su esposa.

Había varias explicaciones posibles, por supuesto. Podían haberle perdido el equipaje y aún estaría rellenando formularios en la zona de recogida. O la habían parado en la aduana o en inmigración o en el control de pasaportes, por error o para hacer una comprobación. A él lo habían retenido una vez durante horas porque la lámina transparente de su maltrecho pasaporte había empezado a levantarse. Esperó otros veinte minutos para comprobar si Tessa aparecía; nada de paciencia budista esta vez, solo con agitación de perro ovejero.

Se dijo que debía de haber perdido el vuelo. Lo habría llamado o le habría mandado un mensaje de móvil. Quizá

Andrew Decker había leído un alegre mensaje de Tessa en su BlackBerry («¡He tenido que cambiar de vuelo por falta de plazas! Tengo una en el vuelo siguiente»).

Quizá él se había equivocado de vuelo, con el cerebro trastornado como lo tenía por el accidente de tren. «En vez de cerebro tienes carne picada», le había dicho Louise.

Trató de llamar al móvil de Tessa desde una cabina, pero no tenía tarjeta de crédito y se quedó enseguida sin monedas. Se había gastado casi todo el dinero de Reggie en el billete de autobús.

Por fin, fue en busca de un empleado de la compañía aérea y una mujer («Lesley») embutida en un uniforme rojo que le habría permitido ahogarse en una cuba de sopa de tomate Heinz sin que nadie lo advirtiera, le informó de que en la lista de pasajeros no figuraba nadie con el nombre de Tessa Webb.

–Entonces ha perdido el vuelo –dijo él.

–Nunca tuvo plaza en este vuelo –contestó «Lesley», observando con atención la pantalla de su ordenador–. O en ningún vuelo, pues en realidad no hay nadie con ese nombre en toda la base de datos.

Quizá Tessa se había equivocado al darle la compañía; él no había visto nunca el billete, igual era de British Airways y no de Virgin. La mujer de la British no parecía muy contenta de hablar con él –supuso que podía ser por los moretones, o el cabestrillo, o su pinta general de desesperación, pues había muchos motivos para no entablar conversación con él–, pero sí le dijo que el siguiente vuelo procedente de Dulles tenía prevista su llegada al cabo de una hora. De modo que esperó también ese vuelo. Ni rastro de Tessa. En realidad, esperó toda la mañana antes de desistir y coger el tren exprés de Heathrow a Paddington, desde donde fue andando hasta Covent Garden. Después de todo, no tenía otra cosa que hacer.

Utilizó lo que le quedaba del dinero de Reggie para comprar una bolsa de cruasanes. Estaba deseando tomarse una buena taza de café preparado con su máquina industrial. No se había tomado una buena taza de café desde que había emprendido la marcha, a primera hora del miércoles.

Lo que no había considerado, y le pareció entonces totalmente lógico, era que Tessa hubiese llegado ya en un vuelo anterior, o incluso el día anterior, y que estuviera perpleja ante su ausencia. Se convenció de esa visión de las cosas y silbaba de puro optimismo mientras subía la escalera de su pequeño nido de águilas («nuestro nidito de amor», lo había llamado él una vez, y ella se echó a reír, aunque no supo si lo hacía por su sensiblería o por el tópico).

Llamó con fuerza a la puerta. No tenía llaves, por supuesto, pero su esposa estaba en casa, ¿para qué las necesitaba? Debía de estar durmiendo, en pleno desfase horario. Durmiendo profundamente. O había salido un momento en busca de una bolsa de cruasanes. De café recién hecho para su amado, para llevarlo de vuelta al nidito de amor. Las vigas del alero de su casa eran de cedro, y las interiores de abeto.

¿Dónde coño estaba Tessa?

Jackson guardaba una llave sobre el dintel de la puerta del vecino de abajo sin que este lo supiera. Un ladrón podía buscar sobre el dintel, pero era poco probable que supiera que la llave era de otra puerta. Los ladrones, en general, eran oportunistas y estúpidos. Pensó en las llaves del Prius detrás de la lata de perla satinado. En otra vida, habría sido un buen nombre para Joanna Hunter. Dijo que había matado a los dos tipos que la tenían prisionera en la casa porque ellos tenían intención de matarlos, a ella y al bebé, pero Jackson no tenía la certeza de que fuera así. Se habría librado alegando defensa propia, estaba seguro, pero aquella casa era un baño de sangre, y nunca habría podido huir de la mala fama. Durante el

414

resto de su vida habría sido la mujer que mató a sus secuestradores, y el bebé habría sido el hijo de esa mujer. Jackson comprendía su punto de vista. Había pasado treinta años huyendo de una pesadilla solo para zambullirse de cabeza en otra.

Cuando metió por fin la llave en la cerradura, lo hizo con sensación de alivio. La llave giró y entró en casa. Por fin.

No había ni rastro de Tessa. Ni bolsa con café recién hecho en la encimera. Ni cruasanes. ¿Adónde se ha ido tu amada?

Le llegó el olor antes de verlo. No olía a café, eso seguro. Lo que fuera llevaba ahí al menos un día, por el hedor a matadero. No era «lo que fuera», era un tipo. Había una pistola en el suelo, a sus pies, un arma rusa... Makarov, Tokarev, no se acordaba; en la guerra del Golfo había un montón de ellas, y algunos chicos se las traían a casa como trofeos. Quizá el tipo era un exsoldado que había decidido quitarse limpiamente de en medio volándose la tapa de los sesos. No, limpiamente, no, todo lo contrario. Había sangre por todas partes, sesos y otras cosas; no se acercó demasiado, pues no quería contaminar la escena. Había destrozado ya otra escena de un crimen en las últimas veinticuatro horas, y le pareció que debería conservar aquella.

Dado que se había volado la mayor parte de la cabeza, le fue difícil saber si lo conocía o no. El traje le resultaba familiar; se parecía mucho al traje raído del tipo que se había sentado a su lado en el tren, un tipo de lo más corriente. Pero fuera o no un extraño, ¿por qué iba a decidir alguien allanar una morada y suicidarse en ella? Jackson era bastante inmune a los cadáveres; había visto suficientes en sus tiempos; a lo que no estaba habituado era a encontrárselos en su propia casa. En realidad, no había sido un allanamiento, pues no había indicios de que hubiesen forzado puertas o ventanas.

Con cautela, tratando de no pisar sangre, se acercó poco a poco al cuerpo y, con el índice y el pulgar, sacó una cartera del bolsillo interior del muerto. Dentro de la cartera había dos fotografías familiares y un permiso de conducir. Contempló la foto de él mismo. Nunca le había gustado esa imagen; en sus mejores momentos ya no era fotogénico, pero en el carnet de conducir parecía un refugiado de guerra. Sintió la tentación de hurgar más en los bolsillos del hombre, pero se resistió. Un permiso de conducir lo decía todo: el nombre del tipo era Jackson Brodie.

Pensó en llamar a Louise y contarle que Andrew Decker había parado por fin de correr, pero acabó llamando simplemente al 999.

Mientras esperaba a que le mandaran las nuevas tarjetas de crédito le pidió a Josie que le transfiriera dinero a su cuenta («¿Qué has hecho ahora, Jackson?»). De haber podido acceder a su pasaporte, habría ido al banco a sacar dinero directamente, pero el pasaporte estaba en el piso y todo lo que había en el piso le estaba vedado hasta que la policía le diera luz verde.

–Es la escena de un crimen potencial –le dijo uno de los agentes que lo investigaba–. No podemos tener la seguridad de que haya sido un suicidio, señor.

–Ya –respondió–. Yo antes era policía.

Antes de ponerse en contacto con Josie había llamado a Julia, pero esta no demostró interés por sus apuros. Su hermana Amelia había muerto el miércoles en el quirófano («Hubo complicaciones –sollozó–. Típico de Amelia»).

Con aquel dinero tenía suficiente para unos cuantos días. Se había alojado en un hotel barato, en King's Cross, hasta que el piso de Covent Garden dejara de ser la escena de un crimen, aunque no pensaba volver a vivir allí. No se imaginaba poniendo los pies en el sofá y abriendo una lata de cerveza en la misma habitación en que alguien se había volado, literalmente, la tapa de los sesos.

El hotel era un antro. El año anterior, en esas mismas fechas, estaba alojado en Le Meurice, con Marlee, haciendo compras navideñas y saliendo de paseo por las tardes para ver la decoración de los escaparates de las Galeries Lafayette. Y ahora estaba en un hotelucho de mala muerte en King's Cross. Vaya con el ocaso de los poderosos.

El lunes por la mañana fue al Museo Británico.

Allí nadie había oído hablar nunca de una tal Tessa Webb.

–Es conservadora aquí –insistió–. De arte asirio.

Ni Tessa Webb ni Tessa Brodie. Ni conferencia en Washington de la que nadie tuviese noticia.

Le pidió un favor a un tipo llamado Nick que había trabajado hasta hacía poco para Bernie, y que antes era técnico en comunicaciones en la policía metropolitana. Bernie estaba de viaje en alguna parte.

Nick lo informó de que a la escuela para niñas de Saint Paul no había asistido ninguna Tessa Webb, y tampoco al Keble College de Oxford; no había datos de ella en la Seguridad Social, ni permiso de conducir a su nombre. Jackson se preguntó cómo lo recibirían si entraba en una comisaría y denunciaba la desaparición de su esposa pródiga. ¿Y cómo denunciaba uno la desaparición de alguien que ni siquiera parecía haber existido?

El detective a cargo del caso explicó:

–Han realizado la autopsia, y el patólogo dice estar seguro al cien por cien de que Decker se suicidó.

–¿En mi casa?

–Supongo que tenía que hacerlo en algún sitio. Tenía sus llaves, su dirección. Quizá había empezado a identificarse con usted en algún sentido. No tenemos ni idea de cómo consiguió el arma, pero ha pasado los últimos treinta años relacionándose con presos, así que probablemente no le fue difícil.

El martes le permitieron volver al piso de Covent Garden. Cogió el pasaporte y fue al banco a sacar dinero, y descubrió que no tenía. Lo mismo pasaba con sus inversiones.

–Chico, vaya chavala más lista, esa supuesta esposa tuya –dijo Nick en tono admirativo–. Vació tus cuentas y lo transfirió todo a otras a las que es imposible seguir el rastro. Hábil, muy hábil.

Ni Tessa, ni dinero, ni Bernie. Todo había sido un gran montaje, desde aquel primer encuentro «casual» en Regent Street. Entre los dos habían diseñado a la mujer que lo atrajera: por su aspecto, por su forma de comportarse, por las cosas que decía, y él había caído como el mayor imbécil de la historia. Había sido una estafa perfecta, y Jackson el blanco perfecto.

Estaba demasiado cansado para enfurecerse siquiera. Y, bien mirado, nunca se había ganado aquel dinero, de manera que ahora había pasado simplemente a pertenecerle a algún otro que tampoco se lo había ganado.

SEXTA PARTE
Navidad

Un cachorro, el regalo perfecto de Navidad

«Un amigo fiel». ¿Qué significaba eso? ¿Se refería al contenido de la cesta, de esas de mimbre con tapa y atada con un gran lazo de satén rojo? ¿O se refería a la persona que había dejado la cesta ante su puerta? Las palabras estaban escritas en una etiqueta navideña, una de esas brillantes y caras reproducciones de tarjetas victorianas. Todo el asunto parecía muy pasado de moda; casi esperaba levantar la tapa y encontrarse dentro un festín a base de pudin de ciruelas y un enorme pastel de cerdo y botellas de oporto y madeira.

Louise no había esperado un perro. Un cachorro, una cosita minúscula. Blanco y negro.

—Es un border collie —explicó Patrick con tono de entendido—. Tuve uno de niño. Es un perro pastor.

Era Patrick quien había encontrado la cesta en el porche. Era Nochebuena y estaban sentados en silencio, escuchando la radio, una escena doméstica pacífica y atemporal que contradecía sus sentimientos. Louise se sentía ajena al tiempo que formaba parte de ella. Patrick estaba haciendo el crucigrama del *Scotsman* mientras ella convertía las tarjetas de Navidad que no había conseguido enviar en felicitaciones de Año Nuevo. «Siento llegar un poco tarde, he estado en cama con gripe». No era verdad, pero bueno. En el piso de arriba, Archie estaba encerrado en su habitación, sentado ante el ordenador, hablando con sus amigos, y una música nada propia de esas fechas se filtraba a través del suelo. Alguien llamó al timbre y Patrick se levantó a abrir la puerta.

–¿Has visto quién era? –quiso saber ella.

–No –respondió Patrick.

–¿Nada? ¿Y un coche? ¿Has oído un motor? Tienes que haber advertido algo. No ha salido de la nada, alguien ha llamado al timbre.

–Calma, Louise. No soy un sospechoso. A lo mejor el perro era para Archie.

–¿Un perro? ¿Para Archie? –Pues no sonaba improbable ni nada.

Había sido él, lo sabía. «UN AMIGO FIEL»; tenía una empalagosa veta sensiblera de un kilómetro de ancho. Todo el montaje, la cesta, el mensaje, la cinta. Había sido él.

Salió corriendo a la calle con el cachorro en brazos. Sentía el acelerado latir de su corazón contra el suyo. Notaba la solidez de su cuerpo regordete en las manos, y al mismo tiempo pesaba menos que una pluma. Se plantó en medio de la calle y deseó con todas sus fuerzas que Jackson volviera. Pero no lo hizo.

–Louise, venga, entra ya, que hace un frío que pela.

Condujo hasta Livingston el día de Navidad. Alison Needler había puesto en venta la casa de Trinity y andaba buscando una vivienda en otro lugar.

–Supongo que saldrá a precio de ganga –dijo–. No hay mucha gente que quiera vivir en una casa en la que han sido asesinadas tres personas.

–Oh, no sé –contestó Louise–. El mercado inmobiliario de Edimburgo es bastante despiadado.

La semana anterior les había llevado un árbol, porque Alison, claramente, no estaba para esas cosas. También les había llevado regalos, juguetes para los niños, todos de plástico, ruidosos y chabacanos, nada remotamente educativo ni de buen gusto; ella también había sido niña una vez, sabía qué les gustaba.

Ese día había llevado consigo las cosas que supuestamente debía tener la gente en Navidad: nueces, mandarinas, dátiles; todo eso que en realidad nadie se comía. Más una botella de whisky de malta y otra de vodka.

–Vodka –dijo Alison–. Mi bebida favorita.

De vez en cuando, se vislumbraba a otra Alison, la de antes de casarse con David Needler. Fue en busca de dos vasos a la cocina.

–Le gusta el whisky, ¿verdad? Louise tapó el vaso con la mano.

–Tiene razón, pero solo tomaré un zumo de naranja o algo así.

Alison enarcó una inquisitiva ceja y preguntó:

–¿Porque está embarazada?

Louise soltó una carcajada.

–Dios santo, ¿qué es usted, una bruja? No, porque tengo que conducir. ¿Qué pasa? ¿Por qué me mira de esa manera? Le juro por Dios, con la mano en el corazón, sobre la tumba de mi madre, que no estoy embarazada –pero bueno.

Iba a dejar a Patrick en Nochevieja, así podrían empezar de cero el nuevo año. Déjate ya de clichés, Louise. En Navidad, no; sería cruel hacerle algo así, pues su primera esposa lo había dejado, aunque no fuera voluntariamente, en Navidad. Todas las navidades futuras se verían empañadas por el recuerdo de otra esposa que lo abandonaba. Se conseguiría una nueva. A Patrick se le daba bien el matrimonio («Tengo mucha práctica», lo imaginaba diciéndole entre risas a la siguiente). Era un buen hombre, lástima que ella fuera una mujer tan mala.

«El amor es lo único importante». Ese había sido el mensaje de despedida de Joanna Hunter la tercera y última vez que la había interrogado. Que había tratado de interrogarla, mejor dicho. Esa mujer era más impenetrable que el mármol.

–¿Estuvo solo vagando por ahí durante tres noches? ¿Está segura de que no recuerda nada más? ¿Ni dónde dormía o qué comía? No tenía coche, ni dinero. No lo comprendo, doctora Hunter.

–Yo tampoco, inspectora jefe. Llámeme Jo.

Louise suponía que podría haber forzado la cosa y encontrado pruebas forenses en alguna parte. La ropa con que salió de la casa, por ejemplo..., el traje negro, ¿dónde estaba? O el Prius, aparcado en la calle y recién despejado de cualquier huella o prueba. Ante cada pregunta, Joanna Hunter se limitaba a encogerse de hombros y decir que no se acordaba. Era inquebrantable. Sin embargo, Neil Hunter no lo era. Había cantado la historia entera sobre Anderson y la extorsión.

Quizá podría haberla doblegado de haber querido hacerlo realmente. Quizá, si la hubiese presionado con lo de los dos cuerpos hallados en una casa que ardió hasta los cimientos en Penicuik, tipos cuyas identidades seguían sin conocerse casi dos semanas después. Finalmente, identificaron a uno, un marine, gracias a la odontología forense: había dejado las fuerzas armadas diez años antes y nadie había vuelto a saber de él desde entonces. El otro seguía siendo un misterio. Ni rastro del cuchillo que había acabado con el tipo de la tráquea aplastada, ni rastro de lo que fuera que le hubiesen metido al otro en el ojo hasta hundírselo en el cerebro. El fuego destruyó cualquier huella que pudiese haber. «Parece cosa de profesionales», comentó el detective a cargo del caso cuando hablaron al respecto en la reunión del Grupo de Coordinación de Tareas.

No se mencionó la posibilidad de que aquello tuviese alguna relación con Joanna Hunter. Ella había desaparecido y vuelto a aparecer. Fin de la historia. Anderson salió de todo aquello oliendo a rosas; el señor Hunter, en cambio, iba a ser procesado por incendio provocado con el propósito de presentar a la compañía de seguros una solicitud falsa de indemnización.

La muerte de Marcus copó los grandes titulares durante varios días. «Un policía héroe», etcétera. Su madre hizo desconectar la máquina que mantenía sus constantes vitales al cabo de una semana, de modo que el funeral fue justo antes de Navidad.

–Para mí, eso no cambia nada –declaró–. Ahora ya no habrá más Navidades.

Al día siguiente del funeral, se arrojó desde el puente de North a las tres de la madrugada. Colguémosle una medalla a ella también.

En cuanto a lo de Decker, Louise no conseguía entenderlo por mucho que se empeñara.

–Usted lo visitó en la cárcel –le dijo a Joanna Hunter–. ¿Por qué? ¿Qué le dijo a ese hombre?

–Oh, no gran cosa –respondió la doctora–. Esto y aquello, ya sabe cómo son esas cosas.

–No, no lo sé –dijo ella.

Joanna Hunter estaba decorando el árbol de Navidad, colgando bolas de cristal baratas como si fueran valiosas joyas.

–Tenía mucho cargo de conciencia por lo que había hecho. En prisión se había vuelto religioso –añadió, contemplando el ángel destinado a la punta que tenía en la mano.

–Se convirtió al catolicismo –confirmó Louise–. Y luego se suicidó. Tenía que haber sabido que para un católico eso significa la condena eterna.

–Quizá pensó que sería un castigo justo para él –sugirió Joanna Hunter, subiéndose a una escalera para llegar arriba del árbol.

–Usted sabe disparar una pistola –dijo ella, sujetando la escalera.

–Así es. Pero yo no apreté el gatillo.

No, se dijo Louise, pero de una forma u otra, lo convenció de que lo hiciera.

–Fui a verle porque quería que comprendiera lo que había hecho –prosiguió Joanna Hunter, tendiendo la mano para colocar el ángel en la punta del árbol–. Quería que supiera que había robado la vida de unas personas sin razón alguna. Quizá verme a mí de adulta y con el bebé le hiciera comprender por fin, le hiciera pensar en cómo habrían sido Jessica y Joseph.

Buena explicación, pensó Louise. Muy racional. Digna de una doctora. Pero quién podía decir qué otras cosas le había murmurado a través del mostrador de visitas.

Había llevado consigo al bebé. El bien y el mal en su vida en la misma habitación, y el mal había sido derrotado. Si Louise se encontrara en una situación peligrosa, si estuviera en un callejón sin salida, en una noche oscura, sin posibilidad de escapar, le gustaría que Joanna Hunter luchara a su lado. Desde luego, más valía luchar con ella que contra ella.

¿Y la había dejado satisfecha que Decker se volara la tapa de los sesos? Ella no lo estaba con que David Needler se hubiese pegado un tiro. Era la salida más fácil. Habría preferido ver a Needler ante un pelotón de fusilamiento, enfrentándose a la certeza de que también a él lo habían derrotado.

Joanna Hunter bajó de la escalera y encendió las luces del árbol de Navidad.

–Ahí está. ¿No le parece precioso, inspectora jefe?

–Llámeme Louise.

–Salud –dijo Louise levantando el vaso de zumo de naranja.

–Salud –repitió Alison.

–Me han regalado un perrito por Navidad –les contó a los críos Needler–. Cuando se haga un poco más grande lo traeré para que lo veáis.

–¿Cómo vas a llamarlo? –quiso saber Cameron.

–Jackson –contestó Louise.

–Es un nombre raro para un perro –opinó Simone.

–Sí –admitió Louise–. Ya lo sé.

El acebo y la hiedra

–Feliz Navidad –dijo la doctora Hunter levantando la taza.

La mañana de Navidad brindaron con café ante un desayuno de pastelitos de carne y mantequilla al brandy. («Oh, por el amor de Dios, ¿por qué no?», dijo la doctora). El bebé tomó copos de avena y un huevo duro. Entonces abrieron los regalos en torno al árbol. El bebé tenía un perro con ruedas que se parecía un poco a un labrador, aunque él estaba más interesado en el papel de envolver. Sadie, una perra de verdad, recibió un bonito collar y una pelota nueva que botaba hasta el techo. La doctora Hunter hizo llorar a Reggie regalándole un PowerBook totalmente nuevo que nadie iba a llevarse, cuando lo único que Reggie le había comprado a la doctora era una bufanda de terciopelo. Era muy bonita, de Jenners, y había empleado todo el dinero que le quedaba para comprarla.

Jackson Brodie había insistido en darle un cheque por una cantidad mucho mayor de la que Reggie le había prestado, pese a que ella le dijo: «No, no tiene que hacer eso». Pero cuando fue al banco para cobrarlo y meterlo en su cuenta, el banco dijo que tendrían que «devolverlo al librador», que, según le había explicado el señor Hussain, significaba que lo habían devuelto y que Jackson Brodie no tenía dinero, pese a que le había dicho que era rico. Eso no hacía sino demostrar que creías conocer a una persona y resultaba ser otra. Él todavía le pertenecía, pero ya no estaba segura de querer que así fuera.

Reggie vivía ahora allí, «hasta que encuentres otro sitio –dijo la doctora–, pero es posible, por supuesto, que prefieras quedarte aquí para siempre, y eso sería estupendo, ¿verdad?».

No hablaban de lo que había pasado. Había cosas que más valía no comentar. Nunca hablaban, por ejemplo, de a quién pertenecía toda la sangre de la que estaban cubiertos la doctora y el bebé. Jackson no le permitió a Reggie entrar en la casa («Ni se te ocurra»), de modo que no sabía exactamente quién había dentro o qué le había ocurrido. Algo malo, era obvio. Algo irreversible.

Más adelante, leyó en el *Evening News* un artículo sobre dos hombres sin identificar que habían encontrado en una casa calcinada, y que todo aquello constituía un misterio, y pensó que una persona dispuesta a hacer lo que fuera por proteger a su bebé podía ser alguien a quien la policía relacionara con los asesinatos, pero no lo hicieron. Y no importaba cuántas veces interrogara la policía a la doctora Hunter sobre lo que le había ocurrido; ella siempre les decía que había salido a dar un paseo y sufrido alguna clase de amnesia, lo cual era un poco absurdo, pero no les quedaba más remedio que creerla.

–¿Qué crees tú que ocurrió, Reggie? –le preguntó la inspectora jefe Monroe.

–No lo sé, en serio –contestó, y era la verdad, toda la verdad y nada más que la verdad.

La doctora Hunter llevó la bufanda todo el día de Navidad, decía que era la bufanda más bonita que había tenido nunca.

Tomaron champán y comieron pato asado y pudin de Navidad, y el bebé tomó helado rosa y se quedó dormido en las rodillas de Reggie mientras veían *Los Teleñecos en Cuento de Navidad* y, en general, fue la mejor Navidad que había pasado nunca y si mamá hubiese estado allí habría sido perfecta.

La señorita MacDonald fue enterrada justo antes de Navidad. El sargento Wiseman y el policía asiático acudieron al funeral, lo que a Reggie le pareció que iba más allá de sus obligaciones. Tuvo un sepelio cristiano corriente, porque su estrafalaria religión no daba en realidad para funerales. Casi todos los miembros (cinco de los ocho) de su iglesia se pusieron en pie y dijeron algo sobre el rapto, la tribulación y esos temas, y ella se levantó y dijo «la señorita MacDonald siempre fue buena conmigo» y unas cuantas cosas más que eran un poco más elogiosas de lo que la señorita se merecía en realidad, porque una persona no debía hablar mal de un muerto a menos que fuera Hitler o el hombre que mató a la familia de la doctora Hunter. Nadie mencionó que la señorita MacDonald había provocado el accidente de tren de Musselburgh. La muerte absolvía de muchas cosas, por lo visto.

Reggie había organizado el funeral con la cooperativa porque ellos se habían ocupado también del de su madre. Y eligió el mismo salmo, *Permanece a mi lado*. Fue a ver a la señorita MacDonald cuando estaba en el ataúd. Estaba forrado de satén de poliéster blanco, de modo que, hasta el final, fue fiel a su preferencia por lo sintético. El de la funeraria le preguntó:

–¿Quieres que te deje a solas con ella? Reggie asintió con expresión triste.

–Sí –contestó, y cuando el hombre salió de la habitación, embutió todas las bolsitas de heroína que había encontrado en los cofres secretos de los Loebs en el ataúd. Estaba garantizado que a la señorita MacDonald la droga no iba a hacerle ningún daño. Después de haberlas sacado de los ejemplares de Loeb, las había ocultado en el estante del garaje de la doctora Hunter detrás de las latas de pintura, porque, como decía la doctora, allí nunca miraba nadie.

No las había en todos los Loeb, pero sí en bastantes. Había pesado las bolsitas de plástico en la antiquísima báscula de la señorita MacDonald y casi llegaban al kilo, lo que representaba un montón de dinero. Supuso que Billy debía de haber estado quedándose con una parte del alijo que pasaba por sus manos y ocultándola, pero no se lo preguntó porque no lo había visto, y ahora la señorita MacDonald había sido pasto de las llamas junto con todas las bolsitas de plástico, y Pelirrojo y Pelopaja no iban a recuperar nunca su droga. Se habían enterado de que Billy escondía la droga en los ejemplares de Loeb, pero nunca sospecharon que había una biblioteca entera de ellos en la sala de la señorita MacDonald.

La señorita MacDonald dejó un testamento en el que decía que había que vender su casa y repartir lo obtenido entre la iglesia y Reggie, de forma que ahora ya tenía fondos para el instituto, así, por las buenas.

–¿Qué hace tu hermano en Navidad? –quiso saber la doctora Hunter.

–No lo sé. Lo pasará con sus amigos, supongo.

Una verdad y una mentira, pues no se podía pasar el tiempo con los amigos si no se contaba con amigos. No tenía ni idea de dónde estaba Billy. Volvería a aparecer, la manzana podrida, la piedra en las lentejas.

Qué raro, ¿cómo sabría la doctora de su existencia? Estaba segura de no haberle mencionado nunca que tuviese un hermano. Un misterio más que añadir al montón de cosas misteriosas que rodeaban a la doctora Hunter y que habrían podido llenar el depósito de basura del desván hasta hacerlo rebosar.

El señor Hunter no estuvo allí el día de Navidad. La doctora le dijo que podía ir el día de San Esteban a desearle feliz Navidad al bebé. Lo habían acusado de prenderle fuego a uno de sus salones recreativos y estaba en libertad bajo fianza, alojado en una pensión de pinta bastante cutre en Polwarth, mientras la doctora Hunter «decidía» si lo quería otra vez en su vida, pero estaba bastante claro que había tomado ya una decisión. Por lo visto, iban a declararlo en quiebra, de modo que era una suerte que la casa estuviese a nombre de la doctora.

–Supongo que lo intentó –dijo Reggie, sorprendida al oírse defender al señor Hunter, que no le había hecho muchos favores que digamos.

–Pero no lo suficiente –replicó la doctora. Dijo que, de haber estado el señor Hunter en su lugar, ella habría hecho lo que fuera por rescatarlo–. Y quiero decir «lo que fuera».

Lo dijo con una expresión tan feroz en la cara que Reggie supo que la doctora Hunter sería capaz de ir al fin del mundo por alguien a quien quisiera, y que ella, la pequeña Reggie Chase, huérfana de la parroquia, salvadora de Jackson Brodie, aya del bebé de la doctora Hunter, hija de Jackie, estaba dentro de ese cálido círculo. Y ahora, para bien o para mal, tenía la vida entera por delante. *Vivat Regina!*

Que Dios nos bendiga
a todos

Billy echó a andar calle abajo, pasando ante todas las ventanas iluminadas. Un enorme Papá Noel de plástico hinchable colgaba de un balcón en el bloque vecino, como si trepara por él. Inch era una mierda en Navidad. Edimburgo era una mierda en Navidad. Escocia, la Tierra, el universo. Todo era una mierda el día de Navidad. Se había comprado tabaco en los paquis; al menos ellos tenían abierto. Iba a matar a su hermana, había estado a punto de matar a su hermana.

Podría largarse de allí, ir a otra ciudad donde nadie lo conociera. Empezar de nuevo. A Dundee, quizá. «Qué chico tan emprendedor», solía decirle la vieja puta santurrona cuando iba a cambiarle bombillas o desatascarle cañerías o lo que fuera. Cogía un libro de la estantería, metía la nieve en él, lo volvía a dejar. A Reggie no le permitían tocar esos libros y la puta santurrona ya no veía ni para leer, de modo que pensó que era un sitio seguro.

Al menos, tenía el dinero que la querida doctora de Reggie le había dado por la Makarov. No conseguía imaginar para qué la querría. Qué mundo este.

Un viejo borracho pasó a su lado dando tumbos y le dijo:

–Feliz Navidad, hijo.

–Anda y que te jodan, viejo cabrón –contestó Billy, y los dos rieron.

A salvo

Puente de Westminster, al alba. Había un poema sobre eso, y le produjo alivio comprobar que no lo recordaba. Hacía un frío tremendo. La ciudad estaba casi desierta de un modo desacostumbrado. No era así como había esperado pasar el día de Navidad. Solo, pelado como una rata, en el gran quiste purulento que era Londres. Habían planeado sacar billetes de última hora y viajar a algún sitio caluroso y relativamente a salvo del ambiente navideño.

—No me gusta mucho la Navidad —le dijo Tessa—. ¿A ti sí?

—La verdad es que no me lo he planteado demasiado —contestó Jackson.

—El norte de África —había sugerido ella, recorriéndole la columna con un dedo de una forma que hizo que se estremeciera como un gato—. Un vuelo a Egipto. Es probable que pueda instruirte. En antigüedades y otras cosas.

—Es probable que puedas —contestó—. En antigüedades y otras cosas.

Dos jóvenes, aún borrachos de los excesos de Nochebuena, pasaron por su lado y lo miraron raro, quizá porque contemplaba el Támesis con una intensidad que sugería que estaba pensando en sumergirse en el abrazo de sus gélidas aguas. No era así. Su hermano le había hecho eso a él, y él no iba a hacérselo a su hija. Probablemente, los dos jóvenes pensaban que era algún pobre gilipollas sin hogar, sin una familia que lo acogiera con cariño en esas fiestas. Tenían razón.

La tenía en la mano. «La encontré en el bolsillo de su chaqueta», le había dicho ella. La bolsita de plástico con el pelo de Nathan. Reggie también le había devuelto la postal, la que Marlee le había mandado desde Brujas. «¡Te echo de menos! ¡Te quiero!». La postal tenía pinta de haber pasado una guerra.

Era raro porque en realidad echaba más de menos a Reggie que a Marlee. Marlee tenía un montón de gente que cuidaba de ella, pero para Reggie ese era un bien escaso. «Todos estamos solos, señor B, y por eso tenemos que cuidar unos de otros». Supuso que la había afectado el espíritu navideño. Él no le había salvado la vida («Todavía no», dijo ella), no había saldado la deuda que llevaba escrita en la sangre.

Se preguntó asimismo dónde estaría la mujer que había visto paseando por la colina. ¿Despertaría en una cama, en una casa, con el sonido de los villancicos en la radio y el olor del pavo en el horno? ¿O seguía recorriendo los caminos desiertos de las cumbres, bajo la nieve, el viento y la lluvia?

No importaba hacia dónde mirase; en todas partes había asuntos sin resolver y preguntas sin respuesta. Siempre había imaginado que, al morirse, había un último instante en que todo se aclaraba: los asuntos se resolvían, las preguntas encontraban respuesta, las cosas perdidas aparecían, y uno pensaba: «Oh, claro, ya lo entiendo», y entonces quedaba libre para sumirse en la oscuridad, o en la luz. Pero no había ocurrido así cuando él murió («Brevemente», oyó decir a la doctora Foster), así que quizá eso no pasara nunca. Todo continuaría siendo un misterio. Lo cual, bien mirado, significaba que uno debería tratar de aclarar todo lo que pudiera mientras siguiera vivo. Encuentra las respuestas, resuelve los misterios, sé un buen detective. Sé un cruzado.

Originalmente, tenía planeado llevar el pelo de Nathan a que le hicieran un análisis de ADN. Nathan, que se estaría despertando esa mañana para pasar la Navidad en el campo, con Julia y el señor Artista de Pacotilla. Movió entre los dedos la sucia bolsita de plástico. Supuso que el gesto noble sería arrojarla al río, dejarla ir, liberar a Nathan. Pero no se sentía muy noble en aquel frío y gris día de Navidad inglés. Lo había perdido todo. A su nueva esposa, a su antigua esposa, su dinero, su hogar. Volvió a meterse la bolsita en el bolsillo.

Tessa no se lo había quedado todo. La venta de su casa de Francia había sufrido un retraso y el dinero llegó a su cuenta justo antes de Navidad. No era la clase de suma a la que uno le haría ascos, de modo que «has vuelto a caer de pie», como comentó Josie.

Era hora de ponerse en marcha, de empezar de nuevo. Tenía la sensación de que era tarde para empezar de cero. Se preguntó si sería un perro demasiado viejo para aprender trucos nuevos.

Se sentía todo lo mal que podía sentirse un hombre, o casi, y entonces pensó en cómo había encontrado a Joanna. Y eso fue como un cálido rayo de sol capaz de alegrar a un hombre incluso en el día más sombrío.

No pensó en la segunda y sangrienta vez, sino en la primera, en aquella noche templada y suave en la campiña de Devon. Recordó haber movido la linterna describiendo un amplio arco a través del trigo y haberla visto justo a tiempo de no tropezar con su cuerpecito inmóvil. Pensó que estaba muerta. En el transcurso de un año de su vida, cuando tenía doce, Jackson había visto morir a su madre en el hospital, había visto cómo sacaban sin ceremonias el cuerpo de su her-

437

mana de un canal, había encontrado a su hermano ahorcado. Tenía diecinueve años cuando lo de Joanna, y supo que no podría soportar que la niña estuviese muerta, que eso rompería las amarras de lo que quedaba de su corazón y que dejaría de ser el soldado de primera Brodie del regimiento Príncipe de Gales, en Yorkshire, y se convertiría en un niño pequeño, solo para siempre en la oscuridad.

Pero entonces la niñita se movió en sueños y la emoción lo asfixió de tal forma que durante unos instantes no fue capaz de hablar. Luego recuperó la voz, levantó una mano en el aire y gritó más alto de lo que había gritado en toda su vida: «¡Aquí, la he encontrado, está aquí!».

La cogió en brazos y la sostuvo como si pudiera romperse, como si fuera la cría más valiosa, milagrosa y extraordinaria que hubiese existido nunca sobre la faz de la Tierra, y a la primera persona que llegó hasta ellos, un agente de policía, le dijo: «Mire, no tiene un solo rasguño».

Scout

Así se llamaba el perro.

—Llevaba muchísimo tiempo sin lograr recordarlo —se llevó ambas manos al corazón, como las alas de un pájaro, como si tratara de retener algo dentro de su pecho, y le dijo a Reggie—: Scout. Era un perro muy bueno. Scout murió, pero Sadie está aquí.

—Claro que sí, doctora H —repuso Reggie—. Claro que sí.

Las dos aplaudieron, y el bebé rio y también hizo palmitas.

Agradecimientos

Debo dar las gracias a las siguientes personas, por la ayuda y la información que me proporcionaron (y lamento si en algún caso la he malinterpretado de algún modo):

Martin Auld, Malcolm Dickson (inspector adjunto de la Policía de Escocia), Russell Equi, el comisario Malcolm Graham (Policía de Lothian y Borders), mi primo, el comandante Michael Keech, el doctor Doug Lyle, el comisario Craig Naylor (Policía de Lothian y Borders), Bradley Rose, el comisario Eddie Thompson (Policía Metropolitana), el doctor Anthony Toft, y, por último, pero no por ello menos importante, le doy las gracias a mi primo Timothy Edwards por el título.

Me he tomado ciertas libertades con la geografía de Wensleydale, así como con la del sudoeste de Edimburgo. Pido disculpas; licencia artística y todo eso. Nunca he visto un caballo en el campo de Midmar, pero eso no significa que no vaya a haberlos nunca.

Índice

Kate Atkinson (1951) obtuvo el Premio Whitbread (ahora Costa) al Mejor Libro del Año con su primera novela, *Entre bastidores*. Sus cinco novelas sobre el expolicía Jackson Brodie, grandes éxitos de ventas, se convirtieron en la serie de televisión de la BBC *Case Histories,* protagonizada por Jason Isaacs. En 2011 le fue concedida la Orden del Imperio Británico por su contribución a la literatura y fue elegida Autora del Año de las librerías Waterstones en la ceremonia de los Premios Nacionales del Libro de 2013 en Reino Unido. Otros títulos de gran éxito de la autora son *La mecanógrafa, Cielo interminable, Incidentes, Expedientes* y *Salí temprano, con mi perro*.

También disponible en TuBolsillo *Salí temprano, con mi perro*.